O Vampiro-Rei

Vol. I

2ª reimpressão

André Vianco

O Vampiro-Rei

Vol. I

novo século

Direção Geral *Luiz Vasconcelos*
Nilda Campos Vasconcelos
Supervisão Editorial *Silvia Segóvia*
Editoração Eletrônica *Sergio Gzeschnik*
Capa *Christian Pinkovai*
Revisão *Ruy Cintra Paiva*
Daniela Nogueira
Sandra Garcia Cortes

Dados Internacionais de Catalogação na Publicação (CIP)
(Câmara Brasileira do Livro, SP, Brasil)

Vianco, André
O Vampiro Rei / André Vianco. – Osasco, SP : Novo Século Editora, 2003.

1. Ficção brasileira I. Título.

05-1932 CDD-869.93

Índice para catálogo sistemático:

1. Ficção : Literatura Brasileira 869.93

2006

Av. Aurora Soares Barbosa, 405 – 2° andar – Osasco – SP – CEP 06023-010
Fone (11) 3699-7107
www.novoseculo.com.br
editor@novoseculo.com.br

Este livro é dedicado às minhas irmãs
Lígia e Marina.

Agradeço, do fundo do coração, a toda equipe da casa editorial Novo Século Editora. Pessoas de carne e osso que ajudam, no dia-a-dia, a transformar minha obra em coisa tangível e imortal. Pessoas que, com seu trabalho, me apóiam ao semear sonhos e esparramar perspectivas. Um obrigado e um abraço muito especial para Luiz Vasconcelos, o diretor e comandante dessa maravilhosa tripulação.

Agradeço também a meus queridos leitores e leitoras, que continuam firmes e fortes, lendo meus escritos e me incentivando, pedindo cada vez por mais e mais aventuras. Enquanto vocês sonham e se enredam no doce e fino fio da ansiedade, eu escrevo para alimentá-los. Teço com imaginação e agonia cada retalho deste novo desassossego que se chamará livro. Coisa na qual, se feita com todo o meu coração e com uma pitada de sorte, juntar-se-ão as linhas certas para encher nossas cabeças com fantasias, viagens e todo espectro de sentimentos. Que o deus das letras me permita criar mundos. Mundos que você, querido leitor, há de desbravar, avançar e conhecer. E no território das idéias, das palavras e dos sonhos há de fazer morada. Boa leitura! Boa diversão!

André Vianco

Capítulo 1

Lúcio tinha puxado o caixão o dia todo. O estômago roncava. Parou embaixo de uma árvore de folhagem amarela e ressequida à beira da estrada de barro. O sol descia rápido e o mormaço do dia quente, aos poucos, dava a vez a um vento cortante e frio. Lúcio não sabia se ainda estava na primavera. Há tempos não botava os olhos num calendário. Nem mesmo que dia do ano era aquele conseguia se recordar. Olhou o chão ao redor. Amontoados de folhas secas e soltas, caídas e empurradas pelo vento. Não devia mais ser primavera. Coçou a cabeça. Sentou-se na tampa do caixão preso às cordas e tirou o radinho de pilha do embornal. Ligou o aparelho. Silêncio na freqüência de São Vítor. Desde as quatro da tarde tinham parado de transmitir. O homem sorriu. Tinha gostado da música do Roberto Carlos. Tinha achado o máximo! Quem não ia gostar nem um tico da notícia era o seu amigo encaixotado. Cantarzo não queria que os bentos se juntassem e desencadeassem os milagres, mas, pelo que tinha ouvido por aí, já era tarde demais para evitar tal feito. Apesar da derrota aparente, Lúcio continuava obstinado, determinado a cumprir o pedido do vampiro que lhe daria o dom da vida eterna. Levaria o vampiro até a bruxa. Até Tereza. O vampiro tinha falado desse nome. Tereza. Tinha falado da bruxa. Do norte. Para encontrar a serpente que engole tartaruga. Haveria de encontrar tal lugar, cedo ou tarde. Apertou os olhos, sentindo-os arderem em contato com o suor que descia da testa. Bem que podia chover um pouco. Refrescar aquele mormaço maldito. Deixou a mão deslizar sobre as tábuas rústicas do caixão improvisado. As farpas da madeira sem acabamento espetavam sua pele grossa. Um sorriso brotou no rosto do carregador. Cantarzo... seu rei, sua garantia de eternidade! Inspirou fundo. Ah! Como queria ser um vampiro! Apertou os olhos e depois arrochou os lábios. A vida eterna dessas criaturas era-lhe um sonho.

Lúcio passou a mão no bíceps direito. Os braços estavam exaustos por culpa da carga. Como era pesado aquele bicho. Sempre tinha vontade de abandonar o caixão. Escondê-lo numa cova funda ou embrenhá-lo no raizame de alguma árvore. Sempre desistia. Tinha medo de perder seu passaporte da alegria. Queria virar vampiro. Queria ser eterno. Jamais conseguiria se aproximar de outro noturno e conseguir essa promessa tão rara. Cantarzo tinha jurado. Ia torná-lo vampiro. Bastava encontrar a droga da bruxa. A bruxa saberia como despertá-lo daquela morte falsa. A bruxa saberia como trazer Cantarzo de volta. O sangue do velho Bispo tinha sido demais para o caçador das trevas suportar. O sangue do velho tinha derrubado Cantarzo. Lúcio levantou-se e olhou para o caixão novamente. Dessa vez o olhar sustentou-se por um longo tempo. A contemplação só terminou quando sentiu outro ronco no estômago. As provisões em seu embornal tinham minguado. Estava farto de frutas silvestres. Queria carne assada e repouso num colchão. Só conseguiria isso caso se infiltrasse novamente numa fortificação. Coçou o queixo. Seria perigoso. A barriga roncou de novo. Lúcio agarrou as amarras do caixão e tornou a arrastá-lo. Bufou aperreado. Aquela viagem ia demorar demais.

Capítulo 2

A vampira ruiva de um olho só grunhiu irritada. Os humanos estavam atrás de um Rio de Sangue. O maior nas cercanias de São Vítor. Tinha descoberto a intenção dos malditos humanos durante a caçada noturna. Apanhara um trio de bêbados na floresta. Quando o maior deles se afastou dos amigos e foi abrir a braguilha junto de uma árvore, foi agarrado pelo vampiro. Mesmo estando bêbado feito um gambá, o homem entendeu o que estava acontecendo assim que botou os olhos no rosto pálido de seu agressor. Gerson tapou-lhe a boca com uma mão, enquanto a outra o prendia pelo pescoço. Raquel, a essa altura, já tinha saltado para o centro da clareira e parado no meio dos dois junto à fogueira. O corpulento, preso nos braços de Gerson, se debatia e esperneava, querendo, inutilmente, se livrar das garras do vampiro. Um dos homens ria, sem perceber o que acontecia ao amigo que tinha se afastado para urinar. O outro estava no meio de um gole direto no gargalo da garrafa de cachaça. Estavam felizes, a vampira podia farejar isso. Raquel tinha uma expressão mista de irritação e curiosidade. O homem, entornando a água ardente, estalou os olhos e cuspiu a bebida quando viu a mulher ruiva de tapa-olhos no meio da clareira. O segundo, percebendo a aflição na atitude do amigo, olhou para o lado. A mulher estava a três metros de distância. Era uma vampira! Raquel tinha se deliciado com aquele momento. Adorava aquele cheiro, de prazer transformando-se em medo. Medo de vampiro. Agora sim aqueles homens estavam agindo como um humano deveria agir. Deixou seu único olho brilhar vermelho. Sabia o quanto aquilo impressionava os humanos. O homem à sua esquerda largou a garrafa de cachaça e levou a mão para um objeto junto ao tronco de árvore que lhes servia de sofá. Raquel foi quinze vezes mais rápida. Antes que o homem erguesse a pistola, sua mão fechou-se no pulso da vítima esmagando os ossos ulna e rádio, fazendo a mão pender presa por pele e músculos. O berro de dor tinha varado centenas de metros, fazendo bandos de pássaros deixarem as copas das árvores e dispararem em grande agitação no frio céu da noite. Antes da arma bater no chão de terra, a outra mão da vampira foi até a traquéia e esmigalhou a cartilagem do pescoço da vítima. O homem caiu convulsivo, tremendo, tentando se ajoelhar, lutando para pôr ar nos pulmões. O segundo parecia paralisado. Raquel encarou-o com seu olho bom. Deu um passo em sua direção. O homem não esboçou reação agressiva. Estava congelado de medo. Um cheiro conhecido chegou até as narinas da vampira. Não era o cheiro adocicado do alimento. Era cheiro de urina. O homem estava se borrando nas calças. Raquel não conseguiu conter um sorriso leve. A vampira ergueu o olho para Gerson. O jantar do parceiro de caçada não se debatia mais. O vampiro estava com os caninos cravados no pescoço do azarado, sorvendo o sangue da vítima. Gotas grossas escapavam das feridas da vítima corpulenta, infestando o ar com aquele aroma maravilhoso. Raquel olhou para trás, sua refeição ainda estrebuchava com a mão boa sobre a traquéia e o braço com a mão pendendo em pele raspando no chão. Queria assim. Sangue vivo e quente. O único homem intacto continuava hipnotizado por sua presença, parado de joelhos, com a calça molhada, balbuciando repetidamente a palavra "não". Raquel deu um passo à frente e acariciou a cabeça do humano. Sorriu novamente, olhando-o nos olhos. Pobre infeliz, estava suado e fedendo à bebida destilada. Fedendo a mijo. Agarrou-o pela camiseta com uma mão e trouxe-o até perto de seu rosto. Passou a língua feminina na boca da vítima. O humano continuava balbuciando aquele "não" de forma irritante e desviava a boca quando a língua da vampira tocava seus lábios. Ergueu-o até ficarem olho nos olhos.

— Que faz aqui, criatura? Não teme a noite?

O homem começou a chorar.

Naquele instante, Gerson tinha aparecido no campo de visão do homem, que arregalara mais ainda os olhos ao ver de esguelha o vampiro com a boca ensangüentada.

— Por que estavam aqui, infeliz? Vocês não se parecem com degredados — murmurou a vampira. — Não parecem fugitivos. Muita festa para quem vai passar a noite fora.

— Não me mate! Pelo amor de Jesus Cristo!

— O que estavam festejando? Qual o motivo de tanta alegria?

— Pelo amor de Jesus Cristo... não...

Raquel riu baixo olhando para Gerson, mantendo o homem erguido pela gola da camiseta. Os pés da vítima dançavam, vez ou outra encontrando o chão de terra com a ponta dos dedos.

Gerson grunhiu, abrindo os lábios e exibindo os caninos sujos de sangue.

— Não me mate! — gritou o infeliz.

— Abra o bico, então. Diga! O que faziam aqui? Qual é o motivo dessa afronta toda? — insistiu a vampira.

— Festejávamos a vitória. Gasp. Me deixa viver. Não... não con... não consigo respirar.

— Que vitória? — tornou Raquel.

— Os bentos. Os trinta bentos se juntaram.

Raquel vacilou um instante. A imagem de Anaquias veio-lhe à mente. Ele tinha dito alguma coisa dias atrás. Tinha abandonado aquele vampiro louco. O vampiro que fora seu parceiro de caçadas. Sentiu-se tão tocada pela informação que sua mão vacilou e o prisioneiro escapou de suas garras, caindo sentado e rastejando de costas, olhando-a de olhos arregalados, se aproximando do tronco grosso de uma grande árvore. O homem tremia descontrolado. Seus olhos iam de Raquel a Gerson, de Gerson a Raquel. Tão apavorado estava, que não pensou em desviar-se do tronco e continuar a fuga.

Raquel olhou para o parceiro.

— Será que... — as palavras escaparam e não foram concluídas.

— Cedo ou tarde isso teria de acontecer, minha querida.— respondeu o vampiro brutamontes, andando na direção do humano.

Raquel acompanhou os passos do parceiro de forma automática. Seu olho não estava na vítima nem mesmo na floresta escura ao redor. Seu olho fitava o nada. A vampira ruiva havia se afundado em pensamentos. Não podia ser verdade. Os trinta bentos juntos...

— Os milagres! — exclamou a vampira olhando diretamente para a vítima. — Eles desencadearam os milagres.

O homem, tentando afastar-se da mão de Gerson, gemeu um "sim" choroso e longo.

— Quatro milagres. A profecia rezava isso, Gerson.

O vampiro olhou para a líder. A criatura andava até perto da fogueira e voltava. Seus cabelos lisos e vermelhos balançavam com o movimento insistente do corpo. Raquel estacou e olhou para o homem acuado. Andou decidida até o tronco e agarrou-o pelos colarinhos novamente, fitando-o nos olhos.

— Quais são os quatro milagres?

Capítulo 3

Anaquias despertou de seu transe vampírico. Seis noites tinham-se passado desde que seu numeroso exército de vampiros fora milagrosamente destruído pelos humanos. Remoía-se desde então com a certeza de que os malditos trinta bentos tinham-se juntado e que a profecia revelara-se verdadeira. De seus vinte mil soldados, restaram cerca de quatro mil. E desse contingente restante, poucos permaneciam fiéis na crença que Anaquias tentava sustentar. Anaquias prometera vitórias aos seus seguidores. Prometera a vinda do vampiro-rei. Nada tinha dito sobre a luz do sol queimando e destruindo seus soldados em plena noite. Com isso, aos poucos, pequenos grupos de vampiros partiam, abandonando o exército de Anaquias.

O guerreiro-líder caminhou pela caverna. Grunhiu nervosamente enquanto seus olhos vermelhos acendiam e esparramavam um espectro rubro sobre as pedras e as faces dos vampiros ainda adormecidos. Anaquias caminhou até a boca da caverna e olhou para a floresta morro abaixo. Sentiu a pele arrepiar-se. Ele estava ali. Estava perto. Anaquias deixou a entrada pedregosa e avançou para o chão gramado que descia o morro. Não tinha entrado em contato com o vampiro-rei desde a noite em que seu exército fora abatido por aqueles dois fenômenos milagrosos. Primeiro tinham sido tocados pela Barreira do Inferno por uma bola de fogo que subiu ao céu, depois seus soldados foram queimados por uma luz inexplicável que surgiu do meio das nuvens, devorando a escuridão. Por pouco ele mesmo não perecera. Encontrou refúgio no último instante, queimando de ódio por dentro. E nada do espectro lhe explicar. Sentia-se abandonado, enganado.

Mas agora, pela simples sensação da presença do vampiro-rei ali perto, seu peito inflava, a energia voltava. A sensação de atração e devoção para aquele maldito fantasma, que soprava em seus ouvidos, era tão inexplicável quanto o clarão que devorara seu exército noturno.

Anaquias apertou os olhos e balançou a cabeça. Estava sendo encantado pela presença do rei, sendo arrebatado. Não podia se deixar levar mais uma vez. Ele diria coisas. Tentaria reconquistar sua confiança, fazê-lo de palhaço perante a raça da noite mais uma vez.

— Por que deixou isso acontecer, senhor? Por que não nos avisou? — perguntou Anaquias para a noite.

Anaquias caminhou para baixo de um eucalipto. Um vento forte passou pelo chão gramado, empurrando folhas secas para cima. Não ouviu resposta alguma, mas tinha certeza de que o vampiro-rei estava ali. O guerreiro subiu para os galhos do eucalipto. O mato alto das touceiras balançavam com o vento contínuo. Anaquias abaixou a cabeça.

— Por que deixou isso acontecer, senhor? — repetiu a pergunta.

— Essa tormenta não me foi revelada, vampiro. Ainda estou fraco. Não vejo tudo.

Anaquias surpreendeu-se com a voz tão clara invadindo os ouvidos. Tinha sido diferente dessa vez. A voz tinha vindo no ar, não tinha se manifestado em sua cabeça, como se fosse um pensamento. Olhou ao redor. Assustou-se quando viu um chamejar sobre um galho fino da árvore. Tinha sido rápido. Um brilho. Um brilho fugaz em forma de vampiro. O rosto... o rosto do vampiro lhe parecera familiar. Cabelos longos. Presos. Tentava lembrar do dono daquelas feições, mas tinha sido rápido demais, mesmo para os olhos treinados de um vampiro caçador. Um mal-estar implantou-se em sua mente. Não queria ser enfeitiçado de novo. Não queria mais liderar aquele bando.

— Eu preciso de você, Anaquias... — a voz fez uma pausa e depois prosseguiu. — Essas malditas fofoqueiras cósmicas sopram coisas incompletas nos meus ouvidos. Mas elas sopram esperança para nossa raça, meu general. Hão de revelar os segredos corretos para nossa vitória.

Anaquias desviou o olhar. Tapou os ouvidos com as mãos. Ele estava ali. Aquele brilho tinha vindo dele, tinha visto o espectro do vampiro-rei!

O fantasma riu. Levitou ao redor do vampiro.

— Não esmoreça, Anaquias. Meu irmão ainda é cego. Tu serás minha espada até a hora de minha luta. Há de preparar meu reino para minha chegada. Há de subjugar meus inimigos. Venceremos os guerreiros bentos graças a você e a mim... e isso nunca será esquecido. Erguerei a mais alta estátua em teu nome. Um gigante de rocha para honrar teu valor. Tua face estampada em Diamantina...

Anaquias saltou do eucalipto para a árvore seguinte. Olhou para trás. O espectro flutuava, vindo em sua direção. Se tivesse um coração vivo, ele teria disparado. Era assustador travar contato com um fantasma.

— Não me tema, vampiro! Ordeno que me escute! Sempre te achei um tolo, um presunçoso mal aproveitado por aquela... aquela lá. — Cantarzo calou-se mais um instante. — Mas agora que estou em sua cabeça, há de pensar com clareza. Hei de acertar teus passos.

— O que quer de mim, espírito maldito? Você levou meu exército à morte. Abandonou-me no momento de maior necessidade, deixou meu peito seco e morto num mar de angústia. Não pode ser um rei de verdade.

Anaquias ouviu mais risadas. De expressão fechada, olhou ao redor. O vampiro-rei achava graça em sua preocupação.

— Foi bonito o que disse, Anaquias. Não sabia que meu general também era poeta sensível... Um pensador.

— Sou um devoto dedicado, senhor, meu rei. Não mereço risadas em momento de aflição. Posso recusar crer em ti.

Novas risadas rodearam o vampiro aflito.

— Nossa vida é um mar de angústia desde a Noite Maldita, corpo maldito. Te arrastas nas sombras em busca de sangue para aplacar o fogo em tuas entranhas. Se não matas um humano, se não lhe tomas a vida para manter teu corpo útil, tu és quem perece. Seca, transformando teu corpo todo "num mar de angústia". — Cantarzo pôs a mão no pescoço de Anaquias, sem ser visto. — Por que não nos contentamos com os adormecidos? Sabes? Eles têm sangue vivo nas veias, suprem-nos fisiologicamente. Mas não nos damos por satisfeitos, não é?

Anaquias apenas balançou a cabeça concordando.

— O que queremos, servo? O que queremos quando deixamos a toca para caçar soldados na estrada ou tentamos invadir as fortificações? — o vampiro-rei enrodilhou todo o corpo de Anaquias. — Queremos mostrar para eles que somos nós quem mandamos. Queremos saciar nosso desejo de poder. Queremos ver os humanos de quatro, virando gado estocado. Queremos colocá-los no seu devido lugar.

Anaquias subiu pelo tronco seco do eucalipto. Uma lufada de vento forte balançou a ponta da árvore. Nuvens corrediças e finas tornavam a luz da lua intermitente.

— Não trarei alegrias aos meus seguidores, general. Não trarei sorrisos e vivas. Trarei organização e força. Guiarei nossa raça para a grande virada. Ainda viveremos nas trevas. Ainda seremos estas bestas sanguinolentas. Não haverá festas nem felicidade em nossas covas, donde continuaremos nos arrastando atrás do alimento vermelho e vivo. Continuaremos malditos, mas seremos conhecidos como os malditos donos da terra.

Anaquias baixou a cabeça e fechou os olhos. Não queria ouvir.

— Permaneceremos bestas, general. Continuaremos como demônios da noite, pois essa é nossa sina certa, mas seremos os mais fortes. Seremos letais. Para tanto vocês precisam crer em mim. Precisam seguir minhas instruções. Há caminhos escondidos nas coisas da vida. Há sinais no meio da matéria. Existe magia circulando entre as árvores e o cimento. Alguém libertou essa energia em nosso planeta e fez tudo mudar. Fez com que aflorasse no corpo de cada um a verdadeira face. A noite para os da noite. O dia para os do dia. Esse universo todo é um caldeirão de feitiços. E "elas" estão soprando coisas em meu ouvido, Anaquias. Elas estão ensinando seu rei como conseguir o que eles tinham. Os humanos perderam o profeta Bispo e os vampiros ganharam o vampiro-rei. Agora elas contam os truques, antecipam as armadilhas, mas hei de aprender. Hei de decifrar melhor os cacos de futuro que são lançados contra meus olhos cerrados. Aprenderei a ler as peças desse quebra-cabeças inacreditável. "Elas" estão jogando um jogo. Jogando com os animados. São alcoviteiras, fofoqueiras filhas duma égua, tinhosas. "Elas" não tomam partido nem escolhem o lado. Às vezes, bichinho, parece que "elas" são cegas feito nós. Cabras da moléstia que zelam pelo sangue escolhido. Eu roubei o sangue escolhido, Anaquias. Eu roubei o sangue escolhido e "elas" não podem escolher para quem soprar. Falam para o sangue sorteado, é simples assim. Preciso que tu zeles por este sangue acorrentado na matéria. "Elas" me dizem como, e tu fazes.

— O que elas dizem agora?

O espectro mudou a face. As sobrancelhas fechadas abriram-se, suavizando a aparência furiosa do espectro. Anaquias não podia vê-lo, mas Cantarzo sorriu para o vampiro. Abriu a boca e demorou a revelar.

— Agora, general... curiosamente, "elas" riem. Riem e cantarolam uma canção.

Anaquias saltou para outra árvore. Desceu cinco metros. O espectro flutuou, acompanhando-o, indefectível, permanente, sufocante.

— "Elas" repetem: O sol nasceu para todos.

Anaquias abriu um sorriso. Não sabia o que aquilo significava, mas experimentava essa sensação emanada do vampiro-rei. Aquela sensação cutucava seu estômago e irradiava para o corpo todo. Era alegria. A mais pura alegria.

Capítulo 4

Bento Vicente saltou sobre um galho de árvore com o cavalo. A tocha que vinha firme na mão direita quase lhe escapou. Não tinha sido o primeiro obstáculo no meio daquela estrada estreita, cercada por floresta fechada. Uma tira de couro prendia uma bolsa em suas costas. Bateu os calcanhares no ventre do animal, fazendo-o galopar mais rápido. A escuridão assustadora escondia os segredos do caminho ao redor, vencida apenas nos poucos metros que a luz da chama conseguia penetrar. Ergueu a mão direita, em franco galope, tentando iluminar o máximo possível o caminho à frente. Era por ali, naquele caminho, distante mais de vinte quilômetros dos muros de São Vítor, que ficava o mais próximo e temido covil de vampiros. Era um plano louco. Um plano louco de Lucas. Mas, graças a esse maluco, estavam em vantagem contra os malditos noturnos, e graças a ele tinham reunido os trinta bentos. Não tinha visto em corpo físico a presença dos trinta naquela fatídica noite na Barreira do Inferno, mas tinha sentido a presença espiritual dos trinta. O destino sorrira aos humanos, honrando-os com os prometidos quatro milagres. E, por causa desses milagres, estava agora rasgando a estrada, no meio da noite, dirigindo-se para a boca do lobo, quase confiante. Quase. Centenas de vampiros deveriam habitar aquela caverna. Talvez milhares. Bento Vicente saltou outro galho, o ferimento recente em seu tórax soltou uma onda de dor. Mais uma vez sua tocha de chama amarelada tentou buscar o chão. Vencendo a dor, ergueu o braço. Luz. Aproximava-se do covil. Deixou os olhos atentos vagarem nas árvores mais próximas.

Dois pares de brasas voavam de árvore em árvore, acompanhando seu passeio insano. Não queriam atacá-lo. Provavelmente não criam no que viam. Voavam de galho em galho, cruzando rapidamente a distância, tomando o cuidado de manterem-se distantes da estrada. Não entendiam por que, no meio da noite, esse bento maluco cavalgava sozinho ao encontro do covil. Um deles tinha certeza de que o homem com a tocha em riste estava sorrindo!

Bento Vicente viu mais um punhado de brasas cintilantes subindo em árvores. Deveria estar perto da clareira do final da estrada. Já estivera ali, durante o dia, infernizando aquelas criaturas mais de uma dúzia de vezes, mas era noite e a tocha ajudava apenas com o chão à frente, não conseguia iluminar longa distância. Viu mais olhos de vampiros surgindo de um ponto escuro, formando um largo contorno. Era isso. A boca da caverna. Estavam vindo. Vindo para trucidá-lo. Os soldados vampiros de sentinela tinham dado o alerta. Os malditos vampiros sairiam da toca.

Luana saltou para cima, ganhando altura, cortando o ar e rasgando o vento. Agarrou-se a um galho, fazendo-o balançar com força. Aproveitou a inércia e saltou para o eucalipto à frente. Movimentos rápidos, sem despregar os olhos do cavaleiro solitário. A vampira grunhiu enquanto escalava. O tronco tornara-se fino e oscilava com seu jogo de corpo e o vento da noite. Freou, parando de acompanhar o bento louco. Balançou a cabeça negativamente. Não estava entendendo o que o maldito guerreiro queria. Era presunçoso demais se acreditava que poderia chegar à boca do covil com vida, assim, no meio da noite. Seria fatiado, triturado, exterminado. Nenhum vampiro estava interessado em sangue venenoso de bento. O sangue daqueles malditos queimava por dentro e fazia com que os vampiros morressem em minutos, com as entranhas reviradas e esburacadas, como se tivessem bebido ácido. Não era o sangue que importava. Era o troféu. Dilacerar um daqueles e levar o peito de prata para o covil rendia honrarias e respeito. Os bentos eram os inimigos mais odiados. Eram assassinos de vampiros. E aquele cavaleiro solitário era um palhaço. Um palhaço que seria espancado.

Luana grunhiu tomada por ódio. Sem notar, sua mão esquerda acariciava o cabo de uma das facas que trazia atada à coxa. Pegaria o maldito. Assim que ele estivesse cercado pelos irmãos da noite, pegaria o maldito. Saltou para um galho mais baixo e começou o curso veloz de encontro ao invasor. Poderia alcançá-lo em um minuto, se quisesse. Porém, primeiro queria vê-lo envolto pelos parceiros, ocupado com garras e armas. Saltaria nas suas costas. Fincaria o pé na cela de couro do cavaleiro e, antes que ele pudesse dar conta de sua presença, teria duas facas na garganta. Uma de cada lado. Palhaço!

Bento Vicente puxou a rédea do cavalo. A razão lutava contra o cheiro dos malditos. Seria dragado pela loucura e sua espada viria em suas mãos para cortar e matar vampiros. Inspirou fundo, rogando por razão. Desde que Lucas juntara os bentos pela primeira vez, isso era possível. Clamar pela razão e o corpo obedecer. Não sabia quanto tempo suportaria, tinha de agir rápido. Jogou a tocha no meio da clareira sobre um amontoado de gravetos secos. O fogo se alastrou rapidamente, formando um imenso anel de fogo. Seus olhos de bento estavam fixos na boca da caverna. Agora, com aquele círculo de fogo, a luz conseguia dissipar um pouco mais a escuridão. A floresta ao redor da clareira encheu-se de sombras. O crepitar dos gravetos secos estalando com as chamas lançavam fagulhas para o alto, que se confundiam com os olhos em brasas das criaturas que se amontoavam, assombrosamente, ao redor. Bento Vicente estava sendo cercado. Da boca do covil mais e mais pares de olhos ganhavam a noite. Vicente jogou sua capa vermelha e surrada para o lado. A tira de couro da barra da capa pesava, mantendo o manto rubro reto, mesmo com a insistente presença do vento frio. Vicente segurou firme o cabo de sua espada e sacou a arma da bainha. A lâmina prateada de matar vampiros refulgiu com a luz do fogo. Vicente levou a mão direita à tira de couro que prendia a carga em suas costas. Apanhou um objeto oval ligado a um fio e apertou um botão vermelho. Um zunido breve chegou ao seu ouvido. Uma antena de dois metros subiu do objeto preso a suas costas. Uma luz verde acendeu-se no objeto oval em suas mãos. Vicente apertou o botão vermelho, mais uma vez, e o levou a boca.

— Estou na clareira do covil e... diga-se de passagem, estou cercado de desgraçados. Câmbio.

— Entendido, bento. Câmbio — respondeu a voz no rádio.

— Agora é com vocês. Câmbio e desligo.

Bento Vicente afrouxou a fivela que vinha cruzando seu peito e depôs o rádio aos pés de seu cavalo. Os vampiros estavam do outro lado do muro de fogo. Não tardariam em tomar coragem e avançar contra o bento solitário. Vicente ergueu sua touca metálica e postou-se ao centro do círculo de fogo, afastando-se de seu tordilho. Caso qualquer coisa saísse errada naquele plano maluco do trigésimo bento, a situação ia apertar para o seu lado. O número de vampiros ao redor facilmente chegaria a mil e poucos. Sabia que os malditos estavam aturdidos. Estavam confusos. Tinham um bento entregando-se à boca do covil, sozinho, armado apenas com uma espada prateada. Vicente sabia que o viam como um suicida. E um bento sozinho na boca de um covil numeroso era algo que não acontecia todos os dias. Aqueles ao seu redor não tinham a intenção de atacá-lo imediatamente. Não eram tolos. Aguardavam os demais. Sabiam como era perigoso atracar-se com um bento, ainda mais contra um daquele tamanho e parecendo um desajustado mental. A voz de Lucas chegou aos seus ouvidos através do rádio caído no meio da clareira. Lucas repetia: calma, calma. Isso ajudava Vicente a manter-se focado... mas a sensação de perigo só crescia. Alguns dos inimigos queriam realmente varar a barragem de fogo e rasgar seu pescoço. Sentia isso no ar. Quando se sentia a um dedo de sucumbir à loucura dos bentos, a voz de Lucas vinha e a sensação arrefecia. Vicente apertava os olhos sucessivamente. Mantinha a espada erguida e a outra mão sobre o peito, onde o ferimento recente ardia. Em instantes, perderia o controle sobre seus músculos e sobre seu desejo. A rixa escrita em seu coração de bento falaria mais alto e sua espada voaria contra os noturnos.

Bento Vicente girou, mal tinha pensado novamente na loucura e sentiu algo. Um calor nas entranhas. O cheiro dos malditos chegando com maior intensidade até as narinas. As labaredas que formava o providencial círculo de fogo chegavam a três metros de altura. Ardiam intensamente, fazendo o guerreiro transpirar dentro do peito de prata. O cavalo do bento esfregava as patas dianteiras insistentemente contra o chão de terra. Empinou e relinchou. Estava tão arisco quanto o dono. Vicente apertou os olhos e inspirou fundo. Mais uma vez o fedor das bestas noturnas entrou pelo nariz, misturado ao cheiro da fumaça dos galhos queimados. Sua capa girava junto com seu corpo. Impaciência. Desejo de luta. Nuvens ligeiras eclipsavam a luz da lua. Via a quantidade deles aumentar perigosamente. Os vampiros decidiram matá-lo. Iam furar o cerco. Sabia disso. Não precisava ouvir ameaças veladas nem brados descontrolados. Era um bento. Um bento sentia essas coisas. Varreu as árvores ao redor com os olhos. Mais e mais brasas empoleiravam-se ao seu redor. Engoliu seco. Seu coração cavalgava entre as costelas, o suor descia-lhe da testa. As feras ainda experimentavam a indignação. Amontoavam-se descrentes. O que tanto esperavam?

Vicente olhou para o rádio no chão. Secou o suor da testa com as costas da luva. Não parava de mover-se e vigiar os limites do anel de fogo. Ia perder o controle. Precisava de Lucas ao seu lado.

— Cadê vocês? — murmurou, perguntando ao aparelho que agora estava mudo.

Repentinamente, como se todos os vampiros ao redor fossem conectados por um mecanismo qualquer, avançaram perigosamente contra a muralha de fogo.

Vicente aferrou-se ao chão, ficando firme como rocha, mantendo os braços leves para movimentar a espada de prata. Umas cinqüenta criaturas pularam sobre o muro de chamas num segundo. Quatro delas enroscaram-se nos galhos e começaram a gritar presas nas chamas. Vicente, matreiro, sequer esperou que os inimigos tocassem o chão de terra. O primeiro deles ficou sem uma perna ainda no ar. Quando a primeira leva de vampiros caiu no solo, buscou o bento com os olhos. Vicente segurou o cabo da espada com as duas mãos e traçou um semicírculo à sua frente. Tinha varrido o ar com força, partindo o inimigo ao meio, na altura da cintura. Os gritos da fera, ferida pela prata mística, sobrepôs-se à balbúrdia dos vampiros do lado de fora do círculo de fogo.

Mais um tanto de feras saltou a muralha flamejante. Uma das feras atracou-se ao braço do guerreiro. Vicente estava cego e tomado pela loucura. Com um chacoalhão do braço, livrou-se do vampiro. A espada cruzou o ar mais uma vez, ferindo o pescoço do agressor, que recuou desequilibrado. Estavam próximos demais para golpes elaborados. A coisa estava feia. Eram muitos! Outros saltavam para dentro do círculo. Espetou o peito daquele que estava mais perto. Sentiu um agarrando-se à sua direita. Garras roçando na cota de malha no pescoço protegido. Levou a ponta da espada para trás, deu um coice com a arma, ferindo uma criatura, que estava aferrada em suas costas, perpassou a espada afiada no meio do peito do maldito.

Luana, agarrada ao galho da última árvore, praguejava. Os irmãos já tinham invadido o círculo de fogo. Tomou impulso e saltou. Mesmo sem ser necessário, deixou fluir seus dons vampíricos, tocando o solo sem fazer barulho. Estava no meio da turba. Via vários dos parceiros de covil saltando para dentro do círculo de fogo. Iam todos ao mesmo tempo de encontro ao bento suicida. Pensou em disparar e saltar a muralha chamejante. Sabia que ela fincaria o par de facas na garganta do intruso. Essa saborosa certeza crescia no seu interior. Sabia que daria cabo dele, que faria o maldito se esvair em sangue aos seus pés. Sabia que teria sede e teria de se conter para não levar os caninos pontiagudos ao pescoço lacerado da vítima. O sangue do bento era veneno. Contudo, antes que a vampira disparasse e tomasse impulso para saltar a barreira de chamas, ouviu o tropel dos cavalos. Era um barulho ensurdecedor. Virou o rosto junto com mais seis ou sete vampiros, olharam para a estrada escura aos olhos humanos. Eles vinham, trazendo brasas erguidas sobre as cabeças. Homens com couraça de prata. Couraças que traziam um crucifixo pontiagudo em relevo no peito de ferro. Sua certeza murchou feito rosa morta. Eram bentos. Sua certeza esvaiu-se, deixando o corpo assombrado, transformando seu desejo em pétalas enegrecidas e murchas. Não mataria aquele bento no círculo de fogo. Não teria tempo. Os outros chegavam. Olhou ao redor. Sem desespero. Não podia perder a cabeça, literalmente. Quantos bentos vinham no meio dos soldados na cavalgada? Vinte? Trinta no máximo! Eram os malditos bentos da profecia do velho Bispo, que perambulava de vila em vila, sendo repetida de boca em boca. A "ladainha", como era conhecida nos covis, contada por mulos banidos das fortificações. Eram eles sobre os cavalos. Os bentos. A vampira Luana podia ver os guerreiros de peito de prata, mas não via milagre algum diante dos olhos. Via apenas um bando de loucos que colocavam as gargantas em risco, a própria sorte, tentando pela centésima vez atacar aquele covil numeroso, aquele covil que resistira a centenas de assédios e que se mostrara tão forte e resistente a todo tipo de ataque lançado pelos patéticos humanos. Luana sorriu. Mesmo que os humanos viessem às centenas, seriam massacrados, mortos e desfiados. Rechaçados como tinham sido em uma dúzia de vezes. Ali, no grande covil, os assassinos da noite sentiam-se indestrutíveis.

Os vampiros que deixavam a caverna saíam abastecidos, plenos de energia. Dentro do covil adormecia um dos maiores Rios de Sangue do Brasil. Adormecidos e protegidos por um contingente assustador de criaturas da noite. Como a notícia do ataque iminente já voava de ouvido em ouvido aos vampiros, estes corriam para as galerias onde estocavam os corpos humanos desacordados de onde drenavam boa quantidade de sangue para se fortalecerem para a batalha. Saíram para a noite vigorosos e prontos, mais uma vez, para pôr pra correr aquele insolente e teimoso bando de soldados. Luana sorriu.

Não havia motivo para desespero. Quantos minutos demorariam a silenciar aquele tropel maravilhoso a encher-lhe os ouvidos? Dez, quinze minutos, no máximo. Diversão, afinal de contas. Aquele bento doido não daria nem para o cheiro.

Bento Vicente empurrou outro vampiro com o ombro. Transpirava copiosamente. Tinha insistido para ser a isca no lugar do glorioso bento Lucas. Apesar de sofrer resquícios de dor no ferimento, julgava-se maior que Lucas em tamanho e força física, mas era menor em valor. Lucas estava sendo o grande general, o grande comandante da surpreendente retomada que tramavam. Baniriam os grandes covis, um a um, e voltariam a dominar as cidades, durante o dia e durante a noite. Lucas sabia como fazer isso e precisariam dele para dar continuidade ao plano. O Brasil seria o celeiro, o porto seguro desse novo mundo. Vicente não queria que Lucas se arriscasse naquela parte do plano. Ele, Vicente, valia o risco. E, além do mais, adorava partir vampiros aos montes. Sua espada não tivera descanso. Passara a tarde toda na forja, nas mãos do habilidoso ferreiro Magal de São Vítor, preparando o fio afiado para o combate prometido. O bento corpulento e musculoso era preciso nos golpes, ganhando tempo. A cada contato com os inimigos, a espada arrancava pedaços de carne morta e ossos daqueles desgraçados. Mas, mesmo assim, dominando arma tão azeitada, a coisa estava cada vez mais feia. Os vampiros se amontoavam ao seu redor e suas unhas afiadas tinham conseguido abrir uma ou duas feridas. Estava tão envolvido em resistir que não ouviu o galopar do batalhão de Lucas se aproximando. Queria era continuar vivo. Vicente sorriu. Não acreditava que aquele tipo de pensamento lhe ocorria em momento tão apertado. Um vampiro forte aplicou-lhe uma gravata. O sorriso continuou, enquanto desferia um soco num outro atacante. Queria continuar vivo. Vivo para enfrentar outro covil, daquele mesmo jeito, numa noite seguinte. A espada voou perigosamente para trás, abrindo a cabeça do vampiro agarrado em seu pescoço.

O gigante de peito prateado conseguiu girar sobre o próprio corpo mais uma vez, o fio da espada abriu espaço por mais um instante. Os vampiros recuaram incrédulos. Parte deles surpresos e curiosos com o tropel que aumentava. Outra parte, os mais próximos ao guerreiro Vicente, de olhos esbugalhados, descrentes que aquilo ali no rosto do homem fosse mesmo um sorriso.

— O cara é doente! — grunhiu uma das feras, encarando o bento.

Vicente continuava girando, apontando perigosamente sua espada de prata para os vampiros.

O trigésimo liderava os cavaleiros e soldados. A visão à sua frente era tudo o que queria. Milhares de vampiros escapando pela boca da caverna e vindo em direção ao círculo de fogo. Arremessou sua tocha para a mata e aferrou-se às rédeas do cavalo, batendo com os calcanhares na barriga do animal. A luz proveniente da fogueira ao redor de Vicente iluminava o suficiente para dar seguimento ao combate. Destacou-se do conjunto. Sua capa vermelha, com barra de couro, esvoaçava com a velocidade do galope. Lucas lançou a mão esquerda da rédea e alcançou o cabo da espada. A lâmina prateada saiu da bainha e o cavaleiro apontou-a para a frente.

Vindo em meio ao conjunto, Adriano, o valoroso líder dos soldados de Nova Luz, avistou a terrível, porém esperada, visão das milhares de brasas tomando as árvores à boca do covil. Já tinha ouvido falar daquela toca de vampiros, mas nunca tinha estado ali, vendo um ataque em andamento. Eram tantos! Os malditos empoleiravam-se e tomavam posições preparando um contra-ataque à inesperada visita dos soldados de São Vítor e dos bentos. Adriano trazia um aparelho amarrado às costas, como bento Vicente fizera. Puxou um objeto oval, preso a um longo fio de borracha encaracolada, e levou-o até a boca.

— Adriano para Barreira do Inferno, câmbio.

— Ouvindo alto e claro, câmbio.

— O circo está armado, Franjinha. Passa fogo. Câmbio.

— Certeza?

— Certezíssima! — berrou Adriano, com os olhos assustados, assistindo ao número de vampiros crescer e crescer.

— Entendido, soldado. Câmbio e desligo.

Voltando a cavalgar, Adriano prendeu o microfone no aparelho às costas e puxou seu fuzil do coldre de couro. Bateu rápido com a mão no dispositivo metálico, destravando a arma e apontando o cano de descarga para a frente.

Vicente, finalmente, ouviu os cavalos. Estava com um vampiro preso debaixo do braço. A fera, de olhos vermelhos infernais, debatia-se, imobilizada pelo bento.

— Tá vendo aqueles caras que estão chegando? — perguntou o bento, erguendo o rosto do adversário.

Vicente teve de brandir a espada para espantar e afastar novos agressores e ganhar um segundo para concluir o que pretendia.

— São eles que vão ferrar você e seus irmãos essa noite, sanguessuga duma figa.

A fera grunhiu e voltou a se debater. Vicente enterrou sua espada no pescoço do vampiro, tirando-o do combate. Antes de arrancar a espada do oponente, já estava às voltas com mais um filho das trevas. Vicente girou o corpo com velocidade e conseguiu colocar o novo adversário à sua frente. A espada não demorou a trespassar o peito da criatura. O bento usou o corpo do vampiro para bloquear novos agressores que se amontoavam ao seu redor. Enfiou a mão livre debaixo da capa, tirando uma pistola presa ao tórax. Os vampiros, ato reflexo, recuaram um passo. Vicente, ao invés de apontar para a cabeça de um deles, ergueu a pistola para cima. Puxou o gatilho. Uma brasa vermelha riscou o céu, subindo centenas de metros. Um instante depois, o som de um estouro rasgou a noite e uma bola vermelha de fogo começou a descer lentamente.

Era o sinal que os soldados esperavam. Sabiam que na direção do sinalizador estava o bento que servira de isca. Corrigiram o curso dos cavalos. Os soldados que traziam fuzis carregados com balas de prata acudiriam bento Vicente. Com a claridade proporcionada pelo sinalizador, mais o círculo de fogo, teriam como atirar à vontade contra aqueles malditos sem acertar o colega no meio da enrascada.

Os bentos cavalgaram dividindo-se, indo aos flancos da muralha chamejante. Vampiros começam a entrar em seu alcance, obrigando-os a desviar hora ou outra. Os soldados mais confiantes não tentavam o desvio, simplesmente atropelavam os adversários com os cavalos de batalha. As espadas de prata dariam mais tempo ao conjunto, resguardando os guerreiros pelo tempo que o ataque-surpresa se estendesse. Agora o destino do batalhão estava nas mãos de Franjinha, no centro de controle da Barreira do Inferno.

Adriano saltou do cavalo e baixou um joelho ao chão. Fez mira nos vampiros próximos ao círculo de chamas. Abriu fogo, disparando com generosidade. Vários noturnos começaram a tombar. Mais quarenta soldados fizeram o mesmo, desmontando e disparando contra o crescente número de vampiros.

Lucas percebeu a luz da noite mudar. Seus olhos não precisavam mais do auxílio das tochas e do muro de fogo. Seus olhos emanavam um brilho amarelo e mágico que enchia o peito dos seus seguidores de confiança. Fazia-os saber que estavam lutando junto a um guerreiro maior. Um guerreiro iluminado. Lucas baixou o corpo, dobrando-se à direita do cavalo. Estendeu a lâmina da espada. A cabeça de uma vampira rodopiou, enquanto a maldita praguejava. O corpo assombrado caminhou alguns passos antes de cair decapitado. Lucas não olhou para trás. Sabia o que tinha conseguido. Ouvindo os tiros vindo às suas costas, zunindo perigosamente perto, rumou sem medo para o círculo de fogo. Daria cobertura a bento Vicente.

Vicente aproveitou o hiato no ataque dos monstros, provocado pelo disparo do sinalizador. A luminosidade reforçada incomodava as feras que protegeram os olhos e abaixaram-se assustadas. Vicente descarregou golpes de espada a torto e a direito, afundando a lâmina nos oponentes, ouvindo ossos serem partidos e gritos de dor subirem ao céu. Aliviado, viu o tordilho negro de Lucas cruzar o fogo. Percebeu, gratamente, a turba de vampiros vacilar novamente e lhe dar tempo para tomar fôlego. Não agüentaria aquilo nem por mais um minuto, acabaria cedendo às garras e à insistência dos malditos noturnos. Fios de sangue escorriam de sua testa ferida.

Lucas, de cima do animal, descia sucessivamente a espada contra os demônios da noite que cercavam Vicente. Os golpes, com a arma afiada, faziam os noturnos romperem-se em gemidos doloridos, sentindo a prata mística abrindo feridas irreparáveis contra sua carne maldita. Dedos, mãos e membros decepados começaram a formar um carpete macabro por baixo dos pés dos vampiros.

Um segundo cavalo irrompeu o círculo de chamas com bento Augusto em seu lombo, e mais uma espada passou a retalhar o volumoso grupo de vampiros dando folga ao guerreiro-isca.

Vicente conseguiu respirar melhor e voltou à carga com sua espada, aumentando a pilha de corpos ao seu redor. Além do cansaço, os restos inertes dos vampiros começavam a atrapalhar o bom combate. Estava exausto, mas não podia ceder agora que os valentes companheiros tinham chegado para socorrê-lo. Só faltava a última parte da estratégia tramada para que o plano maluco do trigésimo bento se mostrasse vitorioso mais uma vez.

Bento Amintas foi o terceiro bento montado a socorrer os parceiros dentro do círculo. Quando saltava o muro de chamas, seus olhos viram um brilho no manto negro do céu, a cerca de quarenta graus da linha do horizonte. Era o brilho da salvação.

A vampira Luana correu em direção aos soldados. Tinha urrado e chamado no grito um grupo de vinte vampiros. Tinha visto que para se aproximar com segurança e começar a descongelar os membros do covil da letargia, obtida com o surpreendente e incompreensível ataque iniciado por um bento só, teria de iniciar o contra-ataque ela mesma. Com sua velocidade sobrenatural, evitou os bentos mais próximos, passando bem abaixo das lâminas de prata, quase rastejando, quando eles vinham em sua direção em cima dos cavalos, voltando a ficar de pé logo após. Guiou seu grupo ao largo dos soldados, parecendo até mesmo ter desistido do ataque, mas a verdade era outra. Luana buscou as árvores. Subiu ligeira em seus galhos. O conjunto de brasas vermelhas e demoníacas que vinha atrás da vampira era seu grupo de assassinos auxiliares. Alguns dos soldados apontaram em sua direção, disparando com armas de fogo. Luana chegou a sentir o deslocamento de ar próximo à sua orelha uma ou duas vezes. Saltou mais para cima. Explosões cadenciadas escapando dos canos das armas. Galhos espatifando-se ao seu redor, envolvendo-a em uma nuvem de lascas de árvore. Usou novamente sua velocidade sobrenatural. A vampira, líder do grupo, foi a primeira a saltar de volta à clareira, estando agora às costas da maioria dos soldados. Suas facas afiadas vinham à mão. Luana saltou ferina. Os tiros continuavam espocando. Ouviu o grito de um parceiro, ao ser atingido no ar. Ela tocou o chão e só precisou estender o braço para a lâmina abrir a jugular do primeiro soldado. Os olhos arregalados da vítima encheram-na de estímulo. Rolou enquanto o rapaz ferido começava a contorcer-se no chão, a berrar e engasgar-se com o próprio sangue. Ao final do rolamento, enfiou as duas lâminas nas costas de um segundo soldado. Os berros do sujeito chamaram a atenção do grupo de guerreiros de São Vítor. Agora não era mais uma penetra surpresa. A vampira levantou-se, segura, olhando detidamente ao redor. Cinco ou seis soldados olhavam para ela e ainda traziam as armas de fogo em sua direção. Luana olhou para a boca da caverna. Estava fervilhando de vampiros, feito formigueiro atiçado por moleque. Os antigos tinham sido despertados pelos gritos e pelos alertas de luta. Todos tinham se abastecido dos adormecidos. Olhou para os soldados novamente, começavam a disparar em sua direção, agora que o humano ferido tombava sem vida. Luana saltou para trás e passou por baixo de um cavalo. Seus companheiros da noite também tinham chegado à clareira. Um deles engalfinhara-se com um soldado, levando seus dentes pontiagudos até o pescoço do desgraçado assassino de vampiros. Aquele ali não mataria mais nenhum irmão das trevas.

Luana continuou ouvindo disparos. Os soldados, vendo tantos vampiros tão perto, estavam perdendo o juízo. Seu rosto encheu-se de sangue quando as balas perfuraram a barriga do tordilho no qual buscara abrigo. O cavalo empinou e relinchou, tombando crivado de balas de fuzil. Um tiro acertou a vampira, fazendo-a girar e cair. Luana ficou imóvel um segundo, esperando a grama e a terra levantada pelos disparos aquietar-se. Estavam atirando pesado. Limpou o sangue do cavalo dos olhos. Olhou para as árvores. Bem ao pé de um eucalipto, à margem da clareira, avistou um buraco.

— Maldição! — gritou a vampira, consumida pela dor ardente em suas costelas do lado direito.

Hora de reajustar o plano. A ferida fisgava e começava a latejar. Graças! Não tinha sido uma bala perigosa. Viu mais dois amigos tombando, aqueles não tinham tido sorte, pela dor expressa nos gritos, tinham sido esburacados por balas de prata. A coisa estava ficando feia. Mas era só questão de tempo. Virou-se de bruços e começou a rastejar. Precisava de um minuto. Um minuto para a ferida fechar. Viu quando a mancha vermelha dos milhares de vampiros que se amontoavam à beira do covil disparou em direção aos soldados. Em menos de dois minutos estariam ali. Por dois minutos aquele buraco seria seu refúgio. Luana esgueirou-se entre a saraivada de tiros, buscando a escuridão da mata para fugir das balas prateadas. Jogou-se para o chão e arrastou-se para dentro do buraco. Voltou a cabeça para o grupo de soldados. Estavam ocupados, lutando e atirando em seus seguidores, tinham-na perdido de vista. Sorriu, sua idéia tinha dado certo. O sorriso abriu mais ainda quando viu os milhares de olhos vermelhos engolindo o círculo de fogo, enterrando embaixo da imensa onda de vampiros os bentos montados em seus cavalos. Morreriam picados entre as unhas dos mais antigos. A avalanche de vampiros tinha passado pela clareira e avançava em direção aos soldados que atiravam enlouquecidos. Suas balas não seriam suficientes para conter aquele número de criaturas da noite. Luana ainda transbordava numa funesta euforia, exibindo seus dentes longos e alvíssimos, quando avistou um brilho no horizonte. Um brilho que de estranho passou a assustador. A princípio lhe pareceu uma estrela. Um fenômeno celestial luminoso ocorrendo a milhares de anos-luz dali. Depois veio o terror. Uma faixa de luz, vinda do céu, surgiu como por encanto, percorrendo a floresta negra e vindo na direção do covil, na direção da clareira! Luana nada conseguiu dizer, apenas contraiu-se, entocando-se ainda mais naquele buraco, o facho de luz ganhou dimensões impressionantes, vindo cada vez mais veloz, mais portentoso. Atingiria o gigantesco grupo de vampiros! Que magia era aquela? Aquela luz?! Aquilo dava medo!

Um dos vampiros daquele resistente covil ergueu os olhos para o céu. Sua pele só não ficou mais pálida porque aquilo era impossível, como impossível também seria a criatura ter o coração acelerado pelo medo de tão impressionante visão. Um facho de luz varria a mata e vinha em velocidade vertiginosa, impregnando a floresta com luz e cores. Tinha sido pego de surpresa e congelado naquela posição. O vampiro antigo, de cabelos longos e esbranquiçados caindo pelos ombros, ficou de olhos grudados naquele clarão. O fenômeno tingiu com cores vivas a mata imediata à boca do covil e só nesse instante ele conseguiu sair daquela letargia e olhar para o mar de vampiros metros abaixo. Viu seus semelhantes embasbacados com aquele prodígio.

Tinham interrompido o ataque e milhares de cabeças tinham ficado presas ao raio de luz, pegos num truque hipnótico.

O facho de luz solar varreu a clareira e pareceu tornar a marcha mais lenta quando alcançou o objetivo.

Lucas lutou para desvencilhar-se de seis demônios da noite. Se a luz do sol queimasse aqueles inimigos colados em seu corpo, ele também sofreria queimaduras extensas. Tinha sido derrubado do cavalo quando a onda de vampiros passou pelo círculo de fogo, que já não existia mais. Os galhos flamejantes foram levados pelos pés das criaturas que não tinham cessado a marcha nem se intimidado com o fogo. Agora Lucas via os vampiros desesperados e estáticos. Agarrou-se à cela do cavalo e saltou para cima do animal. Tinha de sair dali antes que inflamassem. Deu a mão livre para Vicente, que parecia bastante ferido, e puxou o gigante para a garupa de sua cela. Gritando com os demais bentos, fez com que galopassem em sentido à estrada pela qual tinham vindo, tentando abandonar a clareira o quanto antes. Os vampiros não tentavam detê-los. Os que saíam daquele providencial estado catatônico disparavam aos gritos e maldições para a mata ou na direção da caverna, no fito de buscar abrigo e escapar daquele assustador clarão.

O facho de luz atingiu a boca da caverna, descendo em direção à clareira onde estivera bento Vicente e os soldados. O halo de luz iluminou tudo ao redor, num raio de um quilômetro aproximadamente. Os vampiros explodiram em gritos de horror e dor.

Os soldados correram em sentido à estrada, acompanhando o cavalgar dos bentos. Os que tinham seus cavalos por perto não perderam tempo e subiram nos lombos dos animais, embrenhando-se na mata, procurando afastar-se da multidão de vampiros. Assim que a luz emanada por TUPÃ bateu sobre suas cabeças, sentiram de imediato o intenso calor do sol.

De uma hora para outra a noite fria tornou-se dia. A temperatura deveria ter-se elevado cerca de dez graus em questão de segundos.

Até mesmo para os humanos o clarão causava desconforto, obrigando aqueles de olhos mais sensíveis a taparem o rosto, apertando as pálpebras com força. A mudança brusca de temperatura propiciada por aquele milagre também causava desconforto e náusea em alguns. Quanto aos vampiros, bem, essas criaturas sofriam um pouquinho mais de náuseas e desconforto térmico. Os seres das trevas levavam os braços para a frente dos olhos tentando vedar a passagem de luz. A luz solar queimava sua pele e rolos de fumaça começavam a escapar de seus poros dilatados, boca, olhos e ouvidos. Quando as mãos secavam e os ossos carbonizados desmanchavam-se, deixando a luz passar para os olhos, os globos oculares explodiam, lançando uma substância viscosa a metros de distância. A pele pálida ia passando para um tom de azul, as veias inchavam de forma horrenda, tornando-se negras e, em segundos, incandesciam. O bizarro e fatal fenômeno se propagava, apanhando um após o outro, como infectados por algum mal encadeado. O facho de luz solar, vindo do imenso TUPÃ, passou tão lentamente que parecia pairar sobre a boca da caverna, também a larga clareira onde Vicente acendera a fogueira e somando um extenso espectro floresta adentro. Era maravilhoso. A luz rebatida por TUPÃ manteve-se naquela região por cerca de quatro minutos, passando adiante, movimentando-se graciosa e lentamente, varrendo a floresta e voltando a parecer aos homens na terra um maravilhoso e espetacular facho de luz conforme se afastava. Parecia um tubo de energia escapando do bojo de uma gigantesca nave-mãe além das nuvens.

Os bentos e os soldados, livres dos milhares de vampiros que os rodeavam segundos antes, mantiveram os olhos fixos no portentoso raio, hipnoticamente paralisados por aquele espetáculo proporcionado por Marco Franjinha, diretamente do Centro de Lançamento da Barreira do Inferno. Quando voltou a escurecer, mesmo que eles ainda pudessem ver o facho se afastando, seus olhos foram capturados por um novo e não menos impressionante cenário. O que fora uma clareira e uma boca de caverna submersas na escuridão, agora eram cenários que reluziam rubros, tomados por toneladas de cinzas quentes e incandescentes. O amontoado de brasas era tão grande que não precisavam de lanternas para enxergar com facilidade o terreno à frente. Alguns dos corpos dos vampiros permaneciam inteiros, como se fossem estátuas de ébano. Dos que tiveram seus corpos carbonizados partidos, exibiam as faces internas incandescentes, vermelhas, eventualmente expelindo línguas de fogo de sessenta centímetros, alimentadas pelo calor excessivo e pelo vento frio que voltava a soprar na clareira. Só a sensação térmica não havia baixado. Apesar de a luz do sol ter-se afastado bastante, o calor emanado pela quantidade impressionante de brasas fazia arder a pele dos que se aproximavam demais.

Lucas parou seu cavalo. Vicente desmontou e virou-se para a clareira. Tinham-se afastado um bocado e o que viam de longe era um mar de brasas, como uma fotografia de lava vulcânica, escapando da boca da caverna e alastrando-se pela clareira. Lucas sorriu pela primeira vez aquela noite. Sabia que a maioria dos vampiros daquele covil tinha sido morta com aquela manobra.

No providencial buraco à margem da clareira e da mata, Luana, com olhos arregalados, via assombrada o resultado da visita daquele maldito facho de luz. Os humanos conseguiram invocar alguma espécie de deus que descera seu dedo luminoso contra os filhos da noite. A vampira, horrorizada e temendo nova investida daquele fenômeno maldito, afundou-se o máximo que pôde no buraco. Amanheceria. Se tivesse sorte, resistiria e ficaria viva para ver a noite tomar a Terra mais uma vez. Só com a escuridão da próxima noite conseguiria voltar ao covil. Voltar ao Rio de Sangue e reabastecer-se de sangue humano. Teria de viajar e encontrar os irmãos dos covis das redondezas. Daria o alerta. Os malditos bentos tinham-se reunido e a profetizada história dos milagres havia-se cumprido. Os bentos traziam o sol para a noite. Os bentos vinham contra sua gente. Luana recolheu as presas pontiagudas. Tinha de poupar sua energia. Deslizou suavemente a mão para fora do buraco, puxando uma pedra grande e folhas secas para a boca do esconderijo. Tinha poucas horas para melhorar ao máximo aquela toca. Teria de sobreviver às horas de sol.

Lucas levou o cavalo até a clareira, procurando um caminho livre de brasas para que o animal não se ferisse. O tordilho estava arredio, sofrendo com o calor procedente das brasas vivas.

Um trilho de guerreiros trajando couraças reluzentes e capas vermelhas seguia o líder. Lucas olhou para a boca da caverna. Nenhum movimento. Olhou com seus olhos emanados pelo fantasmagórico brilho amarelo. Nem sinal das criaturas da noite. Deu um puxão na rédea do cavalo e tornou o animal, ficando de frente para seus guerreiros bentos e para a meia centena de soldados. Abriu um sorriso, tirou a espada da bainha e levou-a ao alto. Os homens explodiram em berros, urras e vivas. Tinham vencido a primeira grande batalha nos arredores de São Vítor, com o resultado muitas vezes superior ao das últimas.

— Quantas horas faltam para o amanhecer? — perguntou bento Francis.

Adriano consultou o relógio antes de responder.

— Cerca de uma hora e meia, não mais que isso.

— Vamos acampar aqui na clareira. Deixem as armas a postos. Não nos defrontamos com nenhum grupo de mulos. É possível que apareçam de manhã. — bradou Lucas, lançando ordens a seus homens.

Lucas pediu ainda que avisassem pelo rádio ao Centro de Lançamento da Barreira do Inferno e à fortificação de São Vítor o resultado do ataque. Pediu também que São Vítor mandasse dentro de uma hora o segundo batalhão de prontidão. Nesse segundo batalhão, motorizado, viriam equipamento e caminhões para a incursão e resgate dos adormecidos estocados naquela profunda caverna. Objetivo: destruir os vampiros porventura restantes e resgatar os adormecidos estocados naquele antro.

Capítulo 5

Lúcio acordou sobressaltado. Respirava rápido. Deixou os olhos se acostumarem à claridade que entrava pelas venezianas quebradas das folhas de madeira. Uma goteira pingava dentro do cômodo acabado e envelhecido. Sobre as paredes não sobrara um centímetro da cor original que um dia recobrira aquele cômodo. Estava enegrecido e tomado por umidade. Um cheiro sufocante de mofo. Mas fora a melhor suíte que conseguira fora de uma muralha. Um cômodo abandonado no meio da mata. De fora, não ouvia mais o barulho da garoa. Olhou por um vão na janela. O sol brilhava e seu estômago roncava. Olhou para o caixão colocado dentro do cômodo. O mestre Cantarzo repousava placidamente dentro de sua carruagem movida a tração de escravo, enquanto ele, Lúcio, se fodia debaixo do sol para arrastá-lo ao norte. Lúcio apanhou o radinho de pilha, de cima do caixão, e foi para o terreiro à frente do cômodo. Saindo pela porta, à sua esquerda, a uns quatro metros do cômodo, jaziam os restos de pedra que formavam a boca de um poço. O lacaio foi sentar-se num amontoado de tijolos do que fora uma mureta. Sintonizou o aparelho na "rádio" São Vítor. Ainda tocava o mesmo disco de quando se preparava para dormir. Era um disco com as melhores músicas de Ivete Sangalo. Gostava demais da cantora baiana, gostava pra caramba, mas doze horas sem parar! Haja axé! Colocou cuidadosamente o rádio numa das pedras. Sem comida, a marcha diária de cinco quilômetros acabaria reduzida, talvez até extinta. Merda de caixão pesado! Por que o vampiro precisava ser levado ao norte? Ser levado à bruxa Tereza? Para quê? A bruxa faria o quê? E a merda de serpente engolindo a tartaruga? Onde isso se encaixava? O que isso significava? Suspirou indignado, enquanto desenrolava as ataduras da mão direita. Olhou com asco para a ferida. Desenrolou a mão esquerda. Que cheiro acre era aquele? Tinha pus nas duas mãos, as palmas em carne viva. Era bom que tudo aquilo valesse a pena. Enrolou novamente os panos imundos sobre as feridas sorrindo. Sabia que valia a pena. Que estupidez ficar questionando esse ponto! Cantarzo aliviaria toda a dor e tornaria seu corpo imune ao mal. Cantarzo lhe daria vida eterna. Vida eterna! Esse prêmio valeria qualquer sacrifício. Fossem em intensidade ou duração. Teria todo o tempo do mundo para compensar a dor. Seria poderoso. Seria filho do vampiro-rei. Respirou fundo e levantou-se. No meio de uma segunda e prolongada inspiração, sentiu aquele cheiro sutil. Sutil para as narinas, poderoso para o cérebro que fez o estômago roncar. Era cheiro de pão. Sentiu tontura. Abriu os olhos, aflito. Estava faminto, pombas! Estava cansado das frutas! Queria carne! Queria pão! Subiu na mureta. Viu um trilho de fumaça distante, subindo branquinho e vagaroso, sendo arrastado pelo vento e vindo parar em suas ventas. Voltou correndo para o cômodo só para conferir o caixão. Deixaria Cantarzo no abrigo? Seria seguro? A luz do sol não incidia diretamente sobre o ataúde improvisado, e mesmo que o facho de luz o alcançasse, não seria prolongada sua ausência. O vampiro ficaria bem. O que não podia era chegar numa choupana, arrastando um caixão. Seria escorraçado sem deitar o beiço numa asinha de frango, numa fatia de pão sequer. E o que dizer quando vissem o caixão? Como explicar o morto? "Ah! Isso aqui não é nada, não. É só um vampiro morto que tenho de levar pruma bruxa!" imaginava-se respondendo.

Lúcio voltou para fora. Passou a tira do embornal à tira colo, apanhou o rádio de pilha e começou a caminhar em direção à coluna de fumaça. Não tinha nenhuma fortificação naquela direção. Eram mulos vivendo na floresta. O que deveria existir ali, pertinho, era um belo dum covil de vampiros, isso sim.

Caminhou cinco minutos. Quando a Ivete parou de cantar, ergueu o radinho para perto do ouvido. Estava mudo. Parou e sentou-se na grama, procurando ajustar a sintonia, talvez o dial tivesse escapado acidentalmente da posição. Mas não era isso. A estação estava muda. Ficou aguardando aflito. Abriu o compartimento traseiro e mexeu nas pilhas. Só por mexer. Às vezes só de cutucar uma pilha ela voltava a funcionar. Mas não era isso. Tinha carga ainda. A rádio de São Vítor é que tinha interrompido a transmissão. Apesar de a fome deixá-lo à beira da insanidade, a curiosidade era superior. Estava com uma expressão séria quando uma voz feminina chegou através do alto-falante. Aumentou o volume junto com a gravidade em sua fronte.

— *Desculpem interromper a Ivete, mas nós de São Vítor temos uma grande notícia para todos os amigos das fortificações que se mantêm fiéis na escuta, esperando por boas novas. Como prometemos, todas as manhãs, às sete em ponto, daremos boletins dos progressos de nossos amigos bentos e soldados na sua cruzada contra os noturnos. É com alegria que comunicamos que, sob a liderança do maravilhoso Lucas, nós conseguimos pôr abaixo o maior covil de vampiros da região de São Vítor. O covil, distante cerca de vinte quilômetros ao norte de São Vítor, foi atacado durante a noite, e os bentos, com ajuda do CLBI e do TUPÃ, conseguiram acabar com milhares de vampiros num único ataque. Um número grande de adormecidos jaz nas profundezas daquele covil e serão transferidos para São Vítor em segurança. A luta contra esses demônios da noite está só começando, todos nós sabemos, mas seremos vitoriosos. Contamos com as orações de todos vocês para que Lucas continue sua cruzada vitoriosa. Mais notícias e detalhes dessa gloriosa façanha, pontualmente às dezoito horas. Um grande abraço a todos os irmãos do Brasil e do mundo que escutam essa transmissão.*

Assim que a música voltou ao ar, agora um CD do sambista Jorge Aragão, Lúcio desligou o aparelho. Estava boquiaberto. O que estava acontecendo? O que era TUPÃ? Olhou para o caminho que tinha feito, pensando em voltar para o cômodo úmido e voltar para a trilha arrastando o caixão. Cada miligrama de insegurança que brotava em seu coração bastava para que ele se apegasse a seu amo. Não poderia perdê-lo, de forma alguma. Contudo, antes que se dobrasse a sua covardia, o estômago lembrou-lhe de algo mais urgente. Do trilho de fumaça riscando o céu. Do cheiro de pão. Tinha de se alimentar. Tinha de conseguir remédio para as feridas da mão. Lúcio voltou a descer o caminho de terra em sentido ao cheiro de pão. Cantarzo teria de se virar sozinho por um par de horas ou dois. Se o lacaio morresse de fome, o vampiro não teria ninguém para carregá-lo ao norte, raciocinou o escravo, buscando escusas para afastar-se do vampiro e abastecer o estômago.

Capítulo 6

Chen, um dos líderes de São Vítor, comandava a segunda fase da missão. As brasas remanescentes dos vampiros incinerados pelo facho de luz levantavam cortinas de fumaça negra que riscavam o céu azul. Boa parte dos bentos tinha retornado a São Vítor com o levantar do sol. Estava ansioso por notícias dos soldados feridos. A vitória só não fora mais festejada por conta da percepção tardia da perda de oito soldados, mortos por vampiros com suas garras e lâminas afiadas.

Bento Teodoro, o ruivo, permanecera junto à boca da caverna, bem como os bentos Lucas, Augusto e Amintas. Os guerreiros mostravam-se satisfeitos, pois, até o momento, nenhum mulo atrevido havia dado as caras. Provavelmente, escondidos nas árvores, tinham visto o assombroso cenário aos pés dos soldados, com restos carbonizados de milhares de vampiros e, enfiado o rabo entre as pernas, desapareceram. Se os combatentes de São Vítor tinham conseguido retumbante vitória contra o maior covil selvagem da região, quiçá do Brasil, o que não fariam com o resto deles?

Teodoro, dono de indômita cabeleira rastafari, ajudou oito soldados a tirarem da traseira de um caminhão Ford um grande e pesado gerador de energia com motor a diesel. Da traseira do caminhão, outros soldados desciam um comprido rolo de fio com soquetes e lâmpadas atarraxadas de cinco em cinco metros. Poderiam começar a iluminar o interior da caverna com tochas incandescentes, mas resolveram usar o fio eletrificado para uma iluminação mais consistente e controlada. Não sabiam exatamente o que lhes reservava o fundo daquele buraco fedorento e tenebroso. Sabiam que milhares de almas perdidas repousavam nas trevas do imenso covil. Um Rio de Sangue, como diziam os malditos. Seriam resgatados e transportados para o Hospital Geral de São Vítor. Transportados para a segurança das muralhas.

Com a ajuda do bento ruivo, arrastaram o gerador até a boca da caverna. Um dos soldados puxou a corda que dava partida ao gerador. O motor a diesel engasgou e não ligou. Foi preciso puxar mais duas vezes para que funcionasse. O som ritmado do motor abriu os sorrisos dos soldados ao redor. O trabalho estava andando.

Bento Teodoro andou até a clareira e gritou para o grupo de soldados e bentos adiante:

— Aê, Lucas! O bagulho tá funcionando, meu irmão. Quem vai encabeçar a parada?

Lucas olhou para os soldados. Muitos deles tomavam café fumegante, preparado pelo sempre pronto e espontâneo cuca Paraná.

— Eu vou! — berrou o trigésimo, decidindo depois de um instante de silêncio.

Lucas apertou os dragonetes na altura correspondente a suas clavículas e libertou a capa vermelha da armadura prateada reluzente. O brilho aumentou quando a capa deixou à mostra dos raios de sol as costas metalizadas do guerreiro. O homem dobrou zelosamente a capa e depositou-a sobre a cela de seu tordilho de pêlos marrons-escuros. Lucas colocou sua touca de cota de malha de metal, garantindo proteção extra às jugulares. Verificou os cadarços dos coturnos e as luvas. Teria uma expedição e tanto pela frente. Trinta anos depois da noite maldita, nenhum humano conseguira um mapa do interior do imenso covil. Um ou dois despertos haviam escapado com vida da temerosa caverna, mas por conta da desorientação e do pavor gritante e avassalador, jamais puderam dizer com precisão o que tinham visto durante a indesejada hospedagem. Quando paravam de espernear e chorar, só conseguiam se concentrar nos horrores assistidos debaixo de pilhas de corpos inertes. Contavam dos "homens brancos" com "olhos de fogo".

Lucas caminhou entre as brasas fumegantes. O calor já não era tanto e não chegava a incomodar, mas a fumaça teimosa que subia daqueles restos entrava fundo pelas narinas, gerando uma constante e desagradável orquestra de tosses e fungadas ao redor. O que incomodava mais, ironicamente, era o sol quente e amarelo sobre suas cabeças. Já tinha se acostumado ao abafamento causado pelo peito de prata e toda a roupagem que compunha seu vestuário de guerreiro, mas o dia prometia ser um dos mais quentes que já tinha presenciado desde seu despertar místico. Sorriu ao olhar para Teodoro, subindo o único trecho acidentado após a clareira, onde terminava o chão de terra e começavam as pedras que compunham a boca da caverna. A entrada tinha cerca de seis metros de altura e mais de quinze de largura. O som do motor do gerador tomava toda a clareira. O sorriso continuava em seus lábios, pois se recordava da primeira vez que tinha visto aquele bento louco, numa meteórica e apurada passagem pela Ilha Grande. A impressão não fora das melhores na ocasião, mas aos poucos era dissolvida pela crescente boa vontade do amigo carioca.

O trigésimo guerreiro galgou as pedras chegando na boca da caverna. Um vento frio atingiu seu rosto. A caverna respirava. Junto com o vento um cheiro acre e pesado. A excursão não seria das mais agradáveis. Soldados chegaram com lanternas de carbureto para a iluminação quando ficasse mais escuro. Lucas ia à frente, com a espada desembainhada. Mais para trás, bento Teodoro e outros soldados desenrolavam o cabo com soquetes e lâmpadas que oscilavam a intensidade da claridade de acordo com a cadência do motor do gerador.

Lucas desembainhou sua espada e iniciou a invasão. Recuperariam tantas vidas quanto houvesse dentro daquele ninho de vampiros. A espada empunhada deixava claro que Lucas contava também com a presença de alguns inimigos nas entranhas das rochas. Sabia que, pelo avançado da hora, essas criaturas da noite estariam em seu sono das horas de sol e seriam facilmente exterminadas. Ao fim do dia, teriam um grande feito para contar e mais um fantástico evento grafado na História recente da humanidade.

Capítulo 7

Raquel e Gerson deixaram o buraco escuro que servira de toca. Depois de ouvir as últimas histórias da boca do humano, tinham decidido buscar mais informações no maior covil da região de São Vítor. A distância até o covil passava de trinta quilômetros. Poderiam chegar antes do amanhecer, isso era certo. Desde que tivessem o alimento mágico injetando energia em seus corpos assombrados. Precisavam de sangue. Muito sangue.

Raquel saltou para o tronco do jequitibá. Impulsionou o corpo esguio e de formas femininas por entre os galhos. Em questão de segundos, estava a mais de vinte metros de altura. A noite tinha um vento frio. Um vento *diferente*. Não sabia o que era. Olhou para baixo. Viu o par de olhos de Gerson vindo ao seu encontro, passando rente ao tronco da árvore alta. O vampiro de ombros largos e corpo musculoso abriu a mochila de lona que vinha em suas costas e verificou os pertences. Equipamento para uma boa caçada. A vampira de cabelos vermelhos e longos voou, cruzando o ar, de encontro a outra árvore. Pássaros adormecidos despertaram e voaram piando assustados quando o galho balançou. Raquel inspirou o ar da noite. Conhecia os cheiros. Era boa na arte da emboscada. O galho balançou uma segunda vez, quando Gerson pousou ao seu lado. Estavam quase no topo da árvore. Raquel colocou-se ereta, sentindo o vento em suas costas empurrando seus cabelos para o queixo. O trajeto da ventania não favorecia a caçada naquela direção, mesmo assim queria ir para a estrada. A estrada sempre trazia boas pistas de onde encontrar comida quente e fresca. A dupla de vampiros continuou a travessia da mata pelos galhos finos das árvores. Prestavam atenção aos barulhos da mata. Se o vento não revelasse nada, os sons haveriam de fazê-lo. E foi assim, de olhos atentos e ouvidos famintos, que deram com aquele ser na mata. Raquel apontou para Gerson. Uma vampira recostada num tronco. Uma vampira que tremia e se abaixava espreitando, parecendo tomada pelo medo. Raquel e seu seguidor mais fiel ficaram de pé no galho observando, calados, a estranha vampira por mais de dez minutos. Queriam descobrir primeiro quem era ela e do que tinha tanto medo no meio da noite. Raquel estava pensativa e taciturna desde o encontro com os bêbados ao redor da fogueira. O pinguço deixado por último tinha dito aquelas coisas. Trinta bentos. Quatro milagres. Não contou quais milagres eram. Tinha fechado os olhos e começado a rezar pedindo clemência divina. Agora aquilo. Uma vampira sozinha, amedrontada.

Gerson saltou duas árvores adiante e perscrutou a floresta, buscando inimigos. Nada. Olhou de volta para Raquel. A vampira apontou a criatura trêmula e saltou do galho do eucalipto. A queda foi rápida e certeira. Caiu às costas da vampira e pousou-lhe a mão no ombro.

Luana urrou raivosa e assustada, saltando e fincando as unhas na árvore. Lançou um rosnado para a vampira ruiva, escancarando sua mandíbula e exibindo as presas afiadas.

Raquel não se alterou, mantendo seu olho bom fixo na vampira. Gerson surgiu ao lado direito da árvore. A vampira percebeu a presença do parceiro da caolha e subiu mais no tronco da árvore.

— Calma aí, *miss* simpatia — gracejou Raquel. — Estamos curiosos com seu comportamento.

— Por que está com medo da própria sombra? — secundou Gerson, aproximando-se da parceira.

A vampira fechou a boca e escureceu os olhos. Suas pupilas continuaram vermelhas, tintas, mas sem o brilho ameaçador de quando estão prontos para briga.

Raquel aproximou-se um passo e estendeu a mão para que a criatura descesse confortavelmente do tronco.

Luana, por sua vez, saltou antes de valer-se da ajuda de Raquel.

A vampira ruiva deixou os olhos passearem rapidamente pela figura à sua frente. Dois punhais presos na coxa da vampira. Sorriu. Tinha gostado dela. Não era uma vampira tonta como tantas outras. Sua postura atual, de peito aberto e olhos firmes encarando os dois, tentava apagar aquela outra, de uma vampira fraca e trêmula.

— O que tem naquela direção que te assusta tanto? — insistiu o grandalhão.

Luana virou-se para trás e olhou através do tronco à sua frente. Olhou para o céu.

Raquel sorriu novamente e balançou a cabeça olhando rapidamente para Gerson, que também sorria. A vampira tinha pirado.

— Eles têm alguma coisa que vem do céu. Era luz como se fosse o sol... — disse a voz apagada da vampira.

— Como é que é?

Luana encarou Raquel.

— Você deve achar que sou louca, não é? Dá pra ler nesse seu olho arregalado.

Raquel riu.

— Encontramos uma vidente, Gerson.

— Diz agora alguma coisa que a gente não sabe.

— Os mortais... eles têm alguma máquina... algum poder. Eles atacaram o covil grande. Montaram uma armadilha. Quando a maioria dos nossos estava fora... eles trouxeram o sol!

— Ah! Ah! Ah! — riu Gerson.

Raquel pensou na profecia do velho Bispo imediatamente ao passo que Gerson aumentou ainda mais as risadas.

Um fino fio de luz da lua cortou o ar. Bastou para Raquel pender o corpo rapidamente, enquanto o punhal passava voando próximo à sua orelha esquerda. Gerson não teve a mesma sorte e suas risadas viraram um grito quando sentiu a prata perfurando seu ombro.

Instintivamente a vampira ruiva ergueu a metralhadora que carregava embaixo do sobretudo de couro, liberando uma rajada de balas prateadas.

Todo o movimento, entre o arremesso duplo de facas e os disparos da metralhadora, durou coisa de dois segundos. A fumaça das doze cápsulas deflagradas ainda pairava no ar e o silêncio comum às tragédias inesperadas envolvia o trio que encenava naquele palco sombrio aquele ato noturno.

— Desgraçada — rompeu o silêncio o vampiro grandalhão, retirando a lâmina do ombro. — Esse machucado não vai sarar nunca.

Raquel, fria e repondo calmamente a metralhadora em seu lugar habitual, conferia o resultado da rajada. Luana, crivada de balas, estava caída de encontro ao tronco da árvore. Respirava de modo entrecortado, como se lhe faltasse ar. A maioria das balas tinham-lhe atravessado o peito e duas perfurações apareciam em sua cabeça, uma logo na bochecha, ao lado e pouco abaixo do nariz e a segunda na parte direita de sua testa.

— Por que você fez isso, garota? Tu é afoita, hein?

Raquel aproximou-se da vampira e acocorou-se à sua frente.

— Seu... seu namorado estava... ri-rindo de mim.

— Ele não é meu namorado. Ele ri de tudo e de todo mundo, nem por isso recebe facadas todas as noites.

A vampira ferida calou-se e fechou os olhos.

Raquel olhou com ar de reprovação para Gerson. O vampiro mantinha a mão sobre o ombro ferido e desviou o olhar.

— Do que tem tanto medo, vampira? Fale-nos.

— Você além de cega é surda? — afrontou Luana.

Raquel fechou a mão no pescoço da vampira.

— Não é porque está às portas da escuridão que eu não vou judiar de seu rostinho, garota. Seja educada. Devemos respeito uns aos outros. É tudo que nos resta nessa vida maldita.

— Diz isso pro seu amigo — uma golfada de sangue negro escapou da boca de Luana ao terminar a frase.

Raquel olhou de novo para Gerson. Seu olho dizia: "Está vendo o que fez?!"

— Essa vampira é maluca, Raquel! Fugindo do nada no meio da noite!

— Maluca?! — resmungou Luana, estrebuchando. Tentou levantar-se, mas os músculos desfaleceram. — Então vão... vão até o grande covil. Serão mortos pelo sol que queima a escuridão. O sol repentino. Eu vi com meus olhos, milhares e milhares de nossos irmãos virarem cinzas!

— E como a princesa escapou? — inquiriu o grandalhão, cruzando os braços e se aproximando da vampira moribunda.

Raquel olhou para Luana. A vampira tinha-se escorado ainda mais ao tronco e seu corpo escorregava lentamente para o chão. Pensava que ela tinha perdido os sentidos quando voltou a falar.

— Eu fui ferida no meio do combate. Não eram balas de prata. Encontrei uma toca à beira da mata e me afundei em seu fundo escuro... então veio aquela luz...

Luana, antes de silenciar-se para sempre, tentou descrever diante da assombrada dupla de vampiros o que sucedeu quando o raio de luz infestou a clareira.

✠ ✠ ✠ ✠ ✠ ✠

Gerson escutou o barulho primeiro. Fincou suas unhas pontiagudas na casca do tronco da mangueira. Alçou cinco metros, e das ramagens finas, saltou para o grosso caule de eucalipto. No galho firme, reto e lançado diagonalmente sobre a estrada, caminhou. Os olhos encantados enxergavam longe o asfalto. Um par de faróis. Um veículo pequeno rasgando a estrada no meio da noite. Silvou, chamando a atenção de Raquel. A vampira de um olho só olhou para o parceiro. Ele apontava para o asfalto. Ela subiu também numa árvore. Soldados! Podiam parar de buscar rastros. A comida não estava entocada.

Estava vindo direto para suas bocas. Um carro solitário. Nada de motos e de comboio. Raquel mordiscou o lábio inferior.

— A vampira não mentia, Gerson! — bradou a criatura do outro lado da estrada.

— Vamos pegá-los?

— Vamos! — gritou de volta, saltando do galho para o meio da rodovia.— Eles vêm em um carro só.

Gerson imitou a líder e saltou para o asfalto. Abriu um dos bolsos de sua mochila de lona. Retirou um punhado de pregos pontiagudos, torcidos e soldados. Espalhou-os por vários metros do asfalto, plantando a armadilha para os pneus de borracha.

— Por que, ao ver esse veículo, me diz que aquela vampira não mente?

— Junte o que ela disse e o que vimos, mais a conversa do pinguço que deixamos falar... não sobra margem pra dúvidas, Gerson.

— Ainda não peguei.

Raquel estava à margem da rodovia e relembrava o que tinham visto à boca do covil grande. Um mar de cinzas mortas abandonado sob a luz do luar. Um sem-número de vampiros transformados em estátuas mudas de carvão. Afugentou as imagens de sua cabeça, enquanto usava sua força vampírica para deslocar uma rocha do barranco. A pedra rolou para o asfalto, interditando um pedaço da rodovia.

— Não pegou? Nessas coisas o Anaquias era mais rápido do que você — gracejou a mulher vampira.

Gerson fechou a expressão, deixando claro que não tinha gostado do comentário. Detestava quando ela fazia menção a seu conhecimento raso.

Raquel olhou para o outro lado da estrada, a uns vinte metros pra frente, e encontrou outra pedra grande o suficiente para causar problemas.

— Ajude-me com aquela lá. É mais pesada.

Gerson adiantou-se e, antes que Raquel chegasse, sozinho, empurrou o pedregulho da margem, fazendo-a rolar para o meio do caminho pavimentado. A pedra deveria pesar mais de duas toneladas, esforço do qual só quatro homens parrudos dariam conta.

— Nisso Anaquias nunca foi melhor que você — elogiou a vampira.

Gerson sorriu dessa vez, esfregando as palmas das mãos para tirar o musgo que agarrara na pele.

— Explica melhor, Raquel. Como concluiu que é verdade o que suspeitávamos?

— Primeiro o bêbado nos fala dos festejos por conta dos bentos e dos milagres. Depois encontramos essa apavorada, escondida na floresta, no meio da noite, sem coragem de seguir para o grande covil. Você prestou atenção no que ela disse antes de passar para as trevas eternas?

— Que os humanos destruíram o grande covil? Claro que ouvi, não sou surdo... nem cego.

Raquel olhou para a estrada. Já podia ver as luzes do veículo se aproximando. Os dedos de garras afiadas dançaram, num assomo sutil de sua ansiedade.

— Lembra-se que Luana disse que eles queimaram os vampiros com o sol?

— Já falei que me lembro.

— Com o sol, cara! Em plena madrugada!

Os vampiros se separaram, embrenhando-se no mato à beira da estrada, fugindo do par de faróis que se aproximava.

— Se eles trouxeram o sol para o grande covil, no meio da noite, eles estão mexendo com coisa grande — continuou a vampira. — Isso só pode ser um milagre, Gerson.

— Pelo tanto de vampiro transformado em carvão naquela ravina... tem cheiro de milagre...

— Um milagre! Exatamente a ladainha que o velho Bispo espalhava para os quatro cantos do Brasil.

— Trinta bentos se juntariam para desencadear os quatro milagres. O bêbado falou disso, a vampira morta falou disso, nós vimos a boca do covil...

— Mesmo assim, pensei que pudesse ser balela, Gerson. — continuou a vampira. — Um líder esperto começaria a espalhar um blablablá só pra botar pilha pra cima da gente. Criar medo nos vampiros e inspirar confiança nos soldados.

Gerson manteve os olhos na estrada. Os faróis estavam mais próximos. O ronco do motor já podia ser ouvido.

— Não é difícil imaginar que alguém esperto tivesse mentido para todo mundo, dizendo que os bentos tinham-se juntado, que os quatro milagres tinham-se apresentado e pronto. Bastava inventar essa conversinha para encher o peito de euforia de toda gente nas fortificações para novas e maciças investidas contra os covis...

— Como contra o covil grande?

— Isso.

— Quer dizer que pode ter sido armação?

— Não. Quero dizer que "poderia" ter sido armação. Nesse caso, não foi. Se o que a vampira falou é verdade, e eu acho que ela disse a verdade, não foi conversa, foi fato.

— Como você sabe que não foi armação?

O veículo estava a menos de um quilômetro.

— Vamos pegar nosso lanche, vampiro. Depois termino a história.

Gerson grunhiu, insatisfeito e curioso. Era por isso que andava com Raquel. Ela era esperta. Via coisas que ainda não tinham acontecido. Enquanto ele juntava dois com dois para adivinhar acontecimentos, ela juntava duzentos com duzentos. Era danada. Sabia como se sair bem em tudo. Até mesmo em lutas como aquelas. Lutas contra soldados armados.

Raquel abaixou-se e apagou o olho vermelho. Sacou os punhais roubados de Luana das bainhas de couro. Os dentes pontiagudos brotaram, extravasando seus lábios femininos. As veias negras-azuladas em sua pele excessivamente pálida causavam calafrios em suas vítimas.

Gerson deixou seus dentes crescerem, enquanto o cintilar de seus olhos desaparecia. Olhos fixos no asfalto. Em poucos segundos, colheriam os frutos da armadilha bem armada. Seriam segundos de gritos e de desespero. Seus ouvidos, tão acostumados com aquelas ladainhas da hora da morte, novamente afundariam em súplicas e choro. O vampiro inspirou fundo. Queria sentir o cheiro dos humanos que chegavam. Dos humanos que vinham inadvertidamente para os minutos derradeiros de suas vidas passageiras.

Tadeu pisava fundo no acelerador. Não queria ter deixado a fortificação sob o risco de chegar a São Vítor com a noite feita. Mas as garotas tinham pedido tanto. Literalmente tinham implorado, arrojadas aos seus pés. Era difícil resistir ao dengo das mulheres. Ao seu lado vinha Vânia, amiga de infância pré-noite maldita que tinha reencontrado três anos antes na pré-noite maldida. No banco de trás do Troller vinham Eric e Carol. Quando Eric contara às garotas que tinha conhecido, em pessoa, o trigésimo bento, elas ficaram histéricas, enchendo o rapaz de perguntas. Queriam, a todo custo, conhecer Lucas pessoalmente. Agradecer-lhe por ser o tal a juntar os guerreiros bentos para desencadear os quatro milagres. Graças a eles, tinham ouvido a manhã toda a voz de Nando Reis viajando pelas "bem-vindas de volta ao ar" ondas de rádio. Estavam sintonizados em São Vítor o tempo todo, no radinho de pilhas recarregáveis. Um adaptador, plugado no acendedor de cigarros do Troller garantia o reabastecimento do par de pilhas sobressalentes. Elas imploraram para seguir até São Vítor, custasse o que custasse. Fariam qualquer coisa para estar com Lucas e conhecer os guerreiros bentos. Eram ídolos! Tadeu, diante da frase "qualquer coisa", não mediu esforços. Conseguiu álcool e surrupiou as chaves do Troller. Com uma desculpa esfarrapada, colocou o veículo para o lado de fora de São Pedro. O soldado Eric trouxe as meninas. A única coisa que Tadeu não queria era viajar naquele horário. Mas não teve jeito. Uma série de argumentos começou a pipocar em seus ouvidos. Tinham um rádio transmissor no jipe e poderiam pedir ajuda caso alguma coisa desse errado. Poderiam encontrar a freqüência de São Vítor e solicitar apoio do TUPÃ. Qualquer vampiro que se metesse em seu caminho seria fritado pelo dedo de sol. Aquilo era o máximo! Os milagres tinham vindo! Os vampiros já eram!

As conversas e alegrias tinham minguado centenas de quilômetros atrás, quando, depois de uma pane elétrica e de terem ficado encostados cerca de hora e meia na estrada, descobriram que apenas um cabo tinha escapado da bateria do jipe, quando ele chacoalhou num buraco. Estavam atrasados, na reserva de combustível e longe de São Vítor. As meninas estavam com medo e tinham pedido que chamassem a fortificação pelo rádio, para que mandassem alguém para escoltá-los. Eric, soldado de São Pedro, foi terminantemente contra. Tinha anoitecido, mas não estavam sob risco de ataque. Lembrou-se de que o covil grande de São Vítor tinha sido atacado e o grosso dos vampiros da região tinha sido sumariamente aniquilado por TUPÃ, seria muito azar topar com um dos dentuços no meio da estrada. Se fizessem o chamado sem um perigo real, passariam por ridículos com a segurança de São Vítor. Eric lembrou-se também que tinham roubado o Troller de São Pedro, portanto, teriam de passar despercebidos até chegar lá. No fim das contas, mostrou-lhes o fuzil que trazia no assoalho do veículo, carregado de balas com revestimento de prata. Se algum vampiro desse o azar de cruzar com eles, sairia bem zoado da trombada. Eric rematou com um ditado a lá "Vicente Matheus", dizendo que "quem está na chuva é pra se queimar". Todos riram e concordaram, terminando por ressuscitar várias pérolas do adorado ex-dirigente corinthiano.

Tadeu continuava a cerca de cento e quarenta por hora. O caminho, naquela região, era deliciosamente reto e plano e com um asfalto inacreditavelmente conservado. Os faróis tinham um alcance excepcional e, caso nenhum imprevisto acontecesse, estariam em São Vítor em cerca de uma hora.

Vânia, a co-piloto, pediu a garrafa de suco para a amiga no banco de trás. Carol interrompeu um longo e molhado beijo em seu companheiro de viagem para dar ouvidos à amiga.

— Me passa o suco, sem baba, por favor — brincou Vânia.

Carol riu e afastou-se de Eric. Apanhou a garrafinha que ia a menos da metade e estendeu-a para a amiga no banco da frente.

Vânia desrosqueou a tampinha, olhando para a estrada negra. Um calafrio percorreu seu corpo, como se pressentisse perigo. Olhou para Tadeu e nada disse. Sorveu o suco até a última gota, estremecendo, agora, mais pelo gosto ácido da bebida do que por sensações externas. A voz de Carol fez com que abrisse os olhos novamente.

— A sede eu já matei também, tô querendo é beliscar alguma coisa? Sobrou um pãozinho aí?

Vânia abriu o porta-luvas. Estava tão zoneado e amontoado que as coisas voaram de seu interior.

Tadeu, surpreso com a quantidade de bagunça que as garotas conseguiram colocar no compartimento, e que agora se esparramavam a seus pés, desceu os olhos, rindo para a amiga. Vânia estava debruçada, tentando encontrar o saquinho de pães no chão escuro. Conforme ela se abaixou mais, os olhos atentos de Tadeu deixaram a estrada uma segunda vez, mais demoradamente agora, observando o generoso decote que deixava boa parte dos seios da garota à mostra. Tadeu deteve-se mais do que deveria. Todos foram pegos de surpresa por um estrondo repentino e sentiram seus corpos sendo jogados para a direita por conta de uma forte guinada que o veículo deu à esquerda.

Desesperado, Tadeu voltou os olhos para a pista, a tempo de ver um grande pedregulho no meio do asfalto. Enfiou o pé no freio enchendo a estrada com o som da freada, sem tempo de manobrar. O canto esquerdo do Troller, atingiu a pedra em cheio. O pneu dianteiro subiu pelo pedregulho, desestabilizando o veículo. Tadeu tinha perdido o controle. As mãos aferradas ao volante de nada adiantaram. Os gritos das meninas e de Eric furavam seus ouvidos. Uma segunda pedra na pista fez com que, por puro reflexo, puxasse toda a direção para a esquerda mais uma vez. Os pneus alcançaram o barranco e as quatro rodas do jipe foram ao ar. Os gritos não pararam, enquanto um descomunal barulho de teto raspando contra o asfalto enchia a cabine. Tão repentino quanto o acidente começou, ele parou.

Tadeu, preso ao cinto de segurança, tinha um zumbido ininterrupto no ouvido. A estrada estava escura e a luz de teto do Troller tinha apagado. A única claridade que encontrou era fornecida por um farol do jipe, que batia na margem da estrada e atingia os troncos das primeiras árvores. Não sabia se eram seus olhos, mas aquilo que parecia a luz do veículo era inconstante, aumentando e diminuindo. Ouviu a música entrecortada por estática saindo do rádio. Tentou olhar para Vânia, mas o pescoço doeu tanto que soltou um grito ao tentar movê-lo. Tossiu. Tinha vidro na boca. Vidro do pára-brisa estourado! O radinho parou de operar. Tateou ao lado do seu banco procurando destravar o cinto. Mantinha os pés pressionando os pedais, como se tivesse congelado naquela posição pré-capotagem. O coração estava disparado e, além da dor descomunal no pescoço que irradiava para a cabeça, transformando-se numa forte enxaqueca, sentia o estômago embrulhado e tontura, resultado da adrenalina em excesso que banhava sua corrente sangüínea. Encontrou a trava e o cinto soltou-se com facilidade. Sua cabeça bateu no teto e a perna foi prensada pelo volante. Gritou de novo, sentindo uma dolorosa fisgada na musculatura do pescoço. Virou as pernas para o lado da janela. O silêncio das vozes sufocava. Por que os outros também não se mexiam? Por que não gemiam e não tentavam sair? Que cheiro era aquele? Passou os pés para fora da janela da porta do motorista e conseguiu colocar metade do corpo para fora. O radinho de pilha ligado, fantasmagoricamente, voltou a funcionar. Tocava Swallowed, um clássico do Bush. Ficou de quatro, com metade do corpo dentro do jipe. Seus olhos ardiam e doíam. O pescoço parecia entrevado, não conseguia mexê-lo plenamente. Olhou para Vânia. Não via direito. Estava escuro demais ou a visão estaria afetada? A amiga estava quieta demais. Seu coração acelerou. Sentiu náuseas. Tinha alguma coisa tão errada com o pescoço de Vânia que a sua dor, típica de um torcicolo, deveria ser refresco. Ela estava tão viva e sorridente um segundo atrás... como poderia ser aquilo? Olhou para o banco de trás. O estômago embrulhou. A cabeça do Eric! Tadeu não suportou mais e, arrastando-se para fora o mais rápido que pôde, vomitou sobre o asfalto coberto por estilhaços de vidro. Virou-se e recostou-se na lataria, choramingando. Estavam mortos. Só podia ser isso. Por causa de uma olhada para os peitos da Vânia, estavam mortos! Sua culpa! Cuspiu um caquinho de vidro que tinha estralado desconfortável entre seus dentes. Tapou os olhos com as mãos, chorando copiosamente. O choro sentido, entrecortado por soluços e repuxões na musculatura ferida do pescoço. Nessa posição levou mais de cinco minutos intensos. Tadeu sentia-se culpado pela morte dos amigos. Quando conseguiu interromper o pranto, e seu peito voltou a subir e descer com um pouco mais de calma, tirou as mãos da frente dos olhos. Fungou e passou a mão no nariz, removendo uma porção de catarro que escorria e limpou na calça de sarja. Seus olhos, acostumados com a escuridão, encontraram um par de botas no meio da rodovia. Arrepiou-se dos pés à cabeça. O rádio! Tinha de usar o rádio. Só agora se lembrava de pedir socorro. No entanto, estava congelado por aquela figura parada à sua frente. A mulher estava há dois metros. Uma distância curta demais para tentar qualquer coisa brusca. Seus olhos subiram pelas pernas bem contornadas da criatura, chegando ao seu ventre, passando pelos seios e terminando num rosto pálido demais para ser agradável. O sangue gelou nas veias quando percebeu que a figura tinha um olho só. O outro globo era tapado por um tapa-olho de couro. Uma vampira!

Tadeu abriu a boca, com os lábios trêmulos. Tinha de alcançar o rádio. Era sua única esperança.

— Por que choras? — perguntou a voz feminina com docilidade.

Lágrimas voltaram a escorrer dos olhos do rapaz. Apontou para dentro do jipe com o polegar.

— Eu... eu os matei. Eu perdi o controle do carro. Foi tudo culpa minha. Eu olhei pros peitos dela... culpa minha! — gemeu

Tadeu, baixando a cabeça e pousando a testa no joelho, enquanto voltava a soluçar descontrolado.

— Não foi, não. Você não teve culpa de nada — retrucou Raquel, dando um passo à frente e acocorando-se para nivelar seu rosto ao do rapaz.

Tadeu inspirou forte. Aquele cheiro estranho. Era sangue! Sangue misturado com álcool.

— A culpa dessa merda toda é dele — disse a criatura da noite, balançando a cabeça para o lado.

Tadeu mexeu o pescoço com dificuldade, quase não saindo da posição. Viu um segundo vampiro, andando pelo asfalto, aproximando-se vagarosamente do jipe capotado.

Gerson aproximou-se do carro e passou a mão no pneu dianteiro murcho. Deu impulso, fazendo a roda girar rapidamente. Acocorou-se e deu uma espiada pela janela lateral sem vidro. Olhou um instante para Tadeu. O rapaz sentiu seu corpo todo estremecer ao encarar aqueles olhos frios de fera. Gerson puxou o corpo de Eric pela abertura. A cabeça do rapaz estava inchada e um filete grosso de sangue escorria pelo ouvido.

— Esse tá morto.

Tadeu continuou com os olhos arregalados na direção de Gerson. O vampiro era enorme, de braços musculosos e pele branca. Quando ele falou, pôde ver de perto os caninos pontiagudos enfeitando a arcada dentária superior. Outra vez um calafrio percorreu o corpo. Estava ferrado, sabia disso.

— Que música é essa? — perguntou Raquel, passando a mão na sobrancelha do rapaz, tirando um caco de vidro.

Tadeu meneou a cabeça negativamente. Não conhecia o Bush nem a nova faixa do CD da coletânea. Tocava Swallow.

— Que música é essa, moleque?

— Eu não sei o nome. É de rádio.

— Rádio... — balbuciou a vampira.

O rapaz aquiesceu.

Gerson terminou de tirar o corpo de Eric do jipe. Enfiou a mão mais uma vez. Trouxe Carol para fora. Pousou a mão na jugular da menina. Pulsação.

— Essa aqui tá viva.

Raquel levantou-se rapidamente e olhou com um sorriso para Gerson.

— Ouviu o que ele disse?

Gerson recebeu um tapa no braço. Era difícil ver aquilo em Raquel... ela estava feliz?

— Hoje tu tá pior que porta, hein, Gerson? O garoto falou que essa música vem de um rádio.

— Ele está mentindo, Raquel. Rádios não funcionam.

A vampira abaixou-se novamente junto a Tadeu. Esgueirou meio corpo para dentro do jipe. Tadeu pensou. Poderia atacá-la. E o outro? O que ele faria? A mulher abaixou mais o corpo tocando o seu. Foi rápida. Voltou com o radinho de pilhas na mão. Ela sorria e deixava os lábios marcados pelos dentes pontiagudos. Encarou o rapaz, levando o rádio até o ouvido. Raquel levou seu olho bom para Gerson.

— É rádio mesmo, Gerson. Um radinho... funcionando.

— Céus! — exclamou o vampiro.

— Céus?! A gente encontra um rádio funcionando e você fala "céus"? Só você mesmo, Gerson.

Raquel meneou a cabeça negativamente.

Tadeu arregalou os olhos pela enésima vez e olhou para a amiga nas mãos do vampiro, que a segurava pelo queixo e movia sua cabeça mole de lá pra cá suavemente. Sentiu outro calafrio cortando o corpo. Lembrou-se da merda do fuzil no chão do banco de trás. Deveria estar no teto agora que o carro estava de ponta cabeça.

Raquel abriu um sorriso malicioso olhando para a garota. Sangue vivo e pulsante. Talvez nem quisessem o sangue do morto.

— Ele ainda está quente — rebateu Gerson, olhando de novo para o defunto, como que adivinhando os pensamentos da parceira.

Gerson soltou a menina desacordada. Carol estava comatosa, também tinha o rosto inchado, mas nenhum sangramento aparente. O vampiro levantou-se e acocorou-se ao lado do rapaz morto. Levou as presas ao pescoço do rapaz e começou a drenar-lhe o sangue. Saboroso. Tinha morrido há pouco. Precisava sugar com gana. O coração pulsante sempre ajudava na refeição. Drenar dos mortos era mais trabalhoso do que dos vivos. Mesmo sendo um defunto, o sangue estava muito bom. Estava faminto. Precisariam de energia para chegar ao covil grande.

Tadeu aproveitou quando a vampira olhou para o parceiro, talvez atraída pelo ritual sangrento e lançou-se em direção ao corpo da amiga agonizante. Sabia que a ruiva pensaria que queria alcançar Carol, em ato de desespero. Talvez desse certo. Arrastou-se mais um pouco e alcançou a janela. Viu a arma na lataria. Estava no canto oposto do jipe, quase saindo pela outra janela. Teria de esgueirar-se para dentro. Não ia dar certo. Enfiou a mão para dentro do jipe. Assustou-se e estacou quando viu o rosto de um olho só aparecendo do outro lado do veículo. Como podia? Ela estava na sua frente um segundo atrás!

Raquel apanhou o cano do fuzil e tirou do alcance do rapaz. Passou a correia pelo pescoço.

Quando Tadeu tirou a cabeça do veículo, a vampira já estava na sua frente, apontado-lhe a arma.

— Tem bala de prata aqui?

Tadeu meneou a cabeça positivamente.

Gerson não olhava para os dois, ocupado em sorver até a última gota do sangue de Eric.

Raquel baixou o cano até o pé direito do rapaz e puxou o gatilho. O som do disparo varou a floresta, fazendo pássaros piarem e abandonarem os galhos das árvores próximas da rodovia.

Quando o eco do disparo acabou, restaram os gemidos de Tadeu.

Gerson parou de olhos esbugalhados em direção à parceira.

Tadeu virou de bruços e começou a se afastar do jipe, deixando um trilho de sangue por onde seu pé ferido passava.

— Para onde estavam indo? — perguntou a vampira.

O rapaz não respondeu.

Raquel andou pacientemente até alcançar a vítima.

— Para onde estavam indo?

Tadeu continuava a rastejar, raspando os cotovelos protegidos pelo *jeans* de sua jaqueta contra o asfalto.

Raquel desvirou-o, empurrando seu corpo com a bota. Pisou no peito do rapaz, colocando pressão na caixa torácica.

— Não! — gemeu Tadeu.

Estava desesperado. A força do pé da vampira impedia que inspirasse. Estava acabado. Não devia ter aceito aquela viagem idiota naquela hora idiota. Por que elas queriam tanto ver o bento Lucas? Por que sair quando sabia que pegariam a noite no meio do caminho? Sentia-se burro. Sentia-se um inútil! Não tinha conseguido apanhar o fuzil. Mesmo que fosse largado ali, no meio da rodovia, não conseguiria chegar com vida até uma fortificação. Estava perdido. Rompeu em pranto, com as lágrimas escorrendo pelo rosto.

Raquel olhou em silêncio por um instante para o rapaz. Como eram fracos. Choravam em vez de lutar até o último instante. Como eram inúteis. Aqueles ali não eram como os bentos. Eram um bando de babacas que mereciam ser devorados até a última gota. Eram gado. Eram bichos de criação. Não valeriam em bosta o que pesavam. Seus corpos só faziam bem ao mundo quando eram jogados na terra para decompor-se e adubar o solo. Bichos de merda. E queriam agora liquidar com eles. Com os donos da noite. Com os donos do mundo. Não deixaria.

— Para onde estavam indo?

Tadeu gemeu mais e continuou chorando.

Raquel aliviou um pouco o peso do pé. Deixou a vítima tomar fôlego. Lembrava-se de como era aquilo. Precisar respirar...

O garoto inspirou fundo e tossiu sucessivas vezes, contorcendo-se. O pé queimava e latejava. A dor no pescoço triplicava a cada espasmo durante o acesso de tosse.

Pousou o cano do fuzil na testa do rapaz. Queria testar sua resistência e valentia. Olhou para o jipe por um segundo. Gerson agora mordia o pescoço da garota em coma no meio do asfalto. O desgraçado ia beber todos eles! Ergueu o fuzil e disparou na direção de Gerson. A bala ricocheteou na lataria do veículo capotado. Gerson tirou a boca do pescoço hemorrágico e deixou os olhos cintilarem vermelhos em advertência. Grunhiu para a colega de caçada.

Raquel voltou a colocar o cano, quente, na testa do rapaz. Tadeu retraiu a cabeça, batendo a nuca no asfalto.

— Não estou com paciência, menino. Diga-me, para onde estavam indo?

Tadeu tossiu e olhou para o cano da arma. Não tinha mais forças. Gemeu quando a vampira voltou a colocar o peso da bota sobre seu peito. Suas costelas iam estourar!

— Estávamos indo para São Vítor.

— São Vítor? É logo ali — brincou a vampira, apontando o caminho com o cano do fuzil.

O olho bom da vampira baixou novamente para o rapaz. Percebeu que ele, sabiamente, temia encará-la.

— O que há de especial em São Vítor?

— Lucas. Bento Lucas. Ele juntou os trinta bentos. Ele libertou os milagres e vai libertar-nos dos vampiros.

— Bento Lucas... — tartamudeou a vampira.

— Ele vai acabar com você.

— Bento Lucas... — repetiu.

— Ele é o cara. Ele vai acabar com você.

— Bento Lucas... — repetiu, dessa vez com a voz mais alta.

— Ele vai aca...

Tadeu não concluiu a frase. Um novo disparo explodiu na mata, junto com a cabeça do rapaz.

Raquel olhou ao redor. Seu olho brilhou vermelho e permitiu que seus dentes se alongassem ainda mais. Ajoelhou-se ao lado do cadáver fresco.

— Bento Lucas! — balbuciou mais uma vez, antes de descer os dentes na jugular de Tadeu.

A vampira sugou com força, satisfeita por sentir que o coração do rapaz ainda funcionava. Precisava de sangue. Estava faminta. Precisava de muito sangue. Iria encontrar esse maldito Lucas. Iria descobrir de que merda era feito esse bento predestinado. Arrancaria a cabeça dele para que os humanos voltassem a se sentir perdidos. Agora tinha um nome. Agora tinha um objetivo. E sabia exatamente onde buscar um aliado para essa empresa. Um aliado louco, mas poderoso. As peças daquele quebra-cabeça estranho pareciam começar a se encaixar.

Terminada a refeição, Raquel levantou-se, carregando o rifle, e voltou ao jipe. Gerson puxava Vânia para fora.

— E quanto a essa aqui?

— Leve-a. Logo precisaremos de mais sangue. Ainda não me fartei. O sangue dela será útil na jornada que se desenha.

— Tem a ver com a conversa que estávamos tendo antes deles aparecerem?

Raquel olhou para o vampiro.

— Isso mesmo, Gerson. Isso mesmo.

— Você ia explicar o ataque ao covil grande.

Raquel olhou para o radinho na palma de sua mão, que continuava tocando, agora uma balada romântica.

— Vou explicar tudo que tou entendendo até agora, Gerson. Aquela piração do Anaquias... tou achando que o cara não tá louco coisa nenhuma.

— O Anaquias! Ah! Ah! Ah! Você viu comigo. O cara tá piradinho. Juntando um exército para um tal de vampiro-rei.

— Pois é. Acontece que você tava comigo também. Ouviu o que eu ouvi também. Ele disse que "eles" viriam. Naquela hora, "eles" eram os bentos. Anaquias, de alguma forma, ouvindo aquela voz na cabeça como ele mesmo dizia, estava sabendo de coisas antes de acontecerem. Ele avisou os vampiros de São Paulo sobre a invasão a Teodoro Sampaio.

— Certo...

— Essa papagaiada que o velho Bispo profetizava está acontecendo diante de nossos olhos. Luana disse que um raio de luz veio do céu. Que o sol veio no meio da madrugada e queimou a todos. O rádio voltou a funcionar e está tocando, aqui na palma da minha mão. Isso já é outro milagre. A profecia do velho falava em quatro. Temos de descobrir quais são os outros e nos armarmos, nos prepararmos para tempos de vacas magras.

— Como pode estar tão certa? Como sabe que é tudo verdade? Você mesma disse que os humanos poderiam estar encenando um teatrinho para fazer todo mundo acreditar e, como você mesma disse, encher os soldados de moral.

— O rádio, palerma. Isso não dá pra representar. O rádio tinha desaparecido na Noite Maldita e voltou. A luz do sol! A vampira viu. Ninguém contou isso pra ela. Ela viu! Ela fugiu de lá para morrer nas nossas garras! E esses merdas de humanos andando durante a madrugada. Isso é o que me deixa mais cabreira. Não tem termômetro melhor que o medo e o respeito. Os humanos perderam o respeito. Há trinta anos ninguém botava o rabo na rua depois que o sol se punha. Em duas noites já encontramos dois grupos dando mole depois do pôr-do-sol. Isso tem nome.

— Idiotice?

— Esperança, anta. Esperança — retrucou a ruiva, irritada com o brutamontes. — Eles estão acreditando nos milagres. E te digo, esses milagres, que vieram para nos aporrinhar, estão por aqui.

— O rádio e o sol durante a noite.

— Falta descobrir quais são os outros dois.

— Como vamos descobrir?

— Vamos mudar os planos. Poderíamos ir direto a São Vítor agarrar o tal do Lucas, mas somos só dois contra centenas de soldados e um punhado de bentos. Vamos buscar Anaquias. Ele tá juntando aquele monte de vampiros. Ele tem um exército aos seus pés.

— Ele falou do vampiro-rei...

— Com vampiro-rei ou sem, ele é o vampiro mais poderoso hoje em dia.

Gerson bufou.

— Sei que isso te enerva, grandão, mas é a verdade. Vamos ter com ele.

Raquel esgueirou-se para dentro do jipe e arrancou do painel o rádio transmissor. Aquilo ali deveria estar funcionando também. Pediu que Gerson removesse a antena envergada da traseira do carro capotado.

Gerson obedeceu, colocando o corpo inerte de Vânia em cima do veículo e indo até onde a antena estava atarraxada.

— O Anaquias... — balbuciou o vampiro. — Quem diria que aquele panaca ia ser o bambambã um dia?

— Se liga, Gerson. O Anaquias nunca foi panaca. Era um bom soldado. E eu sou a líder. Ele vai ter de se lembrar disso. Vai ter de me respeitar e obedecer. Esse tal de bento Lucas vai ver quem é que manda no pedaço.

Capítulo 8

Anaquias e seus homens chegaram à porta do covil. Estavam há muitos dias de São Vítor. Seus seguidores estavam famintos. Sabia que no covil encontrariam adormecidos o suficiente para saciar a fome dos soldados vampiros. O vampiro-rei soprava novas ordens. Soprava novo ânimo nos ouvidos de Anaquias. O líder do exército de vampiros, apesar da reconciliação com o espectro, da reconciliação com a crença de que o vampiro-rei lhe soprava boas novas, Anaquias mantinha-se taciturno. Falava pouco aos soldados. Os vampiros e vampiras que tinham sobrevivido ao terrível ataque celeste nos arredores da Barreira do Inferno tinham partido em blocos críticos. Uma porção dos sobreviventes parecia duvidar da falácia insistente de Anaquias acerca das profecias do vampiro-rei. Outro tanto dizia que estavam perdidos. Que a profecia do Bispo havia vencido, que nada poderiam fazer para deter os humanos uma vez que os trinta bentos se juntaram e os quatro milagres tinham sido libertos. Um volume respeitável, a despeito da trágica derrota, vendo dezenas de milhares de irmãos sendo queimados pelo inexplicável e miraculoso raio de sol, aferrara-se na crença da vinda do rei noturno. Estranhamente, numa porção daqueles vampiros, a visão daquele milagre favorecendo os humanos plantara de forma confusa uma lógica incongruente e fé assombrosa. Por tantos anos tinham ouvido correr as matas a folclórica história dos trinta bentos. Tinham sempre lutado para evitar que isso acontecesse. E agora que viam os trinta juntos e a profecia vomitada pelo finado velho Bispo, sentiam fortalecidas a crença no profeta das trevas. Viam fortalecidas as sentenças proclamadas por Anaquias. Vendo que os milagres dos humanos tinha acontecido, passavam a crer que esse tipo de coisa poderia ocorrer aos vampiros também. Tinham de crer em algo que salvasse sua espécie. Seguiriam Anaquias por onde ele pedisse, cedo ou tarde o vampiro-rei viria, como anunciava o líder do exército noturno. Os vampiros tinham uma profecia também. Tinham um herói para destinar sua crença e seu trabalho. Anaquias deveria ser seguido e protegido, a todo custo. Deveriam fazer até mais que isso. Deveriam esparramar-se pelos rincões do país e divulgar essa certeza fulgurante. E assim os filhos das trevas não guardavam mais para si esse sentimento, essa certeza. Alardeavam nos covis, chamavam mais irmãos da noite para juntarem-se ao grupo de Anaquias, para ao menos ouvir os desejos de Anaquias, o intermediário do rei. Pregavam que aqueles que seguissem Anaquias salvar-se-iam dos milagres dos homens e que juntos seriam conduzidos ao despertar do vampiro-rei, o vampiro que colocaria um fim naquela guerra. Um vampiro que mostraria aos homens o seu lugar na ordem das coisas. Um vampiro que colocaria a humanidade no seu devido lugar e transformaria as fortificações em rebanhos de sangue.

Anaquias rabiscava com carvão a parede da caverna. Não queria esquecer a imagem que vira através dos olhos do vampiro-rei. Escamas negras. Escudos de ferro. Escudos que fariam parte da estratégia de defesa. Os humanos sofreriam. Sofreriam.

Capítulo 9

Lucas e seu grupo de homens aproximavam-se dos portões de São Vítor. A fortificação era iluminada pela luz do sol poente. Apesar do fim do dia se aproximar, sabia que ele e os demais bentos teriam ainda muito trabalho dentro dos muros da cidade, antes de poder descansar. Os soldados estavam atentos nas torres. Tinham recebido instruções dos líderes Amaro, Chen, Matias e Willian, que coordenavam o trabalho com intensidade naquela tarde. Haviam deixado os soldados em alerta e colocado um maior número de homens nos muros. As sentinelas das torres receberam instruções especiais. Temiam uma represália por conta da tomada e destruição do covil grande. Certamente os vampiros não deixariam por menos aquele ataque. Quereriam recuperar a todo custo o Rio de Sangue roubado das cavernas. Um dia de trabalho não tinha sido suficiente para resgatar todos os adormecidos. Milhares de corpos ainda se amontoavam nas profundezas da caverna, o que renderia dias e dias de trabalho.

Na clareira, defronte a boca da caverna, os bentos tinham montado acampamento. Bento Teodoro, Duque, Justo e Amintas faziam a guarda da caverna. Contavam com mais quarenta soldados para defender o acampamento e não deixar que vampiros entrassem ou deixassem a caverna. Tinham-se dividido em turnos e contavam com um aparelho de rádio amador para se comunicar com São Vítor e pedir auxílio de TUPÃ, caso fosse necessário. Com o rádio e com aquela belezinha no céu, as coisas tinham ficado muito mais fáceis na luta contra os vampiros. Se a encrenca fosse da grossa, Marco Franjinha ajustava as coordenadas do imenso refletor solar e pimba! Adeus vampiros!

Por conta desse milagre prometido estar a serviço dos homens, os soldados e os bentos viam-se num entusiasmo só, nunca experimentado entre os humanos. Finalmente o medo diminuía ao passo que o mar das possibilidades de novas estratégias se ampliava.

Lucas desmontou de seu tordilho marrom-escuro ao lado da casa que lhe fora gratamente cedida em São Vítor. O sol poente tingia de vermelho as paredes caiadas da moradia. Na cintura, uma nova peça compunha seu vestuário. Um rádio *walkie-talkie* era mantido ligado para ficar em contato imediato com os líderes e bentos de São Vítor. Enrolou a rédea do cavalo num poste ao lado da casa e desprendeu a cela do animal. Pela primeira vez passou a mão na pelagem do eqüino, olhando-o demoradamente. Estava se apegando à montaria. Passou a mão carinhosamente na face do cavalo, que começara a chamar de Tião. Esse baixava a cabeça para mordiscar o mato ralo ao pé do poste. Lucas foi até a frente da casa e apanhou uma bacia de alumínio, enchendo-a de água no tanque de lavar roupas, instalado numa das laterais da casa. Voltou e ofereceu água ao bicho. Apanhou a cela jogada no chão e colocou-a junto à parede da casa. Bufou cansado, com a mão na maçaneta da porta. Entrou pela cozinha, tirou as luvas de couro e depositou-as sobre a pia limpa e vazia. A casa era pequena e simples, mas muito mais que suficiente para prover guarida e pouso a qualquer guerreiro cansado. E "cansado" era a palavra de ordem. Lucas caminhou quase que se arrastando até a sala. Arrepiou-se e o coração acelerou ao chegar ao cômodo. A melhor das surpresas que poderia esperar para aquele fim de tarde cochilava preguiçosamente no sofá de três lugares da sala. Ana, com o jaleco branco do HGSV, repousava com expressão tranqüila.

Lucas pressionou os dragonetes, liberando a capa vermelha e pesada que caiu aos seus pés. Destravou as presilhas de seu peito de prata e, atrapalhadamente, deixou a parte posterior da armadura ir ao chão, fazendo barulho o suficiente para a doutora acordar.

— Lucas... — murmurou a mulher.

O trigésimo guerreiro sorriu-lhe.

Ana espreguiçou-se longamente e levantou-se, enquanto Lucas depunha no sofá de um lugar a parte frontal de sua armadura prateada. Trocaram um abraço apertado e prolongado e depois um beijo terno e demorado.

— O que você acha de ter o soldado de volta? — perguntou o homem.

— O que eu acho? Eu acho que esse soldado é muito bagunceiro e está largando tudo pelo chão. E seria bom esse soldado tomar um bom banho, porque a catinga tá brava — brincou a mulher.

Lucas soltou Ana e olhou-a com uma careta. A médica riu e baixou a cota de malha, podendo olhar melhor para o rosto de Lucas, rosto que gostava tanto. Beijou-o novamente. Agora de um modo mais ardente e apaixonado. Sentia falta do rapaz a seu lado. O dia não tinha sido fácil no HGSV. Ana atendera aos soldados feridos no ataque ao covil grande. Infelizmente, alguns dos homens tinham chegado sem vida, devido a hemorragias brutais, e um deles pereceu em cirurgia. Depois de todo o estresse e correria, esse sono infernal a tinha dominado e feito cochilar no meio da sala.

— Como é que está o meu amigo?

— Qual deles?

— Bento Vicente. Como é que ele está?

— O troglodita vai sarar rapidinho. Não tem nenhum corte profundo. Mesmo assim, com um cortinho aqui e outro ali, somou mais quarenta pontos na sua vasta coleção de costuras cutâneas — comentou, com um sorriso nos lábios.

Lucas gostava do jeito de Ana, sempre extrovertida. Mudou de expressão para continuar:

— Troglodita? O Vicente?

— Troglodita, sim. Aquele brutamontes só anda falando manso com você. O cara vive de cara amarrada. Parece que sempre está bravo com tudo e com todos. Você deveria dar umas aulas de simpatia pro seu amigo... já andam chamando o de bento Cavalo invés de Vicente.

— Calma, lá. Quatro milagres já está bom. Outro milagre só na próxima encarnação.

Ana sorriu mais ainda com a brincadeira do namorado. Afastou-se dele e deu um tapinha em seu peito.

— Agora, já pro banho. Sou sua médica. Estou mandando.

Lucas sorriu e puxou Ana para o banheiro.

— Só que eu nunca tomo banho sozinho. Dá azar. Pode vir aqui, doutora.

Ana não resistiu e deixou Lucas levá-la ao banheiro. Um pouquinho de água morna não faria mal algum para relaxar depois de um dia exaustivo. Estavam os dois precisando de banho e descanso.

O trigésimo guerreiro se deu ao luxo de ficar uma hora e meia nos braços de sua amada Ana. Não ouviu muitos resmungos quando anunciou que teria de se levantar e recompor-se para se reunir com os líderes da soldadesca e também com os bentos, para discutirem os passos seguintes da retomada. Confidenciou à consorte que os próximos dias seriam decisivos para estabelecerem a supremacia e começarem a abocanhar de volta o mundo tirado pelos noturnos.

Lucas trocou a malha de algodão que ia por baixo do colete de couro, também a cueca e a calça negra colada às coxas, por cima vestiu o saiote verde-escuro. Apanhou a armadura de prata e pediu o auxílio de Ana para juntar as partes no tórax e apertar as práticas presilhas que selavam seu peito no interior da proteção. Ana estendeu a capa vermelha com a barra grossa de couro escuro para quase terminar de compor seu guerreiro. Lucas prendeu as pontas já gastas do tecido aos dragonetes que iam à altura da clavícula. O toque final, como sempre, era rematar o peito com a querida imagem de São Jorge pendendo do cordão de couro.

Ana afastou-se quatro passos do trigésimo, chegando a sair do quarto e mirando o guerreiro ao lado da cama.

— Sabe o que você parece?

— Um panaca que acordou trinta anos depois e virou herói?

— Não!

— O quê?

— Parece Santo Expedito.

— Ah! Até parece.

— Sério, Lucas. Essa roupa lembra aquelas fardas romanas. Santo Expedito era soldado de Roma.

— Sério?

— Acho que era.

— Agora pareço santo. Essa é boa.

— Sério. Leva o maior jeito de Santo Expedito.

— Legionário romano é mais legal.

— Bá! Pára de coisa. Santo é mais legal.

— Viu o que um sono embelezador pode fazer? Transforma qualquer panaca em santo, em bento, em herói.

— Você não é um panaca.

— Era. Eu disse que "era".

— Era nada.

— Quer apostar?

Ana caminhou de costas, sem tirar os olhos de Lucas.

— Me diga o nome do corretor que vendeu seu seguro de carro quando o mundo era mundo?

Ana sorriu novamente para Lucas, erguendo os ombros e meneando a cabeça negativamente.

— Não me lembro, Lucas. Corretor de seguros? Aí você me pegou.

Lucas perdeu o sorriso do rosto.

— Vê o que digo? Eu era um corretor de seguros. Trabalhava numa seguradora de veículos. Era isso que eu fazia. — Nesse instante, um *flash* cruzou a mente de Lucas, o trigésimo guerreiro viu-se sentado em uma mesa de escritório vendo fotografias de um carro batido.

— Eu analisava os casos... — murmurou inseguro.

Ana emudeceu, compadecida, percebendo que o amado tentava lembrar-se de sua vida pregressa.

— Você nunca ia dar atenção pra mim se eu fosse um vendedor de seguros de automóveis.

— Quem disse? Eu fui com a sua cara assim que eu te vi. Você não imagina como eu torci para que não fosse um vampiro. Fiquei atrás daquele vidro, esperando os indícios...

— É?

— Sério! Quando li sobre você, me apaixonei. Você era predestinado. Desde que nasceu. Muito persistente...

— Espera aí! Leu sobre mim? Que história é essa? — indagou o bento, arqueando as sobrancelhas.

Lucas percebeu Ana ficar lívida como uma vampira. A mulher desviou o olhar e virou-se, como se buscasse tempo para responder.

Ana foi até o meio da sala. Não sabia o que dizer. Lucas não sabia nada sobre sua vida passada e tinham decidido nada contar. Decidiram não falar nada até que ele reunisse os trinta bentos... mas ele já tinha feito isso. Talvez agora pudesse contar o que sabia. Estava confusa.

— O que você está escondendo, Ana? — inquiriu Lucas, mais sério.

— Não estou escondendo, Lucas... só não sei o que dizer.

— Então diga o que sabe. Já tá de bom tamanho. O que você sabe sobre mim?

Ana passou a mão pelo cabelo, trazendo alguns fios enroscados em seus dedos.

— Eu não lembro nada do meu passado. Tudo que vem, vem picado. Se você sabe alguma coisa... — Lucas aproximou-se com os braços estendidos, segurando a mulher pelos ombros. Não estava nervoso, seus olhos transbordavam aflição. — Foi você quem disse meu nome pela primeira vez, foi você que me fez lembrar pela primeira vez... e você sabe mais, Ana.

A médica virou-se, indo em direção da única janela da sala. Apertou os lábios. Não tinha dito nada antes com medo de perder Lucas para o passado, perdê-lo para sua pregressa obsessão, antes de aceitar e levar sua missão a cabo. Agora que ele já tinha conseguido o desencadear dos quatro milagres, Ana tinha medo do que sabia. Tinha medo que o novo Lucas voltasse a ser o velho Lucas. Tinha medo de vê-lo desaparecendo de sua vida em busca de um fantasma, em busca de algo que nunca mais encontraria. Já tinha experimentado isso no passado. Já tinha perdido um homem em sua vida. Não queria reviver aquelas horas de dor. A qualquer preço.

Lucas pousou as mãos nos ombros da mulher mais uma vez. Tinha algo de errado com ela. Algo de errado com aquela situação. A namorada parecia saber alguma coisa importante, alguma coisa terrível. Lucas sabia que ela estava escondendo algo grave. Apesar de não querer magoá-la, a lembrança de seu passado era algo que queria de volta. Tinha o direito de saber verdadeiramente quem era e onde tinha morado. Não se lembrava de quase nada e as pontas de memória que surgiam em determinadas situações só traziam sensações ruins. Por que ficava tão aflito quando estava no mar? Não sabia responder. Ana tinha de lhe ajudar. Tinha de abrir o bico. Virou-a, deixando-a de frente, mirando-a firmemente nos olhos.

— O que você sabe, Ana? Preciso saber tudo o que aconteceu comigo no passado. Preciso saber quem sou.

Ana abria a boca quando ouviram o espocar de um rojão.

Lucas sentiu os pêlos dos braços eriçarem. Vampiros!

O trigésimo guerreiro soltou a mulher, recuou dois passos ainda olhando-a nos olhos.

— Não sai daqui. Vou cuidar disso e depois a gente termina nossa conversa.

Lucas deixou a casa e foi até o cavalo, liberando as rédeas e montando sem selar. Passou galopando pelo Hospital Geral de São Vítor, avistando o muro sul. A agitação concentrava-se naquele lugar.

Por um momento, esqueceu da situação angustiante vivida com Ana. Tinha de dar cabo do problema. Não permitiria que um ataque de vampiros dissolvesse a sensação de vitória entre os homens e os habitantes da fortificação. Tinham muito trabalho pela frente e precisariam de todo ânimo para prosseguir na luta contra os malditos noturnos.

Quando alcançou o muro, encontrou Amaro aos berros com os soldados, posicionando seu contingente e preparando-se para o confronto. Lucas subiu pela escada e pelo corredor apertados até chegar ao topo do muro. No corredor de manobras, os homens empunhavam seus rifles e seguiam as orientações de Amaro. Nos espaços privilegiados, os *snipers* ficavam a postos, prontos para tentar salvar os vigias das torres avançadas caso o pior viesse a acontecer.

Lucas olhou para o areião à frente. Mal o sol tinha caído e as criaturas estavam lá, empoleiradas à margem da floresta, com seus fantasmagóricos olhos vermelhos. Lucas voltou os olhos para o interior da fortificação. Apesar de já ter dominado a loucura, o desejo de saltar na areia e atirar-se contra os malditos era grande. Ao pé do muro, como sempre, às vezes como última defesa, estavam os bentos Francis, Ulisses, Célio e mais uma dúzia de guerreiros de capas vermelhas. Dois deles eram novatos, bentos recém-despertos, com pele pálida e corpos franzinos, pareciam fracos demais até mesmo para sustentar os peitos de prata.

Lucas voltou a prestar atenção no muro. O líder Amaro tinha parado com os brados e pedia para lhe falar.

— Diga, Amaro.

— Podemos chamar o CLBI pelo rádio, senhor?

Lucas olhou para a mata. Contou quarenta e dois pares de olhos vermelhos. Suspirou.

— Não. Não vamos chamar o CLBI. Temos condições de acabar com a raça desse punhado de criaturas. Use o rádio para alertar a atividade vampírica ao grupo que ficou na boca do covil grande. Talvez eles recebam visitas por lá também.

Foi Amintas quem respondeu ao rádio primeiro. Tão logo soube da notícia de vampiros nos arredores de São Vítor, colocou os demais em alerta. A bem da verdade é que todos os bentos e soldados não desgrudavam os olhos da mata por mais de um minuto. A sombra constante da possibilidade, quase concreta, de um ataque à boca do covil pesava sobre suas cabeças.

Amintas berrou ordens e os guerreiros repartiram-se nos cantos do acampamento mantendo espadas desembainhadas e ouvidos atentos. Era possível que uns poucos vampiros ainda vivessem no fundo daquela toca. O gerador de energia foi acionando e a corda com soquetes de luz que invadia a caverna iluminou o ambiente.

Ao passo que o medo começava a incomodar os corações dos guerreiros na base avançada, em São Vítor os guerreiros bentos e soldados eram mordidos por curiosidade. Tão súbito quanto surgiram na beira da floresta, os olhos vermelhos e cintilantes dos vampiros desapareceram.

— O que está acontecendo? — perguntou Chen, em voz alta, sem desviar seus olhos rasgados da floresta além do areião.

— Estão indo embora — rebateu Lucas.

— Por que viriam aqui e iriam embora depois de termos liquidado com o covil grande?

Lucas olhou para Chen. Estava mudo e achava cedo afirmar alguma coisa. Continuou vigiando o movimento de retirada das criaturas e alertou a situação à base avançada de onde bento Duque respondeu dessa vez. Recomendou que dobrassem a vigilância e pediu a Matias que providenciasse um destacamento imediatamente para reforçar a base à beira do covil grande.

Depois de quinze minutos, o trigésimo guerreiro olhou novamente para Chen e finalmente respondeu ao guerreiro.

— Eles estão com medo, Chen. Os vampiros estão com medo.

Lucas desceu a escadaria estreita, acompanhado por Amaro. O líder dos soldados gostava da presença do trigésimo guerreiro e do odor de esperança que vazava pelos poros daquele ser. O bento caminhou até o meio dos guerreiros. Francis recebeu-o com um sorriso.

— Não vieram os malditos?

— Não, Francis.

— Desistiram. Já estão com medo da gente. O jogo virou mesmo!

— Disso ninguém duvida — secundou bento Ulisses.

Todos riram, animados com os novos ares.

— Pedi que ficassem de olhos bem abertos nesse turno — disse o líder Amaro. — Não quero que esses desgramados perturbem a reunião dessa noite. Muita coisa será discutida e organizada.

Lucas parou em frente aos dois novos bentos. Tinham despertado depois da Noite dos Milagres. Não tinham entrado em combate direto com as criaturas, mas todos na vila sabiam que, quando tivessem a chance, deixariam aquele ar de cães perdidos e tirariam as espadas da bainha. Lucas pousou a mão no ombro do mais alto. Um rapaz de cabelos castanhos encaracolados, aparentando cerca de vinte anos. Os olhos estavam encovados e a pele ainda se mostrava pálida.

— Sê bem-vindo, guerreiro! Sei que não era isso que esperava do mundo, mas é assim que o mundo está. Vocês chegaram na melhor hora. Na hora da vitória.

O rapaz inspirou fundo antes de responder:

— Eu... eu não sei o que dizer, Lucas. Não sei o que fazer. Tudo isso parece um pesadelo.

— Comigo foi assim também. Qual é o seu nome?

— Danilo, senhor.

— E o seu? — perguntou Lucas, ao segundo bento novo.

— Eu... eu ainda não me lembrei, senhor.

Esse segundo bento novo era mais baixo. Igualmente magro, por culpa da longa hibernação, e de pele tão branca quanto a de Danilo. O rosto era ossudo e os olhos eram de um verde desbotado. Os cabelos negros eram curtos e revoltos.

— Ainda me sinto perdido nessa loucura, nesse cenário tão surreal. Ainda mais com esse problema de memória — disse Lucas, tentando solidarizar-se com o bento novo. — Você vai lembrar de algumas coisas. — Lucas calou-se e olhou na direção de seu alojamento. Não podia ver o casebre e sua amada Ana, mas sentiu o peito apertado quando se lembrou do mal-estar antes de deixar a casa. — É difícil, mas acho que uma hora acaba lembrando-se de tudo. Temos muito o que fazer para ficarmos lamentando coisas perdidas. Precisamos de sua cabeça no aqui e no agora.

— Eu não lembro meu nome... — resmungou o segundo bento novo.

— Amaro, arrume um soldado para levar esse homem ao Hospital Geral. Eles devem ter alguma coisa lá. Devem ter alguma anotação... um prontuário. Ajudarão você a se lembrar de seu nome, pelo menos isso.

Amaro já sabia a resposta, mas vendo a luz de esperança despertada nos olhos do rapaz, não ousou apagá-la.

Os demais bentos adiantaram-se, iam em direção ao galpão de reuniões. Muitos dos líderes de soldados já estavam lá, com alguns cidadãos selecionados para tratar da retomada. Lucas tinha muitas idéias estratégicas e queria discuti-las com a comunidade.

Dentro do galpão amplo e limpo, seis mesas de dez metros de cumprimento cada uma eram dispostas paralelamente. Em torno de uma delas, um grupo de homens ocupava as cadeiras ao redor. Falavam alto, parecendo desentender-se. Quando perceberam a aproximação dos guerreiros bentos, o tom de voz diminuiu, voltando ao que seria uma conversa normal.

Os bentos que acompanhavam Lucas tomaram as posições ao seu redor. Alguns dos líderes de São Vítor estavam presentes, a reunião contava também com alguns membros da comunidade, incluindo duas mulheres. O trigésimo guerreiro, de pé, numa das extremidades da mesa, retirou um papel de dentro de uma das bordas de sua luva de couro. Desdobrou o papel amarrotado com anotações a caneta. Olhou para os homens sentados. Francis à sua direita, com o inseparável cavanhaque e os bigodes estreitíssimos e perfilados, acompanhava o olhar do guerreiro com um sorriso.

— Andei pensando muito nos últimos dias, senhores. Pensando sobre nossa recente condição e o otimismo que floresce nas vilas desse novo Brasil.

A voz de Lucas chegava clara a todos os presentes, que, imediatamente após o início da alocução do guerreiro, cessaram as conversas.

— Vencemos as últimas batalhas e, apesar de termos perdido homens nas lutas, os resultados mostram mais razões para continuarmos em frente do que para pisarmos no freio. Concordam?

Os homens balançaram a cabeça positivamente, lançando palavras de apoio e mantendo a atenção no guerreiro.

— Acho que temos de dar um passo à frente. Não devemos agora nos encostar totalmente em TUPÃ. O milagre não foi único. Foram quatro. Temos agora os novos bentos — disse, apontando para os dois guerreiros recém-despertos que se sentavam junto dos combatentes uniformizados. — Todo ser humano que abre os olhos desperta como um bento. São guerreiros neo natos. Têm uma nova programação circulando nas veias e nos músculos. Como eu mesmo duvidava, transformei-me num novo ser humano após o despertar e, agora, depois dos quatro milagres, todos eles serão igual a mim, em bravura e habilidade, pelo menos é o que nos faz crer os relatos que escutamos até agora.

Os dois bentos novos trocaram um olhar descrente, como se fosse completamente impossível sequer imaginarem-se brandindo aquelas espadas pesadas em suas cinturas contra criaturas da noite.

— O Bispo me disse, quando estive com ele em sua casa, que depois da chegada dos milagres ainda haveria muita luta pela frente. Ele não via a vitória e como ela se daria. Só me contou sobre a importância dos quatro milagres. Como pudemos assistir, os vampiros não desapareceram simplesmente. Eles ainda estão por aí, entocados em seus covis e creio que não vão demorar para perceber tudo o que está acontecendo e começar a se adaptar à desvantagem. Vão aprender a viver sob a ameaça de TUPÃ e dos novos bentos. Vão contra-atacar.

Os homens mantiveram-se calados e sérios. Muitos deles estavam tão absortos pelo espírito de euforia despertado pelos quatro milagres que sequer aventaram a possibilidade de os vampiros voltarem a representar grande problema. Agora, ouvindo apreensivos as concatenações de bento Lucas, viam que a euforia fora como um vinho, que os entorpecera e embriagara, tornando o cenário colorido demais, quando, de fato, ainda não o era.

— Precisamos aproveitar o atordoamento que os milagres causaram para tirar vantagem nessa guerra. Temos de vencer pela inteligência e pela união. Talvez os vampiros ainda sejam maioria quando o sol se põe, mas vou pôr um ponto-final nisso. Escrevi nesse papel algumas idéias e quero discuti-las com os líderes de soldados. Quero também que vocês digam qual eram as idéias dos soldados antes dos milagres, antes do meu despertar. Vamos juntar tudo e traçar um grande plano para retomarmos nosso país e, depois, todo o planeta... Há gente precisando de ajuda na Europa, Ásia, América do Norte, em todo o mundo.

— Quais são essas idéias? — perguntou Chen, o líder de traços chineses.

— Primeiro de tudo... — Lucas inspirou fundo antes de continuar. — Precisamos arregimentar homens para transformar em realidade a idéia de cada fortificação conhecida e contar com um rádio receptor e transmissor. Precisamos estabelecer uma rede coesa de comunicação. Vamos precisar de códigos e de um padrão de comunicação. Vamos precisar formar um núcleo para organizar isso, de um verdadeiro Ministério da Comunicação. Vamos precisar de soldados, veículos, de aparelhos de rádio em perfeito funcionamento e eu preciso que alguém se encarregue de organizar dados e informações. Vamos fechar os movimentos dos vampiros por todos os lados. Se cada vila nos reportar um lance que os malditos noturnos derem, teremos suas tocas, seus planos, seus movimentos em nossas mãos. Poderemos usar TUPÃ com precisão. Tocando novamente nesse assunto, quero que pensem em TUPÃ como um trunfo temporário. Não temos a menor idéia de até quando esse equipamento estará em perfeito funcionamento.

— Bem lembrado, Lucas — disse Amaro. — Eu me peguei pensando nisso outra noite. E quando acabar a bateria daquele treco?

— Franjinha disse que a energia é reciclada por energia solar e que há uma bateria de energia nuclear que vai funcionar por centenas de anos, mas eu penso é em coisas fora do programado. Não sei como são as coisas nas alturas. Alguma peça de TUPÃ pode quebrar...

— Deus nos livre! — emendou bento Célio.

— E não teremos como reparar TUPÃ daqui da Terra. Não teremos uma nave para ir lá, nem gente qualificada para um vôo desse tipo... — previu o líder Amaro.

— Exatamente — rebateu Lucas.

O trigésimo guerreiro baixou os olhos para o papel.

— Restabelecer e padronizar a comunicação entre as cidades é só o primeiro tópico. Quero deixar vocês pensando em soluções e sugestões. Por isso pedi que não só os militares estivessem aqui. Quero que vocês, membros da comunidade, também ponham seus conhecimentos e neurônios pra funcionar. Precisaremos de gente para fazer essas coisas acontecerem.

— Próximo item! — pediu bento Francis, afilando o bigode com os dedos.

— Vamos retomar São Paulo, Rio de Janeiro, Belo Horizonte e Curitiba. Essa será a primeira e decisiva fase da retomada. São cidades estratégicas. Precisamos controlar as rodovias: Dutra, Castelo Branco, Anhangüera e Fernão Dias. Precisaremos incluir outras rodovias nessa primeira fase, Régis Bittencourt, por exemplo. Para conseguirmos isso, vamos precisar de muitos soldados, precisaremos de organização num nível que vocês nunca experimentaram desde a Noite Maldita. Vamos controlar nossas velhas cidades e nossos caminhos. Vamos acabar com a raça desses vampiros duma figa. Vamos retomar as capitais desse país, cercá-los por todos os lados.

Todos explodiram em comentários de aprovação e entusiasmo. Estavam diante de um líder ousado e que certamente os conduziria à consumação da grande vitória.

— Precisamos de grupos que vão aos velhos quartéis das Forças Armadas e vasculhem por todo equipamento que nos possa ser útil. Velhos veículos, agora que as tecnologias controladas por rádio voltaram a funcionar, voltarão a ser úteis.

— Bem pensado! — exclamou bento Ulisses. — Vamos começar agora.

— É para isso que chamei todos. Dessa noite em diante nossas ações serão em cadeia. Temos de plantar um objetivo claro na mente de todo ser humano. Estamos em temporada de caça aos vampiros. Com um novo exército, com TUPÃ sobre nossas cabeças, vamos extinguir com esses malditos noturnos. A noite voltará a ser segura para todos os povos da Terra.

Novamente a maioria dos homens ao redor da mesa entusiasmou-se com Lucas, esbanjando sorrisos, saudações e aplausos de incentivo.

Lucas, ainda com o rosto sério, esperou o silêncio voltar ao galpão para continuar.

— A luta será pesada e temo que a reconquista da noite esteja só começando.

— Ah! Lucas! Bote um sorriso nesse rosto, rapaz! Você é o grande salvador de nossas terras. Fique feliz com o grande avanço que já deu — disse uma mulher.

Os olhos dos homens voltaram-se para o da mulher de cabelos curtos, feições de quem chegou aos cinqüenta anos. Apenas ela e

Berenice foram escolhidas entre as mulheres para se juntar ao encontro urgente, solicitado pelo bento salvador.

— Desculpe-me, qual o nome da senhora? — perguntou gentilmente o trigésimo guerreiro.

— Rosana.

Lucas abriu a boca e nada disse. Um *flash* invadiu sua cabeça numa fração de segundos. Uma mulher sentada numa mesa de restaurante à beira da praia. Lucas se viu escrevendo "Rosana" na comanda de uma danceteria à beira-mar. A mulher disse: "Meu nome é Rosana".

Lucas voltou para o presente e olhou para todos um tanto constrangido. Ergueu os olhos para a mulher antes de responder:

— Ainda não consigo sorrir, Rosana. Sei que tenho um trabalho duro pela frente.

— Trabalho duro é sempre uma bênção, Lucas. E quem trabalha demais de vez em quanto tem de dar uma paradinha para apreciar a paisagem. Põe um sorriso no rosto e senta, só pra experimentar. Veja o quadro bonito que você pintou, menino. Fazia uns vinte anos que eu não via gente tão sorridente dentro de São Vítor, sorrisos que estão perdurando após o pôr-do-sol.

Lucas não resistiu à insistência da mulher, um sorriso largo brotou em seu rosto.

— Você nos trouxe os quatro milagres. Já estamos felizes. O povo está explodindo de alegria. Nosso querido Bispo sempre propagou que, quando o salvador chegasse, quando o trigésimo guerreiro desencadeasse os milagres, o mundo voltaria a ser nosso.

— Mas ele não disse isso para mim, senhora. Disse que o que via era como uma receita. Disse que tinha visto o que nos levaria ao evento de acontecimentos. E é justamente onde estamos. Pressinto que a batalha será árdua. Alguma coisa está acontecendo do lado de lá. Do lado dos vampiros. Algo que o Bispo e sua profecia não contavam. Não posso deixar que nossos homens baixem a guarda agora. Não quero um clima de "já ganhou" ao meu redor. Temos de trabalhar para reconstruir o mundo todo. Nem com todo meu tempo de vida verei esse trabalho pronto.

— Posso concordar contigo, Lucas — tornou Rosana. — Mas aceite nossa gratidão e cumpra suas tarefas com um sorriso no rosto. Vejo que não é à toa que foste escolhido. Tens visão de sobra, menino. Pensa já na reconstrução do mundo. Vê como tenho razão?

Lucas continuou mudo. Não tinha entendido aonde a mulher queria chegar com a pergunta.

Diante do silêncio de todos, Rosana continuou:

— Se você já está pensando em reconstruir o mundo, é porque acredita que venceremos esses malditos. Se você acredita piamente, nada há de nos deter.

Lucas voltou a sorrir.

— Que assim seja, Rosana! Que assim seja! — arrematou o guerreiro.

Capítulo 10

Ana entrou no laboratório do HGSV. Nada menos que setenta novas amostras de sangue das mulheres da cidade estavam entrando para exame. O resultado das primeiras amostras ficaria pronto em poucos minutos. Apesar de não crer que fossem dar positivo, todas as amostras estavam passando por uma prova de BetaHCG. Há trinta anos as mulheres não engravidavam e a explosão inusitada do número de gestantes, dentro dos muros das fortificações, só fazia o povo crer mais e mais nos milagres profetizados pelo velho Bispo. A injeção de esperança dada pelas sementes de gente, germinando no ventre das graciosas mulheres, tinha feito até mesmo o truculento ferreiro Magal se comover. Por saber que seria pai dentro de oito meses, o ferreiro prometeu criar um busto em homenagem ao vidente e cravá-lo no meio da praça central de São Vítor. Vozes cresceram argumentando que o ferreiro tinha de fazer um busto do Bispo e outro de Lucas. O trigésimo guerreiro começava a ser venerado feito santo pela população das alegres fortificações.

Ana passou os olhos pelo relatório de resultados providenciado por um amigo do laboratório. A fertilidade das mulheres era inacreditável. Dos trinta exames da primeira bateria, dezoito marcavam positivo para gravidez. Mais da metade! Simplesmente incrível. Ana baixou o relatório e fitou o céu azul além da janela. Uma suspeita começa a cutucar sua cabeça. E se o mesmo estivesse acontecendo em todas as fortificações do Brasil? Evidente que mulheres grávidas seriam encontradas dentro de todas as guarnições, mas será que seriam na mesma proporção que em São Vítor? Apesar de o milagre ser bem-vindo, de representar a perpetuação da espécie e a chance de os humanos sobrepujarem os vampiros, a possibilidade de tantas mulheres terem seus bebês na mesma época poderia tornar-se grande desafio dentro dos hospitais. Ana sabia que trabalhava no mais equipado e adequado hospital brasileiro da atualidade, mesmo assim sabia que o HGSV não estava preparado para aquela situação. Poderiam ser dez partos por dia quando as gestantes chegassem ao final da gestação. Teriam médicos suficientes? Leitos suficientes? Ana sorriu. Era uma bênção ter de esquentar a cabeça com aquelas questões, sem sombra de dúvida.

Enquanto a mulher preocupava-se com o futuro das mulheres grávidas que trariam vidas novas para a Terra, Lucas ocupava-se com o primeiro destacamento pronto para partir. Como a região que menos fazia contato via rádio com São Vítor era o sul do Brasil, bento Edgar e bento Teodoro encabeçariam um grupo de doze homens que iria até a região dos pampas, levando aparelhos de radiocomunicação e orientação tática. A missão, basicamente, era distribuir esses aparelhos nas fortificações ao redor de Curitiba, Florianópolis e Porto Alegre. Deveriam também instruir os prováveis operadores de rádio a se comunicar com a base central que tinha sido montada em São Vítor, para colher coordenadas e boletins diários de cunho militar a fim de agirem em sintonia com todas as fortificações do Brasil.

Um segundo destacamento, encabeçado por bento Célio, iria para a região central do Brasil, levando rádios para cidades afastadas, passando ao norte do Mato Grosso do Sul, parte do Mato Grosso e retornando por Goiânia.

Cidades do estado de Minas Gerais e de estados ao norte costumavam contatar São Vítor em freqüência de radioamador e por lá já organizavam seus grupos que visitariam velhos centros em busca de mais equipamentos de radiocomunicação e tratariam de ampliar a malha de fortificações ligadas a São Vítor.

Os operadores de rádio de São Vítor foram orientados a prestar todo tipo de esclarecimento sobre a nova situação para aquelas cidades que faziam um primeiro contato com o centro. Não raro, as pessoas ficavam eufóricas e à beira de perder o controle do outro lado. A grande maioria delas não recebia notícias tão boas há mais de trinta anos. São Vítor pedia que ficassem ao pé do rádio todo dia, naquela freqüência, para receber mensagens de cunho militar. Eram orientados a ouvir os boletins civis fornecidos pela rádio São Vítor que transmitia abertamente em AM para as amenidades e jornalísticos. A euforia crescia cada vez mais.

Capítulo 11

Lúcio secou a boca com as costas das mãos. Como era saborosa aquela bebida! Coisa boa. A barriga pesava. Sentia-se empanzinado. Três pratos cheios de arroz, feijão e carne de capivara. Recostou-se na varanda. A única coisa que faltava era uma pomada cicatrizante e analgésicos. Se tivesse encontrado isso com aquele cara... ah! Teria sido formidável! Lúcio balançou a cabeça recriminando-se. A comida já estava boa demais! Haveria melhor remédio que aquele para um faminto perdido no mato?! E o sujeito o recebera bem. Só não tinha lhe dado abraços. Não pensou duas vezes ao vê-lo batendo em sua porta. Mandou que entrasse e, sem perguntar, pôs uma xícara com café quente na mesa. Um café cheiroso demais. Um aroma muito parecido com o que fervia nos bules de São Vítor, torrado e moído no dia. Deu-lhe três fatias largas de pão e em menos de dez minutos colocou um prato de louça branca na mesa. Daqueles gordos, de bordas redondas, típicos de restaurantes de grã-finos. Bom sujeito, bom sujeito. Por volta do meio-dia o rango estava pronto. Lúcio, literalmente, tirou a barriga da miséria. Refestelou-se feito um porco. O lacaio do vampiro deixou a mesa com um sorriso agradecido e avisou que recostaria na varanda.

Benito, o dono da casa, saiu atrás do andarilho. Parou no assoalho de madeira carcomida do alpendre, mantendo-o sob a vista. Negar comida quando a tinha na panela não era do seu feitio, por isso não se importou em confortar o estômago daquele sujeito. Contudo, não convinha dar muita liberdade para essa gente que vivia perambulando na mata. Tinha cada um...

Benito vivia ali por sua conta e risco. A casa fora de sua família desde sempre. Não queria abandonar o lugar, mesmo sob o risco de ser morto pelos noturnos. Por isso, não dormia ali. Um esconderijo no meio do mato lhe servia de dormitório nas horas escuras. O ruim eram as visitas indesejadas como a daquele cabra sentado na sua varanda. Por conta disso, andava com um revólver na cintura o dia todo. Para os andarilhos impunha duas regras: não dava pousada nem mais que três refeições. Dizia isso aos visitantes e apontava para uma mangueira longínqua, que ficava na linha do horizonte no alto de um morro. Vivia bem assim. O pior que lhe tinha acontecido fora uma picada de cobra há uns sete anos. Não precisou ir até o Butantã para tomar vacina nem recorrer à Esperança, nem inflamou. Mais um dos mistérios pós-Noite Maldita. Seu apego àquele lugar rendera frutos à propriedade. Na baixada do terreno, providenciara um desvio do riacho que passava ao fundo para o plantio de arroz. Feijão dava igual a praga. Em quatro cercados, criava uma dúzia de cabeças de gado, meia dúzia de porcos, dois cavalos e um tanto de galinhas. Sua ocupação principal no dia-a-dia era prover a bicharada de alimentos e cuidar da plantação. Pouco tempo sobrava para o lazer. Ao poente, corria para seu abrigo e há anos tinha a sorte de não ser incomodado pelos malditos. Tinha topado com os desgraçados duas vezes e, por iluminação ou clemência divina, por duas vezes tinha escapado das garras dos infelizes.

Os únicos bichos que incomodavam Benito eram aqueles andarilhos. Três visitantes já tinham crescido os olhos em sua propriedade e movidos por inveja ou cobiça quiseram algo mais que um prato de comida do sitiante. Quando brincavam com suas terras, Benito perdia todo o senso solidário e puxava o gatilho. Os três foram conhecer a mangueira. E alguma coisa lhe dizia que talvez hoje fosse o dia do quarto. Coçou o queixo olhando para o moço que cochilava deitado sobre os balaustres do muro da varanda. Por que ele tinha as mãos feridas e nauseabundas? Moscas verdes e gordas rondavam as tiras de pano enegrecidas por sangue coagulado. O homem parecia ter sofrido algum ataque, ter sido aprisionado ou ter sido feito escravo. Benito caminhou pela varanda de madeira com sua bota de vaqueiro estalando contra o chão. O visitante ressonava pesado, tomado por um sono profundo. Benito coçou de novo o queixo. Por outro lado, um sujeito com culpa no cartório não dormiria assim, pacificamente. O dono da casa deixou os olhos passearem pela figura adormecida. Calças de couro. Aparência de quem vai chegando aos quarenta anos. Corpo magro e braços de musculatura definida. Uma camiseta cinza fedorenta. Cheiro azedo de suor. Os músculos do braço... ele deveria exercitar-se com freqüência. O que fazia por ali? Os visitantes eram poucos porque sua propriedade ficava afastada da estrada principal, a rodovia Anhangüera. Quem passava por ali, ou estava perdido, vindo por aquela estradinha ou qualquer outra das dezenas de vicinais que cortavam o velho município rural, ou rumava para Esperança, escolhendo um caminho mais longo e tortuoso. Esses últimos tinham de conhecer bem a região, o que parecia não ser o caso do sujeito. Logo, deveria ser um errante perdido.

Benito voltou para a cozinha e raspou os restos da panela para o lixo. Depois encheu os recipientes com água para lavar mais tarde.

O visitante dormiu profundamente cerca de duas horas e assim que acordou, sem rodeios ou considerações, Benito pediu que ele fosse embora lembrando que não dava pouso a nenhum desconhecido.

— Eu agradeço muito a refeição. Nossa! Estou cheio até agora! — exclamou.

Lúcio bateu com as mãos nas calças como se se livrasse de poeira e desceu da varanda ao terreiro. Espreguiçou-se barulhenta e longamente, coçando a cabeça, voltando a ser enrolado pelo mormaço do sol que ainda ia alto no céu.

— O senhor teria aí um chapéu velho pra me emprestar?

— Pra te dar, você quer dizer.

Lúcio ergueu os ombros.

— Não tenho, não, estranho. Nem chapéu nem cama. Tenho só aquela mangueira lá.

Lúcio de novo espichou os olhos para o horizonte vendo a árvore balançar as pontas dos galhos suavemente ao sabor do vento.

— Se não tem jeito, não tem jeito — disse o lacaio.

Lúcio virou-se e andou dez passos. Depois, lembrando de algo, virou de novo.

— O senhor conhece alguma Tereza aqui por essas bandas?

O dono do sítio meneou a cabeça negativamente.

— Conhece alguma tartaruga que come cobra ou cobra que come tartaruga?

O homem franziu a testa e balançou com maior veemência a cabeça.

— Nunca ouvi falar! Cobra? Tereza? Que conversa de doido!

Lúcio balançou a cabeça como se concordasse.

— De toda forma, obrigado. O senhor é gente muito boa. Devia estar em São Vítor, comemorando os milagres.

— Comemorando o quê?

Lúcio, que já tinha virado as costas no terreiro, parou e voltou-se para o homem.

— Os milagres.

— Que milagres, cabra?

— Dos trinta bentos, dos quatro milagres.

— A profecia do velho Bispo?

Lúcio arrepiou-se ao ouvir o nome do velho que tinha morrido em suas mãos. Se o homem desconfiasse, talvez lhe picasse a balas. Começaria tomando umas duas nos cornos. Sem perceber, já passava a mão na testa.

— Essa mesma — retornou, tirando a mão da cabeça.

— Você não está de brincadeira comigo, homem? — interessado, Benito descia do alpendre ao terreiro, aproximando-se do visitante que de uma hora para outra ficara muito mais interessante. — Onde ouviu isso?

Lúcio bateu na testa, lembrando-se de algo subitamente.

— É claro! Você não tem rádio!

— Rádio? Para quê? Você é louco? Tá tirando uma com a minha cara?

— Ouvi no rádio que os trinta bentos se juntaram e que quatro milagres vieram ajudar a humanidade.

Benito tirou o revólver da cintura e engatilhou apontando para o visitante.

— Passa fora, maluco pinel! Rádio não existe. Vai, anda, mentiroso!

— Não tô mentindo, não, moço. Tem um rádio comigo. Deixei meu caixão lá no alto do morro, porque fiquei com preguiça de arrastar até aqui...

Benito cortou as explicações com um tiro para o alto.

Lúcio ergueu os braços, lívido, dando passos para trás. Já tinha achado o cara esquisito, mas daí a pensar que ele lhe apontaria uma arma para a cabeça, ia longe. Virou-se imediatamente e começou a correr em direção à porteira da propriedade. Se o cara não queria acreditar, não ficaria ali para discutir. Agora que estava tão perto de virar imortal, não convinha morrer com um tiro no meio do peito. Quando virasse vampiro, aquele sujeitinho ia ver só. Cantarzo não deixaria barato aquela afronta.

Lúcio passou pela porteira e não se voltou para fechá-la. Continuou caminhando apressado. A barriga cheia pesando. O chão de pedras e barro confundia-se com a beira da estrada, com o mato alto salpicado por poeira vermelha soprada pelo vento. Depois de quatro minutos, o lacaio de Cantarzo alcançou o alto do morro onde vivia a mangueira apontada pelo sitiante. Aproximou-se da beira do caminho e galgou um degrau de terra vermelha. Passou por entre arames farpados velhos e enferrujados e aproximou-se da árvore. Debaixo de sua copa frondosa e de uma sombra agradável repousavam três cruzes de madeira. Pareciam velhas e abandonadas ao tempo. Três cadáveres enterrados. Lúcio olhou de volta à casinha de sítio lá embaixo. Era um pontinho distante novamente. Via todo seu telhado e nada da varanda. A coluninha de fumaça riscando o céu azul teimava escapar da chaminé da cozinha. Devia ter pedido um prato para viagem. Sabia que ao cair da noite seu estômago insaciável voltaria a roncar. Olhou de novo para as cruzes e espantou o pensamento.

Andou mais cinco minutos em linha reta, depois desceu um morro por cerca de trezentos metros e engatou uma nova subida. O chilreio dos pássaros era a trilha sonora. Parou numa pedra e ficou por cerca de dez minutos observando o vôo de uma família de corujas. Como eram interessantes! Tinham garras de aves de rapina e um garbo magnético. Misteriosas. Eram cinco no total. Voavam, sem se afastar muito do que Lúcio acreditava ser o ninho dos pássaros, fazendo círculos em torno da campina e de uma árvore de flores vermelhas. Voltavam com rasantes até o topo de um cupinzeiro com mais de metro e meio de altura, donde alçavam vôo de novo.

Ao fim da nova subida, reconheceu a ossada de um eqüino ou bovino, que lhe tinha servido de principal referencial ao deixar o caminho de terra que tinha descido ao abandonar o caixão à própria sorte. Arfava quando chegou ao terreno plano onde ficava o casebre em ruínas e as pedras que formavam o que fora a mureta ao redor de um poço. Foi direto para a porta de madeira podre e olhou para o esquife fajuto. Ainda estava lá. Abriu um sorriso de contentamento. Saiu de novo para a tarde abafada e ensolarada. Na madrugada anterior, quando encontrara o abrigo, tinha testado o poço jogando uma pedra pesada ao fundo do buraco. Demorou para ouvir o *splash* da água. Era fundo. Debruçou-se sobre a abertura e berrou só para brincar com o eco. Poço escuro. Tão escuro que parecia ver coisas mexendo-se na escuridão. Só parecia. Nada vivia naquele poço. Só o lençol d'água lá no fundo a minar para o buraco água cristalina. Andou ao redor da casa. Tinha sede. Encontrou uma corda velha e uma panela suja de terra e comida pela ferrugem. Amarrou na corda à panela e começou a descê-la ao fundo do poço. Quando sentiu a corda afrouxando, percebeu que ela boiava à flor d'água. Mais um instantinho e sentiu a corda retesar e a panela pesar. Tinha afundado. Começou a puxar. Se não estivesse muito suja, poderia beber. Viu o reflexo da panela e da água que vinha em seu bojo. Um brilho gostoso. Puxou mais. Quase alcançava, quando a corda antiga se partiu e a panela desapareceu outra vez.

— Droga!

Lúcio ouviu um barulho às suas costas. Virou-se e seus olhos se arregalaram. Dois homens, uma espingarda e um facão. O lacaio assustou-se de tal maneira que ao arrastar-se derrubou dois paralelepípedos para dentro do poço, quase indo junto com as pedras.

— Não se mexa! — gritou o homem da espingarda.

O outro, um rapaz de olhos verdes e sardas nas bochechas, brandia o facão acima da cabeça.

O da espingarda balançou a cabeça e, obedecendo ao sinal, o rapaz foi para dentro do casebre.

— Eu não tenho nada! Eu não tenho nada! — gritou Lúcio, preocupado.

— Isso a gente vai ver.

Lúcio fez menção de se mexer.

Um tiro espocou no ar e pedriscos da pedra do poço voaram em sua cara.

O lacaio levou as mãos aos olhos e deitou-se no chão.

— Celão, abra essa caixa e veja o que tem dentro — ordenou o homem armado.

— Não! — gritou Lúcio, enfurecido, esquecendo-se do olho ferido que se tinha tornado vermelho-sangue.

✠ ✠ ✠ ✠ ✠ ✠

Anaquias abriu os olhos ouvindo gritos. Não era noite. Não era tempo de despertar. Havia urgência naquela voz distante. Algum perigo o cercava. Soltou-se da reentrância no alto da rocha e pareceu voar pela caverna. Seus olhos vermelhos acenderam-se e seus dentes saltaram. Ouviu novamente os gritos. Correu pelo corredor estreito, batendo contra as pedras. Tomou a direção da boca da caverna para atender ao chamado. Era uma voz distante. Uma voz conhecida. Era Cantarzo! O vampiro que zombava de Raquel! Anaquias balançou a cabeça sem nada entender. Não podia ir para a boca da caverna. Ainda era dia. Fungou fundo. Não sentia o cheiro do inimigo. Cantarzo maldito duma figa. Anaquias urrou como que querendo afastar aquela voz fantasmagórica, querendo afastar aqueles pensamentos. Mas havia perigo. O vampiro clamava por socorro.

✠ ✠ ✠ ✠ ✠ ✠

Lúcio agarrou um paralelepípedo rachado ao meio e pulou para o lado ao mesmo tempo em que ouvia um segundo tiro.

— Celão! — gritou o homem armado.

O disparo tinha novamente passado ao lado do lacaio, levantando poeira do chão.

Lúcio arremessou a pedra que voou certeira arrebentando num som oco a testa do atirador.

O rapaz loiro saiu do casebre com expressão espantada vendo seu amigo tombar mole no chão. Varreu a frente do corpo com o facão indo em direção ao amigo caído.

Lúcio respirava rápido. Seus olhos foram de encontro à mureta desfeita do poço. Pegaria outra pedra e acabaria com o segundo assaltante.

Celão apanhou a espingarda do chão e flexionou o cano de descarga retirando os dois cartuchos deflagrados. Tirou do bolso da calça *jeans* do amigo mais dois e carregou a arma. O homem tinha outra pedra na mão. Celão correu na direção do assassino do parceiro e encostou o cano duplo em seu peito.

— Quieto, homem!

Lúcio imobilizou-se, mantendo a pedra na mão.

— O que tem na caixa? Por que tá arriscando sua vida?

Lúcio nada respondeu. Respirava com tomadas curtas, estava exaltado e assustado. Não poderia deixar que aquele cara pusesse as mãos em seu...

— Tesouro! É isso! Você tá carregando algum tesouro, não é?

Lúcio só meneou a cabeça negando.

Celão deu um passo para trás.

— Larga a arma!

O grito de uma nova pessoa no meio daquela briga assustou tanto Lúcio quanto o assaltante. Lúcio, no entanto, voltou primeiro a atenção e lançou-se insano para cima do agressor.

Celão gritou e puxou o gatilho. O disparo perdido fez um galho de árvore se partir. Lúcio urrou, bufou e rolou no chão com o homem loiro. Levantou-se vitorioso com a espingarda na mão.

Celão tirou o facão da bainha e avançou contra a vítima. Descreveu um arco duas vezes diante de si, mas viu o homem desviar-se habilmente.

Lúcio agarrou o cano da arma e desferiu um golpe violento com a coronha da espingarda na têmpora do agressor. O loiro cambaleou de lado e foi para trás até bater com as costas no casebre. Seus olhos ficaram baços e sua boca abriu-se. Um fio de sangue minou em sua cabeça escapando do supercílio aberto.

Lúcio ainda respirava fundo e continuamente olhando enraivecido para o loiro.

— Larga o facão! — gritou novamente o interventor.

Lúcio olhou para o sitiante que lhe dera comida, e que se aproximava pé ante pé, cautelosamente.

— Você também. Larga essa espingarda.

Lúcio obedeceu prontamente. O loiro também acabou soltando o facão no chão.

Benito aproximou-se vagarosamente do homem ferido e abaixou-se rapidamente para pegar o facão.

— Tire as botas — ordenou.

Celão obedeceu. Estava ofegante e parecia lerdo demais para processar as informações. O golpe na cabeça tinha mexido com ele.

Assim que ele jogou as botas para o meio do terreiro, Benito fez um corte em cada braço do rapaz.

— Vai embora. Some daqui.

Celão, sem dizer palavra, desapareceu para trás do casebre e foi embrenhar-se na floresta que surgia logo atrás.

— Se esse filho da mãe não for mulo, tá ferrado quando o sol baixar — disse, jogando a espingarda pelo buraco do poço.

Lúcio concordou com Benito, ouvindo o *splash* da arma afundando na água.

— Por que me ajudou, se me tocou agora há pouco?

— Eu não vim aqui pra te ajudar. Vim aqui de curioso.

Lúcio rodeou a casa procurando com os olhos outros invasores. Tirando o farfalhar da vegetação tangida pelo vento, tudo era silêncio. Voltou para a frente do casebre. Benito examinava a cabeça do morto. O homem estava de olhos abertos e um fio grosso de sangue formava uma poça rubra junto à boca do cadáver.

— Caraca. Você não queria mesmo que mexessem na sua caixa.

Benito levantou-se e foi até a porta do casebre. Ainda com o revólver na mão olhou para Lúcio antes de entrar. Viu a grande caixa de madeira. Retangular, lembrava um caixão.

— O que você está carregando aí dentro?

Lúcio não quis falar.

Benito viu o radinho de pilha em cima da caixa. Olhou para as cordas que serviam de alças. Lembrou-se imediatamente das feridas na mão do sujeito. Ele estava carregando aquilo pelas estradas, puxando no braço. Era um louco ou dono de um grande tesouro. Pegou o radinho de pilha e voltou para fora.

Lúcio estava parado no meio do terreiro. Tinha um paralelepípedo na mão.

— Solta, isso. Chega de confusão. Já tem um morto no chão e tá bom por hoje.

— Você não vai querer abrir a caixa?

Benito olhou de volta ao casebre.

— Queria saber o que você carrega ali dentro.

— Quando anoitecer eu mostro.

— Quando anoitecer?

— É.

Benito olhou de novo para o casebre.

— Você não quer dizer que está carregando... carregando...

— Um vampiro. É isso. Até que você não é burro.

— Não sou mesmo, xará. Não sou burro para sair arrastando vampiro nenhum debaixo do sol e fodendo minha mão. Você que é o burro nesse caso.

O sitiante andou pelo terreiro um instante e coçou a cabeça com o revólver.

— Eu não quero que você abra essa caixa — disse Benito. — Quando anoitecer, ele vai despertar e virá direto no meu cangote.

— Ele está apagado.

— Apagado?

— É. Ele está... meio... meio morto.

Benito deu com os ombros.

— Todo vampiro é meio morto, meio vivo.

— Tô querendo dizer que mesmo que eu abra a caixa para mostrá-lo, ele não vai levantar-se. É por isso que eu procuro a tal da Tereza. Ela é uma bruxa.

— Pára com esse papo de treze — Benito ergueu o rádio e estendeu-o ao forasteiro. — Como liga isso aqui? Nem me lembro mais como um desses funciona.

Lúcio apanhou o aparelho e ligou. Girou mansamente o dial para sintonizar melhor diante do olhar perplexo de Benito. Uma balada gótica do Jesus and Mary Chain chegou ao ouvido da dupla.

— Essa música vem de São Vítor. Eles montaram uma rádio lá.

Benito ficou com os olhos fixos no aparelhinho. Seria um engodo daquele sujeito estranho? Estaria sendo vítima de alguma armação. As ondas de rádio não existiam mais. Lembrava-se muito bem. Era um rapaz de vinte e dois anos quando durante a madrugada, no meio da transmissão, com o telejornal pela metade, tudo parou. Na época tinha achado que fosse problema de seu aparelho de TV. Que fosse problema com a antena de transmissão daquela emissora. Começou a percorrer nervosamente os canais e nada. Tudo fora do ar. Ligou o rádio. Igual. Nada funcionando. Nada seria mais como antes. O homem voltou do devaneio e o som cadente da música embalava seus ouvidos. Duas lágrimas peroladas desciam por sua face, unindo-se ao queixo.

— Como isso aconteceu? Quando o rádio voltou a funcionar.

— Foi depois dos milagres.

— Você me falou da profecia do velho Bispo... mas eu não acreditei.

— Senta aí que eu te conto tudo. Conto inclusive porque estou arrastando esse vampiro duma figa pelas estradas de terra e prepare-se.

— O quê?

— Eu vou pedir sua ajuda.

Benito cerrou os olhos e fez uma expressão de asco. Não queria ajudar aquele maluco nem aquele vampiro.

— Se você nos ajudar, você viverá para sempre.

Capítulo 12

Bento Vicente, refeito da última contenda, caminhava entre o povo de São Vítor. Sabiam que ele tinha protagonizado um dos momentos de maior bravura nas linhas escritas na já famosa Batalha do Grande Covil. Sua passagem entre jovens e velhos era uma festa.

Vicente, mesmo com toda a festa ao seu redor, seguia a passos largos em direção à forja de Magal, o ferreiro de São Vítor. O alfaiate Paulo lhe dissera que Magal queria vê-lo sem falta e com urgência.

A forja ficava distante do pátio central da fortificação, longe dos galpões e do Hospital Geral. Vicente atravessou o gramado do campo de futebol, agora acompanhado apenas da algazarra das crianças.

A noite, que tinha sido de uma garoa insistente, tinha dado lugar a um dia de céu azul e calor intenso. O campo gramado de futebol mantinha um ou outro tufo verde ainda encharcado pela água da noite, tornando a marcha barulhenta.

As crianças foram ficando para trás conforme ele se aproximava da forja. Vicente coçou a cabeça de cabelo raspado e passou a mão na nuca. Sentiu uma leve fisgada no ombro, resquícios do ferimento antigo, ganho na batalha da Barreira do Inferno. O som de martelos contra o metal forjado se foi intensificando a cada passo. Uma coluna negra de fumaça subia para o céu, singrando pelo azul-celeste. Vicente estranhou o movimento. O que estava acontecendo? Magal, que normalmente trabalhava sozinho, fazendo as espadas e armaduras dos bentos e também providenciando reparos quando os peitos de prata voltavam lascados das batalhas, estava rodeado de gente. Percebia de longe que o velho ferreiro de São Vítor tinha mudado. De onde estava contou cerca de quinze homens e duas mulheres trabalhando ao redor do forno, muitos deles com os braços e rostos sujos pela fuligem e o carvão. Carregavam lingotes vermelhos incandescentes e levavam às pressas para a bigorna de algum trabalhador que começava a descer o pesado martelo para espalhar o metal amolecido pelo forno. Mulheres colocavam objetos de prata dentro de refratários grandes destinados ao fogo, onde derreteriam e dariam matéria-prima para novos peitos de prata, espadas ou o banho em projéteis que iriam para as armas de fogo dos soldados. Uma correria anormal que fugia de seu entendimento.

— Magal! — berrou o guerreiro.

Um dos auxiliares indicou com o braço coberto por fuligem a parte de trás da forja. Vicente atravessou uma área coberta, onde tinham agora coisa de oito grandes bigornas. Ali o mormaço beirava o insuportável. Mesmo estando distante da boca do forno, as paredes de tijolos de barro irradiavam muito calor. O som das marteladas dos trabalhadores em plena atividade era compassado e tão alto que incomodava. Gritos de ordens urgentes e de carrinhos de mão, com os rolamentos rangendo transitando pelo terreno, completavam a sinfonia. Caminhou em direção ao tanque d'água que ficava nos fundos. A surpresa foi maior. Se tinha contado cerca de quinze pessoas trabalhando debaixo da cobertura de telhas, ali nos fundos tinha mais de cinqüenta homens! Meia dúzia deles eram pedreiros que levantavam paredes. Outros traziam areia em carrinhos e despejavam próximo aos pedreiros. Mais gente parecia estar ajudando com a lida da forja. Nunca tinha visto aquilo tão agitado. Aproximou-se silencioso de Magal. O musculoso ferreiro olhava para o alfaiate Paulo, que estava ajoelhado ao lado de uma garotinha. O alfaiate passava um barbante de um ombro ao outro da garota, depois passou do pescoço à cintura. Anotou alguma coisa num papel e estendeu-o ao ferreiro. Magal sorriu para a menina e afagou seu cabelo. Paulo deu a mão para a garota de pele morena e retirou-se do meio daquela bagunça.

Magal estava com os braços, o avental de couro e o rosto cobertos por fuligem. Abriu um sorriso grande quando viu bento Vicente.

— Que parada foi essa aí com o Paulo?

— Tá falando da bentinha?

Vicente arqueou os olhos. As surpresas daquele dia pareciam vir de uma cartola ainda cheia.

— Bentinha?

— É. É a segunda criança essa semana.

— E tu vai fazer armadura pra ela também?

— Mandaram fazer, eu faço.

Vicente coçou a cabeça.

— Uma bentinha... essa é boa.

— Benta Gisele — completou Magal.

— E espada?

— Apronto hoje mesmo.

— Parece piada.

— Piada? Olhe pra esse corre-corre — disse o ferreiro, apontando para o movimento.

— O bicho tá pegando.

— Depois que vocês desencadearam os milagres, isso aqui virou foi um inferno — emendou o ferreiro, começando a rir para deixar claro o tom de brincadeira.

Vicente sorriu.

— Depois que começou essa onda de quem acorda, acorda bento... não sei como vamos conseguir manter essa produção. Só essa semana o Paulo me trouxe nove guerreiros. Isso só aqui em São Vítor. Tem pedidos de fora chegando pelo rádio todo dia. Nova Prudente, Nova Natal, das bandas de Porto Alegre, Curitiba e Rio de Janeiro.

— Por isso que tá essa loucura. — Vicente fez uma pausa admirando o trabalho daquela gente. — E esses pedreiros?

— Isso foi um toque do seu amigo Lucas. O cara é fera, hein, Vicente?

— Tem dúvida ainda?

— E pensar que tu achava que ele era um bostão.

— Cê vê, rapaz. Impressionante.

— Ele chegou aqui quando pedi ao Amaro pra me descolar uns ajudantes. Veio com o Amaro e ficou só de bizu. Eu expliquei que agora não ia ter jeito. Antes, aqui em São Vítor, essa coisa de bento era um, dois por ano e olha lá. Dois em um mesmo mês eu só vi uma vez. Agora toda semana vem um, dois, três... pode calhar de vir até mais. Não tenho matéria-prima nem disposição pra fazer tudo sozinho. Além dele mandar o Amaro arrumar os ajudantes pra forja, já pediu pra verificar como poderiam ampliar isso aqui. Vão cobrir esse lado também e fazer mais dois fornos. Um pra trabalhar e outro só pro caso de precisar mais. Tá pensando na frente.

— E tu? Me chamou aqui pra quê? Só pra mostrar a correria?

Magal passou a mão pelo bigode que emendava com a barba.

— Promete não rir desse seu velho chapa?

Vicente riu antes de responder.

— Pô, mas eu nem falei e você já tá rindo!

— Calma, lá, Magal. É que nunca ouvi você falando assim. Que tá pegando?

— É o seguinte. Eu tive um sonho.

Bento Vicente arregalou os olhos. Via outro coelho pulando da cartola.

— Eu sei que parece papo de maluco e que ninguém tem sonho... mas eu TIVE um sonho.

— Caraca, velho!

— Foi um sonho danado de esquisito, cara. Sonhei com vocês.

Vicente passou a mão pelo cabelo raspado.

— Cê tá de sacanagem comigo?

— Eh! Tá vendo! Eu sabia que você ia tirar sarro.

— Não tô tirando sarro, não, Magal. Pega leve. Eu tô é impressionado, velho. Ninguém sonha. Tá virando o novo Bispo, é?

— Nada. Deus me livre. Não quero ficar vendo coisas, não. Deus me livre. Nem é esse o caso. É que eu fiquei impressionado. Acordei suado e tudo. Vem cá — chamou o ferreiro, convidando o bento a acompanhá-lo.

Afastaram-se do tanque d'água e chegaram a um gramado. Espetados no meio da grama, Vicente deparou-se com três hastes terminadas em tridentes. Eram longos feito lanças, tendo mais de dois metros cada um.

— Tridentes? — indagou o bento.

— É. Sonhei com isso aí e com vocês. Fogo e fumaça.

— Pra que servem?

— Sei lá. Achei que você poderia ter alguma idéia.

Vicente aproximou-se e arrancou um deles do gramado. Era pesado, mas utilizável. Baixou e segurou com ambas as mãos, apontando para um inimigo imaginário e imitando um golpe para frente.

— Olha! — disse Magal, tirando outro tridente da grama.

O ferreiro começou a girar uma parte do cabo, desrosqueando e dividindo a haste. Repetiu isso numa última emenda.

— Dá pra dividir em três partes. Fica com setenta centímetros cada uma, mais ou menos.

Vicente coçou a cabeça, admirado com o instrumento.

— Eu não sei o que significa esse sonho, mas fiquei encafifado. Só parou de martelar na minha cabeça quando eu comecei a martelar o aço.

— O que você viu nesse sonho?

Magal ficou quieto e engoliu em seco.

— Eu vi... eu vi areia nos seus pés. Eu vi Lucas branco feito um fantasma... mas ele tinha os olhos diferentes... como se ele, ele tivesse passado para o outro lado.

Vicente meneou a cabeça negativamente.

— Eu vi fogo e fumaça. Vi uma casa em chamas e estouros. Estouros do mar. Vi os tridentes batendo os demônios.

— Impressionante — exclamou o bento. — Coisa mais louca.

— Agora é com você. Quer que eu faça mais?

— Faz. Mais vinte e sete. Se tu viu isso num sonho, não deve ter visto à toa. Ninguém mais sonha nessa joça de mundo perdido.

— Perdido? — indagou o ferreiro, levando os olhos para o bento amigo.

— É. Perdido.

Capítulo 13

Benito ouviu toda a história da boca de Lúcio. Era algo inacreditável. É bem verdade que Lúcio narrou suas desventuras com critério e óbvias ressalvas. Omitiu o fato de ele mesmo ser o assassino do velho Bispo entre outras particularidades. Frisava a todo instante que era amigo de Cantarzo, e que, com a ajuda da bruxa, o vampiro despertaria como o rei de sua espécie. Seria mais poderoso, mais forte, mais arretado. Seria o vampiro-rei.

Benito estava confuso. Não sabia o que pensar. Estava hipnotizado pelo entusiasmo do lacaio que devotava sua existência àquela inusitada aventura. Seria verdade tudo o que dizia? Seria verdade que o vampiro lhe daria a vida eterna? E, por conseguinte, seria verdade que se ajudasse aquele ser das trevas ele, Benito, também seria brindado com vida eterna? A proposta vinha em boa hora. Há meses Benito girava em torno de pensamentos sombrios. Imaginando-se morrendo sozinho em seu sítio, lugar que jamais abandonaria. Daí seria encontrado por um viajante tresloucado feito aquele Lúcio... aliás, seus restos mortais, talvez um corpo estufado e com a barriga estourada e comida por vermes e repleta de moscas gordas e verdes fosse a fotografia desse encontro. E se alguém chegasse mais tarde encontraria apenas seu esqueleto no terreiro ou no alpendre. Viver para sempre poria fim àquela angústia. E também na outra que seria perder suas terras. O mesmo que achasse seu esqueleto, provavelmente se sentiria no direito de ficar por ali, tomar sua casa e suas coisas. Assim, confuso e atormentado, Benito decidiu ajudar Lúcio.

— Eu tenho uma *pick-up* escondida há quatro horas de caminhada daqui. Tem álcool e está funcionando bem. Eu te levo até a bruxa.

Lúcio abriu um sorriso e abraçou de supetão o seu novo companheiro de viagem.

Capítulo 14

O novo bento voltou ao Hospital Geral de São Vítor. Mesmo dentro do imenso prédio, e com o sol poente, sentia-se tonto e derretendo dentro daquela roupa pesada. O pescoço estava empapado de suor e a pele, em contato constante com o colete de couro sob a cota de malha de prata e a couraça metálica, estava ardendo pelo insistente raspar. Tinha esperado dois dias conforme pedira o funcionário quando fora até lá com o líder Amaro.

Era a primeira vez que andava sozinho na cidade fortificada. Os olhos ainda não tinham se acostumado com os muros e nem com a falta do movimento dos grandes centros onde vivera trinta anos atrás. Aquele mundo novo era assustador. As coisas que diziam que tinham acontecido e que estavam para acontecer enchiam seu coração de temor. Sabia que em torno de mais dois dias partiria dali, em companhia de Lucas e seus homens de encontro à sua primeira campanha. Iriam atacar um covil de vampiros. Iriam acabar com seres que se tinham transformado em monstros. Sabia que entrariam em cavernas para resgatar o que eles chamavam de Rios de Sangue. Gente adormecida, tomada pelos vampiros, para servir de comida. Às vezes, tinha vontade de fechar os olhos e não abri-los de novo. Se já tinha dormido tanto, por que não continuara daquela forma, inerte? Queria ainda estar tomado pelo sono a ter de aceitar a nova verdade, o novo mundo. Vampiros... adormecidos... muros... milagres... eram "fábulas" aglutinadas em demasia para qualquer ser humano absorver. Para piorar, seus pensamentos nublavam toda vez que tentava lembrar uma particularidade de sua vida pré-Noite Maldita. Lembrava-se de morar em São Paulo. Isso lembrava. Lembrava-se de passear no parque do Ibirapuera e de que gostava de correr. Lembrava-se de fazer uma espécie de dança, com o braço estendido. Mas não era dançarino. Disso tinha certeza. Mas o que era aquela dança de braço estendido? Alguma arte marcial, talvez? Não se lembrava do próprio nome. Tinha dificuldade para se lembrar do nome de alguns objetos. Tudo enegrecia quando forçava a mente, quase o levando a um desmaio. O coração acelerava e ele se sentia mal.

Foi tirado desse estado de ansiedade quando a porta da sala em que aguardava se abriu. Era Suzete novamente, a moça que se prontificara em encontrar seu prontuário.

Suzete entrou com um sorriso de ponta a ponta do rosto. Tão franco e radiante que o novato achou estranho... incômodo.

— Desculpe-me se demorei, mas foi por um bom motivo.

— Que é isso. Não tem problema. O que você está fazendo por mim vale toda a espera do mundo.

Ela apertou a mão do homem e fitou-o longamente.

— Nossa! Eu nem sei por onde começar!

O bento novo notou que a mulher estava nervosa, muito diferente do ar calmo e quase displicente com que o recebera em sua mesa de trabalho meia hora atrás.

— O senhor deve estar estranhando esse meu jeito, né?

— Vou ser franco, estou estranhando e já estou ficando nervoso. Que acontece?

— Você não lembra nadica de nada da sua vida?

O bento balançou a cabeça negativamente franzindo os lábios.

Suzete bufou espantada.

— Como pode ser?!

— Olha, dona, a senhora tá me matando de curiosidade. O que a senhora trouxe pra mim?

— Seu prontuário está aqui — disse a mulher, exibindo uma pasta de arquivo de papel pardo.

O bento apanhou a pasta da mão da colaboradora do hospital e afastou-se dois passos. Um pedaço de papel recoberto com adesivo *contact* protegia o nome grafado. Um frio percorreu sua espinha.

— Rogério... — chamou a mulher, repetindo o nome que o bento acabara de ler no papel.

O bento sentiu o peito acelerar. Rogério! Era esse o seu nome!

— Sabe... eu sempre fui uma fã sua. Nossa! Quando você aparecia na televisão... nossa! Todo mundo em casa parava pra ver. Era que nem falar do Popó, do Guga, do Senna.

Rogério passou a mão na cabeça. Ainda não abrira o prontuário. Sua luva ainda percorria o *contact*, tentando desvendar aquele nome. Sorriu. Com as palavras da auxiliar do hospital um turbilhão de coisas veio duma vez à sua cabeça. Fãs... Sentou-se no sofá da saleta. Abriu o prontuário. Dezenas de fotos caíram no chão. Apanhou uma, ainda com dificuldade por causa da luva e das superfícies lisas do papel fotográfico. Virou. Era ele, com sunga, na praia. Abriu um sorriso largo. Não estava sozinho. Os olhos brilharam. Uma mulher de uns sessenta anos, cabelos tingidos numa tonalidade a Caju. Ao lado dela, um senhor da mesma faixa de idade.

— Cara! Meus pais! — disse, feliz em vê-los na fotografia e por reconhecê-los de pronto. — Dona Nair e Seu Nelson. Cara! Como é que eu não me lembrava deles?

A auxiliar aproximou-se.

— Olha. A gente estava em Santa Catarina nesse dia. Praia da Joaquina. Lugar lindo! Muito *surf*. Quanto tempo!

Um par de lágrimas escorreu de seus olhos.

— Se ficou emocionado com essa foto, pode preparar o peito porque tem um montão aí. E, veja só — disse a moça, voltando à porta e pedindo para dois homens entrarem.

Diante dos olhos surpresos de bento Rogério os dois entraram com carrinhos de duas rodas. Em cima de cada um deles tinha três caixas. A sala, que era pequena, ficou praticamente sem espaço.

— É tudo seu. Você é um dos sortudos famosos que os caçadores de memória acabam beneficiando. Tudo isso quem trouxe pra cá foi o Caranguejeira.

— Caranguejeira?

— É. É um danado tresloucado que vive rodando de cidade em cidade. O bando dele tem uns carros-fortes, enfrentam vampiros e mulos na unha. Um bando de loucos.

— É bastante coisa, Rogério — disse um dos carregadores. — Se você ainda não se lembrou de nada, putz, vai adorar tudo isso aqui. Vai lembrar-se de toda a sua vida.

— Podem levar pro quarto dele. Você está no alojamento dos bentos novos, não é?

Rogério aquiesceu, ainda hipnotizado pela fotografia.

— Sugiro que você vá com eles, Rogério. Assim eles não erram de apartamento.

Rogério, ato reflexo, saiu da sala e caminhou pelo hospital, seguido pelos dois carregadores. Estava tonto. Queria chegar ao apartamento e tirar toda aquela indumentária de bento e tomar um banho frio. Queria deitar e olhar todas aquelas fotos com calma. Olhar todas aquelas caixas. Não agüentava mais aquela espada pesada pendurada em sua cintura. Tinha alguma coisa com ela. Longa demais, larga demais, pesada demais. Aquele barulho constante da malha de prata vindo da touca sobre sua cabeça. Não se sentia diferente o suficiente para estar dentro daquela roupa, mesmo com todo mundo dizendo que ele era.

Do lado de fora do HGSV o sol deitava no poente tingindo o céu de púrpura e cobrindo a antiga cidade que fora erguida para sediar uma universidade, seus professores e alunos. Os vinte minutos que a caminhada tomou até seu apartamento foram suficientes para a luz minguar rapidamente e salpicar o céu de estrelas. Rogério, absorto na recente descoberta de seu nome e de seus pais, nem tinha percebido que se adiantara um bocado dos dois carregadores. Olhou para trás e identificou-os passando por um corredor entre um punhado de casas. Viu alguns moradores de São Vítor assomando-se às janelas e colocando para fora lamparinas a álcool. Olhou para os eventuais transeuntes que se aproximavam e cumprimentavam-no com um aceno de cabeça. Duas senhoras viram-no de longe e vieram em sua direção. Rogério fingiu um sorriso. Estava com a cabeça pesada, sufocando com a lembrança de seus pais. As mulheres chegaram perto e puseram-se de joelhos. Rogério já tinha passado por aquilo. Era a parte mais estranha da história. Apesar de ter acordado e sentir-se comum como sempre, as pessoas o tratavam como um guerreiro... um guerreiro santo. As senhoras tomaram sua mão direita e a selaram com um beijo. Levantaram-se fazendo o sinal-da-cruz e afastaram-se em silêncio, respeitosamente, com um sorriso nos lábios. O bento novo esforçou-se para retribuir o sorriso. Olhou na direção dos carregadores. Estavam bem próximos agora.

— É nesse aqui? — gritou um deles, perguntando.

Rogério respondeu que sim com um meneio de cabeça.

O bento ajudou o primeiro deles a puxar o carrinho de carga escada acima. Teriam de subir até o último andar pelas escadas. As escadarias eram em ziguezague, do lado de fora do bloco de três andares.

Depois de todo o esforço, Rogério mantinha o sorriso nos lábios. Era como se estivesse a ponto de matar a fome numa mesa de banquete. Como matar o desejo nos braços e nos seios da mais bela das mulheres. Contudo, toda essa expectativa e prévia alegria desvaneceram. Um rojão de tiro único espocou alto e ribombou sobre o céu de São Vítor. Enquanto Rogério permanecia inocentemente sorridente, os dois carregadores tomaram expressões tensas e voltaram suas cabeças na direção do muro. Rogério entrou em seu apartamento despreocupado.

— Você não vai correr para o muro?

Rogério, em cima do assoalho com forração cinza, voltou-se para os carregadores.

— Quê?

— Você não ouviu o rojão?

— Ouvi.

— O senhor deve correr para o muro enquanto nos escondemos.

Rogério coçou seus cabelos negros e curtos.

— Esse rojão, senhor... os vampiros estão em São Vítor.

Os olhos verdes desbotados do guerreiro se arregalaram.

— Vampiros?!

— Corra ao muro, senhor! Una-se aos outros bentos!

Rogério levou a mão ao cabo da espada e permaneceu olhando para os dois carregadores.

Um rojão de três tiros soou tonitruante no céu.

Os dois carregadores trocaram um olhar rápido. O da direita disparou pelo corredor rapidamente, atingindo o lance de escadas e começando a descer aos saltos.

O segundo pôs as mãos nos batentes e projetou a cabeça para dentro do quarto.

— Pelo amor de Deus, senhor! Corra! Eles estão vindo para cá!

Terminado o alerta, o carregador desapareceu do campo de visão de Rogério.

O bento, letárgico, anda até a porta do quarto. Sai para o corredor e recebe um vento frio no rosto. O céu está azul-escuro e a noite vai tomando conta do firmamento. Os últimos raios de luz resistem na linha do horizonte e o céu cheio de estrelas traz um cheiro junto com o movimento do ar. Um cheiro acre, azedo. Um cheiro ruim e maldito. Os olhos de Rogério brilham amarelos e o bento emite um grunhido suave. Ao contrário dos carregadores, Rogério saltou para cima da grade do corredor de seu andar, equilibrando-se ali um ligeiro instante, e saltou para o patamar da escadaria no andar de baixo, repetiu o salto, indo agora do patamar do segundo andar para o corredor do primeiro e então saltou para o chão. Correu veloz na direção de onde vinha aquele cheiro. O muro de São Vítor foi ficando maior à medida que se aproximava. Viu homens armados correndo, *pick-ups* com soldados também armados saltando das caçambas e correndo para a estreita porta que dava acesso às escadas chegando ao corredor de manobras do grande muro. Disparos começaram a explodir. O som da metralhadora deita-corno encheu seus ouvidos. Rogério olhou para o lado e viu uma morena alta e de porte poderoso correndo ao seu lado. Sabia seu nome. Benta Marcela. Assim como ele, era uma novata. Arregalou os olhos ao perceber que os delas emitiam um suave brilho amarelo.

— Parem! — gritou Lucas.

Marcela e Rogério pararam imediatamente. Seus olhos encontraram-se com os de Lucas. Era o trigésimo guerreiro, o líder dos bentos.

Bento Danilo juntou-se a eles, fechando o trio de novatos. Em instantes, mais bentos foram aglutinando-se ao redor de Lucas. Dois bentos negros postaram-se ao lado do trigésimo guerreiro e por fim chegou o imenso e musculoso bento Vicente. Esse último, ao invés da espada, empunhava um longo tridente. Vicente decidira experimentar a arma sonhada por Magal.

Os gritos de cima do muro não cessavam. As metralhadoras e fuzis trabalhavam sem parar.

— Agora é nossa hora! — bradou Lucas, desembainhando e erguendo sua espada.

Lucas trouxe um *walkie-talkie* até a boca e pediu que o guarda do muro abrisse os portões do muro dois. Os bentos se postaram em frente ao portão de madeira e chapas de ferro e passaram a respirar de forma curta e ansiosa. Estavam prestes a se bater mais uma vez com seus inimigos naturais. Todos desembainharam as espadas.

Marcela apertou o cabo de sua arma e esvaziou a mente. Nunca tinha feito aquilo. Jamais tinha erguido um dedo contra um ser humano. Mas o que tinha do outro lado não eram seres humanos. Eram monstros. Sanguessugas.

Rogério sentiu um frio na barriga quando sacou sua espada. Não que fosse o ineditismo. Era justamente o contrário. Uma sensação de que já havia feito aquilo muitas e muitas vezes o sobressaltou. Um incômodo. Estava segurando a arma errada. Aquela espada era muito pesada e não tinha o formato que queria. Mas como essa sensação poderia ser legítima e possível? Nunca lutara com espadas! No entanto, incomodava-se com a arma. Queria algo mais leve e ágil. Contudo, aferrou-se à empunhadura de lâmina prateada e começou a contar mentalmente. Assim conseguiria tirar todos os pensamentos da cabeça. Conseguiria focar o adversário. Mais um ponto. Só mais um ponto.

Amintas somou-se aos guerreiros. Postou-se ao lado de Marcela. Não ficou hipnotizado pelas curvas, pela beleza ou pelo garbo da benta. Não tinha tempo nem olhos para isso. Toda sua atenção havia sido fisgada pelo nariz, com o cheiro odiento dos vampiros. Seus dedos experientes e seu corpo forjado nas inúmeras batalhas sabiam o que fazer. Era só o portão se abrir.

Os portões correram de lado e mostraram o vasto areião aos contendores. Bentos e vampiros foram postos frente a frente.

Os vampiros, quando viram inacreditavelmente os portões de São Vítor franqueando passagem, preferiram tomar aquela direção. Centenas deles agruparam-se, vencendo os disparos e avançando. Seus semblantes resolutos e fechados, concentrados na batalha, deram lugar a expressões de espanto. Além dos portões corria ao encontro dos vampiros um grupo de bentos, coisa de vinte e cinco guerreiros.

Muitas das criaturas da noite vinham armadas com facões que sacaram da bainha nesse instante. Bentos não eram comida nem reles soldados. Tinham de confrontá-los com toda a força e cuidado.

Vicente, correndo, tinha-se destacado do grupo. Foi o primeiro a bater contra a avalanche de inimigos. Empunhou o tridente e estocou o vampiro que vinha à frente. Ergueu agilmente a haste da arma e arremessou o vampiro sobre sua cabeça. A criatura, gritando, voou sobre o guerreiro e caiu no meio dos bentos. Quatro espadas transfixaram seu corpo e cessaram sua existência.

Rogério, bento novato, ergueu sua arma e foi contra um vampiro armado. O facão da fera foi amparado e a lâmina do bento abriu um rasgo no peito do inimigo. O vampiro recuou ferido, gritando e urrando, com um rastro de fumaça formando-se no peito. Outro entrou na frente de Rogério e, também munido de facão, descreveu um arco visando o pescoço do guerreiro. Com uma esquiva lateral, Rogério se livrou do ataque e ergueu sua espada acima da cabeça, descendo a lâmina afiada no meio da testa do guerreiro das trevas. O vampiro tombou inanimado. Rogério cortou o braço de um terceiro atacante e girou o corpo, decepando a cabeça de um quarto. Seus movimentos eram ligeiros e seus golpes bem endereçados. Em menos de dois minutos um amontoado de corpos inertes se juntou aos seus pés, obrigando Rogério a sempre dar longas passadas para o lado, afastando-se dos cadáveres que deixava ao decorrer o combate.

Bento Amintas, apesar de ser o guerreiro mais velho, não era um que poderia ser subjugado. De músculos maciços como rocha e espada afoita e destemida, fazia tombar cada ser que ousava postar-se à sua frente.

Lucas tinha esvaziado completamente a cabeça de pensamentos. Um par de garras fechou-se ao seu pescoço, fazendo com que golpeasse para trás, usando o cotovelo. Girou o corpo e estocou com a espada prateada. Tirou-a do abdome do vampiro inativo e lançou-a contra outro inimigo. Seu bailado mortal abriu espaço para que outros bentos invadissem a turba de vampiros e espalhassem golpes de espada.

Danilo, assim que cruzou os portões e avistou o numeroso batalhão de feras rumando de encontro a São Vítor, levou a mão ao cabo da espada. O cheiro das feras entrava por suas narinas e parecia ir além dos pulmões, invadindo sua corrente sangüínea junto com o oxigênio, fazendo seus músculos inflamarem e seu corpo todo reagir.

Lucas tinha gritado para atacarem. A voz do guerreiro também agia como adrenalina lançada no sangue. Mas mesmo sob influências tão poderosas, por mais que tentasse, Danilo não conseguiu sacar a espada da bainha. Por mais que puxasse, a lâmina continuava engripada na proteção. Um puxão mais forte fez com que o cinto de couro soltasse de sua cintura. Danilo, ainda correndo junto com os bentos, viu-se em apuros. Os vampiros estavam cada vez mais perto. Livrou a bainha do cinto e nada de a espada ser sacada. Ouviu os urros da primeira fera que vinha em sua direção. Correr de volta aos muros de São Vítor não era alternativa. Depois que a voz de agulhas do monstro noturno perfurou seus ouvidos, também não quis saber de mais nada. O bento novato empunhou a espada com bainha e tudo e, quando o vampiro saltou para agarrá-lo, foi atingido na fuça pela arma embainhada. Um "croc" estrondoso encheu o ar. Danilo, de olhos amarelos brilhantes, viu o inimigo tombar fora de combate com o rosto moído. Ergueu a arma e partiu para cima das dezenas de vampiros que vinham por perto. Quebrava-lhe os ossos a cada investida violenta. A espada não era um *shape* de *skate*, mas estava servindo.

O combate durou menos de quinze minutos. Quando o som dos tiros terminaram, tinham cessado também os urros das feras. Os bentos respiravam resfolegantes no meio do areião.

Os olhares de todos os combatentes convergiram para a figura de Rogério. Sem sombra de dúvidas o novato fora o bento que mais eliminara inimigos, deixando atrás de si um trilho de corpos picados e paralisados por sua espada guerreira. O amontoado de corpos era maior do que o que Lucas e Vicente tinham produzido . Todos olhavam-no com expressão de surpresa, mas certamente ninguém estava mais surpreso do que o próprio Rogério.

— Deus do céu! Como eu fiz isso? — perguntou-se o bento novo.

Vicente caminhou até Lucas e, dando-lhe tapinhas nas costas, brincou:

— Sabe aquele recorde que você tinha? Pois é. Já era, meu irmão. O truta aí humilhou geral.

— Que baixinho arretado! — exclamou bento Duque, embainhando a espada, admirado com o primeiro desempenho do novo guerreiro.

Lucas sorriu para Vicente e olhou novamente para a gigantesca pilha produzida por Rogério. Realmente era assombrosa a habilidade que o guerreiro tinha com a espada. Não seria pouco dizer que a batalha tinha sido quase ganha sozinha pelo novato. Ele parecia ter dizimado mais vampiros que todos os outros vinte e quatro bentos juntos.

Tão rápido tinham dado conta do serviço que, quando o fogo de TUPÃ varreu a areia, só fez foi queimar todos os cadáveres de vampiros, espantando qualquer surpresa possível, matando os feridos que eventualmente poderiam causar ferimentos ou criar resistência.

Conforme o facho de luz solar ia varrendo a areia, os bentos caminhavam para dentro dos portões, afastando-se dos corpos. Uma língua de fogo formou-se momentaneamente e fumaça branca e malcheirosa ganhou os céus. O facho de luz passou sobre a ex-cidade universitária que fora a fortificação e fez brilhar os vidros do imenso HGSV. O calor incomum que o facho de luz concentrada causava era desconfortável, mas imensamente bem-vindo. Quando a luz se foi, a temperatura caiu rapidamente.

Rogério ia cercado por bentos e soldados que, efusivamente, cumprimentavam-no e rendiam-lhe vivas por conta da façanha recém-perpetrada.

O bento novato caminhou até a escadaria do prédio de alojamentos e foi deixado em paz. Subiu lentamente os degraus até o terceiro andar. Estava exausto. Caminhou vacilante pelo corredor, tentando relembrar onde era seu quarto. Abriu a porta e livrou-se da capa e da armadura. Tirou o colete e a cota de malha de ferro e por fim a camiseta de algodão branco, ficando com o tórax magro nu.

Sentou-se na cama e só então tomou tento dos carrinhos com seus pertences trazidos pelos carregadores bem na hora em que começara o ataque. Levantou-se mais uma vez e apanhou a caixa do topo. Colocou-a sobre a cama e rasgou a fita adesiva que lacrava o papelão. Tirou uma caixinha preta de cima de tudo e mais uma pasta azul, bem volumosa. Abriu a caixinha curioso. Seus olhos brilharam. Era uma medalha. Lembrou-se de Suzete dizendo que era sua fã. Seu coração bateu mais rápido quando leu as palavras em inglês. Era uma medalha de ouro. Uma medalha olímpica de ouro! Ele era um campeão olímpico. Sentindo um arrepio erguer os pêlos do braço e da nuca, tirou uma caixa retangular de dentro da caixa de papelão. A caixa era de madeira e forrada com um tipo de camurça. Tirou o conteúdo e abriu um sorriso. Era um uniforme. Um uniforme branco e esguio. Tirou um protetor de dentro da caixa. Uma espécie de capacete branco com uma proteção facial em tela negra. Era um uniforme de esgrimista!

Capítulo 15

Lúcio estava preocupado com seu novo companheiro de viagem. O carro tinha parado no sertão de Minas Gerais, numa cidadezinha dragada pelo esquecimento imposto pela Noite Maldita. Lúcio, cada vez mais enfiado nos confins do Brasil, chegava a sentir arrepio ao cruzar as velhas cidades. Uma sucessão sem fim de ruas e bairros fantasmas. Apesar de agora encontrar-se num vilarejo, pequeno e bucólico, essa sensação de assombração permeava seu pensamento. Ultimamente batia os olhos nas janelas e nas portas das moradias e pegava-se imaginando que tipo de gente tinha morado ali. Olhava para praças desertas, enfeitadas com fontes há muito secas e tomadas pelo mato e botava-se a ver espectros passeando pelas alamedas fartamente arborizadas e a ouvir risos de crianças e sinos de bicicletas. Lúcio passava longe de um sentimental, mas, curiosamente, esse sentimento nostálgico tornava-se cada vez mais recorrente. Seus olhos pairaram sobre as casas da vila que pareciam pintadas de vermelho, mas na verdade estavam cobertas com camadas e mais camadas da terra carregada pelo vento. Seu amigo ficara mudo a manhã toda e agora, que a noite começava, parecia tremer e evitava seus olhos. Lúcio coçou o queixo. O que Benito teria? Parecia arder em arrependimento de ter deixado seu estimado sítio e as redondezas conhecidas. Parecia doente.

O pôr-do-sol trouxe um vento gelado e insistente. Não tinham cobertores na bagagem e apesar do lacaio de Cantarzo viver solto no mundo, acostumado com adversidades e afastado da sacal atmosfera "agradável" dos prestativos e solidários cidadãos das fortificações, experimentava agora uma vontade humana e fraternal de confortar aquele que confiara em suas promessas e lhe estendera a mão. O sitiante não estava doente fisicamente, mas parecia padecer de alguma tormenta psicológica. Lúcio não lhe viraria as costas naquela hora.

O carro de Benito, além de cortar a distância, sempre buscando o norte, ainda lhe trazia benefícios curativos. Lúcio olhou para as mãos. A pele voltava a crescer sob as feridas e a superfície estava bem menos dolorida aquela noite. Nada de pus, nada de odor ruim. Não era à toa que se compadecesse e se preocupasse com o amigo. Acaso Benito passasse daquela para melhor, não saberia pilotar a *pick-up* e dá-lhe puxar caixão por aí. Tinha de agir antes que Benito se enfezasse com aquele revés.

Lúcio deixou o trêmulo acompanhante deitado sobre o chão de ardósia embaixo da marquise do que fora um supermercado e saiu para vasculhar o vilarejo em busca de agasalhos para o amigo, valendo-se da lanterna de bateria recarregável trazida por Benito. Uma daquelas casas poderia ter um guarda-roupas cheio de cobertores ou edredons. Benito se aqueceria e acordaria refeito para seguir viagem. Seguiriam para o norte. Lúcio sabia que esse destino incerto, meramente a marcha ao norte, também estava incomodando o parceiro. Mas que fazer? Cantarzo lhe dissera pouco. Nunca mais se manifestara. Só dissera vai ao norte e encontra a bruxa Tereza. Vai até onde a tartaruga é engolida pela serpente. Lúcio balançou a cabeça. Não sabia para onde ir.

Depois de entrar em mais de uma dúzia de casas e só encontrar armários e guarda-roupas vazios, Lúcio e a lanterna foram dar na frente de um prédio municipal. Era pequeno. Frente de cinco ou seis metros. Muito pobre. Na fachada suja pelo abandono e pelo tempo liam-se algumas letras que faziam adivinhar a palavra inteira. Era uma biblioteca. O lacaio atravessou o portão enferrujado que guarnecia a calçada pública. O chão, também em ardósia, estava rachado, e a grama ia alta, sem a intromissão de quem quer que fosse. A porta dupla de entrada da pequena biblioteca tinha uma grossa camada de terra vermelha a seus pés. O mato crescia viçoso na parte interna da varanda. Lúcio apontou a lanterna para a maçaneta. Girou o mecanismo sem conseguir passagem. Bateu com o ombro na porta e ouviu a madeira podre estalar. Chutou a porta na altura do trinco antigo que se desprendeu das tábuas velhas e fragilizadas pelo tempo. Ergueu novamente a lanterna. Era uma casa de um cômodo só. Podia ver no chão os recortes bem nítidos donde teriam sido as paredes de separação dos cômodos. Um quarto, sala, banheiro e cozinha. Tudo tinha sido derrubado para virar um salão único, nada muito grande. Via três mesas com doze cadeiras no total. As paredes eram cobertas por prateleiras que iam do chão ao teto, abarrotadas de livros empoeirados, exceto onde existiam as janelas.

No meio do salão, três prateleiras de metro e meio tinham caído e esparramado livros por quase todo o assoalho. Em alguns lugares o piso estava rachado, dando passagem a grossas porções de raízes de árvores que cresciam aos fundos da repartição pública. Lúcio arqueou as sobrancelhas. Era justamente isso que precisava para ajudar seu amigo. Livros. Deixou a lanterna vagar novamente pelo ambiente. Logo encontrou outra coisa útil. Uma caixa de madeira. Encheu-a com livros, dos mais diversos. Não gostava de ler, mesmo, então o gênero não ia interessar muito. Apenas um lhe despertou a curiosidade. Era um grande. Bem grande. Com uma espécie de rosa-dos-ventos na capa. Leu o título: *Atlas Geográfico — Melhoramentos*.

Colocou o Atlas dentro da caixa. Se não fosse o bastante, faria nova viagem. Lúcio levantou-se e enfiou o fundo da lanterna na boca. Precisou abrir ao máximo as mandíbulas para segurar o objeto. Ergueu a caixa com as mãos. Estava pesada pra cachorro. Saiu caminhando com dificuldade. Precisava apressar-se. Benito podia ter dado por sua falta.

O caminho que tinha feito em cinco minutos levou quinze na volta. Parou umas duas vezes, colocando a caixa no chão, soltando a lanterna da boca. As mãos doíam e as palmas voltaram a sangrar, manchando os trapos velhos que faziam as vezes de curativos. As paradas tinham sido mais pelos barulhos que deixaram o lacaio encafifado do que pelo peso desconfortável dos livros. Lançou o facho de luz para as árvores que tinham tomado as calçadas do vilarejo. Podiam ser eles. Os malditos vampiros. Não confiava neles. Eles poderiam querer tirar o vampiro-rei de sua posse. Poderiam querer acabar com sua vida e com a de Benito em troca de uns poucos litros de sangue. Demorou quase dois minutos examinando as árvores, de ouvidos atentos. O vento soprava frio, arrepiando sua pele. Voltou a carregar a caixa e a morder a lanterna para manter o caminho iluminado. A luz alcançou a *pick-up* de Benito. Podia ver os pés do companheiro de jornada. Largou a caixa, deixando alguns volumes irem ao chão.

Lúcio afastou-se mais uma vez, agora para voltar com algumas pedras. Levou-as até perto de Benito, que se encolhia e ainda tiritava de frio. Ajeitou as pedras fechando um pequeno círculo. Tirou um isqueiro do bolso e apanhou um dos livros. Depois de friccionar duas vezes a pedra do isqueiro, uma chama alaranjada acendeu-se. Ateou fogo num *Vidas Secas* e arremessou-o ao centro das pedras. Apanhou um *A Montanha Mágica* e esfacelou os cadernos, jogando-o na fogueira. As labaredas ganharam volume quando começaram a arder *O Monte Cinco*, *Reinações de Narizinho*, *A Guerra dos Bichos* e *As Melhores Receitas de Ofélia*. Lúcio ficou quieto um instante, como que tomado pelas chamas, como que vendo no meio das labaredas um outro mundo. Estava cansado daquela jornada. Estava cansado daquele vampiro e do destino vago que o aguardava cada manhã. Rumavam para o norte, mas uma hora Benito se cansaria daquela papagaiada e bau-bau carona. Lúcio olhou para o parceiro de viagem. Notou que aos poucos Benito foi se virando na direção do fogo. O homem arregalou os olhos e se achegou. Estendeu as mãos e começou a passá-las pelos braços.

— Graças a Deus! Graças a Deus!... — murmurou o homem.

Lúcio sorriu.

— Tá com fome? — perguntou.

Benito aquiesceu.

O lacaio do vampiro levantou-se e foi até a traseira da *pick-up*. Soltou as tiras da lona que recobria o compartimento e destravou a tampa traseira. O caixão estava lá, amarrado. Perto de sua mão estavam os sacos com mantimentos. Apanhou uma broa de milho, um vidro com pó de café e uma garrafa d'água. Colocou tudo ao lado de Benito e voltou para a *pick-up*. Apanhou um canecão de ferro e fitou o caixão demoradamente. Um frio percorreu-lhe a espinha. Como seria quando encontrassem a tal de Tereza? Ela realmente traria Cantarzo de volta à vida? Lúcio fechou a traseira da *pick-up* cortando sua visão do caixão. Só assim para se ver livre daquela repentina paralisia. Às vezes achava que o vampiro estava mexendo com sua cabeça, só assim para explicar sua decisão tresloucada de contar seu segredo para Benito e convidar o homem para aquela jornada tenebrosa. Às vezes, de manhã, queria jogar aquela caixa numa ribanceira e esquecer aquela promessa. Sentia-se enfraquecido. Quando chegava a noite, ficava mais dividido, mas invariavelmente o desejo de manter o caixão e continuar rumando para o norte prevalecia. Se estivesse errado ou terminasse perdido, paciência. A vida nunca lhe fora um passeio agradável, mesmo. Mas e se tudo fosse verdade! Se as palavras de Cantarzo deslindassem, se realmente tudo acontecesse... seu prêmio seria a vida eterna. Valia ou não valia o risco? Valia.

Lúcio apanhou a lanterna ainda ligada e foi até uma das ruas próximas ao acampamento improvisado. Apanhou um punhado de gravetos e voltou. Sentou-se junto ao fogo e despejou um bocado da água dentro do canecão. Apoiou a vasilha de ferro junto às pedras para que a água fervesse.

A cara de Benito já estava melhor. O homem estendia eventualmente as mãos junto ao fogo.

Lúcio olhou para os livros esparramados na boca da caixa e apanhou três volumes para alimentar o fogo. Lá se foram *A vida e a morte de Quincas Berro D'Água*, um volume de *Os Sertões* bem gordo e um de *O Xangô de Backerstreet*. Assim que as chamas ganharam força, dispôs alguns gravetos para que o fogo durasse mais. Os livros, apesar de imortais, queimavam rápido.

Dividiu a broa em duas partes e estendeu um pedaço para o companheiro.

— Coma devagar. Ainda vou passar o café.

Benito só aquiesceu novamente. Ainda tremia de frio.

Lúcio, olhando para os lados, impaciente com a demora da água em ferver, bateu os olhos no vistoso *Atlas Geográfico*. Puxou o livro de capa grande e escura, enquanto mordia um naco de sua broa de milho. Lembrou-se vagamente de seus tempos de escola. Ia forçado, porque a mãe queria que ele fosse alguém na vida. Que fosse homem. Homem! Ora bolas, pra que servia aquele pinto no meio das pernas? Não precisa estudar porcaria nenhuma para ser homem, pensava às vezes. Mas gostava da mãe. Então fingia que gostava de ir para a escola. A mãe ralhava com as notas baixas, com o boletim vermelho que não mentia nunca. Dizia que não queria o filho igual ao pai, um vagabundo covarde que morria de medo da vida. Nessa lembrança, Lúcio balançou a cabeça negativamente. Nunca tinha visto o pai. Ele ligara uma vez. Conversara com ele por três minutos num natal. Talvez o velho estivesse morrendo de remorso... talvez estivesse cachaçado. Vai saber. Ver que é bom, nunca tinha visto. Em pessoa? Nunca. Viu uma foto. O pai era alto e rechonchudo. Simpático. Safado. Os dedos passavam nervosamente as páginas do Atlas. Parou quando viu duas páginas ocupadas de ponta a ponta com bandeiras do mundo inteiro. Demorou uns bons minutos conferindo as bandeiras e curtindo certa nostalgia. Voltou a folhear o Atlas. Só parou de admirá-lo feito menino da terceira série primária quando percebeu que a água tinha fervido. Tirou o canecão do fogo e despejou o pó negro em seu interior. Mexeu o líquido com um graveto e foi para o fundo da *pick-up*, voltando com uma colher cheia de melado de cana de açúcar e dois copos. Serviu um copo da beberagem para Benito e um copo para si mesmo. Tornou a se sentar junto ao Atlas para voltar a examiná-lo. O fogo tinha diminuído, dificultando a leitura e a observação das figuras. Lúcio apanhou outro livro e arremessou-o ao fogo. Sempre gostara de olhar os mapas. Gastava horas quando menino folheando Atlas. Onde será que estavam agora? Tinha passado por Teófilo Otoni algumas horas antes de chegar àquele vilarejo. E qual era o nome mesmo daquele lugarzinho? Procurou na última página do Atlas, onde a bibliotecária fazia os registros de retirada e devolução da obra. Era um pedaço de papel mimeografado e colado. Estava muito apagado para ler. Ficou procurando Teófilo Otoni no mapa de Minas Gerais. A luz da fogueira era fraca e seus olhos começaram a arder.

Capítulo 16

Ana acordou com o bater na porta. Era cedo ainda. Lucas já tinha saído para cuidar das coisas da vila e da nova jornada que se aproximava. Isso significava que ela teria de levantar e deixar o calor das cobertas para atender o visitante. Bateram novamente.

— Já vai — gritou a médica.

Ana foi até a penteadeira e ajeitou o cabelo. Passou no banheiro e escovou os dentes rapidamente. Lavou o rosto e secou-o. Detestava ter de atender a porta logo após pular da cama. Lembrava-se da cara amassada de sono que via nos rostos das pessoas aos domingos quando acompanhava sua mãe na incansável missão de levar a palavra da Bíblia aos impuros. Pensava na mãe quando abriu a porta.

— Oi, Ana! — sorriu Marisa do lado de fora.

Ana arqueou as sobrancelhas encarando a enfermeira do HGSV.

— Chegou a sua vez, doutora.

— Que é isso? — indagou, vendo a colega do hospital entrando com uma cesta térmica.

— Só estou cumprindo ordens. Ordens suas.

Ana passou as mãos sobre as pálpebras que cobriam seus olhos cinzentos que ardiam com a entrada súbita de luz solar.

— Que é isso?

Marisa abriu a cesta térmica deixando à mostra vários tubinhos de vidro, devidamente tampados, etiquetados e identificados.

— Vou te recomendar um neuro amigo meu, doutora. A senhora dá um comando dois dias atrás e já está esquecendo? Ou está precisando de um médico ou de um café forte.

— Café forte, Marisa, café. — disse a médica indo para a cozinha para colocar água no fogareiro elétrico. — Ainda não acordei.

O fogareiro movido a eletricidade era artigo de luxo. Poucas pessoas em São Vítor podiam ter um em casa. A energia elétrica era destinada a praticamente todas as residências, mas o controle do consumo era rigoroso e racionado.

Ana voltou para a sala e viu Marisa preparando uma seringa.

— Que é isso, Marisa?

— É a coleta geral de exame de sangue que a senhora solicitou. Todas as mulheres. A senhora foi bem clara, todas as mulheres.

— É, mas...

— Sem mas. Até onde eu posso ver, a senhora é mulher. É médica, é chata às vezes, chefe bicuda, mas primeiro de tudo é mulher e tem de fazer.

— Tá, tá, Marisa — resmungou a médica, impaciente. — Só acho que você podia ter esperado eu chegar ao hospital.

— Eu já estava aqui na sua vizinha, mesmo. Como sei que o bonitão do Lucas está com os homens no galpão dos soldados... sabia que não ia interromper nada — completou, com um sorriso malicioso no rosto.

Ana retribuiu o sorriso.

— Sua boba. Boba e invejosa. Ai! — reclamou a médica, quando a agulha atravessou a pele.

Segundos depois, Marisa, ainda brincando com a colega, retirava o tubo de vidro da seringa e etiquetava, colocando-o junto com as outras amostras.

— Bem, pra você não preciso explicar, né? O resultado do Beta sai amanhã. Eu mesmo te levo, o.k.?

— Depois eu é que sou bicuda. Pode deixar que eu mesmo passo no laboratório para pegar meu resultado negativo, viu?

— Negativo? Pelo que sei, pode vir é um belo positivo. Positivo com "pê" maiúsculo.

— Ai, Marisa! Vai caçar outra vítima pra tomar sangue, vai! Deixe-me tomar meu banho em paz e logo a gente se vê, vampirinha sanguessuga.

— Cruz-credo, doutora! Nem fala uma barbaridade dessas. Do jeito que São Vítor está cheio de bento, eu não ia durar duas horas por aqui.

As duas riram e se despediram.

Ana fechou a porta, trancando-a por dentro. Sempre fazia isso quando ia para o banho. Tirou a roupa e mirou-se no espelho por uns instantes. Olhou o corpo de perfil e passou a mão pelo ventre. Sem chance. Não estava grávida. Abriu o chuveiro e deixou a água quente, outro luxo bem-vindo para os médicos do HGSV, afagar sua pele. Grávida ou não, amanhã saberia. Lembrou-se de que teria um encontro às dez horas com o doutor Mendonça. Teriam de trazer o equipamento reserva e empoeirado de ultra-sonografia do subsolo dois para a recém-criada área de obstetrícia do HGSV. Ana sorriu. Tinha muito trabalho pela frente. Tinha uma maternidade inteira para inventar em menos de nove meses. Em seis, tinha de estar tudo em cima. Não sabiam como as mulheres, apanhadas pelo quarto e maravilhoso milagre, se comportariam durante todo o período gestacional, talvez dois ou três casos requeressem um parto de emergência, um parto fora de hora lá pelo sétimo mês de gravidez. Sem sombra de dúvidas, haveria muito trabalho pela frente. E também muito chorinho de bebês, se Deus assim permitisse.

Capítulo 17

O guarda em cima do muro um levou o *walkie-talkie* à boca e conversou com as sentinelas da torre norte. Aguardou até que eles contatassem de volta, avisando que o caminho estava livre, nenhum sinal de mulos até onde os binóculos alcançavam. Nesse instante, o guarda fez um sinal para que os portões fossem abertos. Soldados puxaram as grossas correntes que fizeram as chapas de metal se separar.

Bento Lucas e bento Francis, que iam à frente do batalhão de bentos e soldados montados, fizeram um sinal. Assim que os portões deram passagem, os oitenta cavaleiros deixaram os muros de São Vítor, ganhando o areião que cercava a fortificação.

Bento Ulisses ia ladeado pelos bentos Augusto, Amintas e Justo. Logo atrás vinha bento Duque, acompanhado de mais três bentos recém-despertos. O já famoso bento Rogério, que após o último confronto em frente ao muro de São Vítor havia subido de forma estupenda no conceito dos guerreiros, bento Danilo e também Marcela, a primeira mulher benta de São Vítor a ter uma armadura preparada para a jornada.

O imponente bento Vicente cavalgava solitário, afastado e vigilante. Seus olhos vasculhavam a paisagem e interpretavam os sinais. Sabia que o comboio poderia prosseguir tranqüilo.

Além de quinze guerreiros bentos, vinham sessenta e cinco soldados de São Vítor. Tinham como primeiro destino a cidade de São Pedro. A fortificação mais próxima da Velha São Paulo. Mensagens de rádio haviam sido enviadas para todas as fortificações da região. Muitas tinham confirmado recebimento, aquecendo o coração de Lucas, que via os contornos de seu plano se firmarem. Tinha pedido que toda vila que recebesse a mensagem enviasse quantos soldados fossem possíveis. Sabia quanto valeria a todos os brasileiros a notícia de que a maior cidade do país havia voltado ao controle dos humanos. Sabiam que isso estimularia e firmaria ainda mais no coração das pessoas a certeza de que os quatro milagres mudariam o mundo. Um dia, todos os humanos estariam livres daquelas criaturas noturnas.

Francis aproximou-se do trigésimo guerreiro.

— Tudo em ordem, Lucas?

— Tudo, amigo.

— E o pessoal motorizado? Será que já estão no ponto de encontro?

— Ainda não sei. Mas vamos saber já. Agora temos a vantagem do rádio, Francis. Saber é só uma questão de sintonia.

Francis sorriu para o amigo, vendo Lucas dar meia-volta com o cavalo e ir até o soldado Gabriel, que trazia um dos rádios da unidade. Por recomendação do próprio Lucas, tinham trazido três aparelhos. Caso um deles fosse danificado, sempre haveria um de reserva para que não fossem lançados na temida surdez de informações.

Francis olhou para a frente, chegariam em questão de minutos ao primeiro planalto do caminho, com vegetação rasteira e densa dos dois lados do asfalto. O passeio faria bem aos bentos novos, que ainda não haviam tido a oportunidade de apreciar o vigor e a beleza dos filhos da natureza, trinta anos depois da prática interrupção do homem, de forma avassaladora, sobre o resto do planeta.

Lucas voltou para a frente do grupo, postando-se ao lado de Francis. À frente deles, destacado uns trezentos metros, só viam Vicente, cavalgando e balançando a capa ao sabor do vento. O som da marcha dos oitenta cavalos era cadenciado e interessante, quase uma melodia. Francis indagou-lhe a respeito do rádio. Lucas deu a boa notícia de que o batalhão motorizado já estava postado a quatrocentos metros do primeiro e único alvo antes de São Pedro. Os motorizados, incluindo aí Adriano e os motoqueiros de Nova Luz, tinham saído com horas de antecedência. Iriam como batedores, verificando o terreno à frente e preparando o primeiro acampamento. Lucas revelou que quando chegassem no ponto de encontro da estrada seriam recebidos por um revigorante almoço à lá Paraná, o cuca de Adriano.

Seis horas se passaram desde que atingiram a planície à frente de São Vítor. Lucas divisou o terreno que se estendia até o horizonte e reconheceu algumas particularidades daquela região, que visitara uma única vez. Seria ali a primeira parada de seu batalhão. Poderia considerar uma jornada ininterrupta até ali, posto que tinham feito uma pausa ligeira para dar de beber aos cavalos e para ajeitar um soldado desmaiado na garupa de Matias. Tinha sido um dia puxado no lombo dos animais e o almoço seria servido já com a tarde em sua metade.

Os quatro caminhões vindos de São Vítor estavam junto ao acostamento em formação estratégica, conforme recomendara. Adriano, que comandava aquele pelotão motorizado, havia colocado os caminhões de carrocerias fechadas e longas em semicírculo. Os dois da ponta tinham uma parte no acostamento e outra parte invadindo o terreno que beirava a estrada, enquanto os dois do meio estavam em linha reta, formando uma parede extensa. O acampamento tinha sido montado numa clareira ao lado, com os caminhões servindo de escudo. Em cima dos dois caminhões do meio, um soldado em cada um deles caminhava sobre o tampo da carroceria baú, com fuzis de prontidão. Caso algum mulo metido a besta desse as caras, certamente fugiria cagando nas calças ao ver a estrutura dos soldados.

Para boa parte dos soldados que acompanhavam Lucas e o grupo de Adriano, aquele local escolhido para o descanso era bem conhecido. Sabiam que o guerreiro salvador não tinha escolhido aquele cenário ao acaso. No entanto, as lembranças da última visita não eram as melhores.

Os que já conheciam o local avisavam aos demais que atrás da clareira havia um riacho de água limpa, boa para matar a sede dos animais e deliciosa para um banho refrescante.

Lucas saltou da sela do tordilho e deixou os olhos vagarem pela paisagem. Sabia que depois da curva adiante o asfalto falhava e teriam quilômetros de caminho de terra. A estrada era boa, não teriam dificuldade nenhuma, uma vez que a viagem era feita no dorso de cavalos. Olhou para o céu. Faltavam cerca de três horas para o pôr-do-sol. Sorriu, admirando seus seguidores. Da primeira vez que estivera ali, os bentos viajavam envoltos em capas marrons para não despertar a atenção. Ficava feliz em ter contribuído para abrandar esse temor. Agora eram viajantes livres, sem medo da noite. E era isso que queria, que a noite viesse. Cumpriria uma promessa feita a si mesmo. A cerca de cinco quilômetros dali, no meio da mata, havia um covil de vampiros. Uma gruta. A caverna que o velho Bispo lhe mostrara num sonho. Tinham sido atacados por mulos atiradores e vampiros ali, naquele lugar, na primeira vez. Não tinha sido nada bonito. Lucas tinha se esforçado e sua habilidade para dizimar os malditos noturnos fora posta para fora. Acabou com a raça dos inimigos, mas muitos fugiram e os bentos e soldados na ocasião tinham decidido seguir viagem sem lhe dar a chance de resgatar os debilitados seres humanos aprisionados no interior da gruta. Lucas tinha prometido a si mesmo que assim que aquela sua primeira jornada fosse encerrada, com milagres ou sem milagres, voltaria ali, naquele lugar, para arrebentar aquele covil e resgatar os adormecidos encerrados no fundo da caverna. Era para isso que tinha pedido os caminhões a Adriano. O líder de Nova Luz, quando soube da destinação, sequer perguntou. Manteve o olhar fixo nos olhos do trigésimo guerreiro. Não havia por que censurar Lucas daquela vez. Não haveria sequer argumentos. Adriano pôs a mão no ombro de Lucas e, sem dizer palavra, aquiesceu.

O cheiro do rango preparado pelo velho Paraná despertava roncos na barriga e muitos comentários e elogios. A maioria dos soldados tinha feito um *pit-stop* rápido quando passaram junto a um pomar à beira da estrada e, enquanto os cavalos bebiam água, tinham apanhado goiabas, jabuticabas e caquis silvestres. Aquilo não tinha matado a fome do grupo, mas tinha servido para que o estômago não colasse às costas.

A benta Marcela tinha sido cercada de atenções pelos viajantes, que raramente viam mulheres nessas jornadas de guerrilha. Conheciam, sim, uma ou outra soldado mulher, mas era muito difícil vê-las na estrada junto dos homens. Marcela recebera frutas frescas e era sempre consultada. Durante o caminho, muitos dos homens tinham pedido a ela que suplicasse a Lucas por uma parada para descanso e refresco. O sol forte sobre a cabeça de todos castigava o caminho e, além do desconforto, ia tingindo a pele dos mais claros com vergões vermelhos, transformando os rostos de alguns em legítimos pimentões. Marcela, apesar de ainda tonta com aquela realidade, recusava as paradas. Não seria ela, só porque era mulher, a culpada por algum atraso ou imprevisto. Se queriam parar, que os homens o fizessem. Agüentaria firme na sela do cavalo. Quando todos parassem, aí, sim, ela também descansaria. Estava resolvida a ser tratada de igual para igual.

Por conta de tão brava determinação, quando chegaram ao acampamento a nova benta estava com os músculos da perna tremendo de tanta dor. Mal conseguiu andar ao desmontar. Os músculos da coxa tremiam e parecia que não iriam funcionar direito nunca mais, faltando-lhe forças na hora de dar os passos.

Percebendo a dificuldade da mulher, o atencioso e bem-humorado bento Amintas acudiu-a.

— Pode apoiar-se no meu ombro, Marcela. Você já agüentou esforço demais por hoje.

A mulher não recusou a ajuda por parte daquele bento.

— Me leva até aquele tronco de árvore. Acho que preciso sentar um pouco antes de me lavar. Tenho certeza de que é só descansar um pouco com vocês que estarei prontinha para continuar.

Amintas praticamente carregou-a até a árvore caída. E precisou empregar força nos músculos. Marcela era um belíssimo exemplar de mulher. Alta, contando com cerca de um metro e oitenta, era forte, de corpo robusto e de um rosto belíssimo, carregado de traços indígenas de nossa terra, com a pele morena, cabelos negros e escorridos, quase no meio das costas. A boca carnuda da mulher chamou a atenção do instinto masculino que corria nas veias de Amintas. Era difícil não notar e se encantar com a exuberante feminilidade que emanava daquela mulher.

— Acho melhor você tirar isso aí um pouco. No começo, a gente pena com o calor, mas logo você acostuma, depois não quer tirar o peito de prata por nada nesse mundo — disse o guerreiro, apontando para o fecho do ombro da armadura.

Marcela massageava com vigor as pernas, tentando aliviar um pouco o desconforto.

— Obrigada, Amintas. Vou seguir sua experiência.

Amintas sentiu queimar por dentro ao receber a resposta de Marcela que o encarou com olhos doces e um sorriso maravilhoso.

— Você é uma gata!

Marcela abriu ainda mais o sorriso.

— Obrigada.

Amintas endireitou-se e afastou-se, dando as costas à garota benta. Caminhou em direção ao riacho. Precisa tomar um banho de água fria antes que dissesse outra besteira e fizesse um papelão. Passou a mão pelo cabelo curto e grisalho. Era um senhor sessentão. Se forçasse a barra com Marcela, que devia ter no máximo vinte anos, iria parecer um palhaço.

Marcela acompanhou Amintas com o olhar. Viu-o afastando-se e passando a mão na cabeça, como se estivesse se sentindo mal. Manteve o sorriso no rosto e balançou a cabeça suavemente. Conseguiu puxar as travas do ombro, sentindo a armadura afrouxar. Passou a mão pelos belíssimos dragonetes, também nos ombros, para tirar a capa vermelha. No entanto, seus esforços estavam mais perto de render-lhe uma unha quebrada do que de abrir a boca dos dragonetes.

Bento Duque, já livre da capa, aproximou-se e apertou os dois dispositivos ao mesmo tempo, fazendo as bocas das peças abrirem-se. Marcela, agradecida, puxou as pontas dos tecidos, deixando a capa cair atrás de si.

— Valeu.

Duque respondeu com um sorriso e afastou-se sem nada dizer.

Marcela conseguiu finalmente livrar-se do peito de prata, ficando com a cota de malha de prata e o colete de couro. A indumentária dela e dos bentos homens seria idêntica não fosse a diferença na forma feminina de sua couraça prateada, que era mais fina conforme descia para a cintura e mais pronunciada no peito para que os seios da mulher não fossem esmagados. Olhou para o riacho vendo os soldados fazendo a festa dentro d'água. Os cavalos se refrescavam, sorvendo o líquido cristalino e buscando repouso à sombra das árvores que escapuliam da floresta do outro lado do riacho. Voltou os olhos para a estrada. Do lado de lá do asfalto a mata era fechada, contando com espécies sem fim de árvores floríferas altas e vegetação rasteira densa. Precisaria de um facão para avançar mata adentro e explorar o terreno. Ergueu os olhos atraída pelo chilreio dos pássaros e abriu um sorriso largo ao ver pela primeira vez um bando de tucanos atravessando o céu. Como era lindo! Quando voltou a olhar para o acampamento, encontrou os olhos do novato bento Danilo sobre os seus.

— São maravilhosos, não são?

— Cara, são de tirar o fôlego! — respondeu a benta.

— É difícil acreditar que isso aqui tá acontecendo... Que, apesar de toda essa desgraça, o mundo está assim, tão arretado de bonito.

Marcela andou para perto da estrada.

— Nem me fale, Danilo. Eu tava levando uma vida maneiríssima, e, então, catapum. Tudo some e, quando abro os olhos, o mundo está assim.

— Você é carioca?

— Sou sim. Da gema — respondeu Marcela, com o sorriso constante. — E tu?

— Ser, ser, mesmo, eu sou de Fortaleza, Ceará.

— E como veio parar em São Vítor, cearense?

— Olhe, não faço a mínima idéia. Tou doido pra encontrar alguém que me explique isso.

— Você se lembrou de tudo quando acordou?

— Acho que tudo, tudo mesmo, não me lembrei, não... Achava que tinha lembrado, porque quando me perguntaram nome, nome de pai, nome de mãe... eu me lembrei de um monte de coisas. Mas não sei como vim parar aqui nas bandas de São Paulo. Só me lembro mesmo é de Fortaleza.

— Quantos anos você tem, Danilo?

— Pelo que me disseram, tou com cinqüenta anos redondos — respondeu o rapaz caindo numa risada. — Tô inteiraço!

— Eu também sou cinqüentona! — emendou Marcela, caindo no riso.

Os dois riram até ter lágrimas nos olhos.

— Olhe, Marcela... uma coisa eu posso te afirmar com certeza. Tu é a cinqüentona mais sarada que eu já vi na minha vida.

A moça riu.

— Quantos anos você tinha antes adormecer?

— Tinha vinte — disse o bento.

— Igual.

— Estranho isso, né?

— Sinistro — respondeu Marcela, com seu assento peculiar. — Mas quero dizer sinistro de sinistro mesmo. Não é sinistro de carioca.

Danilo riu da emenda. Colocou a mão no cabo da espada. Marcela acompanhou com os olhos o movimento.

— Já se acostumou com isso aí? — perguntou o bento, olhando para a espada da mulher.

Marcela desembainhou a arma.

— Eu nunca tinha segurado uma dessa na minha vida, mas naquela hora em que o Lucas gritou para atacarmos... — a guerreira fez uma pausa, sentindo o braço arrepiar todinho —... foi como se eu tivesse nascido para isso. O cheiro ruim daqueles bichos me tomou, me deixou ceguinha.

— Pode crer. Também senti isso.

— Foi como se esse pedaço de aço e prata fizesse parte do meu corpo.

— Louco... senti a mesma coisa. Todo atrapalhado, mas a mesma coisa.

— Tu viu o Rogério?

— Vi. O baixinho estava escondendo o jogo, cê viu? O cara manda muito bem com esses bagulhos aqui. — disse Danilo, virando o punho e olhando as duas faces da lâmina prateada.

— E você? Matou algum?

— Matei nada. A espada enroscou. Espanquei um monte de bicho, isso sim. Depois, quando fui dar por mim, o guloso do Rogério já tinha mandado ver. O Lucas e os outros caras, então? Nem precisava daquele TUPÃ, os vampiros iam rodar bonito.

— Não matou nenhum?! — espantou-se Marcela.

— Nenhum. Com essa espada aqui... não sei usar isso. Agora se tivessem me dado um *skate*, aí a chapa ia ficar quentíssima. Ia dar *sheipada* em tudo que é vampiro. Um *skate* de prata, hein? Nada mal! — animou-se Danilo, com a própria brincadeira.

— Você é skatista?

— Era, né? Agora eu sei lá. Primeiro que não achei nenhum *skate* até agora. Depois, vivendo assim, no mato, vai ser foda conseguir descolar um corrimão.

Marcela riu da graça do amigo.

Duque estendeu o prato para Paraná. O soldado encheu com arroz fresquinho e uma generosa concha com uma mistura de paio, toucinho e feijão preto, tirada de um bojudo caldeirão.

— Tem vinho lá na mesa — lembrou o cozinheiro.

Duque agradeceu e caminhou pela clareira procurando um lugar pra sentar. Antes de começar a comer, lançou um olhar para os caminhões e para as sentinelas que se mantinham andando sobre o baú de carga. Olhou em volta pela floresta. Estava tudo tranqüilo... tranqüilo como estivera a primeira vez que passara ali com Lucas.

— Cuidado com o banho involuntário, hein, bento Duque! — brincou o soldado Carlos.

Duque sorriu para o soldado e balançou a cabeça, lembrando-se do episódio de sua última passagem por aquelas bandas. Tinha escorregado à beira do riacho e tinha sido motivo de troça por parte dos companheiros de jornada.

Lucas tirou a capa vermelha e livrou-se da couraça de prata. Um banho refrescante viria a calhar. A maioria dos soldados e dos cavalos afastava-se do riacho, diminuindo a bagunça dentro d'água. Lucas retirou as luvas de couro e soltou os cordões que prendiam a cota de prata ao seu punho. Tirou a peça e ficou com o colete de couro.

Bento Vicente, trajando apenas o saiote e a calça escura, aproximou-se do líder do batalhão, trazendo dois pratos na mão.

— Tá na hora do rango, xará.

— Pô, Vicentão, parece que agora você que é adivinho. Minha barriga tá roncando. — Lucas aproximou o prato do nariz e inspirou fundo. — E tá tão cheiroso que acho que vou deixar o banho pra depois do rango.

— O Paraná podia abrir um restaurante. Aposto que até vampiro ficava na fila.

Lucas riu da piada do amigo e sentou-se ao lado do guerreiro. Enquanto comia, o trigésimo guerreiro reparou na série de tatuagens que recobriam os braços e as costas do parceiro. Eram tantas que pareciam formar um desenho só. Corriam dos cotovelos aos ombros, espalhando-se pelas costas e tomando quase toda a pele da parte anterior do guerreiro.

Vicente, no meio de uma garfada de feijão, percebeu o olhar demorado do trigésimo.

— Eh! Que foi, meu irmão? Tá pagando pau pra homem, agora?

— Não é nada disso, não, ô garanhão. Até parece. Você é que deve gostar dessas coisas.

— Eh!

— Eu tava vendo as suas tatuagens, lembrando do que você falou quando estávamos indo pra São Pedro da última vez.

— Da minha cana? Que é que tem?

— Você botando essa panca pra cima de mim, dizendo que eu tava pagando pau... mas você é que deve ter tido uns contatos bem íntimos com uns caboclos lá dentro.

— Eh! Você é o bacana, o salvador, mas eu te arranco os dentes se ficar com graça pro meu lado.

— Tô brincando, Vicentão! Você é que começou.

— Fiquei trancado, sete anos, mas nego nenhum chegou perto dessa bunda aqui, não. Nem eu fui afogar minhas mágoas com a travecaiada da cadeia.

— Quando eu me lembrei dessa história, perguntei-me como é que você foi parar lá.

— História longa, Lucas. História muito longa.

— A gente só vai sair daqui de madrugada mesmo. Por hora o tempo está sobrando.

— Me meti numas paradas loucas, meu irmão. Tenho o sangue quente, daí pra cair no crime foi um pulo.

— Tu disse que matou gente, Vicente. Tá certo que você é casca grossa, mas daí a matar gente...

— Corta essa, Lucas. Desde que nos conhecemos já taquei na sua cara que não sou santo. Nunca fui santo. Nunca.

Lucas engoliu duas garfadas em silêncio. O grandalhão também ficou calado, raspando o que sobrava de comida.

— Isso aqui tá bom — murmurou o trigésimo.

Vicente arrotou em alto e bom som, chamando a atenção de uns cinco soldados que, deitados no gramado que dava no riacho, procuravam descansar. Ninguém riu, não por indignação, mas por amor aos dentes.

— Sabe, Lucas, eu era novo ainda quando perdi meu velho. Se tu acha que eu sou grande, precisava ver o meu velho. Ele tinha um negócio de caminhão, trabalhava com todo tipo de carga que pintasse. Dava vida boa pra mim, pra minha mãe e meus dois irmãos pivetes.

— Dois irmãos?

— É. O Sandrinho e o Amaral.

Vicente fez uma pausa e tirou um maço de cigarros enrolados artesanalmente da cintura juntamente com um isqueiro, acendeu e deu a primeira tragada.

— Meu velho foi assassinado, no acostamento da estrada. Dois tiros no peito. Os bandidos eram ladrões de carga.

— Seu pai reagiu ao assalto?

— Meu pai era macaco velho, Lucas. Só trabalhava com carga assegurada. Ia reagir pra quê?

Vicente soltou uma baforada longa, espalhando a fumaça na frente de seu rosto.

— Também esse lance de se ele reagiu ou não pouco importa. Um cidadão tem o direito de reagir. O que não pode rolar é vagabundo agir na crocodilagem. Se a vida botô na frente dele o ofício de roubar, que roube, mas não mate pai de família.

— Papo difícil, esse, Vicentão. Ninguém tem de roubar coisa nenhuma. O negócio é trabalhar. Construir seu futuro.

— Futuro? Tô vendo que sua memória ainda não voltou direitinho, não. Que futuro a rapaziada tinha no Brasil velho, Lucas? O pessoal da perifa, a grande maioria, vivia sem perspectiva, velho. Ninguém ensinava a molecada que ralando o couro se consegue as coisas. Muito da molecada da favela não tinha instrução, não sabia o que tava perdendo quando metia um berro na mão e caía no crime. Na cabeça deles, era só assim que se chegaria a algum lugar. Acho que se a sociedade se preocupasse em colocar perspectiva na cabeça da garotada, se mostrasse pra eles que pra tudo tem saída, acho que mais gente cairia na real antes de cair na malandragem.

— Tá ficando filósofo?

— Foi a cadeia, meu irmão. Fiquei muito tempo guardado, muito tempo livre pra conversar. Conheci uns dois cabeças feitas que me falaram esses baratos e acabei concordando com os caras. O problema dos feinhos na época era bem esse mesmo. Sem instrução, sem leitura, os caras não sabiam o que iam perder lá na frente, daí pra entrar no crime era um pulo. E o que sempre repito quando me pergunto é isso; para aqueles moleques da periferia, das favelas, sem instrução de porra nenhuma, aquilo era o certo. A violência e o roubo eram a chave para uma vida melhor. É uma merda, mas é a pura verdade. Eles não viam que entrando pro crime nego perdia o resto de dignidade que tinha. Se rodava com os gambés, já era, ia pra Febem melhorar as técnicas da malandragem. A Febem não ensinava ninguém a ser melhor, a ser humano. Uma cambada de nego de mãos atadas, um ou dois com boas intenções, e o resto só queria era ver o holerite no final do mês. Tava se cagando se a cabeça da molecada tava piorando e se enchendo de merda.

— E você? Como você entrou pro crime.

— Entrei porque quis. Entrei de raiva.

— Raiva?

— É. De raiva. Fiquei louco em saber que meu pai tava sete palmos debaixo da terra, com minha mãe chorando todo dia, e que os pilantras que tinham feito ele andavam por aí. Nunca achei os viados. Mas botei as caras deles numa par de nóia que trombei na vila onde fui morar. Sem chance, velho. Sem chance. Olhava pros vagabundos e viajava, botava na cabeça que eles é que tinham feito o meu velho.

Lucas colocou a última garfada na boca e depôs o prato a seu lado.

— Depois que meu pai morreu, a gente teve de mudar pro Velosão, na época em que o bairro era *punk*. Pô, não tinha nem dois meses que a gente tava morando lá, um dia, eu mais meus dois manos chegando em casa e não é que a gente pega dois vagabundos dentro de casa, com minha mãe trancada no banheiro, enquanto os filhos-da-puta estavam rapelando a sala. A gente viu um carro estranho na garagem, daí ganhamos a lança. Entramos em silêncio e eu percebi que os vagabundos estavam bem loucos. Entrei pela cozinha, na manha do gato e peguei uma faca de churrasco do meu velho. Catei pelos cabelos o primeiro deles e levei a faca na garganta do infeliz. O cabra largou a arma dele e começou a chorar. O segundo ficou paradão na nossa frente, no meio da sala. Era um pivete, mano. Um moleque, daqueles que eu te falei... sem vida nos olhos, sendo comido pelas drogas e pela falta de perspectiva — Vicente fez outra pausa para uma nova tragada. Deixou os olhos vagarem um instante, olhando para os soldados e bentos que zanzavam no acampamento. — Falei que ia rasgar a garganta do filho-da-puta e o comparsa acabou largando a arma também. Meus irmãos pegaram os canos e descemos com os vagabundos pra garagem. Fiquei com um revólver na mão, apontando pra cabeça dos dois que ficaram ajoelhados no cimento. Mandei meus irmãos acudirem a mãe. Quando voltaram pra garagem eu já tinha zarpado. Negão, eu tava com sangue nos olhos. Taquei, sozinho, na base das mais gorda bicuda no meio do rabo, os dois filhos-da-puta no porta-malas do meu Passat. Soquei a cara dos lazarentos ali na frente de casa mesmo. Soquei com gosto. Quando apagaram, eu tranquei o porta-malas e vazei. Vaguei sem rumo. O sangue quente. Primeiro ia levar os lazarentos pruma delegacia. Ia entregar na mão dos homens. Mas daí já fui me roendo por dentro, imaginando aqueles dois vagabundos indo pra rua de novo, porque naquela época era assim. Qualquer ladrão pé-de-chinelo conseguia um jeito de sair da cadeia, molhando a mão do guarda com qualquer merreca. Só de imaginar os viados na rua de novo, roubando de novo, trancando mãe dos outros no banheiro de novo... rodei sem rumo até achar uma várzea em Carapicuíba. Um deles já tava acordado quando abri o porta-malas. Começou ameaçando, falando que era truta de não sei quem, que era parente de não sei quem mais. Falou que vendia os baratos prum tal de Caveira e que o cara não ia deixar barato. Depois, quando viu que tava num lugar deserto e que o berro tava na minha mão, ah, filho, o carinha chorou que nem criança. Fiz ele ajoelhar e enfiei o cano na cara dele. Ali foi onde me transformei, velho. Ali foi a hora agá. Ou eu liberava o vagabundo, dava um tiro no saco dele, sei lá, ou eu partia pro abraço.

Lucas nem respirava, tomado pela crônica do amigo.

— No primeiro tiro eu fechei os olhos. Fechei, porra. Não era assassino. Nunca tinha matado ninguém, porra. Foi foda, Lucas. Foi o minuto mais foda da minha vida. Olhei pro moleque, pro ladrãozinho filho duma puta. Ele foi caindo devagar, pro lado. A mão dele ficou erguida uns vinte segundos, o dedo apontando na minha direção, tremendo. O sangue vazava da cabeça dele e cobriu todo o rosto dele, todo o lado — disse o homem, passando a mão sobre a orelha direita. — Quando ele bateu no chão, eu atirei de novo. Morreu na hora. Não fechei o olho e parei de tremer. Agarrei o segundo pelo cabelo e pela roupa. Joguei o viado do lado do amigo dele. Olhei em volta. Tudo escuro e sem barulho de nada. Enfiei umas bicas pro cuzão acordar. Nada. Queria que ele visse. Queria que ele soubesse que tava indo pra casa do chapéu. Dei dois tiros no peito do maluco. Dois dias depois veio a confirmação. Guardei o recorte do *Notícias Populares*. A foto dos dois não rendeu primeira página.

— Ah! Ah! Ah! — riu Lucas. — Pô, Vicente, até na hora de falar uma coisa dessas você vem com brincadeira.

Vicente deu outra baforada.

— Brincadeira? Brincadeira, nada, Lucas. Eu tava obstinado. Eu fiquei puto. A primeira página veio duas semanas depois.

— Fala sério.

— Vê só a treta. Lembrei-me do nome do receptor dos caras.

— Foi atrás do Caveira?

— Na miúda. Na moral. Rodei uns botecos do Velosão. Só de orelha nas conversas. Um dia, ouvi o que queria. Enquadrei um ladrãozinho, que tomô chumbo quando deu o trampo, daí cheguei no Caveira. Meus irmãos ficaram loucos. Minha mãe só faltou se matar quando soube que eu apaguei os dois ladrões que tinham entrado em casa, mas ouviram minha conversa, ouviram meu desabafo. Comprei mais balas pro cano e fui pro barraco do Caveira. Cheguei lá de madrugada. Quando tomei coragem, desci do carro, atravessei a rua, entrei na favela, não tinha ninguém de bituca. Chutei a porta do barraco e, enquanto o cara ainda pulava de susto, sapequei dois tiros no vagabundo. Era um a menos no bairro pra infernizar a vida dos honestos, dos pais de família. E era um troféu dos bons. O cara era receptador de bagulhos roubados. Os vagabundos iam patinar uns dias sem ter pra quem vender nem de quem comprar. E pra garantir que os caras iam pensar duas vezes antes de tomar o lugar do cara, catei uma faca e arranquei o bucho do vagabundo. Tirei duas balas do tambor do revólver e enfiei uma em cada narina do cara. Essa virou a minha marca.

Nesse momento, Lucas teve um lampejo. Uma imagem formou-se em sua cabeça. Via-se no Largo da Batata, em Pinheiros, parado na frente de uma banca de jornais olhando para o *Notícias Populares*. A foto da capa era o *close* de um homem morto com balas nas narinas. "Assassino serial" era parte da manchete.

— Sua capa... — balbuciou Lucas.

— Isso mesmo. O vacilão virou celebridade.

Lucas passou a mão pelo queixo. A lembrança do Largo da Batata, céu azul, buzina dos carros no trânsito lento da Faria Lima e da Teodoro Sampaio. Depois veio outro *flash*. Viu os prédios como tinha visto na Batalha da Teodoro. Os prédios tomados por heras, por trepadeiras e bromélias. Tomados por vampiros.

— Antes de eu sair, peguei a pistola do cara, que tava num caixote, do lado da cama. Foi minha primeira pistola. Uma petêzona da hora. Revirei umas caixas e fui enfiando num saco tudo o que fui achando de valor. Relógios, munição, uns pacotes de cigarro e, a sorte grande, achei dois maços de dinheiro moqueados numa lata de pêssegos. Era muita grana, cara.

— Peraí, tu começou essa merda toda por ser contra o roubo e acabou virando ladrão?

— Ladrão, nada, xará. Aí você força a amizade. Você tem de ver o meu lado. Eu larguei emprego, larguei minha vida pra azarar esses caras. Então, quando eu estourava um maluco desses, tinha de buscar um ressarcimento, descolar um troco pra financiar meu trampo. Como é que eu ia viver? Depois do Caveira, eu nem quis mais morar com minha mãe e meus manos. Não podia colocar o deles na reta se eu mesmo, por minha vontade, tava colocando o meu.

Lucas coçou a cabeça.

— Um dia, Lucas, tu pode acabar caindo na mesma situação. Pode acabar fazendo uma coisa que a maioria vai achar errado, mas no seu coração sabe que tá fazendo o certo. É por isso que comecei a pagar um pau pra você. Tu não vacila na hora de tomar um rumo. Tu dá força pros caras entrarem no combate. Isso tem valor, Lucas. Ter coragem não é pra qualquer um.

— E como foi que você rodou?

— Tá falando da primeira ou da segunda vez?

— Pegou cana duas vezes?

— Duas, zangão. Duas.

Lucas sorriu ao ouvir Vicente chamá-lo de zangão. Sabia porque o amigo dizia aquilo, lembrou-se da primeira vez que Vicente chamou-o para conversar e revelou que passava a acreditar na profecia do Bispo e em Lucas. Tinha mencionado na ocasião a célebre frase de Mohamed Ali, dizendo que Lucas movia-se como uma borboleta e ferroava como um zangão.

— A primeira é uma história longa, mas a que me deu raiva foi essa da segunda vez — prosseguiu o grandalhão. — Foi numa parada besta. Eu já tava há três anos nessa vida. Três anos. Tinha feito um par de bandidos. Mais de sessenta homicídios nas costas. Foi quando rolou aquele caso de um rapaz seqüestrado... Um lance que a mídia toda correu em cima. Como era o nome mesmo... — Vicente baixou a cabeça pensativo. — Acho que era chamado de "O Caso Roberto". Uma parada louca.

O episódio soou familiar para Lucas, a ponto de fazer os pêlos dos braços eriçarem. Aquele nome lhe era comum.

— Era aquele lance de um rapaz que tinha desaparecido, tinha se afogado, sei lá. O cara sumiu na praia e a imprensa toda ficou em cima do irmão dele, que tinha pirado, que não aceitava que o irmão estava morto, saiu dizendo que o irmão tinha sido seqüestrado.

— Eu me lembro disso... — murmurou Lucas, um tanto inseguro.

— Pois é, calhou de eu estar, naquela época, atrás de um cara que era seqüestrador. E seqüestro era coisa de peixe grande, ainda não era aquela merda de seqüestro-relâmpago, que pegavam qualquer um pra fazer a fita. Eu sabia que o vagabundo era bem armado e, o pior de tudo, era inteligente, era matreiro. Tinha sempre uns três caras com ele. Fiquei mais de um mês estudando a casa do infeliz pra sacar a hora certa de arrepiar. Fiz o serviço de dentro pra fora.

Lucas ergueu os olhos sem entender.

— Quero dizer que o melhor lance não era entrar e pegar o cara no susto, como eu curtia fazer. Tive de fazer o caminho contrário. Esperei o malandro sair pros rolos dele. Tinha colocado grampo na linha dele e sabia que ele ia voltar pro cafofo na mesma noite. Quando ele virou a esquina, fui pra rua de trás, sabia que a casa atrás do esconderijo dos malandros tava vazia, pulei o muro e, da casa vazia, pulei pro telhado do cara. Nem arrombei porta nem nada. Arranquei umas telhas e entrei no telhado, achei o alçapão e caí pra dentro. Quando eles voltaram, foi moleza, deixei os quatro entrarem na casa, nessa época eu já tinha silenciador no cano. Um veio direto pro banheiro e foi o primeiro a beijar o azulejo. Peguei o segundo na cozinha e o líder safado mais o capanga, na sala. Pou, pou. Rapidão. Mas o sinistro nem foi a ação. Foi o que eu vi na casa enquanto esperava os bacanas. A casa era grande, com quatro quartos, em bairro de classe média. Os caras armavam o cativeiro ali mesmo. Num dos quartos encontrei um papel e um panfleto pregado com durex na parede. No papel tinha um endereço. O panfleto era com a foto do tal do Roberto desaparecido e um telefone para contato em caso de informações... Era um dos meios que o irmão do cara descolou pra ver se achava o irmão afogado. Eu fiquei grilado com aquilo. Peguei o endereço e resolvi ir no lugar, na hora. Me deu a louca. Era como se eu tivesse alguma coisa a ver com aquilo. Podia ser que eu encontrasse o tal do Roberto.

— E aí?

— Aí que até hoje acho que esse foi o maior vacilo da minha vida. Por um azar da bexiga, eu fui enquadrado na rodovia. Estavam fazendo uma *blitz* da rodoviária, ensinando a molecada nova como proceder. Pediram meu RG. Puxaram meus dados. Como eu tava pedido na área, fui algemado e me tacaram num camburão.

— Fala sério.

— Não teve nem chance de acerto. Eram tenentes instrutores, não teve como. Os professores têm de dar bom exemplo para quem tá entrando.

— Que zica da grossa.

— Fui pra cadeia de Caraguá, depois me trouxeram de volta a Osasco para aguardar julgamento. Na época, ainda funcionava a cadeia do Pestana. Penei muito ali. Fiquei treze meses guardado naquele cafofo. Aquilo ali não era vida, meu irmão. Superlotado. Mais de vinte sangue-ruim por metro quadrado. Se caía um trouxa lá dentro, carinha fraco, já era. Ou morria ou ficava piolho, pior do que quando entrou. Coisa feia.

— Descobriram que você tinha feito os caras no cativeiro?

— Nada. Mas a consciência pesou por causa do moleque seqüestrado. Fiquei lá pagando por morte de outros malandros, vagabundos mesmo. Mas aqueles quatro seqüestradores... Investigando com um truta aqui outro truta ali, descobri que eles não tinham seqüestrado o tal do Roberto, mas poderiam ter informações valiosas. O endereço que tava no panfleto eu passei pro meu irmão, que acionou um mano nosso. Não deu em nada. Fiquei com aquilo atravessado, mas se eu desse um toque nos meganhas, corria o risco de tomar o seqüestro nas costas. Tenho certeza de que se eu tivesse chegado lá, eu teria achado alguma coisa, alguma pista pra continuar ou algum mané pra abrir o bico.

— Depois disso ficou mofando no presídio?

— Fiquei, cara. Dia e noite cercado da raça que eu mais detestava. E tinha de ficar ligeiro porque caiu na boca da comunidade que eu era justiceiro. Acontece que o couro do Vicentão aqui é coisa dura. Como eu já estava escolado, tinha ficado muito tempo preso da primeira vez, já fui logo pondo respeito na bagaça e não tinha um infeliz que viesse na mão limpa e na hombridade. Todas as três vezes que tentaram me apagar foi na crocodilagem.

Vicente fez nova pausa na narrativa.

— O tempo passou, Luquinha. Dia após dia, tudo igual. Tu vai ficando marrom feito as paredes de concreto daquele lugar. Lá dentro você vai perdendo a noção da vida. A noção do mundo. Teu mundo passa a ser o dali de dentro. É estranho pra cacete. E então, uma bela noite, esse inferno começou. Pra mim não foi inferno nenhum, não é? Vi nego gritando dentro das celas dizendo que tava cheio de nego morto. Aquela primeira noite eu não preguei os olhos. Tava cismado com uns lances que tavam rolando, então tinha ficado de olho aberto. Antes do sol raiar, os agentes penitenciários começaram a abrir as celas e recolher os adormecidos. A enfermaria da penitenciária lotou e as primeiras remoções para os hospitais começaram. Só ouvia os agentes gritando uns com os outros e deixando informação vazar. Ficamos sabendo que São Paulo inteira tinha pirado. Os hospitais estavam lotados de gente com aquele mesmo problema. Ficamos o dia todo trancados. O dia todo sem sair da cela. Nem sei como vim parar em São Vítor, mesmo sabendo que não podia dormir, não agüentei. Quando pisquei os olhos, já era, embarquei no Expresso Noite Maldita.

Capítulo 18

Lucas foi acordado às quatro e meia da manhã, como solicitado. Desceu do alojamento improvisado no caminhão e caminhou pelo acampamento. Em cima de cada carroceria, via um soldado indo e vindo, vigilantes, de armas em punho. Tinha dado certo. Nenhum mulo, nenhum vampiro tinha chegado perto do comboio. Olhou ao redor. Uma neblina, ainda espessa, tomava o campo, sendo mais intensa onde o terreno baixava e corria o riacho. Os cavalos zanzavam de lá pra cá, sumindo e ressurgindo do meio da bruma como se fossem espíritos da floresta que se deixavam observar por instantes. Lucas prendeu o peito de prata sobre a cota de malha prateada e, agilmente, prendeu a capa vermelha aos dragonetes. Estava na hora. Pediu ao soldado Carlos, que o tinha acordado, que despertasse todo o conjunto. Partiriam para o covil imediatamente, pois o sol se levantaria em uma hora.

Lucas tinha considerado a invasão durante a madrugada e a utilização de TUPÃ para arrasar com os vampiros que se retirassem da toca. Mas podia acontecer de nem todos eles saírem e, então, se veriam diante da necessidade de invadir o covil para liquidá-los. Conseguiriam, tinha certeza, mas, no desespero, os vampiros poderiam voltar sua sanha contra os adormecidos. Poderiam rasgar o pescoço de todos os aprisionados no Rio de Sangue. Lucas não tinha ido lá para colocar a vida de seus soldados em perigo extremo e ainda por cima correr o risco de perder todas as vidas encerradas naquela toca. Viera ali para resgatá-los e levá-los de volta à humanidade. Não seriam mais rebanho de um bando de monstros da noite. Lucas, como os demais, se perguntava como seria quando aqueles pobres perdidos acordassem no fundo de uma caverna. Com certeza seriam assassinados. E agora, que todos acordavam bentos, deveriam ser tratados com maior fúria e liquidados com grande selvageria.

Em meia hora a tropa estava de pé e o café preto e quente fumegava junto às brasas. Os grupos de soldados dividiam o pão da manhã e alguns deles saíram à cata de frutas silvestres para o desjejum.

Quando o vermelho do alvorecer cingiu o horizonte, os motores dos caminhões roncaram alto. Em todo o acampamento viam-se soldados apertando selas e estribos e conferindo os apetrechos colocados nos lombos das montarias. Outra parte dos homens verificava as condições de suas armas de fogo e munição. Sabiam que em pouco tempo poderiam ter de usá-las para valer.

As motos do grupo de Nova Luz encheram a manhã com o acelerar repetido dos motores. Quilômetros pra frente, na curva da rodovia, seguiriam por um trecho acidentado e sem asfalto. Um pouco de diversão e treino para os ousados motoqueiros de Adriano. Marcela, Amintas e Danilo cavalgavam lado a lado, avançando rapidamente com a massa de cavalos e soldados. Rogério mantinha-se com o experiente bento Duque. O balançar do cavalo enchia seus ouvidos com o tilintar costumeiro da cota de prata. Bento Augusto, com seus olhos azuis e cabelos longos, lisos e negros, destacou-se do grupo montado, atiçando o cavalo para que corresse mais, parecia brincar, querendo alcançar as motos de Adriano e seu bando que disparavam na frente.

Em ritmo acelerado, chegaram em meia hora até o lugar indicado por Lucas. Adriano e seus homens conheciam bem o local. Desligaram os motores e desmontaram das motos.

Adriano tirou seu rifle do coldre preso ao guidão da motocicleta, sendo imitado por Paraná, Zacarias e Sinatra, que se postaram ao seu lado imediatamente. Marcel, Raul e Joel continuaram montados nas motos, olhando para a mata. A estrada era cheia de cascalho, que raspava e fazia barulho com o pisar das botas dos soldados.

Adriano foi o primeiro a entrar no mato. Seus olhos percorreram as árvores. Sabia que com o sol naquela altura não havia chance nenhuma de vampiros estarem perambulando por ali. Mulos, no entanto, poderiam facilmente estar por perto dando proteção aos noturnos. O líder de Nova Luz abaixou-se, buscando proteção no mato alto. Sinalizou para os demais buscarem abrigo também. Não convinha dar sopa logo agora que estavam tão perto. Adriano sorriu. A grande virada com a chegada de Lucas e o despertar dos quatro milagres deixavam os soldados relaxados. Isso não era bom. É sempre num momento de *relax* que sua cabeça estoura com uma bala passando de ouvido a ouvido. Esses mulos desgraçados eram ruins de tiro, mas danados de sortudos também. Adriano passou a mão pelo cavanhaque e olhou para Paraná que vinha logo atrás, caminhando abaixado.

— Você lembra onde fica a gruta? — perguntou o grandalhão paranaense.

Adriano gesticulou que sim e depois apontou repetidamente para uma grande pedra.

— Atrás daquela pedra tem uma touceira alta, junto daquelas árvores. Dá pra você ver?

Paraná aquiesceu.

— A boca da merda é ali.

Paraná balançou a cabeça.

— O que foi?

— Não sei, Adriano. Tô achando isso aqui calmo demais.

Adriano levantou-se um pouco e olhou para as árvores novamente. Ouviu o trotar de um cavalo se aproximando. Olhou para a estrada. Era bento Augusto que chegava destacado do grupo, sinal de que o comboio estava perto. Voltou a olhar para as árvores. Nenhum sinal de vigilância.

— Da última vez foi um mulo que recebeu a gente aqui. O bento Vicente quase tomou um teco na orelha.

— Sei lá, Paraná. Eu também acho estranho um covil desprotegido de mulos, ainda mais um que tem gente adormecida dentro. Mas da outra vez era um cara só.

— Pode crer. Foi um cara só que o Raul abateu.

O som do tropéu dos cavalos chegando encheu a estrada de terra batida. Com a chegada do reforço de oitenta homens, Adriano sentiu-se seguro para aproximar-se ainda mais da boca da gruta. Levantou-se e foi em frente, seguido por Paraná, Raul e Sinatra. Os três caminhões chegaram por último, mantendo-se estrategicamente afastados.

Os quinze bentos, comandados por Lucas e Francis, avançaram até alcançar Adriano e seus homens, e desembainharam as espadas. Eram os melhores guerreiros para a incursão no covil. Eram rápidos com as armas e não temeriam os malditos. A luz do sol refulgia sobre os tórax prateados rebatendo a luz para o chão gramado. O trigésimo reconheceu de pronto o terreno. A touceira de mato alto perto da pedra indicava a boca da gruta.

O resgate dos adormecidos começou de forma tranqüila e sem sobressaltos. Sabiam da presença dos vampiros, mas àquela altura do dia estavam completamente tomados pelo transe das horas de sol.

Bento Amintas, Ulisses e Duque foram os primeiros a entrar, carregando um fio de lâmpadas ativadas por gerador a motor. Foram os primeiros a limpar caminho até os adormecidos. Ficaram impressionados com a quantidade de gente estocada na terceira galeria que adentraram. Poucos vampiros tinham a propriedade de despertar durante o transe e, até o momento, não tinham topado com nenhum com essa característica.

— Essa caverna é enorme, caras. A boca pequena do covil só é para enganar — comentou Amintas.

Duque ergueu mais a luz na terceira galeria. O cheiro era horrível. Teriam de voltar e apanhar máscaras para respirar um pouco melhor. Continuando daquele jeito, seria um festival de soldados vomitando, o que dificultaria ainda mais o transporte daquela carga.

As espadas prateadas dos bentos transfixavam os vampiros que estavam ao alcance e seus olhos iam memorizando onde estavam outros, escondidos e distantes, enfiados nas reentrâncias de pedra.

Ulisses, olhando detidamente para as paredes, estava em dúvida se aquela era uma formação natural ou se as criaturas da noite tinham escavado tanto a rocha. As dimensões das galerias eram assombrosas.

Capítulo 19

Benito freou a *pick-up* fazendo o veículo derrapar. Lúcio bateu a cabeça no console e despertou da soneca.

O motorista desceu e bateu a porta sem dar ouvidos aos gemidos do carona. Olhou para o rio. Tinha apenas quatro metros de extensão, mas a correnteza e a profundidade incerta lhe enchiam de temor. Benito desceu o barranco à margem do rio e aproximou-se da água. A água era escura e não podia ver o fundo. Andou cerca de dez metros até encontrar um galho longo o suficiente para a inspeção. Olhou para trás ouvindo o barulho de Lúcio se aproximando. Afundou o galho no leito do rio, confirmando sua suspeita.

— Acho que é o fim da linha, parceiro.

Lúcio franziu a testa, incomodado com o inconveniente.

— Se tentarmos atravessar, acabou. O carro afunda e perdemos a carga.

— Merda! — gritou o lacaio, inconformado.

A manhã estava fria. Não havia nuvens, nem garoa. Era uma manhã de céu azul e sol brilhante, mas ali, debaixo das árvores, o ar estava congelante. Lúcio abaixou-se à beira do rio e levou a mão à água. Gelada! Não dava vontade de banhar-se. Fez uma concha com a palma enrugada e tomou um gole do líquido. Olhou para os dois lados da margem. O rio era estreito e cercado por árvores. Viu dois macacos a dez metros de distância. Estavam parados. Não estavam com medo. Estavam curiosos. Abaixou-se e apanhou uma pedra. Arremessou certeiro. Os bichos correram e dependuraram-se nos galhos de uma jabuticabeira. Fizeram barulho e guincharam, procurando árvores mais altas. Lúcio olhou sorrindo para Benito.

— Pra que você fez isso?

Lúcio deu de ombros. Andou rio acima, tomando cuidado com as pedras lisas, tomadas por limbo. Viu algumas toras de árvores caídas, soltas no meio do mato.

— E se a gente fizer uma ponte?

Benito coçou o cocuruto.

— Ponte? Que ponte?

— A gente pega uns troncos, tô vendo três só aqui — disse o lacaio, continuando a caminhar rio acima. — Se andar mais uma hora, acho que encontraremos o suficiente.

— Caralho, Lúcio. Por que a gente não desvia, não volta pra trás?

Lúcio parou e virou-se para encarar o motorista.

— Porque a merda do norte não faz curva. Se a gente volta, a gente desce. Temos de subir. Cantarzo disse norte. Então a gente baixa as orelhas e vai pro norte.

— Eu não vou! Cansei dessa pataquada. E tem outra, não adianta bosta nenhuma a gente passar esse rio...

— Que é? Que foi agora?

— O ponteiro tá no vermelho faz uma hora. Tô cansado de ficar procurando gasolina e álcool nesses cantos.

— Quando a gente sair do mato e achar outra estrada a gente acha uma cidade velha ou uma fortificação. Eu peço combustível. Isso eles não regulam.

— Cidade velha! Desde que passamos Brasília essas cidades sumiram. Foi tudo engolido pela floresta. Nem a estrada a gente acha mais.

— Mas tem de ter estrada, homem. Onde já se viu? Os soldados não iam ficar sem caminho para Palmas. Em Palmas tem aquela fortificação enorme. Como é que chama, mesmo? — perguntou, Lúcio, passando a mão pelo queixo. — Esqueci o nome.

— Nova Palmas.

— É. Isso mesmo. É só "nova" na frente. Eu tava pensando em Trindade. Trindade não é no Tocantins?

— É. Mas é longe de Nova Palmas.

— Tá vendo, Benito. Você tem de continuar. Olhe um bom aqui! — exclamou, encontrando um tronco de eucalipto. Ergueu uma extremidade com dificuldade. — Você tem de me levar em frente. Foi "ele" que te botou no meu caminho... ou o contrário, me botou no seu caminho... o que for... — falava, com a respiração entrecortada por causa do esforço, tentando arrastar o tronco de eucalipto para perto da margem do rio.

Benito perdeu o ar zangado. Passou a olhar incrédulo ao ver aquele sujeito mirrado conseguir erguer um tronco pesado daqueles. Não era de uma árvore adulta, mas tinha mais de dez metros de comprimento e deveria pesar uma barbaridade.

— Ele tem planos pra você... Benito. Tem... ele me prometeu a vida eterna e, quando ele me transformar em vampiro, eu aprendo logo e transformo você também... af! Que trem pesado!

Benito correu e começou a ajudar Lúcio. Era a terceira vez que isso acontecia. Sempre quando pensava em cair fora, o carregador de vampiro lembrava do prêmio prometido. Era o tipo de prêmio que mexia com seu bom senso. Era do tipo que valia a pena pagar pra ver. Ficava remoendo por dois segundos e sua vontade de abandonar o pobre diabo à própria sorte acabava escorrendo feito areia entre os dedos. Vida eterna. Era disso que estavam falando. Era isso que estava em jogo. Seria essa a sua paga. O que seria carregar vinte ou trinta troncos pesados como aquele diante da possibilidade de gozar do prazer da vida eterna? Ficaria em suas terras para sempre. Não seria mais uma criatura de passagem sobre a crosta terrestre. Que viessem as árvores caídas e os troncos derrubados. Duro ia ser encontrar combustível naqueles cafundós do Judas. Já se podia ver revezando na estrada a corda com a qual aquele diabo arrastara o caixão. Mas esse martírio seria regiamente compensando quando o louco do Lúcio descobrisse finalmente para onde tinham de ir e onde encontrar a tal da bruxa Tereza. O tal do vampiro-rei lhes honraria com o cumprimento do prometido.

O dia tinha passado rápido. Depois das onze da manhã o vento frio abandonara o planalto e o sol constante tinha enchido o ar com um sufocante mormaço. A travessia do rio dera o que fazer. Depuseram exatas vinte e oito toras atravessadas de margem a margem para dar firmeza suficiente para tentar seguir caminho. Com as cordas que vinham na traseira da *pick-up* conseguiram amarrar as extremidades esquerda e direita dos troncos de árvore, deixando os ramos do meio soltos, eles só precisavam ficar ali para calçar as vigas improvisadas. Já passava do meio-dia quando ganharam coragem para tentar a travessia. Mesmo crendo que passariam, Lúcio tomara a precaução de retirar o caixão de Cantarzo da carroceria do veículo. Benito, bom de braço, tivera bom senso e atravessara rapidamente e, mesmo sem muita confiança, mantivera a *pick-up* firme. Derrapou um pouco do outro lado, mas venceu o barranco escorregadio com a tração nas quatro rodas e alcançou o caminho seco e cheio de folhagens.

Benito olhava a poeira erguida no retrovisor. O caminho tinha ficado vermelho com a aproximação do poente. Mais duas horas e a noite chegaria. Estava aflito. Já tinha colocado os dois galões de reserva no tanque da *pick-up* e nada de fortificação ou cidade velha no caminho. Tinham cruzado dois veículos abandonados, mas totalmente enferrujados, com seus tanques comidos pelo tempo e pelo abandono. Coçou a nuca.

— Vamos parar um pouco. Minha bunda já tá quadrada — queixou-se Lúcio.

O motorista concordou, com sinal feito com a cabeça, e avançou mais quinze minutos até encontrar uma paisagem agradável para o descanso. Conduziu o veículo para baixo de uma árvore. O sol não castigava tanto, ainda mais com a proximidade do ocaso. Só achava gostoso e reconfortante buscar abrigo debaixo de uma aroeira carregada de flores pequenas e brancas.

Benito foi o primeiro a descer e a se espichar. O terreno era alto e viam uma boa faixa de terra até perder-se no horizonte. A condição geográfica trouxe algum ânimo ao homem, que foi até a traseira procurar um instrumento.

Lúcio desceu e correu para o mato. Precisava aliviar-se, a bexiga estava estourando. Desceu um barranco ao lado da árvore florida e afastou-se do parceiro. Ninguém precisa ficar olhando enquanto se livrava do que não queria mais no corpo.

Ao voltar ao veículo, o lacaio do vampiro sentiu a barriga roncar.

— Que tal uma refeiçãozinha para nos revigorar?

Benito, um tanto apático, apenas aquiesceu.

Lúcio foi até o compartimento traseiro da *pick-up* e baixou o tampão. Ficou olhando por uns segundos para o caixão de seu mestre. Apanhou o último resto de pão seco e um gordo pedaço de caça. Escolheu um canto do terreno propício ao acampamento e começou os preparativos sem a ajuda de Benito. A verdade é que Benito vinha ficando cada vez mais distante. Parecia alguém roído pela dúvida. Não tinha mais ânimo para a jornada e o broto do arrependimento germinava em seu peito. Tinha deixado suas terras para trás em troca de uma utopia. Vida eterna! Sentia estar à mercê de um doido varrido que nem sabia para onde estava indo. Aquele Lúcio era pinel, isso sim. Essa conversa de bruxa Tereza, de cobra comendo tartaruga era tudo asneira. Ele estava inventando isso. Benito esperava uma oportunidade, um vacilo, para dar uma guinada no volante da *pick-up* e voltar para sua terra. Aquela história de vampiro-rei não ia dar nunca em nada.

Depois de quinze minutos, o fogo estava forte e tanto a caça quanto um bule aqueciam-se em suas chamas. Lúcio adorava um café fresco. Por sorte, o sitiante tinha fornecido um fardo bem grande, cheinho de grãos torrados e moídos.

Benito, vencido pelo frio, deixou a cabine do veículo e juntou-se ao lacaio à beira do fogo. Viu o Atlas jogado perto da fogueira.

— Posso?

— É claro! Adoro esse troço. Veja as bandeiras.

Benito começou a folhear o *Atlas Geográfico* e a se entreter com os mapas. Onde será que estavam a essa altura? Já teriam deixado Minas Gerais? Não encontrara uma placa o dia inteirinho. Podiam estar no Mato Grosso ou no Tocantins. As placas tinham sido corroídas pelo tempo e se tornado ilegíveis. Uma lástima para os incautos viajantes. Pior para aqueles como os dois, sem destino.

Benito foi passando o dedo pelo mapa do Mato Grosso e subiu para o Pará. Caso tivesse a sorte de encontrar mais combustível e continuasse a jornada rumo ao norte... A boa notícia era que não faltava muito norte. Está certo que o estado do Pará era imenso, parecia perder em tamanho só para o Amazonas. Quanto tempo levaria a travessia em estradas tão precárias como aquela? Vinte dias? Talvez um pouco menos. Talvez um pouco mais. Passou suavemente o dedo sobre a ilha de Marajó. Coisa engraçada. Provavelmente de tanto Lúcio falar, Benito estava achando a ilha de Marajó parecida com a cabeça... a cabeça de uma tartaruga!

— Lúcio! Olha isso aqui!

O lacaio do vampiro-rei arrepiou-se só de ouvir a energia na exclamação.

— O quê?

— A ilha de Marajó... parece a cabeça de uma tartaruga!

— Me dá isso!

Lúcio carregou o mapa até perto da fogueira. Olhou os contornos da ilha. Demorou até enxergar, mas Benito tinha razão. A ilha parecia a cabeça de uma tartaruga e todos os veios hidrográficos à sua esquerda davam a impressão de formar o pescoço enrugado do animalzinho. Seus pêlos eriçaram-se ainda mais ao dar-se conta de que o estado do Amapá parecia a parte superior do focinho de uma cobra. Uma cobra que estava de boca aberta, engolindo uma tartaruga! Marajó era a parte final da refeição. A cabeça do bicho. Finalmente tinha encontrado seu destino! O norte! Onde a cobra engolia a tartaruga. O centro dessa imagem não poderia ser outro. Era a ilha de Marajó. Era lá o lugar onde a bruxa morava!

Capítulo 20

Janete chacoalhou Orfeu, incrédula. Não era possível. Os malditos estavam ali, dentro da caverna. Se tivesse um coração vivo, o daquela vampira lhe estaria saltando pela boca.

Para os outros vampiros era raro despertar no meio do transe antes do pôr-do-sol, no entanto, Janete gozava dessa vantagem; eventualmente abria os olhos e passava os olhos pela caverna escura, observando os irmãos de covil recolhidos, aguardando a escuridão para sair à caça. Mas dessa vez foi diferente. Seus ouvidos acostumados aos barulhos imutáveis do covil eram surpreendidos por barulho de passos e vozes estranhas. Desconhecendo os invasores, chegou a pensar que algum maluco incauto cogitara fazer da gruta abrigo para a noite que se aproximava. Chegara a passar a língua sobre os caninos pontiagudos experimentando mentalmente o gosto do sangue vivo descendo pela garganta. Sangue caçado era muitas vezes mais saboroso que o sangue frio dos corpos estocados no fundo do covil. Não iria matá-los de pronto. Iria observá-los sorrateiramente. Contaria quantos eram e deixaria o poente se aproximar o máximo possível. Talvez se revelasse faltando alguns minutos para o pôr-do-sol. Isso agitaria mais a refeição, fazendo-os fugir em disparada pela floresta, fazendo-os acelerar o coração. Iriam gritar de desespero quando sentissem suas unhas afiadas como cacos de vidro cortando a pele. Iriam tremer ao ver seus dentes pontiagudos. Faria isso. Tinha decidido, naquele instante, apenas espiar. Janete esgueirou-se, caminhando sem fazer barulho, subindo pelas reentrâncias da rocha que formava a caverna, subindo pelas paredes feito aranha. Tinha chegado a uma nova galeria, de onde ouvia as vozes. Quieta, silenciosa feito uma aranha. Inspirou fundo, colhendo o odor de querosene. A luz tremeluzente aproximava-se por um dos corredores entalhados na pedra. Foi essa a primeira estranheza que notou, assumindo uma postura defensiva imediatamente. Que merda era aquela?! Os "incautos" viajantes não estavam na boca da caverna. Se a luz de uma tocha vinha no corredor à sua frente, significava que tinham passado da gruta da entrada e tinham encontrado o primeiro corredor escavado e já tinham passado por duas galerias subterrâneas... tinham passado por pelo menos seis dúzias de vampiros! Só podia significar uma coisa; eram bentos que vinham ali, bentos buscando o Rio de Sangue que jazia no fundo do covil. Janete recuou por corredores e galerias, retornando para a que lhe servia de dormitório. Só ela e Orfeu repousavam ali. Olhou para o amigo caçador recostado a uma cavidade. Passavam as horas de transe em pé, como duas estátuas vigilantes, guardando as centenas de corpos que eram guardados naquele cômodo.

Janete chamou o parceiro. Ele não se moveu. O transe era pesado para a grande maioria dos de sua espécie. Postou-se à sua frente e chacoalhou-o. Nada. Virou-se para a passagem da galeria. Ainda estavam em outro pavilhão, mas logo chegariam ali. Só havia um caminho para deixarem a gruta, que era passando pelos invasores. Tinha conseguido distinguir ao menos quinze vozes diferentes. Teriam mais soldados do que isso? Quantos bentos? Olhou para Orfeu e deu um novo tranco no amigo. Dessa vez o vampiro abriu os olhos.

Orfeu sentia-se tonto. Era horrível ser despertado no meio do transe. O vampiro estava atordoado e mal conseguiu distinguir o vulto à sua frente. Arreganhou a boca, exibindo as presas.

Janete agarrou Orfeu pelos colarinhos negros e esfarrapados e retirou-o da reentrância na pedra, levando-o ao chão, caindo sobre os corpos adormecidos.

— Guarde esses dentes, Orfeu! Sou eu!

O vampiro reconheceu a voz da amiga. Seus olhos acenderam como brasas.

— Que está acontecendo? Por que me chama antes da hora?

— Sei que não gosta, Orfeu, mas a urgência é grande, pode crer.

Orfeu apagou os olhos cintilantes. Passou a mão sobre o corpo de uma adormecida que lhe estava próxima. Passou a mão pelo pescoço ressequido. Vozes chegaram a seu ouvido. Olhou para Janete, que fitava apreensiva a passagem para o salão de pedra onde se encontravam.

— Que é isso? Que vozes são essas?

— É esse o problema, Orfeu. Eles estão vindo pra cá.

— Eles quem?

— Soldados!

— Ah! Essa é boa! Soldados dentro do covil?

— Pelo menos quinze.

— Quinze é pouco. Vamos comê-los.

Janete olhou para o amigo.

— Não vê que há algo diferente acontecendo? Eles não seriam doidos de entrar num covil, mesmo durante o dia. Estão matando nossos irmãos. Querem o Rio de Sangue.

— Então vamos atacá-los. Acabamos com essa festa — disse o vampiro, inflamando-se, impetuoso.

— Não vamos atacar, vamos observar primeiro. Temos de saber quantos são para tramar.

— Podemos com eles, Janete. Juntos já matamos um bando de vinte e seis soldados.

— Vamos observar.

O vampiro concordou com um movimento de cabeça.

A dupla passou por cima do amontoado de corpos da última galeria da caverna. Esgueiraram-se pelo corredor estreito de pedra. Nenhum irmão dormia ali, o que era normal. Alcançaram a outra galeria. Agarraram-se nas saliências das rochas e escalaram silenciosamente a parede da caverna. Era uma galeria enorme, com dez metros de altura. Percebendo a luminosidade das tochas vinda pelo corredor, subiram mais, embrenhando-se nas estalactites, ocultando ao máximo seus corpos envoltos em roupas negras e velhas.

O silêncio ganhou a galeria. Gotículas d'água desprendiam-se das pontas das estalactites e respingavam sobre os corpos dos adormecidos. A luz tremeluzente das tochas intensificou-se. Cinco soldados chegaram ao salão de pedra.

Orfeu sorriu para Janete, mostrando a mão espalmada, indicando que eram cinco. O sorriso era para encorajar a mulher e dizer que seria fácil dar cabo daquele bando.

Mais barulho vindo da fenda, mais quinze soldados passaram e começaram a descer para a parte mais funda do salão. No meio desses quinze, cinco bentos, com seus peitos prateados e espadas desembainhadas e sujas de sangue negro.

O sorriso de Orfeu sumiu e suas unhas cravaram mais firme na pedra com medo de escorregar e denunciar sua posição.

Janete também engoliu em seco. Cinco bentos! Cinco! Deus! Eles iriam acabar com todos eles. Provavelmente todos os outros do covil já tinham ido para o escambal.

Lá embaixo, bento Amintas franziu o cenho, incomodado. Ergueu a tocha acima da cabeça e olhou para o alto da caverna.

— Odeio esse cheiro de vampiro — ralhou, passando os olhos pelas estalactites.

— Ah! Cheiro de vampiro é o que não vai faltar hoje, Amintas — brincou Sinatra.

— Quantos você já matou? — quis saber Carlos.

Amintas olhou para Carlos e deu de ombros.

— Até onde contei... uns vinte.

Carlos ergueu mais sua tocha, iluminando até o fim da galeria. Centenas de corpos empilhados, jogados de qualquer jeito uns sobre os outros. Um cheiro horrível entrava pelo nariz. Uma mistura de carniça com azedume. Difícil de suportar.

— Santo Deus! — exclamou o soldado. — Tem umas duzentas pessoas aqui nessa galeria.

— Se juntarmos com as outras, acho que salvaremos mais de duas mil almas nessa operação.

Todos concordaram com Sinatra.

— Vamos começar a carregar os dessa galeria. Se não começarmos logo, não terminaremos antes do pôr-do-sol. Ainda tem muito trabalho — lembrou Amintas. — Vou com os outros bentos na frente. Temos de saber onde essa caverna acaba e se tem mais vampiros aqui dentro. O ambiente ainda não está seguro.

Amintas novamente levantou os olhos para as estalactites. Moveu a tocha mudando as sombras de posição. Sentia-se observado, o que era improvável. Todos os vampiros que tinham decapitado estavam em transe vampírico, nenhum deles estava preparado para a invasão.

Mesmo que o bento ficasse de olhos grudados no teto da galeria, Janete e Orfeu não seriam vistos. A vampira tinha chamado o parceiro e, com cautela, aproveitaram a distração dos homens examinando os adormecidos, conseguindo voltar silenciosamente para a fenda ao fundo do salão de pedra e arrastaram-se novamente para o último cômodo da caverna. Aquele ali também estava abarrotado de gente adormecida. Foram para o fundo, agitados e temerosos.

— Que vai ser agora, Janete? Não temos por onde sair. Estamos fodidos!

A vampira franziu o cenho e exibiu as presas, soltando um grunhido gutural entredentes.

— Ouviu o maldito? Disse que matou mais de vinte! E ele é apenas um... os outros devem ter acabado com o resto dos nossos.

— Eles virão pra cá, Janete. Temos de nos preparar para o combate. Não vou deixar-me apanhar de graça. Você fica aqui no fundo, eu ficarei acima da boca do corredor. Quando aquele bento velho entrar aqui, acabo com ele. Você pega o próximo... lutamos o quanto agüentarmos. Rasgaremos a garganta dos desgraçados.

— Seremos mortos...

— Ah! Ah! Ah! — riu em voz baixa o parceiro.

Janete franziu a testa, consternada.

— Do que ri, Orfeu?

— Mortos já estamos querida — ele apanhou a mão da vampira e a espalmou sobre seu peito. — Vê, meu coração não bate.

— Não é hora para brincadeiras, Orfeu.

O vampiro baixou a cabeça. Sua expressão mudara completamente.

— Que foi, criatura? Que cara é essa?

As luzes das tochas chegavam pela abertura. Amintas e os demais bentos estavam vindo.

— Que foi, Orfeu?

— Tire a roupa.

— Quê?

— Tire a roupa, Janete.

A garota sorriu.

— Não temos tempo para brincadeiras eróticas agora, meu amigo.

— Não é nada disso. Não temos tempo é para pensar em outra coisa — rebateu o rapaz vampiro, livrando-se de seus trapos velhos e escuros, ficando nu rapidamente.

Vendo o tremeluzir das tochas quase alcançando o salão, Janete repetiu o gesto, ficando completamente nua.

— Rios de Sangue... — murmurou o rapaz vampiro.

Janete, incrédula, viu Orfeu abrir caminho na pilha de corpos, escavando entre os adormecidos e misturando-se a eles, ficando debaixo de uma porção de gente que parecia morta. Abriu um sorriso, exibindo suas presas. O plano era estúpido, mas poderia dar certo. Se ficassem entre os adormecidos, quando os soldados chegassem talvez os tomassem por humanos. Não lhes fariam mal algum. Não lhes arrancariam a cabeça com espadas de prata empunhadas por bentos. Viveriam. Viveriam para dar o troco. A destruição de seus irmãos não passaria impune.

Bento Vicente avisou Duque do horário. A luz do sol vinha baixando e em pouco tempo seria noite. Duque foi até Gabriel, o soldado salvo na Teodoro Sampaio, que agora guardava o equipamento de rádio e pediu que abrisse comunicação com a Barreira do Inferno. Sempre de prontidão, Franjinha respondeu do CLBI. Duque apanhou o comunicador do rádio e instruiu:

— Franja, estamos carregando duas carretas com adormecidos. Uma está em trânsito, voltando de São Vítor para cá para a última carga.

— *Entendido.*

— Estamos na mesma posição do último contato, só quero que você não desgrude desse rádio de agora em diante. Deixe TUPÃ em alerta...

— *O sol tá baixando.*

— Isso mesmo, meu amigo. O sol tá indo embora. Lucas, Amintas e os demais varreram a caverna de cabo a rabo, mas eu tô com um pressentimento ruim. Quando anoitecer, podemos ter surpresas por aqui. Se formos cercados, mande sol sobre nossas cabeças.

— *Pode deixar, meu amigo. Estou com vocês na tela e não desgrudo.*

Na Barreira do Inferno, Marco Franjinha olhou para o lado e depois para a grande tela. Explicou rapidamente a seus assistentes, Tânia e Everton, como manter o satélite um com sua objetiva acompanhando o movimento das tropas.

— Os códigos desse satélite só eu tenho, por enquanto. Assim que vocês se familiarizarem com os procedimentos, darei acesso a vocês dois.

Everton sorriu. Tânia nem desviou o olhar, continuando a contemplar deslumbrada o acampamento no interior de São Paulo.

Em São Vítor, a enfermeira Marisa bateu na porta do consultório de Ana. A médica não estava em sua mesa. A enfermeira arqueou as sobrancelhas e balançou o envelopinho que trazia nas mãos. Ouviu um barulho vindo duma porta lateral, depois o som da descarga. Ana saiu pálida, com uma mão na barriga e outra na boca.

— Tudo bem?

Ana assustou-se com a presença da colega de trabalho e levantou a cabeça rapidamente.

— Quer ajuda?

— Não. Estou só um pouco indisposta.

— Indisposta... indisposta, como? Tipo vômitos e náuseas constantes?

Ana aquiesceu e deixou o peso do corpo cair em sua cadeira estofada de couro.

— Acho que nem precisamos ler isso aqui, não é mesmo?

A médica olhou para a enfermeira que, sorridente, balançava um envelope branco na mão.

— Que é isso?

— O resultado. O seu resultado.

Marisa estendeu o envelope para Ana, que o abriu rapidamente. Desdobrou a folha escrita à caneta. Não queria ler seu nome nem ler sua idade. Queria o resultado. Resultado... positivo!

— Estou grávida do Lucas! Estou grávida, Marisa!

— Eu já sabia.

Ana soltou um grito de felicidade e colocou o resultado sobre a mesa. Inspirou fundo e correu para o banheiro de novo.

Gabriel abriu a barraca e introduziu a cabeça.

— Senhor?

Lucas sobressaltou-se, pois acabava de adormecer.

— Diz, Gabriel.

— Tem uma pessoa no rádio querendo falar com o senhor.

— Vou num instante.

Quando Lucas chegou à cabana do rádio, foi direcionado a uma cadeira de madeira. Tomou o microfone do aparelho nas mãos e pressionou um botão vermelho para falar.

— Aqui é Lucas na escuta, prossiga.

Silêncio por um momento.

— *Oi, Lucas.*

O guerreiro surpreendeu-se. Apesar da distorção por conta do rádio, reconheceu a voz.

— Ana...

— *Desculpe-me pela hora, meu amor. Mas tinha de falar com você.*

— Que aconteceu? Você está bem?

— *Estamos bem.*

—...

— *Espero que você esteja sentado.*

—...

— *Vamos ter um bebê, Lucas.*

—...

— *Eu estou grávida!* — revelou a voz, cheia de alegria e emoção, da médica.

Agora o "estamos" fazia sentido para Lucas.

— Ana... eu nem sei o que dizer.

— *Está feliz com a notícia?*

—...

— *Não está?*

— Estou, Ana. Só fiquei surpreso. Ainda estou meio tonto de sono e não esperava...

— *Cuida bem da retaguarda nas batalhas, meu amor. Agora, além de mim, você tem um bebê para quem voltar.*

— Para quando é o bebê?

— *Estou entrando no segundo mês, como a maioria das minhas pacientes.*

— Faltam sete meses.

— *Tudo correndo bem, faltam sete meses.*

— Você está bem?

— *Só ando enjoada pra caramba, mas isso é supernormal.*

— Ana...

—...

— Eu te amo!

Capítulo 21

A noite ia alta quando a buzina do caminhão tocou à frente do portão. O soldado do muro de São Vítor ordenou que a passagem fosse liberada. Já tinha recebido o aviso pelo rádio da proximidade do veículo, mas, mesmo com todo aquele clima de vitória exalando de cada humano, os anos de experiência em cima daquele muro clamavam por prudência. Enquanto a passagem era franqueada e o motor dos dois possantes caminhões voltava a roncar, o soldado mantinha contato via rádio com os sentinelas das torres encravadas no meio do areião branco.

Os caminhões encostaram na lateral do HGSV para entregar o último carregamento de corpos recolhidos naquele Rio de Sangue. A contagem já passava de dois mil e seiscentos resgatados e as macas não paravam de sair pelas largas portas do hospital e ir até a doca onde os soldados deitavam os corpos. A maioria do pessoal usava máscaras para filtrar o ar e se proteger do odor. A maior parte dos corpos amontoados nos Rios de Sangue dos vampiros adquiria um cheiro azedo e penetrante. Uma parcela deles tinha parte dos membros tão maltratada pelos repetidos ataques dos malditos noturnos que chegavam a exalar um cheiro pútrido pelas feridas. Não fosse o inexplicável fenômeno da cura sobre todos os seres humanos da Terra, grande parte deles já teria perecido com membros gangrenados ou mortos por asfixia e inanição.

Os vampiros Janete e Orfeu, na tentativa desesperada de manterem-se vivos até uma boa oportunidade para escapar e vingar seus parceiros mortos na caverna, tinham vindo no compartimento de carga do caminhão. Estavam separados e não se comunicavam no fito de burlar os soldados e não perder seus disfarces de adormecidos.

Janete sentiu quando os humanos puseram-lhe as mãos. Foi carregada por dois metros. Depois sentiu o balanço e o movimento. Deveria estar deitada numa maca. Não abriria os olhos, mas bem que queria. Queria ver Orfeu, saber onde o amigo estava. Tinha medo de ser separada ainda mais, logo agora que adentravam o coração de São Vítor. Não tinha certeza, mas, pelo que conseguira ouvir até então, estava sendo conduzida para dentro do legendário Hospital Geral, o alvo mais buscado pelos vampiros. Não sabia até onde aquela farsa de última hora duraria, mas bastava por hora que não fosse descoberta para se unir ao amigo e, juntos, conseguirem dar o fora dali.

Capítulo 22

Bento Lucas subiu a escada de madeira, chegando com facilidade à cobertura de concreto. Abaixo daquela cobertura, com um intervalo de uns quatro ou cinco metros, ficava o palco do teatro de arena do parque Villa-Lobos. O palco era circundado por uma arquibancada igualmente feita de concreto, toda cinza, onde no passado skatistas e patinadores exercitavam suas habilidades na falta de espetáculos a céu aberto. Lucas olhou para o ponto cinqüenta instalado no concreto. Um soldado lustrava o cano da deita-corno com esmero, enquanto outro verificava a fita de projéteis que descia ao lado da arma de fogo e enrodilhava-se no chão. O céu estava limpo e decorado com um azul encantador. Lucas sentia o vento forte batendo em seu rosto, provocando o costumeiro tilintar de sua cota de malha. Sem saber por quê, sua mão foi à imagem de São Jorge em seu peito, e ele suspirou. Pensou em Ana e no bebê que crescia no ventre da mulher amada. Sentiu saudades de casa como nunca tinha sentido. Afugentou os pensamentos. Tinha uma missão. Era preciso reconquistar São Paulo antes de pensar em São Vítor. Colocou as mãos em concha acima dos olhos para poder enxergar melhor, evitando os raios de sol. Toda a faixa de concreto que se estendia até os fundos do magnífico parque fora tomada por soldados, equipamentos e barracas formando um acampamento avançado dentro da Velha São Paulo. Cravar aquele posto ali na região, próximos da ponte do Jaguaré, praça Panamericana, marginal Pinheiros e Ceagesp não fora tarefa exatamente fácil. Tiveram de enfrentar um grupo de mulos armados, escondidos no meio do mato que tomara o asfalto e também dentro de velhas mansões e apartamentos que circundavam o parque. Na primeira noite, receberam visita de vampiros. O enxame de noturnos foi debelado pela espada dos combatentes e a providencial cobertura de TUPÃ. Neste novo episódio, mais uma vez os soldados e bentos veteranos foram surpreendidos pela desenvoltura do novato bento Rogério. O "baixinho arretado", como o chamavam alguns dos soldados. Não era à toa que aquele rapaz tinha chegado ao tricampeonato mundial e dois ouros em Olimpíadas. Ele era uma fera com a espada. Tinha um domínio quase mágico da contenda. Os que testemunharam o bailado do espadachim entre as feras armadas tinham dito que parecia impossível a qualquer inimigo se aproximar do guerreiro novato sem ter o corpo atingido pela lâmina prateada. Por isso, ao redor de Rogério o amontoado de vampiros destruídos, feridos, gritando e agonizando era no mínimo três vezes maior que junto aos demais. Rogério era rápido e ligeiro como os bentos costumavam ser, mas seus movimentos eram diferentes, eram argutos e certeiros. Destemido como a magia em torno dos de sua raça os fazia ser, era ainda um artista com a espada, algo insuperável.

Juntando o esforço dos bentos, dos soldados com as armas de fogo e do glorioso TUPÃ, os vampiros recuaram, debandaram de forma estrondosa, vergonhosa e previsível. Sim, previsível. Lucas estava orgulhoso de seu exército. Aqueles homens, outrora acuados pela noite e pelas horas de sombra, agora se viam de cabeça erguida e, paulatinamente, retomando seu lugar de origem. As ruas da Velha São Paulo, em pouco tempo, voltariam a ser transitáveis, habitadas se assim o quisessem os mais saudosistas. Os soldados estavam confiantes, e com o milagre do surgimento cada vez maior de guerreiros bentos, crescia no coração de toda a população a certeza de que os anos ruins tinham chegado ao fim. O sorriso de Lucas morreu no rosto quando voltou-se para as mansões do outro lado do rua, além das grades do parque Villa-Lobos. Seria pouco provável que alguém quisesse voltar a viver naquele lugar. Não voltariam tão cedo. As ervas daninhas tinham tomado as casas e a cidade toda transpirava abandono, envelhecimento e tristeza. Quantas memórias não teriam morrido dentro daqueles casarões? Quanta gente não deveria ter vivido seus derradeiros minutos nas ruas enlouquecidas da cidade nas primeiras e apocalípticas noites pós-Noite Maldita? Inúmeras. Lucas tentava imaginar, mas sabia que não poderia alcançar o horror que fora instaurado ao seu redor. Enquanto ele, como tantos milhares, fora apanhado pelo sono inexplicável, muitos viveram uma realidade pavorosa, tendo de fugir, abandonar seus lares, ameaçados desde então por terríveis demônios da noite, criaturas de dentes longos e sedentas por sangue humano. Esses bichos das sombras tinham empurrado a humanidade um andar para baixo na cadeia alimentar. Aparentemente eram como gente, eram seres humanos, mas não era bem assim que a coisa funcionava. Eram monstros, que, impelidos por uma sede assassina, caçavam seus "quase" semelhantes para cravar-lhes os caninos e tomar-lhes a vida. Vida... vida que tinha cessado daquela noite em diante. Seus iguais passaram a viver outra realidade, assistindo a toda a estrutura social mantida por eras ruir em questão de semanas. Distribuição de água, luz, Internet, sistema bancário e econômico. Tudo indo ao chão. A palavra de ordem era fugir e se esconder. Sobreviver aos malditos noturnos. Retomar o fôlego nas horas de sol e rezar e lutar nas horas de escuridão. Mas, graças ao cumprimento da bendita profecia, agora a humanidade estava virando o jogo. Com o retorno das ondas de rádio e a atividade de TUPÃ, estavam botando as feras para correr.

Lucas olhou para a outra face do parque Villa-Lobos, "os fundos" da área verde. Os maravilhosos edifícios que se perfilavam próximos ao *shopping*, que também levava o nome do maestro, tinham sido reduzidos a imensos carvões consumidos pelo grande incêndio pós-Noite Maldita. Mesmo assim não via um cenário triste diante de seus olhos. O sol que descia no horizonte parecia indicar às aves o caminho dos ninhos feitos nos esqueletos de edifícios. De onde estava, Lucas via dezenas de bandos de garças brancas voando baixo, próximas ao leito do rio Pinheiros, que depois subiam e tomavam um dos edifícios aos fundos do complexo. Outras aves, de tantas cores, obedeciam ao mesmo ritual, voando em bandos numerosos, viam e passavam pelo rio, dirigindo-se às sacadas dos prédios e aglutinavam-se formando blocos vivos e barulhentos. Seus olhos desviaram-se dos prédios queimados e do vôo dos pássaros para uma torre dentro do parque. A torre servia de observatório e também de defesa, pois via escapando de uma das grandes aberturas o cano longo de uma outra “deita-corno” ponto cinqüenta. Não demoraria muito até a noite chegar. Talvez os noturnos voltassem, por isso seria boa idéia passar em revista o acampamento todo, verificando se tudo estava em ordem e pronto para a luta.

Não muito longe do parque, os bentos Ulisses e Amintas, Danilo e Marcela e mais cinco soldados recém-chegados ao crescente exército de Lucas cavalgavam lentamente admirando a paisagem. Tinham literalmente dado uma escapadinha para “passear” pela Velha São Paulo. Antes de deixar o acampamento, tinham passado por Lucas que estava na cobertura do teatro de arena, fizeram os cavalos descer um barranco e deram no estacionamento do parque, tomando direção de uma descida suave que daria na avenida.

— Era aqui, nesse estacionamento, que se fazia a vistoria do Detran — disse Alex, um dos soldados.

Os bentos e soldados chegaram a olhar para o lado. O asfalto do estacionamento contava com inúmeras rachaduras, onde heras e mato saltavam tomando tudo. Curiosamente apenas a pista que dava acesso à avenida mantinha-se praticamente intacta, com pouco mato e o asfalto negro cobrindo o caminho.

— Quanto carro eu já não trouxe aqui, minha mãe? — continuou o soldado.

— Você foi despachante? — perguntou Amintas.

— Despachante, despachante mesmo, eu não era. Eu era auxiliar. Foi meu primeiro emprego aqui nesse raio de cidade.

— Você não é daqui, então? — foi a vez de Marcela entrar na conversa.

— Não, minha linda. Eu não era daqui, não. Eu vim logo cedo dos cafundós do Judas pra cá. Na minha terra não tinha dinheiro e eu era doido para ter minhas coisinhas, sabe? Ver esse mundo *fashion* de São Paulo que só chegava pela televisão.

Amintas olhou para Ulisses e abriu um sorriso achando graça no jeito do rapaz falar.

O grupo chegou ao asfalto da avenida. Um pouco à esquerda, viram os restos mortais do que fora um imenso Carrefour, à direita viam a praça Apecatu que dava acesso a tantas outras avenidas e caminhos. Amintas e Ulisses ficaram indecisos por onde continuar o passeio. Foi o soldado Alex que levou o cavalo adiante e sugeriu tomarem à esquerda, rumo à ponte.

— Olha, se eu fosse vocês ia para o lado do Jaguaré, que deve ser mais sossegado para um passeio.

— Por quê? — quis saber Ulisses.

— Porque, se subirmos pra direita, podemos ir para a praça Panamericana, sentido bairro de Pinheiros, largo da Batata e Teodoro Sampaio. Me disseram que Lucas e vocês passaram por uma chapa quente daquele lado, que vai ficando cada vez mais perto do Hospital das Clínicas. Melhor não arriscar. Tem muito prédio, muito canto pra emboscada.

Como os demais bentos pouco conheciam as peculiaridades do caminho, não contestaram.

— Agora, se formos para baixo, lá pra depois da ponte, vamos cair no Jaguaré. Dá pra fazer um passeio por essa avenida aqui e fazer um reconhecimento leve do território. Só queria era ter um protetor solar pra tacar no meu rostinho porque o sol tá bravo.

— Protetor solar?! — espantou-se Marcela.

— É. Protetor solar e hidratante. Ninguém merece essa temperatura na cara.

Amintas e os demais riram do comentário.

— Alex, e se formos por ali?

O soldado olhou para onde apontava bento Danilo.

— Ali, meu bem... ali a gente vai seguir para o alto da Lapa. Tem muito prédio e casa velha. Cavalgando uma hora, vamos passar pela frente do Hospital das Clínicas também e chegar na avenida Paulista. Acho que ir para esse lado dá azar. Deixe as coisas melhorarem.

— Tá bom, Alex. Vamos passar pela ponte. Só não podemos é ficar parados aqui porque daqui duas horas anoitecerá. Se vamos dar um rolê, tem de ser agora — determinou bento Ulisses.

— Todo mundo está armado?

Os soldados deram um tapinha em seus rifles em resposta à pergunta de Amintas. Marcela e Danilo, como os bentos veteranos, contavam com suas espadas de prata.

Alex conduziu o grupo pelo asfalto rachado da avenida Jaguaré. No minuto seguinte viam-se cruzando o rio Pinheiros sobre a ponte do Jaguaré. Lá embaixo, diante do queixo caído de todos, viam águas cristalinas descendo pelo leito e podiam distinguir de quando em quando grandes sombras escuras se locomovendo. Eram cardumes de peixes de muitos tipos e tamanhos.

— Caraca! Não acredito nisso! — explodiu o jovem Danilo. — Dá até vontade de fazer um rapel daqui de cima. Se rolar uma folguinha arretada amanhã, não tenham dúvidas de onde me encontrar.

— É muito lindo... — balbuciou Marcela.

Amintas postou seu cavalo ao lado da benta de pele morena e cabelos longos.

— Quem é que precisa de uma paisagem dessa com uma formosura feito tu aqui do lado?

A novata abriu o sorriso maravilhoso do qual era dona e ofereceu-o ao galanteio do veterano.

— Aposto que você diz isso para todas bentas quando vem aqui.

— Não. Não digo, não. Você é a primeira e única benta que passa aqui. E também é minha primeira vez em cima dessa ponte...

mas, quem sabe? Com um acampamento permanente aqui do lado e com mais bentas despertando... quem sabe? — disse Amintas, fingindo-se de sério.

Marcela riu alto, chamando a atenção dos demais.

— Seu bobo. Pensei que ia dizer que eu seria a primeira e única. Mas você já tá contando com as outras que vão chegar!

Os dois estugaram os cavalos, indo em direção de Alex que chegava ao final da ponte. As árvores que tomavam o canteiro central da avenida tinham crescido ainda mais e seus ramos e raízes se esparramavam pelas pistas que serviram aos carros um dia.

Danilo passou Alex e viu à direita surgir um complexo que trazia na portaria um logotipo conhecido. Era ali que funcionara no passado algum escritório da editora Globo. Repentinamente lembrou-se de seu pai. Costumavam disputar a tapas os volumes da *Galileu*. Tinha também a *Monet*, essa revista sempre ficava no criado-mudo da mãe, debaixo do abajur bege. Um sorriso surgiu de soslaio, quando lhe veio fresco na memória a menção ao bairro Jaguaré no expediente da revista. A redação certamente havia sido ali há trinta anos. Continuou com o cavalo. O som monótono dos cascos enchia a avenida. Parou quando chegou a quatro veículos abandonados. Provavelmente tinham-se envolvido no mesmo acidente e terminaram ali, engavetados, retorcidos e colados uns nos outros. O da ponta traseira tinha sido um Corsa Wagon, os dois do meio estavam irreconhecíveis, tomados pela ferrugem e por trepadeiras que se aninharam em seu interior. O da ponta dianteira era uma Pathfinder. Ao passar pelo veículo da frente, reteve a atenção sobre a placa do veículo. Danilo sentiu um frio na espinha percorrendo seu corpo. Lia na placa que a Pathfinder era de Campinas. Apertou os olhos. A imagem de um parque veio-lhe à mente. Uma casa com um muro pintado de verde. Que era aquilo? Uma lembrança de Campinas? Como seria possível? Nunca tinha estado naquela cidade. Não que se recordasse. Cidade que conhecia como a palma da mão era Fortaleza. Fortaleza e seu calor intenso. Fortaleza e os Dragões do Mar. Os *brothers* do *skate*. O *half* que a prefeitura tinha colocado à beira-mar. Alguém fazendo uma manobra radical com bicicleta. Gente boa. O concreto da área de manobras ficava tão quente que dava pra fritar ovos. Lembrava do suor descendo em bicas pelos cabelos e indo para a testa, quando batia nos olhos, ardiam. Olhos vermelhos. Às vezes até errava a manobra quando acontecia. A sensação do vento cortando e diminuindo o mormaço. Era bom aquilo. Sentiu uma vontade incrível de ter um *skate* debaixo dos pés naquele exato momento. Mané cavalo que nada! Talvez conseguisse dar uma nova escapada com aquele tal de Alex para tentar encontrar alguma velha loja de esportes e *skate*. Se desse sorte, podia encontrar algum equipamento abandonado naquele imenso cemitério de cidade. E se o soldado viesse com saliências só porque estavam dando um rolê sozinhos, ia tomar sheipada.

Alex voltou para a frente do grupo. Era a primeira vez que voltava a São Paulo desde que despertara do sono. A cada metro avançado a nostalgia enchia-lhe os olhos e o coração. Quanta coisa para lembrar! Ele conhecia muito bem aquelas ruas. Tinha morado por muitos anos no Rio Pequeno e a grande avenida do bairro não estava há mais de três quilômetros de distância.

Amintas e Marcela vinham lado a lado. A garota benta estava sorridente e falante, ainda embasbacada com a natureza à sua volta. Estranhava a quantidade de aves e a variedade de espécies voando rente as águas cristalinas do rio Pinheiros. Os bandos de tucanos eram seus favoritos, achava-os mais bonitos do que as ararinhas azuis. Ficava fascinada com aqueles bichos. Lembrou-se de quando viu um grupo deles a primeira vez. Tinha sido logo depois de deixarem São Vítor, no primeiro acampamento que fizeram à beira de um riacho, quando Amintas a chamara de gata. Olhou silenciosa para o guerreiro. Não podia ser verdade que aquele homem tivesse mais de sessenta anos. A maturidade e experiência estavam patentes em seu rosto, sua pele, mas não em seus olhos. Aquele homem másculo e de musculatura invejável a qualquer rapazote de dezoito anos não parecia condizente a um senhor sexagenário. Amintas era robusto e seus cabelos curtos e grisalhos eram um charme. Só não tinha coragem de dizer tudo aquilo para ele. Era estranho. Não se sentia à vontade para falar, não agora. Ela que sempre fora de chegar chegando, quando ficava interessada num carinha. Sentiu um frio na barriga quando os olhos dele pararam nos seus. Ele tinha percebido seu silêncio e a encarava. Amintas fez seu cavalo parar.

— Que foi?

— Nada.

— Você ficou quieta de repente.

— Só tava pensando numa coisa.

Amintas sorriu e bateu com os calcanhares na barriga do cavalo. O animal voltou a cavalgar fazendo o dela vir junto. Em poucos minutos chegaram num grande largo. Era o balão do Jaguaré.

Bento Ulisses chegou primeiro ao meio do balão. Já tinha passado ali uma vez, quando visitara um parente em Osasco. Os quatro soldados que vinham logo atrás pararam ao seu lado. Ulisses deixou os olhos vagarem pela marquise de um grande supermercado da rede Extra. Tudo parado. Podia ver uma dúzia de veículos abandonados no estacionamento. Mais adiante, do outro lado do balão, prédios e mais prédios residenciais. Como os outros, eram apenas esqueletos largados ao tempo. Prédios tristes, em decomposição. Viu mais à esquerda uma loja do McDonald's. Uma tortinha de banana até que não cairia mal. Mais para baixo, o 93º distrito policial, e mais adiante os restos de um batalhão da polícia militar. Tudo deserto e silencioso. Ulisses já estava calejado de chegar nas cidades fantasmas. Parte de sua sensibilidade tinha sido carcomida pelo tempo. Mas na Velha São Paulo esse sentimento aflorava. Eram tantos pontos comerciais mortos, tantas carcaças de carros e restos de histórias de vidas perdidas, que o velho e palpitante sentimento de desolação lhe assombrava a alma. Olhou para os prédios de frente ao McDonald's. Centenas de apartamentos.

Milhares de pessoas que tinham deixado de viver ali. Que encontraria dentro daqueles apartamentos abandonados? Cinzeiros, retratos na parede, samambaias gigantes, ratos, insetos em profusão, banheiros com louças tomadas por vegetação, caixas d'água podres, roupas nos armários, cozinhas empoeiradas, liquidificadores, aparelhos de barbear da Bic, frascos de xampu da Natura, perfumes O Boticário, chinelos Havaianas largados ao lado da cama, mochilas escolares do Bob Esponja, DVD's, discos de vinil. Restos de vida. Lembranças perdidas.

— Vamos por ali — gritou o soldado Alex, que vinha atrás. — Vocês vão gostar do que vou mostrar.

Marcela abriu outro sorriso largo, quando chegou ao balão do Jaguaré.

— Eu conheço esse lugar! Eu estudava aqui perto! — exclamou, olhando com olhos brilhantes para Amintas.

— Vem gente! — gritou Alex, conduzindo o cavalo através do estacionamento do MacDonald's.

Ulisses virou seu cavalo negro para o sentido da lanchonete, sendo seguido pelos soldados e deixando os devaneios para trás.

— Acho melhor pararmos por aqui — advertiu Amintas.

O grupo parou e olhou para ele.

— O sol está baixando rápido. É hora de voltar.

— Deixa de ser estraga prazer, bofe. Ainda tem meia hora de luz. Só vamos descer a avenida Politécnica. Quero mostrar um lugar para esse povinho — retrucou Alex.

Amintas olhou para o amigo negro. Ulisses ergueu os ombros em resposta.

— Vamos, Amintas — pediu Marcela. — Eu sei aonde ele vai.

— Tá. Não quero ser o velho quadrado e ranheta estraga prazeres. Mas vamos rápido.

— Rápido? — perguntou Alex, erguendo as sobrancelhas.

— Rápido.

O soldado virou seu cavalo e gritou um sonoro "rá", botando sua montaria para correr.

O cavalo de Marcela disparou também, para surpresa da benta, que só não foi ao chão porque estava com os arreios do cavalo enrolados no pulso esquerdo.

Logo, todos do grupo desciam a avenida Politécnica em cavalgada.

— Quem chegar por último é mulher do padre! — gritou Danilo, tomando a ponta.

Alex bateu mais no lombo da montaria, fazendo o cavalo dar mais um pouco de velocidade.

Bento Ulisses debruçou-se sobre a montaria e estugou o cavalo, logo passou para o galope ligeiro e em poucos segundos estava na ponta, deixando Danilo comer poeira.

Marcela, recuperada do susto, agarrou-se firme ao seu cavalo e deixou o corpo mais à vontade sobre a cela, aproveitando a corrida. Amintas estava um pouco à frente e ela agora era a última na disputa. Decididamente não queria deixar barato. Só porque era mulher, não queria dizer que estava fora do jogo dos machões. Começou a gritar "iá-iá" e viu seu tordilho entusiasmar-se com a disputa lúdica e botar os músculos pra trabalhar. Emparelhou com Amintas e viu a surpresa nos olhos do veterano. Continuou com a gritaria e com os cabelos longos e negros esticados para trás, misturando-se ao balouçar de sua capa. Era a primeira vez que corria no lombo de um cavalo e estava simplesmente adorando a sensação de poder. Emparelhou com um soldado e logo chegou no fanfarrão do Alex. Continuou com seus gritos estridentes, vendo o amigo Danilo a dois cavalos de distância. Estava queimando por dentro. Repentinamente sentiu-se como que enfeitiçada, como que em comunhão com seu animal. Ele sabia que ela queria ganhar e ela sabia que ele estava dando tudo de si para conseguir isso. Não demorou nada até emparelhar com Danilo. O amigo abriu os olhos assustado com a proximidade de Marcela. Ela parecia pronta para atropelá-lo com cavalo e tudo. Os gritos dela entravam em seu ouvido, parecendo um desafio. Marcela riu alto ao passar por Danilo. Voltou aos gritos de "iá-iá" aferrada ainda mais ao seu animal. Seus pés iam pesados nos estribos e a parte de cima de seu corpo balançava gostoso ao embalo do galope.

Ulisses lançou uma olhada para trás. Não é que a garota estava na sua cola. Começou a gastar sua experiência no lombo dos cavalos. Gritou também e bateu com os arreios na direita e na esquerda no couro do animal fazendo-o acelerar.

Marcela não se deu por vencida. Seus gritos estridentes aumentaram de volume e velocidade. O cavalo entendeu. O som da cavalgada parecia uma trovoada em sua cabeça. Ela estava chegando perto. Ia conseguir. Mulher do padre uma ova!

— Iá! Iá!

Ulisses olhou mais uma vez. Marcela estava logo atrás. A avenida estava acabando. Até que estava sendo divertida aquela brincadeira. Difícil seria manter a dianteira.

Mais para trás, os outros companheiros reduziam a velocidade para assistir ao desfecho da disparada da benta maluca.

Amintas parou seu cavalo ao lado de Daniel.

— Você sabia que ela montava desse jeito?

— Nada. Ela não disse nada pra mim. Caraca. A moça não galopa, voa!

Ulisses viu Marcela passando ligeira ao seu lado sem conseguir fazer seu eqüino manter o ritmo. O tilintar de sua touca de cota de prata foi reduzindo conforme o cavalo cansado entregava os pontos.

Marcela e seu cavalo passaram feito bala pelo último adversário. A portaria da USP ficou para trás e num piscar de olhos a benta viu-se aproximar da desértica marginal Pinheiros. Vendo a proximidade do rio, puxou o arreio na tentativa vã de frear seu cavalo. O animal continuou à toda e saltou por sobre uma mureta de concreto indo para o meio da marginal. Cruzou as pistas da famosa avenida e o galope continuou diante dos olhos atônitos da garota, que tinha perdido o controle da montaria. O bicho estancou repentinamente, recusando-se a saltar o *guard-rail* junto à pista da esquerda. A parada foi tão brusca e inesperada que Marcela foi arremessada para a frente, passando por cima da cabeça do cavalo e voando solta no ar. Seu único reflexo foi apertar os olhos e estender os braços para a frente. O baque foi gratamente amortecido pela grama alta que tomava as margens do rio. Mesmo assim, os companheiros de cavalgada gritaram e se assustaram com o barulho produzido pela armadura de prata e seus acessórios. Marcela rolou pela touceira de matagal e perdeu o ar sentindo um calafrio indescritível quando afundou. Os homens que vinham em nova disparada sobre os eqüinos ouviram um sonoro *splash*, quando o corpo da benta novata desapareceu nas águas do rio.

Ulisses foi quem chegou primeiro e enfiou o braço dentro d'água para alcançar as madeixas negras da morena. Puxou com força e agarrou-se a uma rama de mato para ter apoio. A mulher emergiu sugando ar com sofreguidão e um barulho gutural. Estava apavorada. O bento negro arrastou-a para fora do mato e tomou-a nos braços. Passou por cima do *guard-rail* e parou um instante encarando o cavalo trapalhão.

— Bonito isso!

O cavalo relinchou ruidosamente, como que entendendo as palavras de Ulisses e rindo em resposta.

Ulisses balançou a cabeça e depôs a donzela em apuros na pista do meio da marginal Pinheiros. Olhou para a frente e viu os outros chegando. Amintas desmontou ágil como um gato e aproximou-se de Marcela. As pernas, o braço direito e parte do peito de prata estavam recobertos por uma substância gris, lembrando argila. Era fétida e gosmenta. Certamente resíduos da poluição que um dia tomara aquele rio. Ela mantinha os olhos apertados como que acometida de grande dor.

— Está ferida?

— Só o meu orgulho. Campeã absoluta num segundo, palhaça ensopada no outro.

Os soldados e bentos riram ao redor da mulher. Ao menos o bom humor da garota tinha passado ileso.

— Me ajuda aqui — pediu com um sorriso, estendendo o braço para Amintas.

Ulisses apanhou o outro braço e colocaram Marcela de pé. A garota pendeu a cabeça para o lado direito e enrodilhou o cabelo longo procurando tirar o excesso de água. Assustou-se e soltou um grito quando um lambari escapou da borda desamarrada de sua luva de couro. Uma nova onda de risadas varreu o asfalto.

Alex, profundo conhecedor da vaidade feminina, foi até o matagal que beirava o rio e, com a ajuda de um canivete, tirou uma braçada de capim gordura da touceira. Voltou e passou a embolar o mato em punhados, dando-lhes um formato parecido de grandes buchas. Com um desses punhados, esfregou o peito de prata da mulher tirando parte daquela lama malcheirosa.

— Nossa, gente. Sintam só essa catinga! E olha que faz trinta anos que ninguém taca merda nesse rio.

Marcela apanhou as buchinhas de mato e passou pelas pernas, procurando livrar-se do excesso de lama.

Amintas olhou para o sol que já tocava o horizonte e sentiu um calafrio.

— Marcela, a faxina vai ter de ficar pra outra hora. Olhem o sol.

Todos fitaram quietos. O disco descendo junto aos prédios.

— Vai escurecer em instantes. Vamos rapar daqui. Você consegue dar outra carreira dessas? — perguntou o veterano, preocupado com a mulher.

Marcela andou até o cavalo e passou a mão no pêlo do bicho, bufou e olhou para os parceiros.

— Se esse filho da mãe não resolver me jogar de cima da ponte do Jaguaré, tá tudo beleza. Não é uma laminha à toa que me vai deixar com medo desse bicho.

— Certo. Vamos embora — retrucou Amintas, sem dar tempo para mais conversa.

Assim que montou seu cavalo, o bento mais velho do grupo desembainhou a espada e olhou para os dois soldados ao seu lado.

— Deixem os fuzis prontos pra brincar. O caminho é curto, mas não quero dar chance pro azar.

Quando todos viraram-se de volta para a avenida Politécnica, uma nova surpresa assaltou o grupo. Uma sombra rasteira tomava a avenida ao final, onde seus olhos alcançavam. Era uma massa viva que se movia rapidamente vindo direta a eles.

— Que é isso? — perguntou Marcela, com os olhos arregalados.

Os cavalos agitaram-se conforme percebiam a aproximação dos animais. Sabiam que estavam diante do perigo.

Dois soldados brigaram com suas montarias, sofrendo para contê-las, porque empinavam e relinchavam nervosamente.

— Alex, conduza-nos por um caminho alternativo. Rápido.

O soldado ficou estático por um momento. Estava aterrorizado. Não atirava bem. Não estava pronto para aquele tipo de confronto. Era um medroso de nascença.

— Ai, meu paizinho! É hoje que eu viro purpurina! — gemeu o soldado, vendo as feras se aproximando.

Amintas levou um *talk-about* à boca. Pressionou o botão, enquanto via os demais dispararem atrás do soldado afeminado.

— Amintas para Villa-Lobos — o bento bateu com os calcanhares atiçando o animal que começou a correr e seguir os outros.

A voz metalizada de Gabriel não demorou para voltar.

— *Villa-Lobos para Amintas. Copiando.*

— Estamos do outro lado da ponte do Jaguaré. O sol está baixando e nossos cavalos chamaram a atenção de uma matilha gigantesca de cães urbanos. Estão nos cercando! Nunca vi tanto cachorro junto, mande reforços!

Amintas cravou o rádio no cinturão e agarrou-se às rédeas do cavalo. Fê-lo trotar o mais rápido possível. Podia ouvir os latidos raivosos aproximando-se.

Marcela, bem à frente, cavalgava ao lado de Ulisses. A mulher lançou um olhar para trás. Viu Amintas dobrando a esquina e vindo em perseguição ao grupo. Uma sensação de alívio brotou em sua mente, posto que o bento veterano vinha sozinho, sem nada em seu encalço. Olhou para o bento negro ao seu lado e sorriu. Olhou para trás de novo. O alívio esmoreceu. Uma mancha rasteira e agitada dobrou a esquina. Feras surgidas do nada, vindo no encalço do bento retardatário.

— Que bichos são aqueles, Ulisses? — indagou aos berros para ser ouvida.

— Cães! Cães urbanos! — respondeu o bento negro em bom volume.

Danilo, que vinha ao lado, não acreditou.

— Cachorros?! Você tá dizendo que tudo aquilo é cachorro?!

— É. São!

Alex conhecia bem as ruelas do Jaguaré. Passaram por baixo da ponte e dobraram tantas esquinas que, sem a ajuda do guia, eles não teriam conseguido voltar para a avenida. A ponte estava diante de seus olhos. Alex e os soldados foram os primeiros a alcançá-la e começar a travessia. Ulisses e Danilo embicaram na avenida. Marcela alcançava a passagem, quando olhou mais uma vez para trás. Bento Ulisses estava demorando. A garota ouvia o trotar dos outros cavalos cruzando o asfalto sobre o rio. Seu tordilho tinha entrado na ponte, mas as mãos vacilantes da benta puxavam as rédeas, fazendo-o diminuir a velocidade. Ouviam o som de motocicletas vindo distantes. O sol já tinha caído pelo horizonte e o crepúsculo tingia o céu e as nuvens de violeta. Olhou mais uma vez para a esquina por onde Amintas deveria surgir. Nada. Puxou com tudo a rédea de seu tordilho. O animal empinou e relinchou querendo avançar. Foi contido e dominado pela amazona. Marcela desembainhou a espada de prata e deu meia-volta, tornando o galope. Ulisses olhou para trás e arregalou os olhos. Dezenas de cães apontavam na ponte e a louca da novata estava indo direto para suas bocas.

Marcela sentia o coração batendo a mil. Finalmente seus olhos tinham alcançado o veterano. Ele estava envolvido por uma marola de cães que saltavam e revezavam-se na tentativa de arrancar-lhe nacos a mordidas. A benta acelerou o cavalo e atropelou a primeira fileira de cães que vinham pela ponte, literalmente desprezando a presença das feras. Sua capa vermelha esvoaça com o trotar contínuo e sua espada erguida silvava com a passagem do vento. Via Amintas golpeando a torto e a direito com a lâmina que já não mais brilhava, encoberta pelo sangue morno dos cães. O cavalo estancou. Dessa vez ela se agarrou firme à rédea e manteve o corpo colado na sela. Forçou o animal, que empinou e tentou afugentar os cães que latiam e rosnavam ao seu redor. Eram *rottweilers* negros, enormes, viu um ou dois são-bernardos, um bando de *pitbulls* ferinos, com dentes expostos e infernais somados a centenas de vira-latas de médio e pequeno porte. O ladrar enraivecido da gigantesca matilha encobria qualquer outro som. A visão era dantesca e assustadora, mas seu peito ardia em urgência. Não queria esperar o socorro. Não conseguia imaginar bento Amintas sendo destroçado, sozinho, sem uma mão amiga para tentar tirá-lo daquela enrascada. O tordilho da novata conseguiu abrir caminho por mais alguns metros. Agora Marcela conseguia ouvir os gritos do veterano que tentava afastar os cães. Viu quando três ou quatro feras cravaram os dentes nas pernas do cavalo do bento e fizeram com que o animal empinasse e relinchasse assustado. Seu sangue gelou quando...

— Não! — gritou a benta ao ver as pernas de Amintas indo pro ar e o bento ser arremessado sobre o lago de cães enlouquecidos.

Seu cavalo também empinou mais uma vez. Marcela não hesitou. Saltou do eqüino e abriu caminho a golpes de espada até Amintas. Nuvens vermelhas de sangue esguichavam à sua passagem. O veterano já estava de pé e, por sorte ou experiência, mantinha a espada empunhada e trabalhando freneticamente, decepando cabeças, patas e corpos ao meio.

Um dálmata sujo e de olhos avermelhados saltou na direção da morena. Marcela desenhou um arco para frente e repartiu a cabeça do cão. Um segundo e um terceiro animal surgiram ameaçadoramente. A mulher manteve a espada erguida e combativa. O sangue dos cães sujou seu peito de prata. Ela girou e ouviu um "clanc" metálico ao bater suas costas nas costas da armadura de Amintas.

— Não pára! — gritou o veterano.

Um cão mordeu a perna de Marcela. A mulher gritou e trespassou a lâmina pela garganta do cachorro que ganiu e desapareceu no meio dos outros. Amintas cortou um, dois, três, quatro, cinco cães em cinco segundos. Ele procurava não matá-los. Não por sentir pena dos componentes da furiosa e faminta matilha, mas por ser mais prático. Os cinco animais recuaram ganindo alto. O som que escapava da boca dos feridos assustava os mais próximos que às vezes recuavam. Marcela também percebeu a vantagem da manobra, passando a machucá-los em vez de estudar os movimentos e matá-los. Era mais rápido. Os golpes seguidos estavam exaurindo a capacidade dos músculos de seu braço direito. Mais quinze golpes seguidos. Cães horríveis. Um fedor indescritível. Sentia-se metida numa contenda contra vampiros.

— Tá ficando escuro! — gritou a mulher, agoniada.

O golpe seguinte falhou. Apesar da vontade, o braço não subiu. O cão que investia conseguiu o que queria. Seus dentes pontiagudos afundaram-se na manga do braço direito da novata. Bendita malha de ferro! Marcela passou a espada para a mão esquerda. Os golpes eram imperfeitos, mas ao menos os músculos respondiam, menos cansados que os do membro direito.

Os gritos de Ulisses e Danilo finalmente chegaram ao lado. Os bentos pisoteavam os cães com os tordilhos, tentando aliviar a novata e o veterano. Os soldados conseguiram aproximar-se o suficiente para começar a disparar com segurança, sem aumentar o risco de morte da dupla em apuros.

O som agudo dos motores do grupo de Nova Luz foi crescendo até passar a um ronco grave. Mais som de disparos. Os ganidos foram aumentando fenomenalmente. Em menos de um minuto, as feras por fim tomaram tento de que a temporada de caça aos bentos tinha sido encerrada e puseram sebos nas canelas, desaparecendo pelas ruas do Jaguaré.

Marcela caiu de joelhos resfolegante. Amintas transpirava em bicas e fazia o peito de prata subir e descer rapidamente à medida que respirava com dificuldade. Os soldados cercaram os dois.

Amintas virou-se para Marcela e ergueu-a. Segurou-a firmemente pelos ombros buscando os olhos de traços indígenas da mulher. Chacoalhou-a com firmeza e raiva.

— Não faz mais isso, guria! Não faz mais isso!

Marcela olhou-o calada.

— Você podia ter morrido — ralhou o veterano.

Marcela sentiu um frio na barriga. Os olhos de Amintas inexplicavelmente a deixavam sem ar. Não soube explicar mais tarde como se deu o fato, mas no segundo seguinte seus lábios estavam colados nos lábios do bento. Beijou-o com gosto e gana. Seu coração batia mais rápido agora do que quando saltou para o asfalto e correu no meio dos cães.

Amintas, surpreso, afrouxou os dedos dos ombros da benta. Desceu as mãos e abraçou-a com firmeza, retribuindo o beijo quente e inesperado que Marcela tinha lançado. Separaram-se tão subitamente quanto atracaram-se.

— Eu acho isso tão lindo! — balbuciou Alex, do meio da avenida, com um *poodle* todo agitado no colo.

Ulisses olhou para o soldado-guia-bichinha e riu divertido com a situação.

Marcela fitou por mais um instante os olhos de Amintas.

— Desculpe-me! — murmurou a garota.

Amintas bufou e deu dois passos para trás. Virou-se para os soldados e bentos que aguardavam do outro lado. O olhar geral do grupo e o silêncio incomum deixaram Amintas rubro e sem saber o que dizer naquele instante. Ele queimava por dentro e não sabia o que fazer. Olhou para os lados procurando a montaria. Marcela já subia garbosa em seu tordilho.

— Cadê meu cavalo? — berrou o bento veterano.

— Tá atrás de você, ô barata tonta! — respondeu Ulisses, caindo na gargalhada.

Marcela começou a galopar em direção à ponte. Seu semblante demonstrava um "quê" de irritação e resolução. Gritou "iá" duas vezes e partiu sem olhar para trás.

Amintas virou-se e trombou com o focinho do tordilho.

— Eu também ia tá uma barata tonta se tivesse ganhado um beijaço da Marcela — falou Danilo, olhando para Ulisses.

O bando caiu numa risada coletiva, enquanto Amintas tentava subir no cavalo.

Ulisses olhou para Adriano e para os soldados e fez um gesto com a cabeça para que acompanhassem Marcela, afinal já era noite e a jovem donzela elétrica estava voltando sozinha para o acampamento. Então ele, Danilo e Alex ficaram olhando para Amintas, que finalmente embainhava sua espada ensangüentada e parecia voltar gradativamente ao normal.

Danilo olhou enojado para Alex, quando o *poodle* no colo do soldado começou a uivar.

— Você não vai levar esse troço feio e fedido pro Villa-Lobos, vai?

— Vou, sim, bichinho. É só dar um banhozinho nele, uma tosadinha e *voi lá*. Vamos ter uma mascote limpa e cheirosa no acampamento.

Danilo arqueou as sobrancelhas e balançou negativamente a cabeça.

Ulisses assistiu Amintas começar a cavalgar em direção ao balão do Jaguaré, sentido oposto ao que deveriam ir.

— Ô barata! Não é por aí, não. É pra cá — corrigiu, gritando um "rá" e botando seu cavalo para correr sobre a ponte rumo ao parque Villa-Lobos.

Amintas parou seu tordilho e virou no sentido da ponte. Abriu um sorriso largo lembrando do gosto da boca de Marcela. A vida sempre foi assim, uma caixinha de surpresas. Algumas amargas e ácidas, outras doces, muito doces.

Capítulo 23

— Senhor! — chamou a voz do vampiro.

Anaquias franziu a testa, olhou para o sequaz e fez um gesto para que se aproximasse.

— Dois vampiros pedem para falar com você, senhor.

— Uma caolha e um grandalhão?

— Exatamente, senhor. Como sabia?

Anaquias levantou-se de sua cadeira de pedras encravada no fundo da gruta e andou pelo salão escuro. Seus olhos brilharam vermelhos ao aproximar-se do sequaz.

— Eu não sabia, companheiro. Foi Ele quem me disse.

O vampiro soldado viu o líder passar ligeiro por sua frente e seguir fantasmagoricamente pelo corredor.

Raquel, a vampira ruiva de um olho só, foi quem viu Anaquias aproximando-se primeiro. A seu lado postava-se Gerson, trazendo uma bolsa de lona. Ela abriu a boca, mas nada disse. Vacilou. Anaquias estava diferente. Seus olhos cintilantes transpiravam essa diferença. Ele andava de forma empertigada, altivo. Seus olhos pareciam dizer "desprezo você". Igual aos olhos de um outro vampiro, que tinha como inimigo mortal e que, cedo ou tarde, acabaria desfiado em suas unhas. Só de lembrar dele, Raquel enervou-se. Cantarzo. Onde estaria o maldito? Sumido há semanas.

— Raquel, Raquel... minha antiga líder, minha ama... Pensei que tinha sido abandonado por você e Gerson na Velha São Paulo.

— Estávamos caçando Cantarzo. Tínhamos coisas mais importantes para fazer do que ficar escutando você matraqueando a respeito daquele vampiro-rei... e o pior, descobrimos que muitos da nossa raça acreditaram nessa baboseira.

Antes que Raquel pudesse se dar conta, Anaquias cruzou a distância que separava seus corpos e fechou as mãos na garganta da vampira, tirando-a do chão.

Raquel fez uma careta de dor, enquanto Gerson investia contra Anaquias.

O vampiro-general aparou com a palma da mão o soco que veio do adversário e, de imediato, apertou o punho de Gerson fazendo os ossos das falanges estalarem ao serem moídos. O vampiro grandalhão urrou de dor e então sentiu a mão de Anaquias em sua garganta, ficando à mercê do vampiro tal qual Raquel estava.

Anaquias fitou os dois cativos em suas garras. Manteve-os por um longo momento nessa posição, enquanto era rodeado por soldados tolamente preocupados com sua segurança. O vampiro-general sentiu a presença do espectro do vampiro-rei circundá-lo, extasiado com a visão dos dois inimigos imobilizados e desmoralizados.

— Dobre a língua, vampira caolha, antes de tentar insultar nosso vampiro mestre, que virá das sombras para tomar seu reinado. Sejas tu também uma seguidora valorosa e guerreira para que seja poupada na vinda do vampiro-rei.

Raquel agarrou a mão de Anaquias, aliviando seu peso e o desconforto. Jamais morreria por falta de ar, mas a dor era cruciante.

— Ouvimos coisas e também vimos muitas coisas — grunhiu a mulher vampira com dificuldades.

Anaquias arremessou-os contra as paredes de pedra do covil, vendo-os irem ao chão.

Raquel e Gerson ficaram de quatro por um momento, recuperando-se do golpe.

— Sei que traz novidades. Sempre foi uma caçadora sagaz... mas não sei por que se mostra burra e cega nesse momento. Você é muito observadora e guerreira, inteligente... uma vampira muito inteligente.

Me agradaria e também ao meu senhor que viesse para o nosso lado e me ajudasse a preparar a chegada do rei.

Raquel levantou-se enquanto Gerson ainda estava de joelhos. A mão ferida do amigo estava enegrecida pelo esmagamento. Precisavam sair dali e caçar humanos o mais rápido possível para recomporem-se. Raquel lutava com seus pensamentos. Como o estúpido do Anaquias estava tão poderoso, mental e fisicamente? Ele fora sempre uma sombra prestativa em seu grupo de caça. Um soldado obediente feito um burro de cargas, que jamais retrucara suas ordens ou levantara a voz. Era como se ele tivesse sido possuído por um espírito de força maior. E o jeito dele falar e se impor, o jeito dele se desfazer dela e dos que lhe cercavam... parecia Cantarzo.

Raquel andou até a bolsa de lona e retirou dela um rádio vermelho. Acionou o aparelho alimentado por pilhas pequenas e aumentou o volume. As vozes de Leandro e Leonardo encheram o covil. A balada sertaneja fez os olhos de alguns dos vampiros presentes se arregalarem.

— Essa música está vindo de São Vítor — esclareceu a vampira ruiva. — Eles estão transmitindo em AM. Com certeza, estão cobrindo o estado de São Paulo inteiro... Talvez o Brasil inteiro.

Anaquias andou de um lado para outro. Estava ciente de que o rádio tinha voltado à atividade, só não conhecia o que a vampira sabia a respeito ou tinha de novo a acrescentar.

— Eles transmitem toda noite um boletim das últimas ocorrências. Dizem que os humanos já reconsquistaram a Velha São Paulo. Tem um acampamento deles no parque Villa-Lobos.

— Eles falam demais — disse Anaquias, com um sorriso nos lábios.

— Essas informações estão mudando a cabeça dos humanos de todas as fortalezas. Eles estão perdendo o medo de nossa gente.

— Isso é bom. Faz deles incautos.

— Incautos... — repetiu a vampira. — Se ficassem só incautos, seria bom, concordo. Mas estão enchendo todas as vilas de esperança, orgulho e coragem. Eles estão armando e tramando, organizando-se de forma perigosa. Não basta mais mantermos as linhas de energia derrubadas, continuar destruindo postes telefônicos... Eles têm o rádio e com o rádio conseguem comunicar-se. Máquinas que se tinham tornado obsoletas com a passagem da noite dos acontecimentos agora voltam, perigosamente, a funcionar.

— O sol nasce para todos, minha cara.

Raquel sorriu de volta para Anaquias. Tinha entendido o que ele queria dizer.

— Pensei nisso, Anaquias. E é por isso que estou aqui — ela voltou até a bolsa de lona e retirou um novo aparelho.

— Que é isso?

— Isso é um rádio PX. Com esse aparelho, bem ajustado e potente, podemos falar com o mundo todo.

— O mundo todo? Sério?

— Sim, Anaquias. O mundo todo. Ponha um desse em cada covil e criará sua própria rede de comunicação. Assim poderemos revidar esse revés. Os bentos conseguiram os quatro milagres. Um é esse maldito sol que brilha à noite...

Anaquias desfez o rosto sorridente, lembrando-se do dia em que perdera quase a totalidade de seu primeiro exército. Era isso! Os humanos tinham queimado seu exército.

— Graças a esse boletim diário, Gerson e eu descobrimos o que é essa luz. Não é um fogo enviado por Deus para acabar com nossa raça. É uma máquina chamada TUPÃ.

— TUPÃ?

— Esse é outro milagre. Essa máquina trabalha para eles.

— Então já temos algo com o que nos ocupar.

Raquel ergueu as sobrancelhas.

— Vamos acabar com essa máquina! — gritou Anaquias.

— É uma idéia e tanto — concordou a vampira.

— Quero um vampiro ouvindo esse rádio a noite toda — ordenou Anaquias, lançando um olhar para o vampiro que o fora chamar.

Raquel lançou um olhar e um sorriso para Gerson. O vampiro parecia recomposto, mesmo sem tomar uma gota de sangue, a mão ferida tinha um aspecto um pouco melhor. Ela tinha sorrido para ele, pois seu plano estava dando certo. Anaquias tinha gostado das informações e certamente lhe prestaria favores, lhes seria mais afável.

O espectro invisível de Cantarzo aproximou-se da vampira caolha a tempo de perceber o sorriso recheado de segundas intenções lançados a Gerson. O vampiro-rei detestava Raquel. Ela fora a vampira que lhe rasgara o rosto de carne em seu lado esquerdo, quando habitava o corpo vampírico antes de ser libertado pelo sangue do velho Bispo. Cantarzo grunhiu nervoso, remoendo a lembrança. Raquel maldita! Estava tramando alguma coisa! Queria poder entrar em sua cabeça e ler seus pensamentos, mas isso ainda não lhe era possível. Talvez mais tarde, em mais algumas luas, quando o imbecil lacaio Lúcio chegasse finalmente à ilha da bruxa Tereza. Finalmente a mulher lhe devolveria o corpo de carne morta-viva para subir ao trono e ser visto por seus seguidores. Estaria energizado pelo sangue poderoso do Bispo e as alcoviteiras do universo ajudariam ainda mais, mandariam mais visões, revelariam mais fatos, seriam favoráveis aos vampiros. E não haveria equívocos. O idiota Anaquias ouviria sua voz de boca para ouvido. Não seria mais uma assombração na cabeça daquele general inepto e demorado. Iria para cima dos bentos e acabaria com a raça dos humanos. Sabia que eles festejavam dentro das vilas. Queria ir até eles, em espírito, e afundar as garras em seus corações, mas ele não podia... por razão desconhecida orbitava apenas ao redor de Anaquias. Anaquias!

Anaquias, recebendo as vibrações do espectro, olhou para Raquel, sentindo raiva da mulher.

— O que mais sabe? O que mais tem a me dizer, mulher vampira?

— Digo que devemos organizar nossas forças antes que seja tarde demais. Devemos atacá-los no parque Villa-Lobos e expulsá-los de nossos domínios. A noite e o dia de São Paulo sempre foram nossos desde a Noite Maldita. Temos muitos Rios de Sangue guardados naqueles velhos prédios, naquelas velhas ruas.

— Não vamos atacar até que o vampiro-rei nos ordene.

— Mas os filhos-da-puta estão fazendo a festa, Anaquias! Temos de arrepiar agora! — explodiu Gerson, finalmente abrindo a boca naquela reunião.

— Eu disse que vamos esperar o vampiro-rei. Falta pouco para o mestre em pessoa nos guiar nessa contenda sem fim.

— Pára com essa coisa de vampiro-rei, Anaquias! Isso não existe! — gritou Raquel.

Anaquias lançou uma bofetada no rosto pálido de Raquel, tão forte que o tapa-olho negro da mulher soltou-se e seus cabelos vermelhos como os do milho cobriram sua face, logo escondendo sua pútrida ferida.

Gerson arremessou-se sem pensar, alcançando Anaquias no seu bote certeiro. O corpo forte levou Anaquias ao chão.

Os seguidores de Anaquias e da profecia do vampiro-rei acudiram o líder, agarrando o grandalhão pelos cabelos e segurando com firmeza seus braços musculosos. Foram necessários nove vampiros para conter o colosso. Gerson era forte demais!

— Ninguém faz isso com ela! — berrava Gerson.

Raquel recompunha-se, voltando a colocar o tapa-olho.

Anaquias abriu seu sobretudo e arrancou uma espada curta e brilhante. Seus olhos chisparam vermelhos, enquanto grunhia enraivecido. A lâmina foi enterrada no peito largo de Gerson. Os dentes de Anaquias brotaram selvagens, enquanto ele torcia a lâmina no coração do vampiro.

Gerson gemeu e rapidamente seus olhos cintilantes perderam o brilho e a vida. Seu corpo pesado tombou inerte aos pés de Raquel. A vampira saltou pra trás e foi sua vez de clamar por luta. Abriu o sobretudo, deixando seu corpo bem-feito encoberto por uma calça de couro negro e um corpete de cor igual a vista. Antes que pudessem se mexer, os vampiros ao redor de Anaquias arregalaram os olhos quando duas metralhadoras pularam para as mãos da vampira. Raquel abriu fogo varrendo os inimigos da frente. Anaquias, advertido e guiado pelo espectro, saltou e agarrou-se à parede rochosa da caverna. Quando Raquel derrubou os soldados à frente, levou a rajada de balas de prata ao encontro de Anaquias. Sabia que o ex-integrante de seu bando de caçada era bom de briga, mas ele estava indo rápido demais, preciso demais. Era como se adivinhasse seus movimentos! Raquel perdeu Anaquias de vista e, quando baixou seu olho bom para a galeria da caverna, viu surgir mais e mais soldados pelas bocas dos corredores. Soltou uma das metralhadoras, enquanto a outra continuava disparando contra os que se aventuravam em sua direção. A mão livre tirou um explosivo preso ao corpete. Arremessou a granada e livrou-se da segunda metralhadora para tirar Gerson do chão com as mãos livres. O diacho do parceiro pesava muito, mesmo para ela que contava com força extra por conta de sua condição maldita. Conseguiu passar por um corredor estreito sem ouvir soldados vindo em sua direção. Memorizara o caminho, sabia que estava perto da boca do covil... a floresta densa seria sua única chance.

Raquel sentiu uma lufada do ar quente da noite entrando pela caverna. A saída era íngreme e o corredor inclinava a noventa graus, quando chegava ao gargalo de saída. Teve de se esforçar bastante para içar o corpo inerte e pesadíssimo de Gerson. Não queria abandoná-lo no covil... um apego estúpido numa hora estúpida, mas sabia que aquele servil parceiro a honraria com a mesma moeda caso a situação fosse inversa. Ele não seria deixado para trás. Não era amor o que tinha pelo grandalhão. Era respeito. Respeito construído com muitas noites de caçadas, com muitas situações adversas. Gerson sempre fora uma muralha contra os inimigos humanos e jamais discutira as ordens e estratégias impostas por ela. Era silencioso e obediente, talvez impulsionado pela grande estupidez que tomava sua mente. Era burro. Esse sempre foi seu único defeito. Defeito que resultava em frutos como aquele que ela experimentava no momento. Se ele tivesse sido contido e aguardado pela hora certa, ela teria engolido aquele sopapo do filho-da-puta do Anaquias e teria revidado na hora certa. Anaquias estúpido! Não era hora de brigarem entre si. Era hora de juntarem forças, todos os vampiros. O inimigo não era gente da própria raça. Os inimigos eram os filhos da luz, os escolhidos. Os malditos bentos estavam retomando a Terra. Retomando as cidades. Tinham de tomar um chacoalhão. Tinham de ser mortos por vampiros, por hordas selvagens e certeiras. Não havia tempo para morte entre aqueles que deveriam aliar-se. Raquel, tomada por essa onda de consternação e pensamentos, alcançou a boca da caverna e puxou o corpo de Gerson para fora. Voltou a colocá-lo nas costas e começou a correr em direção à floresta metros adiante. Durante as passadas, auxiliada também pela luz do luar, percebeu que o mato estava quieto. Péssimo sinal. Sem grilos, sem piados, sem cigarras, sem corujas da noite, que eram ricas em presença naquela região. Isso tinha um significado. Eles tinham saído por algum outro lugar. Tinham-se espalhado do lado de fora. Levou a mão livre para o coldre preso em sua perna e puxou uma pistola. Seria pega. Sabia que daquela vez seria pega. Girou com o corpo de Gerson em seu ombro. Só via mato, mas sabia que eles a espreitavam por ali, aguardando o momento exato para exterminá-la. Não se lembrava de ser tomada por desespero nas caçadas. Lembrava-se de manter a calma e sempre trazer o emocional do grupo sob controle. Ela comandava. Mas não caçava vampiros e nunca fora caçada por eles até então. Caçava humanos. Caçava gado para o ninho. Sangue para o covil. E tinha uma diferença imensa no que acontecia agora. Colocou o corpo de Gerson no chão. O vampiro afundou na grama fofa. Raquel ajoelhou-se ao lado do parceiro e atrás de uma touceira de mato alto. A grande diferença naquela noite é que ela não era a caçadora. Ela era a caça.

Raquel manteve a pistola erguida e o braço estendido. Viu o primeiro voando de uma árvore para outra com o par de brasas riscando o céu negro. Não disparou. Queria ter noção de quantos eram e onde estavam. Aquele ali tinha revelado sua posição e mantinha-se parado sobre o balanço suave do galho de uma aroeira vermelha. Viu mais alguns pares de brasas voando na floresta logo abaixo. Eram mais de quarenta vampiros fechando um cerco. Olhou para trás, de volta para a saída de onde escapara. Mais vampiros vinham, desprotegidos, encurvados e caminhando lentamente. Recapitulou mentalmente seu arsenal. A pistola tinha um cartucho com vinte e duas balas, mais uma. Dois cartuchos extras presos na coxa direita. As metralhadoras tinham sido abandonadas dentro do covil. Desejou ter ao menos uma ali com ela, pois tinha um cartucho de munição com cinqüenta e duas balas para a metralhadora. Podia dar conta de uma porção daqueles paus-mandados. Um lampejo varreu sua mente. Abriu a jaqueta negra de Gerson. Granadas e mais duas pistolas. Franziu o cenho evocando sua agilidade vampírica. Se era isso o que tinha, era com isso que se viraria. Só não se deixaria ser pega de graça. Seus dentes pontiagudos mais uma vez afloraram e a noite ganhou mais luz quando fez seu olho cintilar. Queria Anaquias acima de tudo. Talvez, se acabasse com o lunático, os outros caíssem em si de que aquele assunto de vampiro-rei era a mais pura balela e que era hora de confrontar os humanos antes que fosse tarde demais. Não existiam mais deuses na Terra desde a Noite Maldita. Não existia mais deus no céu nem deus entre os vampiros. Não existia aquele negócio de vampiro-rei.

Raquel ouviu uma risada conhecida. Arrepiou-se dos pés à cabeça. Olhou na direção de quem ria e encontrou Anaquias. Manteve a arma apontada para sua cabeça, enquanto cerca de sessenta soldados do ninho se aproximavam. Teve a impressão de ouvir a risada insolente de Cantarzo, por isso o susto. Anaquias estava rindo igual ao infeliz. Isso era estranho e perigoso. Puxou o gatilho, disparando três vezes. Anaquias tinha simplesmente virado de lado para que os projéteis rasgassem o ar e sumissem na escuridão, retomando uma caminhada calma e constante em sua direção.

— Uh! Essa passou perto, caolha. Talvez, se tivesse o outro olho no lugar certo... Ah! Ah! Ah! Ah! — riu o líder.

Raquel disparou de novo, vendo, para sua infelicidade, Anaquias repetir a manobra e continuar andando e se aproximando.

— Quantas dessas você quer perder comigo? Caso seu olho ruim não a tenha deixado notar, tem uma porção de vampiros ao seu redor. Não quer tentar uma ou duas neles antes de gastar tudo comigo?

Raquel fungou raivosa. Estava nervosa. Queria escapar daquela armadilha. Tinha ido para somar, não para ser exterminada. Tinha ido para ajudar, não para ser humilhada. A raiva em demasia, que fazia queimar seu olho bom, podia pôr tudo a perder.

O espectro de Cantarzo se aproximou da mulher e inalou fundo. Parecia precisar fazer muito esforço para captar qualquer aroma que viesse do mundo material. Voou ao redor da cabeça da mulher e voltou para perto de Anaquias.

Raquel piscou. Seu olho estava falhando quando menos deveria. Jurava ter visto uma coisa ao lado de Anaquias. Um corpo. Um vampiro talvez. Disparou instintivamente contra a ilusão, com medo de ser um inimigo vindo para o ataque. Foi obrigada a ouvir o riso cacete de Anaquias.

Os vampiros fecharam o cerco sobre Raquel. Ela não fugiria de forma alguma. Quatro deles traziam armas de fogo e uma dúzia trazia espadas desembainhadas.

Raquel disparou três vezes. Três vampiros tombaram. Recebeu o revide. Explosões cadenciadas. A vampira ruiva manteve-se firme. Os disparos dos oponentes passaram perto, mas não a atingiram. Voltou à carga. Mais disparos, mais vampiros tombando. Apanhou duas granadas de Gerson e deu dois arremessos certeiros. Explosões e gritos.

Cantarzo rodopiou sobre a cabeça de Anaquias e seu espectro subiu seis metros de altura. Raquel era formidável. Uma guerreira de primeira linha. Abriu um sorriso, achando graça em sua resistência. Poucos vampiros teriam o garbo, a inteligência e a elegância daquela caçadora. Envolta por tantos soldados, mantinha a mais absoluta calma e precisão cirúrgica em seu combate. Enquanto nem chegava a se mexer para defender-se dos disparos imprecisos dos adversários, ia derrubando um a um os soldados.

O vampiro-rei parou ao lado do ouvido de Anaquias.

— Deixe-a, maldito. Deixe-a. Essa também será minha. Só minha — disse o espectro dentro da cabeça do líder do exército. — Guarde-a para mim. Traga-a para meu exército ou deixe-a ir. Muitas guerras virão e tu tens de defender meu reino até minha chegada.

Anaquias, surpreso com a ordem descabida, parou a caminhada e arregalou os olhos.

— Ela é uma boa guerreira — repetiu o vampiro-rei. — Será um delicioso exercício para o meu despertar.

— E se ela se recusar?

O espectro olhou para Raquel que, petulante, mantinha a arma erguida e apontada para Anaquias.

— Se ela se recusar, eu mesmo cuidarei dela quando tomar meu corpo.

Anaquias ergueu os braços e bradou para seus homens:

— Parem! Ninguém toca nela!

Os soldados estacaram na posição em que estavam, há menos de cinco metros da caçadora e seu amigo desfalecido.

— E tu, vampira, baixa a arma!

— Não vou cair nesse teu embuste, Anaquias. Assim que eu baixar a guarda, você e os teus virão contra mim.

— Não quero nada contigo, Raquel. Já fomos parceiros em muitas caçadas. Basta de adversidade.

— Onde estava esse seu bom senso e benevolência quando me esbofeteou lá dentro? Onde estavam suas memórias de companheirismo e lealdade quando enfiou a lâmina de prata no peito de Gerson? Ele que já te salvou de poucas e boas.

Anaquias levou a mão à testa e coçou a pele pálida azulada por um instante.

— Chega, vampira. Não quero discussão. Você mesma disse que temos de atacar os humanos agora. Fui o primeiro a te convidar para se juntar ao meu exército. Repito a oferta.

— Nunca!

— Mas você veio aqui buscando união. Trouxe as novas. Trouxe idéias. — Anaquias fez uma pausa e andou ao redor da mulher. Lançou um olhar de esguelha para o corpo morto de Gerson. — A única coisa que terá de concordar e se submeter será aos desígnios do nosso mestre, o vampiro-rei.

Raquel cuspiu nos pés de Anaquias. Não cederia ao pedido do vampiro. Não compreendia esse estranho arrefecimento do vampiro-general que há alguns segundos queria vê-la morta. Essa aliança era o que queria quando chegou ao covil, mas agora, que Gerson estava acabado, faria de seus algozes suas vítimas, caso lograsse aquele cerco e voltasse a ver a lua no céu na próxima noite.

Anaquias sorriu e meneou a cabeça.

— Vou tomar isso como uma delicada recusa, uma declinação.

Anaquias começou a caminhar de volta ao ninho, caminhando pelo mato fofo sem olhar para trás. Os soldados permaneceram na mesma posição, ao redor da guerreira.

Raquel voltou a erguer a arma, apontando-a para os soldados à sua frente. Iria perecer naquele instante, mas descarregaria sua arma antes de ir ao chão.

— Venham! — gritou Anaquias, já distante uns quarenta metros.

Os soldados entreolharam-se surpresos. Ela havia insultado Anaquias e ao vampiro-rei de tal maneira que lhes parecia impossível simplesmente dar as costas àquela maldita criatura sem prestar-lhe o devido castigo.

Anaquias virou-se uma última vez para encarar Raquel.

— Você faz pouco de nossa crença, Raquel. Igual e tal alguns soldados humanos faziam acerca da profecia dos trinta bentos. Veja você o que eles têm agora. Ondas de rádio, um sol que brilha à noite, uma quantidade crescente de guerreiros bentos e mulheres prenhes. Como profetizado, receberam quatro milagres. Isso não te põe a pensar?

Raquel levantou-se vagarosamente e, ainda com o braço estendido e com a arma apontada para a frente, voltou a colocar Gerson sobre o ombro.

— Agora eu falo do vampiro-rei e uns poucos tolos como você me dão as costas. Te deixarei ir essa noite para que viva com um fantasma em sua mente, rondando suas horas negras. Quando o vampiro-rei despertar, querida Raquel, você será inimiga de um Deus-Vampiro. Ele te buscará com ira e mágoa no coração lembrando o dia em que lhe pediu ajuda e tu negaste, lhe deste as costas. Prepare-se vampira. Esse dia não passará de cinqüenta luas. Um piscar de olhos. Te garanto.

Anaquias deu as costas à vampira e, sem esperar reação alguma, saltou para dentro da boca da caverna, desaparecendo da vista de Raquel.

Raquel aguardou um instante, até que o último soldado tivesse pulado atrás de Anaquias. Voltou os olhos para as árvores. Mais nenhuma brasa empoleirada em seu caminho. De alguma forma inexplicável Anaquias a estava deixando partir. Sentiu um arrepio cruzando sua espinha. Só havia uma forma de concatenar tudo. Só uma explicação dava sentido à atitude do vampiro. Aquele ato de desprezo contra ela e Gerson só fazia sentido se da boca de Anaquias estivesse saindo a mais pura e absoluta verdade.

Capítulo 24

Franjinha acordou com uma voz aguda vencendo o chiado do rádio. Os olhos percorreram rápido a tela principal da sala de controle do Centro de Lançamentos da Barreira do Inferno. A sala de controle contava com mais dois "técnicos" formados por Franjinha, para que uma vigilância permanente fosse dividida entre os três. Acontece que invariavelmente o trio ficava de plantão na frente dos monitores da sala de controle sem que nenhum deles tivesse o descanso adequado. Eram três viciados nos satélites do CLBI. Everton, o primeiro a dividir a sala com Franjinha, era um mineiro aparentando cerca de trinta anos, enquanto a garota Tânia parecia ter uns vinte e dois. É verdade que suas idades reais diferiam muito disso, posto que tinham dormido anos e anos até o despertar. Quando os rádios voltaram a funcionar após a Noite dos Milagres, a dupla ficou sabendo da existência do Centro de Lançamentos da Barreira do Inferno e de sua importante missão nos dias correntes. Cada um deles, vindo de um estado diferente, seguiu rumo a Natal e deu nos muros do CLBI. Como demonstraram grande intimidade com informática e grande interesse em ajudar, Marco Franjinha aceitou-os como seus novos operadores.

Os gráficos e indicadores mostravam que tudo estava na mais perfeita ordem. O majestoso satélite TUPÃ mantinha-se cem por cento, pronto para ser acionado a qualquer instante, a qualquer chamado. Voltou os olhos para a caixa de som em sua mesa e levou o dedo ao botão de volume. Deslizou a chave fazendo o chiado aumentar. Passaram-se alguns segundos e a voz voltou. Era algo incompreensível.

Pareciam palavras rápidas, distorcidas pela estática, mas sem completar sentido algum. Marco Franjinha arqueou as sobrancelhas intrigado com o fato.

— Vocês estão ouvindo isso? — perguntou aos companheiros de vigília.

Everton levantou-se da cadeira e olhou para o chefe enquanto espreguiçava-se.

— Faz uma hora que começou. Vai e vem.

— De onde está vindo?

— Eu rastreei a freqüência. É um radioamador. Consegui conectar com o auxílio do satélite seis de radiofreqüência.

— Tá, corta esse papo. De onde está vindo?

Everton digitou alguma coisa no teclado e no instante seguinte a tela de seu computador tomou toda a tela principal do centro de lançamento. Franjinha ergueu os olhos para a imensa tela. Via o mapa-múndi à sua frente, com todos os continentes e oceanos.

— Não sei se o seis está funcionando direito. Um radioamador pode alcançar milhares de milhas, mas essa voz está vindo de longe. Muito longe.

— Se eu dissesse que está vindo de longe pra caçamba, acho que ainda seria um diminutivo — brincou Tânia.

Franjinha acompanhou a digitação frenética de Everton através do painel principal. A onda de radioamador demonstrada na tela tinha uma coloração violeta, que ficava vibrante quando a voz de língua estranha chegava à caixa de som de Marco Franjinha, depois esmaecia quando entrava o chiado.

— Tá difícil precisar, Franja, mas acho que a parada vem de um rádio em movimento, uma base que está avançando. Está em algum ponto do Pacífico nesse momento — informou Everton, fazendo surgir um triângulo vermelho que piscava próximo ao continente da Oceania. Franjinha tamborilou na mesa. Não era à toa que as palavras não faziam o menor sentido. Era uma língua estrangeira.

— Acho que é japonês — jogou Tânia.

— Por quê?

— O assento. A velocidade. Principalmente por causa da velocidade das palavras. Na Austrália, falam inglês... inglês é falado mais lento que isso. Japonês é sempre assim, rápido. Inglês eu conheço um pouco, por pior que fosse a transmissão, alguma palavrinha eu teria pegado.

— Pode ser qualquer língua asiática — complementou Franjinha. — Coreano, chinês, pro meu ouvido soa tudo igual.

— Hindu não é.

— Na Índia não falam inglês também? — perguntou Tânia.

— Falam inglês, e mais uma porção de dialetos. Na China também e numa dezena de países naquele pedaço a coisa é assim. São mais de três línguas para cada país.

— Aposto forte no japonês — continuou Tânia.

— Vocês conhecem alguém que fala japonês?

— Olha, Franja, japonês, japonês mesmo, acho que não conheço ninguém. Agora, em São Vítor, o Chen fala chinês. Talvez ele conheça um pouco dessas línguas orientais, ou pelo menos saiba dizer que língua é ou não é.

— Boa idéia. Contatem São Vítor. Gravem alguns minutos dessa coisa e retransmitam. Alguém tem de descobrir o que esses caras querem. Podem estar em perigo.

— Difícil vai ser a gente ajudar daqui de tão longe — lastimou Everton.

— Longe? Com o rádio funcionando não tem mais longe, meu amigo. E se tiver vampiro na área, é só queimar com o TUPÃ.

✠ ✠ ✠ ✠ ✠ ✠

Gabriel, o encarregado das radiocomunicações do acampamento Villa-Lobos tentava sintonizar o melhor possível o canal pelo qual recebia aquela estranha voz, sem saber que Franjinha lidava com aquele padrão incomum de comunicação no mesmo instante. Era uma língua estrangeira. Oriental. Isso percebeu de pronto. Mas quem seria? Já tinha captado e conversado com italianos. Algum radioamador em situações favoráveis conseguiu fazer sua voz atravessar o Atlântico, contando e recebendo novidades da distante Gênova. Era bom ouvir gente de outros lugares, mas o rádio, infelizmente, só fazia confirmar que o mundo todo sofrera todos aqueles anos com a aberração. Os vampiros tinham açoitado o globo terrestre inteiro com o horror e a caça ao sangue humano. No entanto, Gabriel, que conseguia entender bem o italiano e arriscar uma coisa ou outra, aprendida nas telenovelas da Rede Globo, conseguiu conversar mais de meia hora com o genovês e conseguiram rir quatro ou cinco vezes durante a conversação. Depois daquele encontro via rádio, as ondas distantes andaram arredias e não mais foram recebidas pelas antenas de Gabriel. Agora o soldado lutava com o dial, tentando manter audíveis as palavras incompreensíveis daquele novo contato. Diferente do italiano, a esse não conseguiria responder nada. Não entendia necas de pitibiriba do que ele estava falando. Estava tão concentrado que se assustou quando bento Lucas e Vicente entraram repentinamente na barraca.

— Que foi? — perguntou bento Vicente.

— Nada. É que eu estava concentrado, ouvindo.

— O quê? O resultado da megasena? Tá branco que nem vampiro — continuou Vicente.

Gabriel riu da brincadeira. Depois, pôs o dedo em riste diante do nariz quando voltou a ouvir a voz e as palavras desconexas.

— Isso. Shhh. Ouçam...

— É japonês? — perguntou Lucas.

Gabriel deu de ombros, mantendo a mão no dial, procurando manter o radioamador sintonizado.

— De onde está vindo isso?

— Não sei, Vicente. Com o italiano eu consegui conversar. Com esse aí eu nem tentei. Não sei nem se é um ser humano ou uma gravação.

— Tá parecendo cantor de karaokê do Japão Pop Show — brincou Vicente.

Gabriel e Lucas riram da graça.

— Um calouro ruim, ainda por cima.

— Você lembra de cada coisa.

Lucas andou em círculos tentando decifrar a mensagem. Impossível. Era uma língua oriental, sem dúvida. Estalou os dedos e perguntou:

— O Chen ainda está aqui ou já voltou para São Vítor?

— Acho que ainda está aqui. Eu o vi na hora do almoço. Ninguém arrisca o pescoço por essas bandas depois da hora do almoço. E depois da palhaçada do passeio de Ulisses e Amintas com os novatos até o canil do Jaguaré, pedi que as saídas depois das quinze horas sejam colocadas em relatório.

— Procure-o, Vicente. Ele é descendente de chineses, talvez saiba qual língua é essa.

— Na pior da hipóteses, se ele não decifrar essa porra, pelo menos ele faz uns rolinhos primaveras pra gente. Meu estômago está roncando.

— Pára de graça, Vicente. Hoje você está impossível. Vai logo ver se encontra o cara.

— Mas eu tô falando sério. Não é só o Paraná que sabe cozinhar esses bagulhos diferentes. O Chen já fez *yakissoba* uma vez lá em São Vítor.

— Vai logo!

Vicente saiu da barraca das comunicações rindo sob os protestos de Lucas, que pedia pressa.

Quinze minutos mais tarde o bento grandalhão entrou com o líder de soldados de São Vítor na barraca. Chen estava com cara de sono.

— Que bom que o Vicente te achou. Desculpe-me te tirar do descanso — escusou-se Lucas.

— Que é isso... Só estava tirando um cochilo, de madrugada parto para São Vítor.

— O Gabriel captou uma coisa no rádio. Não sabemos se vem de perto ou de longe, mas, a julgar pela língua utilizada, deve vir de muito longe.

Justamente nesse momento o chiado estático parou e a voz com palavras rápidas voltou.

Chen ficou mudo e concentrado. Gabriel, que lidava com aquela mensagem repetida por horas, já tinha até decorado o acento e a melodia das palavras reconhecendo a repetição de algumas passagens.

— É japonês — decretou o descendente chinês. — Disso não tenho dúvida. Mas pouco entendo.

— Shhh — fez Gabriel, que conhecia a seqüência e sabia que mais coisa vinha depois dessa pausa.

Chen fechou os olhos buscando se concentrar ainda mais. Aproximou-se de uma das caixas acústicas. Ficou nessa posição por mais de cinco minutos diante dos três observadores ansiosos por alguma informação.

— Me dá um pedaço de papel.

Chen sentou-se ao lado de Gabriel e começou a riscar algumas palavras a lápis. De repente, parou e seus olhos se arregalaram. Era surpreendente.

— Conseguimos falar com eles?

— Talvez. Eu não tentei ainda porque não estava entendendo nada e também porque isso tá parecendo uma gravação. É uma repetição, igual um mantra — explicou Gabriel.

Chen puxou o suporte com um microfone e pressionou um botão vermelho na base. Um *led* vermelho acendeu-se enquanto o descendente chinês arriscava algumas palavras. A voz do outro lado sumiu e a estática voltou. Na barraca, ficaram em silêncio por volta de um minuto, ouvindo aquele chiado constante e monótono.

Lucas aproximou-se do soldado de São Vítor e lançou uma olhada no papel. Eram escritos em japonês.

— Que significa isso?

Chen, desistindo de uma resposta no rádio, virou-se para Lucas e Vicente.

— É bastante estranho. Eu não falo japonês fluente, só sei alguma coisa por ter aprendido com amigos de meus pais e por gostar da língua... mas fazia tempo que não precisava usar, a gente vai perdendo — lamentou Chen.

— Mas o que você conseguiu entender? Que são essas palavras?

— Não sei se está certo, mas entendi que estas palavras aqui — Chen foi passando o dedo sobre os escritos e dizendo o que cria que cada uma delas queria dizer. — Essa aqui significa "demônio", essa aqui significa "guerreiros" ou até mesmo "samurais". Acho que é samurais — o dedo foi para o próximo conjunto de palavras. — Essa frase é a mais estranha, caras. Nem sei se é isso, mas, se entendi bem, diz que "samurais estão em grande viagem", e depois diz que estão indo pra "praia do Brasil".

— Quê?! — espantou-se Vicente.

— Não pode estar certo, eu sei, mas foi o que eu entendi.

— Intrigante — murmurou Lucas.

Chen passou a mão na cabeça.

— É confuso... eu esqueci muita coisa desse idioma. Tem um ponto aqui que parece que está escrito que "o grande combate". — Chen ficou mudo por um instante e então sugeriu. — Se o Gabriel conseguisse gravar isso em um computador ou num gravador.

— Não dá. Já deu um trabalho danado montar essa estação receptora e transmissora.

— O que você vai precisar, Gabriel?

O soldado das comunicações pensou um pouco, olhando para sua mesa abarrotada de equipamentos e fios.

— Sei lá, Vicente. É o que o Chen falou. Se conseguir um computador funcionando, não precisa ser um monstro, basta ter uma conexão *fire-wire* que espeto um cabo no rádio e gravo tudo. Se conseguir uns *softwares* de quebra, dá pra melhorar a qualidade do som e ajudar nosso amigo Chen.

— Já era difícil achar antes da Noite Maldita, mas já vi *softwares* tradutores do japonês para o português e vice-versa.

— Podem deixar comigo — falou Vicente. — Amanhã mesmo vou liderar uma expedição à rua Santa Ifigênia velha de guerra. Era nessa rua do centro de São Paulo que se achava tudo para eletroeletrônicos e suprimentos para computador. Se sobrou alguma coisa utilizável depois da noite maldita, eu acho.

— Boa idéia, Vicente. — Lucas deu um tapinha no ombro do amigo.

— Eu quero ir com você — animou-se Gabriel. — Pode ser que encontre alguma coisa pra incrementar a base de rádios.

Chen continuou sentado ao lado de Gabriel por longo tempo ouvindo o chiado na esperança de ouvir mais uma vez aquela voz distante. Talvez, mesmo com seu conhecimento enferrujado, conseguisse lembrar-se de mais alguma coisa.

Capítulo 25

Logo ao amanhecer, Lucas e Vicente começaram os preparativos para visitar o abandonado e inóspito centro velho da grande São Paulo. Apesar da luz do dia, não faziam idéia do que encontrariam nas imediações da rua Santa Ifigênia. Os prédios enegrecidos pelo fogo descontrolado, que consumira parte deles, estariam lá, chamuscados e tingidos com longas línguas negras desenhadas pela fumaça. O ar de desolação que inundava praticamente todos os cenários da cidade estaria esparramado por aquelas ruas, cobrindo a avenida Rio Branco, o vale do Anhangabaú, a avenida 23 de maio, a Conselheiro Crispiniano, a praça da República e o largo do Paissandu. Um lampejo de imagem cruzou a mente de Lucas ao subitamente relembrar-se do vale do Anhangabaú. Um enorme gato de lata junto a uma estação do metrô. Uma escultura de sucata, um felino amarelo estático, olhando para ele com um sorriso oculto e os bigodes de ferro. Lucas sorriu. Queria lembrar mais coisas. Lembrar todo seu passado. O coração gelava quando pensava no passado. O que haveria de tão terrível na sua história que parecia pacata? Por que se sentia tão mal quando navegava? Não sabia por que aquela sensação de perigo e mau agouro, aquele desconforto brutal invadia o seu ser, quando entrava numa embarcação. Tinha sido assim tão infeliz antes da Noite Maldita que não poderia ter vivido dias normais? Sabia que os fantasmas do passado não tinham sido todos revelados para que sua cabeça fosse mantida no lugar. Foi esse texto que leu nas entrelinhas, quanto sua amada Ana deixara escapar umas poucas palavras em casa. Diante do desconforto da mulher e das urgências logo em seguida, recuara e não mais tentara espremer o que ela sabia. Não queria que ela, que carregava em seu ventre o fruto do amor de ambos, ficasse sob pressão. Bastavam as crises de ânsias, quando ela botava o bucho todo para fora. Queria que a amada curtisse uma gravidez em paz. Não obstante, chegaria a hora de ela revelar o que sabia.

Os pensamentos do trigésimo guerreiro voltaram ao agora e à missão que tinha pela frente. Encontrar um computador capaz de gravar diretamente da estação de rádio de Gabriel. Andando entre as barracas no longo campo de chão cimentado do parque, avistou bento Vicente de outro lado. O grandalhão organizava o batalhão que os seguiria até o centro da cidade. Tinha requisitado grande número de soldados, os bentos novatos e bastante armamento. Era possível um enfrentamento com mulos ou exilados das fortalezas, sem contar as gigantescas matilhas famintas que rondavam a cidade e toda a sorte de animais selvagens que tinham feito dos becos e dos velhos prédios e galerias do centro velho seus ninhos e abrigos.

O soldado Gabriel, que pedira para tomar parte do grupo, surgiu da boca de uma das grandes barracas de lona verde e parou no corredor estreito por onde bento Lucas e seu peito prata e capa vermelha vinham a passos rápidos. Juntou-se ao guerreiro para dar-lhe um reporte rápido das novidades.

— Logo depois que vocês saíram da barraca, tive quatro novos contatos, Lucas.

— Do que se trata?

— Coisa boa. O primeiro era de São Vítor. Oito pessoas despertaram na última semana, um número bastante incomum. Oito novos bentos. Cinco mulheres e três homens.

— Se as cinco derem uma benta Marcela, a coisa é boa.

— Amaro me explicou pelo rádio que o ferreiro Magal já está com todas as armaduras preparadas e que cinco desses novos bentos chegarão em dois dias.

— Espero que não venham pelo caminho do pântano. São bentos, são bons, mas, mesmo escoltados por soldados experientes, esse caminho continua perigoso.

— Duvido que o velho Amaro não dê o mesmo conselho. Ele vai garantir que venham por um caminho mais longo, porém mais seguro.

Lucas e Gabriel continuavam andando, enquanto conversavam. Um soldado agrupava os cavalos que seriam usados na expedição, num rebaixamento do terreno onde ficava a portaria principal do parque Villa-Lobos. Dentro de uma das barracas, com soldados ainda recolhidos e adormecidos, havia um rádio de pilhas recarregáveis funcionando, sintonizado na FM campeã de audiência no novo Brasil, a rádio de São Vítor. "Everybody want's to rule the world" escorria dos alto-falantes embalando o sono da soldadesca.

— E as outras mensagens? — quis saber o trigésimo.

— A segunda mensagem veio de Nova Prudente, uma fortificação numerosa no oeste do estado de São Paulo, fica há uns cinqüenta quilômetros de onde existia a cidade de Presidente Prudente, acho que próximo a Martinópolis.

— Sei onde fica.

— Também comunicam o despertar de vinte e dois novos cidadãos desde a Noite dos Milagres. Já foram adaptados ao novo mundo, já confrontaram vampiros e estão vindo a São Vítor para receber armaduras e vestimentas de bentos. Dez deles virão para cá.

— Ótimo. Logo teremos bentos e soldados o suficiente para montar postos avançados e tomar conta de vez desta cidade. Vamos capturar e escorraçar os malditos mulos desse lugar. Os vampiros da Velha São Paulo serão banidos de vez. Será um grande dia para os brasileiros.

— O terceiro e quarto chamados têm informações semelhantes. Bentos recém-despertos da Nova Belo Horizonte estão vindo para o sul em busca de armaduras e devem chegar aqui no acampamento do Villa-Lobos em pouco mais de uma semana. Eles vêm a cavalo. A região de Minas Gerais está sem combustível até mesmo para missões de urgência como essa.

— Outro problema pra resolver. E nossos contatos na refinadora retomada em Cubatão? E a usina Estrela do Sul? Ela produz álcool ainda e poderia mandar alguma coisa para Minas Gerais.

— Faz três dias que não mandam reportes novos de Cubatão, mas sei que está tudo sob controle porque o pessoal da refinadora está na minha lista de checagem diária. Não sei a quantas andam a Estrela do Sul. Ela fica perto de Santa Maria... poderiam enviar combustível para Minas, sim. Vou contatar os responsáveis de lá.

Lucas cumprimentou os soldados que se aproximaram para saudá-lo.

— O encarregado em Cubatão é o soldado Henri. Ele era engenheiro da Petrobras e é o melhor que temos para colocar aquilo pra funcionar de novo. Ele é quem coordena a revitalização da extração de petróleo bruto das bacias também. A previsão para o retorno à atividade é para mais de um ano.

— E Itaipu?

— Quatro meses para funcionar com capacidade total. O que vai demorar mais, por incrível que pareça, será a recolocação dos cabos principais, eu não sei o nome técnico daquilo, mas são os cabos que cruzam os estados do sul e distribuem a eletricidade. Depois essas subestações distribuídas por aí terão de ter pessoal capacitado para operá-las.

— Parece que o trabalho não vai acabar nunca.

— Acho que eu não vou viver o suficiente para ver tudo em ordem de novo, bento Lucas.

Lucas fez uma pausa na caminhada e olhou para Gabriel. Lembrou-se de quando Gabriel foi salvo na batalha da Teodoro Sampaio. Colocou as mãos no ombro do rapaz.

— Vai viver, sim, Gabriel. Tudo já está quase em ordem. Petróleo e energia elétrica não são o que me aflige. O que quero acabar de vez é com esses malditos noturnos.

— O bom é que, conversando com várias fortificações e com a Barreira do Inferno, parece que os noturnos entenderam o recado. Não há ataques há uma semana em canto nenhum do Brasil. Parece que os vampiros tiraram umas férias.

— É isso que me preocupa — tartamudeou Lucas, voltando a caminhar.

— O quê?

— Esse silêncio todo. Nenhum ataque nas fortificações nem aqui. Nem mulos têm aparecido mais aqui.

— Ué?! Pensei que isso fosse bom! — espantou-se o soldado.

— Bom... até que é bom, Gabriel. Só que, até onde eu entendi, esses filhos da mãe não passavam de um bando de animais selvagens, cegos pelo sangue. Faziam ataques movidos pela brutalidade e não pela estratégia. A desordem dos vampiros foi o que manteve vocês vivos até antes dos milagres. E agora isso, esse silêncio de norte a sul. Para que esse bando de selvagens se comporte com um padrão, é necessário que algo muito grande esteja por trás disso. Eles estão se organizando, e rápido. Isso me dá medo. A luta pode ser mais difícil do que eu imaginava.

— O que te dá tanta certeza de que eles estão mudando? Pra mim, parece é que estão morrendo de medo do TUPÃ e perceberam que onde quer que eles se juntem e apareçam para nos atazanar vão arder e virar brasas.

— Pode ter até verdade no meio de suas palavras, soldado, mas não os julgue tão idiotas. Não caia no erro de menosprezar o inimigo, Gabriel. Primeiro você tem de se lembrar do ataque que eles fizeram na Barreira do Inferno. Quase impedindo que os trinta bentos se juntassem...

— É verdade.

— Depois, na Barreira do Inferno eles mostraram que estavam em número muitas vezes superior ao que costumava atacar qualquer base. Eles sabiam onde atacar. Eles queriam nos pegar, os bentos.

Gabriel ficou mudo. Não tinha parado nenhum instante para analisar aquele ataque frustrado dos vampiros.

— Talvez porque nós tenhamos nos sagrado vitoriosos naquele embate, a maioria de vocês, soldados, tenha entrado num clima histérico de "já ganhou". Eles eram dezenas de milhares e nós talvez não somássemos uma centena. O povo não analisa o conjunto do que aconteceu. Põe milhares de vampiros num prato e uma centena de humanos e bentos no outro e equilibra a balança por conta própria. — Lucas respirou profundamente e balançou a cabeça. — Agora eu, mesmo assistindo a nossa vitória, comecei a tentar somar dois com dois. Seria muita sorte e acaso eles terem juntado tantos vampiros para aquele ataque. Ainda me lembro do líder deles quando nos cercaram dentro dos muros da Barreira do Inferno. O maldito sabia quem eu era. Me chamou pelo nome e disse que eu seria um troféu para seu "vampiro-rei". Todos parecem saber mais sobre mim do que eu mesmo consigo lembrar — queixou-se Lucas, inspirando fundo ao final e erguendo a cabeça.

— Me contaram essa história.

— Vê? "Vampiro-rei"... — o trigésimo fez uma pausa. — Além daquele vampiro, que talvez tenha morrido com os milhares que pereceram no cerco aos caminhões com adormecidos, eles têm outro líder. E nunca nenhum de vocês tinha ouvido esse termo, essa liderança. Naquela noite, eles estavam em número superior a dez mil vampiros, talvez o dobro disso segundo estimativas do Franjinha. Eles sabiam o que estava acontecendo e, não fossem os quatro milagres, talvez eles já tivessem dado um cheque-mate em nossa resistência. Eles nos teriam vencido no CLBI e teriam tomado os adormecidos na estrada e marchado para a Nova Natal. De lá ninguém os seguraria. Agora, essa calmaria geral, isso é bem estranho também. Eles tomaram um grande golpe naquela noite e devem estar se reorganizando. Todos nós temos de manter os olhos bem abertos.

— Ainda acho que eles enfiaram o rabo entre as pernas. Nunca tinham se juntado em bando tão grande e logo quando conseguiram tal façanha foram escorraçados pelo TUPÃ e por sua bravura, senhor.

Lucas meneou a cabeça negativamente.

— Que tenhamos matado vinte, trinta mil vampiros aquela noite... Quão grande é a população de vampiros no Brasil? Centenas de milhares? Milhões?

— Nunca conseguimos dados precisos, senhor, mas creio que passem da casa dos milhões... Mas, para nossa sorte, nunca se organizaram.

— Até agora, Gabriel. Até agora.

Lucas parou de caminhar e inspirou fundo novamente. Seu semblante encheu-se de preocupação, enquanto voltava a lutar com suas concatenações. O ar ainda estava frio por conta do sol baixo que acabava de despontar no horizonte. Olhou para os lados e viu que os bentos novatos já estavam reunindo-se ao grupo. Do outro lado, além das barracas, viu o grande Paraná acendendo o fogo para o começo de um novo dia de muito trabalho. Certamente prepararia um belo desjejum para os soldados, com direito a frutas e ovos e um cheiroso café preto. Finalmente o trigésimo voltou-se novamente para Gabriel.

— Ah! Outra coisa que me chamou a atenção naquela noite...

— O quê?

— Os vampiros usaram arco e flecha. Flechas flamejantes. Produziram uma chuva de projéteis, que infernizou nossa chegada à Barreira do Inferno.

— Nunca ouvi falar de nada igual.

— Além de uma liderança, os vampiros ganharam um estrategista. E eu rezo para que ele tenha sido queimado aquela noite, quando TUPÃ varreu aquele exército de demônios.

— Então agora são dois rezando — brincou Gabriel.

Lucas afastou-se e foi conversar com Vicente. Ao que parecia, já estava quase tudo pronto para a partida, esperaria que tomassem um café da manhã rápido e, em menos de uma hora, contava estar a caminho do centro da Velha São Paulo. Aproveitaria o hiato de tempo para traçar com Vicente o melhor caminho.

Capítulo 26

Lúcio e Benito estavam há dois dias andando a pé. Ora se revezavam na tração do caixão do vampiro, ora dividiam o fardo, puxando os dois ao mesmo tempo. A *pick-up* ficara presa num atoleiro, sem ter mais combustível no reservatório e sem que encontrassem outra vez um novo tambor de álcool.

Lúcio era um poço de perseverança, sempre lembrando ao parceiro que a cada passo avançado mais próximos ficavam do prêmio. Incentivava incessantemente o companheiro.

Mesmo assim, por muitas vezes pensavam os dois em desistir. Quantos terrenos acidentados não encontraram no caminho? Morros e depressões que às vezes consumiam um dia inteiro para ser transpostos. Um desafio atrás do outro. Mas, tirando forças que Benito não sabia de onde, Lúcio sempre voltava a se inflamar no final do dia. Estavam chegando à ilha de Marajó. Estavam chegando à morada da bruxa Tereza.

✠ ✠ ✠ ✠ ✠ ✠

Enquanto isso, na distante cidade de São Vítor, dentro do Hospital Geral da fortificação, outros dois personagens viviam acontecimentos para ajudar o exército de Anaquias.

Janete e Orlando encontraram-se entre os adormecidos e agacharam-se entre as macas para conversar. Estavam presos naquele hospital há semanas, e depois de muita troca de idéias resolveram permanecer incógnitos por mais algum tempo. Poderiam tentar escapar dali durante a madrugada, quando a vigilância dentro dos muros era mais fraca do que no começo da noite. Poderiam até mesmo se evadir de São Vítor e, abastecidos de sangue, conseguiriam correr sem parar por todo o areião e lograr escapar. Mas, escondidos no seio do inimigo, poderiam tirar muito mais proveito. Ainda mais agora que Janete exibia um troféu. Um soldado, talvez matando o tempo no meio dos adormecidos, tinha esquecido um *walkie-talkie* ali no andar. Janete, atenta e desperta algumas vezes nas horas de sol, percebeu o presente abandonado e tratou de surrupiá-lo.

— Maneiro esse treco, Janete — vibrou Orlando. — Dá pra ouvir tudo o que os soldados estão tramando.

— Sabe o que escutei essa tarde?

— O quê?

— Eles estão instalando duas deita-cornos no terraço do hospital! — disse a vampira com os olhos brilhando.

— Deita-cornos? Que raio de negócio é esse?

— Pelo que entendi, elas são aquelas metralhadoras que infernizam nossa vida. Eles vão colocar duas em cima do Hospital Geral. Parece que encontraram grande quantidade de armas e vão reforçar a segurança desse Rio de Sangue.

— E qual é o seu plano diabólico dessa vez, demoninha?

Janete abriu um sorriso expondo seus dentes pontiagudos.

— Vamos aguardar um ataque de nossos irmãos a esse Rio de Sangue. Vou ficar de ouvidos colados nesse *walkie-talkie*. Quando perceber que nossos irmãos venceram os muros, vamos subir até o terraço, matar cada soldado que estiver dando sopa lá em cima e vamos tomar conta das duas deita-cornos.

Orlando sorriu também. Seus dentes eram ainda maiores do que os da vampira.

— Você é fera, mesmo... mas como tem tanta convicção de que nossos irmãos atacarão São Vítor? Muitos estão indo atrás daquele tal de Anaquias, da profecia do vampiro-rei.

— E é por isso mesmo que sei que eles virão. Um rei não deixaria passar batido um Rio de Sangue desse tamanho. Seremos auxiliares de nosso novo rei. Seremos algozes desse bando de infelizes. Quando acharem que as metralhadoras lhes estarão dando cobertura... ahahahahah! Estaremos é enfiando bala na cabeça desses idiotas.

— Deita-corno. Ah! Agora entendi a jogada!

Janete balançou a cabeça.

Capítulo 27

Raquel reconhecia o perigo daquela manobra. Estava, há quatro dias caçando nas matas e nada além do sangue de animais silvestres para tentar manter o que sobrara de consciência no corpo de Gerson. O ferimento à prata no peito jamais seria curado tal qual o ferimento à espada de bento que lhe tomara o olho direito. Seu amigo estava condenado, isso era um fato. Mas queria um destino mais nobre para o parceiro. Sem perceber, a vampira passava as unhas negras e longas sobre o tapa-olho. Quando se deu conta, baixou a mão e fechou a expressão evidenciando rancor. Rondava a fortificação, mas nenhum incauto deixava o muro depois do poente. Tinha-se decidido por uma manobra mais perigosa e arriscada. Seria o único jeito de conseguir sangue humano, o único remédio capaz de sustentar o fio de imortalidade que prendia seu amigo ao mundo dos vivos. Lançar-se-ia contra o muro da vila, quando o raiar do dia se aproximasse. Essa hora da madrugada era quando os sentinelas estavam mais cansados, com a capacidade de concentração reduzida. Uma invasão maciça a uma fortaleza seria notada imediatamente, mas a aproximação furtiva de um ser solitário poderia ser possível. Já sabia o que fazer, nem sequer precisaria saltar os muros. A fortificação mais próxima naquele instante era a de Raio de Sol, região norte de onde fora a cidade de Araxá, em Minas Gerais. Raio de Sol imitava a maioria, contando com uma faixa de areia ao redor dos muros para que qualquer intruso ficasse destacado contra a brancura dos grãos. Com seu sobretudo negro, seria facilmente detectada. Já contava com isso e, por conta de suas rondas ao redor de Raio de Sol, encontrou um amontoado de fardos e estopas. A vampira deixou

Gerson em local seguro, protegido da luz do amanhecer. Tinha de considerar a possibilidade de ser pega e preservar o bom companheiro. No entanto, se ela não voltasse com o sangue, logo Gerson passaria para a absoluta inexistência. Ela voltaria, sabia disso. E Gerson viveria. Daria um jeito. Raquel balançou a cabeça negativamente e pegou-se sorrindo. Que coisa estranha para uma vampira! Ela estava sofrendo de um surto de fé. Tinha fé. Sabia que conseguiria salvar o amigo. Sabia que teria forças para dar o troco em Anaquias. Anaquias pagaria caro por ter enfiado a espada no peito de Gerson. Pagaria caro por ter destruído seu último discípulo e único amigo nessa existência sombria. Raquel estava fadada à solidão. Anaquias estava fadado à aniquilação.

A vampira forrou-se com estopas e, deixando as árvores, esgueirou-se até o areião submerso na escuridão da noite. As estrelas salpicavam o céu de prata e distraíam monotonamente possíveis admiradores da noite. Raquel afundou-se na areia e tratou de cobrir os sacos de pano com boa porção de grãos. Vagarosamente passou a arrastar-se na direção do muro da fortificação. Apenas um grande holofote despejava luz daquele lado. Manipulado por uma sentinela, o facho de luz passava lentamente pela areia. Seria fácil ludibriá-los. Sua marcha metódica resultou em avanço. Em questão de minutos, aproximou-se perigosamente de uma torre de vigia.

O homem sentinela não notou a aproximação. Colocou a ponta do cigarro de corda no braseiro e encheu o ambiente com um cheiro doce e forte. Seu parceiro ressonava deitado sobre um colchonete. Olhou pacientemente para o *walkie-talkie* preso num cinto de couro pendurado à tábua da parede. Respondeu que estava tudo "limpeza" ao homem da sala de rádio. Realmente estava tranqüilo. Há muitas luas nenhum vampiro aproximava-se de Raio de Sol. O fumante ficou de olhos na grande janela virada para a floresta. Tudo calmo. Nem as aves noturnas faziam barulho. Por isso não sobressaltou quando um baque surdo veio da escotilha. A portinhola de madeira que dava acesso à escada da torre sacolejou-se. O vigia ergueu as sobrancelhas e suspirou.

Mais um soldado engraçadinho. Por força do hábito, aquela portinhola ficava sempre trancada.

— Quem é? — perguntou.

O facho de luz da muralha passou pelo abrigo. Veios de luz que vazavam as emendas das tábuas que compunham a cabana em cima da torre recortaram a face do fumante. Nenhuma resposta. No entanto, quando a luz deixou o abrigo, o baque voltou. O fumante ergueu ainda mais as sobrancelhas indo em direção à portinhola. Olhava fixamente para a passagem quando, no baque seguinte, a porta voou da fenda e bateu no telhado do abrigo.

— Diacho! — gritou o homem, levando a mão à coronha do revólver.

O segundo sentinela despertou subitamente do sono. Não teve tempo para entender. Uma mulher ruiva invadiu a torre de vigia. Seus cabelos vermelhos esvoaçavam feito labaredas e um único olho brilhava rubro e febril.

O fumante tirou a arma do coldre e não teve tempo de efetuar disparo. Uma lâmina lançada pela mulher afundou em seu peito, fazendo-o perder o equilíbrio e tombar seis passos para trás, indo bater na parede dos fundos. O recém-acordado sentiu a mão gelada da vampira em seu pescoço. Agarrou o punho da mulher e, no instante seguinte, efetuava um grito sufocado por conta do apertão que recebeu na traquéia. Caiu gemendo e desesperado. Sua arma não estava no coldre. Estava do lado do colchonete.

Raquel foi até o *walkie-talkie* e com novo apertão firme esmagou o aparelho. Ninguém pediria socorro.

Viu o homem que fumava levar a mão ao cabo da faca.

— Não, não, não. — disse baixinho a vampira, voando para cima do homem.

Raquel segurou a mão do agonizante e tirou-a com suavidade.

— Não queremos uma hemorragia aqui, não é? Agüenta um pouquinho antes de morrer.

Raquel ficou quieta quando a luz do holofote novamente banhou o casebre. Viu dessa vez as tiras de luz dançando em sua mão e no rosto do homem que, lentamente, morria.

— Não morra agora, homem. Não morra — pediu baixinho.

Raquel foi até a boca da escotilha. Olhou com seu olho de fogo para o muro através de outra janela. Nenhum soldado olhando. Havia três, junto ao holofote. Um fumando. Puxou o corpo do homem com o pescoço esmagado. Ele debatia-se violentamente.

— Vai tomar um arzinho, vai — disse a ruiva, antes de arremessá-lo pela escotilha.

O corpo produziu um som "fofo" ao bater no chão de areia.

Puxou o corpo do fumante pelo tornozelo e também arremessou-o pela boca da escotilha.

Raquel saltou em seguida, caindo em cima do último homem. A luz do holofote ia para a extremidade do muro, bem longe de onde estava. Agarrou os dois homens pela cintura das calças e carregou-os para a floresta. Gerson teria uma refeição farta e quente.

Capítulo 28

Vicente, ao lado de Lucas, encarou o amigo por um instante. Via que o amigo estava tenso. Julgou melhor que ele avançasse sozinho. Fosse o que fosse que Lucas encontrasse do outro lado daquela porta, só diria respeito a ele.

— Vai lá, meu irmão. Acaba logo com essa agonia.

Lucas olhou para a porta do apartamento por cerca de cinco minutos. Queimava-se por dentro. Imagens vinham à sua mente. Um embrulho formou-se em seu estômago. Não gostava do que lembrava. Sabia que a última vez que passara por aquele batente, não fora nem de longe uma noite boa. A última vez que estivera ali, arrastara-se para dentro de casa e desatara em pranto feito um trapo humano. Um golpe forte tinha rasgado seu peito. E quando caíra no sono, fora dragado para o sono dos adormecidos, dos sortudos. Fora tomado pela Noite Maldita e passara trinta anos desacordado. Trinta anos sem ver o que se passava à sua volta. Trinta anos esquecendo... esquecendo aquele dia maldito e toda a sua vida.

A visita a Santa Ifigênia naquela manhã fora frustrante. Era de se esperar que todas as lojas tivessem sido esvaziadas, saqueadas durante os primeiros dias pós-Noite Maldita. Não acharam uma pilha sequer. Contudo, Lucas foi assaltado por uma perturbação imensa ao deparar-se com alguns cartazes. Tinha desmontado do cavalo e ficou minutos olhando fixamente para aquele retângulo de papel desbotado, daqueles papéis baratos rodados a milheiros. Vicente tinha dito qualquer coisa quando viu Lucas interessado naquilo. Era justamente o panfleto oferecendo recompensa por informações do Roberto, o rapaz seqüestrado em Ubatuba.

Lucas tinha passado a mão na cabeça diversas vezes. Encontrou o papel fixado em postes. Não tinha prestado muita atenção a princípio, pois os cartazes que estavam nos postes, sujeitos aos maus-tratos do tempo, tinham desbotado e perdido os dizeres e a foto quase que completamente, mas os que jaziam dentro das lojas fantasmagóricas, esses guardavam um pouco das características originais.

— Esse papel... era azul... — murmurou Lucas para Vicente.

— Foi por causa desse laranja aí que eu rodei — tinha dito o grandalhão.

Lucas estava perplexo. Um torvelinho de imagens inundando sua mente. Despesas. Ligações do gerente do banco, pedindo que saldasse o cheque-especial. Donativos. Gente ligando. Trotes. Aqueles panfletos. Trinta mil panfletos. Fora esse o último pedido na gráfica. Pacotes e pacotes intermináveis. Luta. Via-se na frente do metrô. O gato amarelo rindo de sua luta. Seu irmão... Seu irmão...

— Roberto era meu irmão — disse Lucas, de chofre.

Toda a comitiva parada ao seu redor na Santa Ifigênia ficou boquiaberta. O que Lucas tinha dito? Teriam entendido direito?

Lucas relembrou seu endereço. Atrás do MASP. Sem pensar, correu até seu tordilho de pêlo escuro. Saltou para a sela e estugou o cavalo, seguido por Vicente. Passou para um galope rápido e em instantes estava subindo a Consolação. Os prédios desertos ao seu redor eram mero cenário sem vida. Podia ouvir o cavalgar de seus companheiros vindo distante. Passou em frente ao Corpo de Bombeiros e cruzou a frente do cemitério. Tudo morto. Como seu peito estivera naqueles trinta anos. Como aquelas lembranças estiveram este tempo todo. Lembranças ruins. Dias difíceis. Lucas tinha lágrimas nos olhos, mas não queria que ninguém as visse. Era um guerreiro. Um salvador. Não era um moleque chorão. Assim, num torvelinho de sentimentos, tinha chegado à porta de seu apartamento. O coração batia rápido e Vicente o apoiava a seguir em frente.

Lucas girou a maçaneta. A porta estava destrancada. Seu apartamento estava sombrio. Plantas dançavam pela parede do corredor de entrada, infestavam a cozinha e subiam ao teto da sala. O chão estava livre e desobstruído de vegetação. Contava apenas com os móveis. Sala ampla. Apartamento antigo. Incrível. A televisão enorme e o aparelho de som ainda estavam na estante. Sua poltrona de descanso, uma mesa de jantar triangular com seis lugares. Seu coração batia rápido. Foi até o quarto que fora do irmão Roberto. Lá estavam pilhas e pilhas de pacotes pardos. A última tentativa. O último pedido de panfletos de "procura-se". A fotografia de Roberto estampada em boa definição, mas em preto e azul. Preto e azul. O papel era azul. Azul vagabundo. Lucas rasgou um dos pacotes. O papel continuava como novo. A fotografia do irmão. Uma lembrança tão nítida se formou. Era como se o apartamento, repentinamente, se enchesse de luz e Lucas visse ali, diante de seus olhos, seus últimos momentos com o irmão mais novo. Voltou até a sala e viu Roberto sentado na poltrona de descanso com a mochila aos seus pés, pronta para a viagem. Ouviu uma voz no corredor, e uma morena de corpo escultural veio andando em sua direção.

— Rosana...

Lucas acocorou-se e foi tomado por um pranto intenso.

Os amigos ao redor nada podiam fazer para confortar aquela dor. Muitos deles sabiam o quão sofrido era aquele momento. O momento das lembranças. O momento de reencontrar todo o passado... ou de perdê-lo para sempre.

Lucas chegou cabisbaixo ao acampamento do Villa-Lobos. Muitos dos soldados pararam para assistir a marcha desolada do cavaleiro solitário. Não havia brilho em seu rosto nem o sorriso camarada de sempre. Lucas estava com a expressão fechada e pesada. O cavalo parecia absorver a atmosfera do cavaleiro e vinha lento e desanimado.

Lucas sentou-se próximo à fogueira rodeada por soldados e bentos. Levou o alimento à boca uma, duas vezes, antes de desistir da refeição. Benta Marcela, ao ver Lucas deixando o prato, tentou animar o lendário guerreiro.

— Vamos, Lucas, rapa esse prato que saco vazio não pára de pé.

Lucas apenas meneou a cabeça, mas não voltou a pegar a refeição. Mirava as chamas da fogueira com olhos baços e perdidos, afundado em algum tipo dc pântano particular.

Alicate, que participava da refeição ao redor do fogo, não se conteve:

— Vai, Lucas. Conta pra gente a sua história. Conta por que ficou tão triste com aquele lance dos cartazes.

Bento Vicente deu um tapa na nuca do inconveniente. Mas nada adiantou. Animados pela ousadia do soldado, outros tentavam fazer Lucas desabafar.

— Falar é melhor do que ficar guardando, Lucas. Nunca te vi assim, senhor.

— Também concordo com eles — foi a vez de Marcela se unir.

— Se você é mesmo o irmão daquele rapaz, Lucas, há só de se orgulhar por sua luta. Eu me lembro muito bem de sua história contada em tudo que é telejornal. Jornal da Record, Jornal Nacional, Jornal do SBT... todo mundo contava o seu drama — revelou Amintas.

Lucas suspirou e ergueu a cabeça.

— Já que vocês querem tanto saber o que me aporrinha, eu vou contar. Só peço um favor, a história é muito longa e não quero uma única interrupção. O que vou contar pra vocês agora é a história da minha vida.

Fez-se um silêncio sepulcral ao redor. Até o vento pareceu parar de soprar e os pássaros noturnos pararam de piar e os insetos interromperam o cricrilar. Mais soldados vinham chegando para perto do fogo chamados por aqueles que tinham pegado a conversa do começo.

— Antes de cair no sono dos adormecidos, antes de deslizar para a boca da Noite Maldita, eu tive um irmão. Um irmão chamado Roberto, um irmão que eu amava mais que tudo na vida. Um irmão que eu também pensei que me amasse. No dia em que o chamei para nosso último final de semana na praia, não sonhava que começaria ali, naquele passeio, um drama de proporções inimagináveis. Um fato que mudou toda a minha vida.

Lucas pulou da cama cedo. Abriu uma brecha na cortina pesada do quarto e olhou para o céu. O sorriso rasgou o rosto. Sol. Era isso que mais queria para aquela manhã. Olhou para o corpo nu de Rosana sobre a cama. A mulher era um convite para desmarcar com o irmão e ficar deitado ao lado dela o dia todo. Uma delícia, morena de lábios carnudos e seios fartos. Deitou-se mais uma vez ao lado da mulher e abraçou-a, cobrindo ambos com a manta. Como era gostoso ficar ali. Mas tinha combinado com Roberto. Não ia furar com o irmão. A uma hora dessa, ele já deveria estar na sala, sentando, de mala e cuia na mão, esperando pela partida. O sempre ansioso Roberto. Também não podia culpar tanto o irmão pela ansiedade com o passeio. Fazia anos que não iam juntos à praia. Com Rosana ia direto, e sempre contava os passeios para o mano caçula, mas os dois juntos, sozinhos, fazia muito tempo. Tomou coragem e desgrudou da namorada. Um dia de separação não mataria ninguém. Levantou-se e vestiu um calção deixado ao lado da cama. De cima de uma poltrona, apanhou uma camiseta cinza, sem mangas, do Legião. A mochila azul estava ao pé do criado-mudo, pronta para a partida. Quando colocava a mão na maçaneta do quarto, a voz manhosa de Rosana chegou aos seus ouvidos, cheia de feitiço, feito uma sereia.

— Já tá na hora?

— Está.

— E você nem me dá uma beijo, dengoso?

— Dei vários, gatona. Você é que estava em sono profundo. Pensei que ia conseguir fugir sem briga.

— Não vou brigar com você, Lucas. Vou é te prender aqui, nos meus braços e meus amassos. Não vai ter nem discussão.

— Bem que eu queria, Rô, mas hoje é dia de Rô de Roberto. Dia de praia.

— Sei. De praia e garotas dando mole.

— É. De praia e de garotas gostosas dando mole — disse Lucas, brincalhão, saindo da cama mais uma vez e dessa vez abrindo a porta do quarto.

Antes de entrar no banheiro, olhou para a sala para confirmar sua previsão. Roberto estava com as pernas espichadas no sofá, com o controle remoto na mão, assistindo ao "Bom Dia Brasil". Lucas entrou no banheiro e ligou a torneira, deixando a água correr por um bom tempo. Às favas com o racionamento! O vidro do espelho embaçou rapidamente enquanto o rapaz enchia a escova de dentes com creme dental Tandy. Tinha aquela mania. De vez em quando comprava creme dental infantil. Gostava do Tandy uva, comprava e pronto. Abriu o chuveiro para uma ducha rápida e saiu enrolado na toalha, indo direto para a sala.

— Até que enfim! — exclamou Roberto, ao ver o irmão. — Daqui a pouco dá nove horas e a gente ainda tá aqui.

— Calma, mano. O sol está brilhando e a água do mar esquentando, a gente vai chegar na hora certa.

— Na hora certa de pegar um câncer de pele, isso sim.

— Usa Sundown que tá limpo — rebateu Lucas.

O rapaz entrou na cozinha e encheu um copo de leite.

— Tá tudo pronto? — perguntou Lucas.

Roberto deu um tapa na mochila aos seus pés.

A porta do quarto de Lucas se abriu e Rosana veio até a sala.

— O sol está tão bonito que eu estou morrendo de inveja.

Roberto olhou para a namorada do irmão arqueando as sobrancelhas. Tinham planejado na semana passada ir os dois curtir a praia sem a interferência daquela chata. Não estava a fim de ir no banco de trás do Focus novinho em folha. Queria ir sozinho com o irmão e conversar. Queria ter a atenção dele só para ele. Rosana sempre separava os dois. Já via Lucas de casaca e cartola no altar da Nossa Senhora do Brasil, sendo enforcado por aquela vaca egoísta. E o pior, Roberto se via na obrigação de deixar o apartamento para que os pombinhos vivessem em paz, sozinhos. O chato acabaria sendo ele. Teria de ir embora e deixar o irmão. Caso isso acontecesse, Lucas jamais voltaria a ser seu irmão. Seria o marido da Rosana. Seria tudo pra Rosana. A mulher cercaria o mano com seus seiscentos tentáculos e cegaria Lucas para as demais coisas. Sufocaria lentamente o irmão, mantendo-o vivo por um fio. Era essa visão que Roberto guardava particularmente sobre casamento com um tipinho egocêntrico feito aquela.

— Ai, Roberto, credo! Não me olha com essa cara — disse a mulher, toda dengosa, passando o dedo no rosto do irmão do namorado. — Não quero estragar o passeio, se você não quer que eu vá é só falar, não precisa fulminar-me com esses olhões.

— Deixa disso, Rô. O Beto não vai ligar — interveio Lucas. — Vai, Beto?

Roberto não disse nada, voltou os olhos para a televisão. Sabia que Lucas tinha ciência de seu desacordo, mas o palhaço não conseguia desgrudar daquela vaca. Apertou os olhos por uns dois segundos e fingiu um sorriso. Era Lucas quem decidiria. Não diria nada. Se ele levasse aquela insuportável junto para estragar o final de semana DELES, tudo ia mudar. Lucas iria aprender uma lição. Estava decidido.

Rosana estendeu uma nota de vinte para que Lucas pagasse o pedágio. O rapaz no guichê deu o troco mecanicamente e desejou boa viagem. Lucas acelerou o possante Focus e retornou aos cem quilômetros por hora num piscar de olhos. Apesar do sábado de sol, a estrada estava livre e com pouco movimento, convidando os carros potentes a descer a serra em alta velocidade.

Lucas guiava como um adolescente estourando em hormônios. Até mesmo o irmão estava estranhando o comportamento do "Sr. Corretor Certinho". Contudo, Roberto nada disse.

Lucas passou raspando num Corsa Wind insulfilmado. O motorista do outro carro buzinou e colou no Focus.

— É só isso que esse carro novo dá? — brincou a namorada, incentivando Lucas.

Lucas pisou fundo e num instante o ponteiro chegou a cento e oitenta.

— Manera, oh! Quero chegar vivo na praia!

Lucas freou. Não por culpa do protesto do irmão. Policiais rodoviários na pista.

— Ih. Ele tá me mandando encostar.

Nesse momento, o Corsa passou e deu uma buzinadinha para escarnecer.

Lucas apertou os lábios descontente. Só faltava essa agora. Quinhentos paus e sete pontos no prontuário. O policial rodoviário apontava o acostamento insistentemente. Mais dois azarados estavam em frente ao posto policial, tendo seus veículos revistados pelos fiscais da estrada. Lucas freou o Focus, baixou o vidro elétrico e puxou o freio de mão.

— Desligue o carro, por favor — pediu o policial.

Lucas obedeceu.

— Documentos e habilitação, por favor.

Lucas abriu o porta-luvas do carro e retirou a carteira com os documentos pedidos pelo funcionário público. Estendeu a carteira ao policial.

— Retire-os do plástico, por favor.

Roberto, do banco de trás, leu a plaquinha presa ao peito do policial. Cabo Edgar. Fechou os olhos sentindo uma vertigem momentânea. Uma lâmina de prata refletindo uma luz cegante e poderosa. O homem parecia um anjo em cima de um cavalo. Quando o clarão passou, Roberto fitava os olhos verdes do policial que o encarava. Roberto baixou os olhos, cortando o contato.

— Quero o documento desse rapaz aí atrás, também.

Lucas, surpreso com o pedido, arqueou as sobrancelhas. Olhou para Roberto pelo retrovisor.

— Você trouxe seu RG?

— É claro que eu trouxe. Não sou nenhum palhaço — retrucou o irmão, visivelmente mal-humorado.

Lucas e Rosana trocaram um olhar rápido e desconfortável.

Roberto puxou a carteira de couro do bolso de trás da bermuda *jeans*. Tirou o RG e estendeu ao irmão que repassou ao policial.

O rodoviário afastou-se do veículo com a mão na empunhadura do revólver. A arma não estava fora do coldre, mas era apenas um sinal de aviso. Viram o policial entregar os documentos a outro, que acompanhava a abordagem há alguns metros e dirigiu-se ao posto rodoviário.

— Que chato... — tartamudeou Rosana.

Lucas olhou para a namorada e colocou a mão no queixo dela.

— Será que ele viu?

— O quê?

— Que você estava correndo?

Lucas deu de ombros.

— Sei lá. Vamos descobrir daqui a pouco. O foda é que multa por excesso de velocidade é cara pra cacete.

— Sete pontos no prontuário — lembrou Roberto, do banco de trás.

— É. Eu sei. Nunca tomei pontos na carteira. Se for dessa vez, nem ligo. O duro é morrer com quinhentão pra pagar a multa.

— Pede pra sua co-pilota pagar. Ela é que mandou o besta correr.

Rosana lançou um olhar pontiagudo pelo retrovisor, recebendo um sorriso de volta.

— Eu não mandei ele correr. Eu pedi que testasse a potência do motor. É diferente.

— Eu acelerei porque quis — rebateu Lucas, tentando pôr fim na conversa.

— Tomara, sim, é que você não esteja sendo procurado por nenhum hospício, porque o cara entrou lá com seu RG e se der alguma coisa na rede, você tá pego, Roberto — disparou a língua venenosa da mulher.

Roberto enrubesceu. Respirou fundo e, estranhamente, não deu nenhuma resposta. Sua mão escorreu para dentro da mochila que trazia. Sentiu o cabo da faca roçando seus dedos. Era só puxar e enfiar com força através do banco. A lâmina era longa o suficiente para varar o banco e afundar nas costas daquela filha duma puta. Apertou os olhos. Imagens dançando em sua mente. Uma mulher caolha com cabelos de fogo. Sentiu a raiva crescer no seu peito. Tirou a mão rapidamente da mochila e pôs as mãos cobrindo o rosto.

Lucas percebeu a agitação do irmão e buscou seus olhos pelo retrovisor. Tinha sido uma péssima idéia permitir que Rosana viesse com eles. Ela não perdia uma chance num bate-boca. Isso o deixava profundamente irritado. Odiava pessoas que não tinham papas na língua. Era esse o único risco no verniz de seu relacionamento com a colega de trabalho. Lutava para que os dois, irmão e namorada, vibrassem na mesma sintonia, que fossem amigos, mas cada vez mais o abismo se alargava e aprofundava. Os dois disputavam idiotamente a sua atenção.

Roberto viu o policial do posto devolver os documentos para o cabo Edgar de olhos verdes. O policial voltava devagar, com passos medidos, aumentando o suspense. Será que iria causar problemas ao irmão? Será que se importaria se desse uma facada naquela vaca? Sorriu com o canto da boca.

O guarda rodoviário parou na porta de Lucas.

— Onde o senhor estava indo com tanta pressa?

Lucas franziu a testa, enquanto rememorava a desculpa.

— Estou indo para a praia com meu irmão e minha namorada.

— Sei.

— É a primeira vez que viajo com esse carro... o senhor sabe, estava testando a potência do motor. Não tava andando tão rápido assim.

— Cento e cinqüenta no radar, seis quilômetros atrás. O radar que o senhor não viu — revelou o policial, puxando o talonário de multas.

— Pôxa, cara. Nunca tomei uma multa, são sete pontos.

— Tem sempre uma primeira vez.

— Não tem jeito de quebrar o galho?

— Como assim?

— Um café, uma cervejinha... não dá pra sair mais barato esse deslize?

— Se o senhor continuar com esse assunto, o senhor sai daqui direto pro xadrez.

Lucas calou-se. Ia acabar piorando a situação. O final de semana, que prometia ser divertido, estava começando a ficar caro e amargo.

O policial estendeu o talonário para que o motorista assinasse a multa, comprovando ciência do delito. Em seguida, passou-lhe uma via amarela carbonada.

— Boa viagem! Dirija devagar — disse, ao devolver os documentos ao motorista.

Lucas mirou aquele par de olhos verdes e retornou à estrada. Meia hora para a frente encostou mais uma vez, agora no estacionamento de uma lanchonete à beira da estrada. Chegavam ao meio do dia e o estômago começava a roncar.

O lanche foi rápido e sem pentelhação nem por parte da namorada nem por parte de Roberto. Ao saírem do estabelecimento, Lucas arremessou as chaves para o irmão caçula.

— Tá com sua habilitação aí?

— É claro! — exclamou Roberto, abrindo um sorriso enorme.

Abriu a porta traseira para Rosana.

— Vai atrás que eu vou na frente com o meu irmão.

Assim que a mulher sentou-se, Lucas bateu a porta. Antes de se sentar, encontrou o sorriso agradecido do irmão, parado e de pé junto à porta do motorista.

Roberto saiu com facilidade da vaga do estacionamento e, sem embaraço algum, colocou o Focus na estrada.

— Mais quinze minutos e a gente tá na praia.

Roberto e Rosana sorriram com a informação.

— Tem uma pousada maravilhosa na Rio–Santos antes de chegar a Ubatuba. Vocês vão pirar quando derem uma sapeada pelo lugar.

Lucas não tinha mentido. A pousada à beira-mar era deslumbrante, rodeada por mata atlântica, árvores centenárias, altas e tão carregadas de folhas que a sombra proporcionada pelo pedaço de floresta chegava a resfriar todo o quarteirão onde ficava o alojamento.

Rosana abriu a porta dupla de madeira que guarnecia a suíte do casal. A luz forte do dia de sol banhou gentilmente boa parte do quarto, aumentando ainda mais a sensação de aconchego. Tirou a camiseta amarela e arremessou-a sobre a cama. A parte superior de um biquíni cobria seus seios. A mulher abriu a mochila de Lucas e tirou dela uma *nécessaire*, levando-a ao banheiro. Filtro solar no rosto nunca era demais.

Roberto desfazia a mochila, olhando para o quarto escolhido ao final do mesmo corredor que o do irmão. Lucas foi até a porta dupla que separava o quarto da sacada e brindou Roberto com o sol maravilhoso. Roberto, pego de surpresa, levantou a mão, protegendo-se dos raios solares.

— Morre, vampiro! — brincou Lucas, fazendo um crucifixo com os dedos.

Roberto foi acostumando-se gradativamente com a claridade e sentou-se na cama. Deslumbrante. O lugar era deslumbrante. Da cama podia ver, ouvir e sentir o mar. O cheiro trazido pela brisa marinha era entusiástico. Lembrava infância. A infância bem distante dos dias de orfandade. Os passeios com os pais na orla. Os sorvetes e as brincadeiras de Lucas menino como ele, magrelo e serelepe. Sempre o irmão mais velho. Sempre roubando mais sorrisos e comentários dos pais. O sorriso no rosto de Roberto esmoreceu. Lembrou-se de uma bronca que o pai lhe aplicava enquanto as risadas debochadas de Lucas varavam seus ouvidos.

— Curtiu? — perguntou o irmão mais velho.

Roberto apenas aquiesceu.

— Tá chateado por causa da Rosana?

— Não — disse, com a voz fraca e pouco convincente. — Só estava pensando em outra coisa.

— Ela é bocuda mesmo. É o jeito dela. Eu a amo, Roberto. Temos de gostar dela assim mesmo, velhinho.

Roberto baixou a cabeça.

— Põe um calção e vamos cair na água. Depois prepara o bolso, porque você é quem vai pagar o camarão na barraquinha.

Roberto riu.

— Vou ver se Rosana já se colocou mais à vontade. Já volto pra te pegar.

Roberto ouviu a porta do quarto bater, quando o irmão saiu. Levantou-se com a mochila na mão e andou até a cômoda. Abriu a última gaveta e lá guardou sua longa faca de caça.

Os três tinham comido duas porções de camarão. Lucas, com o corpo molhado do último mergulho no mar, sorvia mais um gole da saborosa caipirinha, enquanto Rosana espichava-se numa esteira tomando sol nas costas. A garota parecia ressonar. Roberto estava na sua terceira caipirinha, escarrapachado numa espreguiçadeira cedida pela pousada do Franco. À direita, afastada uns cento e cinqüenta metros, viam uma danceteria com o nome Next Summer estampado em *néons* apagados por conta da claridade do dia.

— Será que à noite isso aí vai bombar? — perguntou Lucas, olhando para o irmão.

Roberto, um pouco desacelerado por conta da bebida, demorou a virar a cabeça. A resposta foi um simples erguer de ombros.

— Se tivesse mais camarão, eu ia detonar.

— Ué? Vai lá, rapaz. Pega outra porção. A gente não almoça. Fica no camarão mesmo — sugeriu Lucas.

— Não. Vou dar um tempo.

— Tem de dar um tempo é na caipora. Se continuar mamando desse jeito, daqui a pouco tu capota e nada de Next Summer de noite.

— Já parei. Vou pra água relaxar e me livrar da lescira.

Roberto mirou o mar. As ondas arrebentavam numa cadência monótona e gostosa. Podia ouvir risadas e gritos alegres vindo das pessoas ao redor. A maioria eram casais de jovens namorados e galerinhas em plena azaração. Depois da arrebentação, via-se um *jet-ski* cruzando o mar velozmente, rebocando uma bóia longa e amarela com cerca de oito turistas montados.

— Olha, Roberto! É um banana-*boat*!

— É. Eu vi agorinha, na mesma hora que você falou.

— Da hora!

— Pô, vou dar um rolê e descobrir onde eles param. Vou dar uma volta nesse troço. Sou louco por novidades.

— Cê é louco por banana comprida. Olha o tamanho dessa aí? Tem certeza que consegue sentar nesse bicho?

Lucas sorvia o último gole de sua caipirinha e ainda ria do próprio tom jocoso quando recebeu um punhado de areia na testa. Fechou os olhos enquanto xingava o irmão de tudo que era nome.

— Isso é pra você deixar de ser mané e não ficar tirando sarro do teu mano, mano — disse Roberto, correndo em direção à água.

— Pinguço filho de uma égua! — gritou Lucas.

Rosana levantou a cabeça nesse instante, despertada pelos berros do namorado.

— Que foi?

— É o Roberto. Tá bêbado.

—...

— Foi dar uma volta de banana-*boat*.

Lucas olhou impaciente para Rosana. Ela agora dormitava de costas para a areia, bronzeando seu colo, abdome e a frente das pernas.

Estava tranqüila, enquanto ele se preocupava com a demora do irmão. A culpa era dela. Se estivessem os dois sozinhos, ele teria ido com Roberto tirar uma no banana-*boat*.

— Rô. Levanta logo. Vamos procurar o Beto.

— Só mais um minutinho.

— Porra! Outro?

— Cê tá muito estressado, Lucas. Credo!

Lucas levantou-se da cadeira e saiu caminhando pela areia. Estava cansado de esperar pela namorada.

Um certo sentimento ruim começava a nublar os pensamentos de Lucas. O rapaz saiu caminhando ligeiro. Roberto não era de sumir muito tempo. Quando estavam juntos, chegava a ser até chato de tão carrapato e carente. Duas horas se passaram desde que deixara a companhia dos dois para ir curtir o tal banana-*boat*. Aqueles passeios pareciam rápidos. Tinha visto o *jet-ski* cruzar umas cinco vezes a sua frente desde a partida de Roberto e, há quase uma hora, nem o *jet-ski* via mais.

Caminhou encafifado por cerca de seiscentos metros. Foi quando notou um bolo de gente, uma aglomeração nervosa a dois metros de uma viatura do Corpo de Bombeiros. Alguém se afogara! Ao contrário de sair correndo desesperado, olhou para trás e esperou Rosana aproximar-se, porque ele, com passos duros e cansado de aguardar a boa vontade da namorada, se adiantou. Mas naquele instante, como que antevendo o pior, achou por bem aguardar pelo amparo da garota.

Chegaram juntos ao amontoado de gente. Lucas sentiu um frio na barriga ao perceber, cercado pelo grupo de curiosos, um guarda-vidas prestando socorro a um afogado na areia. Sua visão nublou. Uma mulher ruiva, de corpo bem-feito, estava entre os curiosos e olhou para ele se aproximando. Lucas encarou os olhos frios da estranha por um instante. Antenada, Rosana percebeu a troca de olhares, mas de tão aflita nenhuma reação teve. Lucas passou pela ruiva e embrenhou-se entre os curiosos. Não era seu irmão estirado na areia. Sentiu um alívio momentâneo. Seus olhos e sua atenção foram capturados pelo esforço do guarda-vidas em ressuscitar o resgatado. O rapaz inconsciente deveria ter coisa de dezesseis, dezoito anos. Trazia um colete laranja no peito e tinha os lábios arroxeados. Ao redor, Lucas ouvia expressões de desespero e até mesmo gente orando em voz alta. O bombeiro não dava trégua na respiração artificial e na massagem cardíaca. A multidão explodiu em vivas e gritos de alegria quando o rapaz reagiu, vomitando toda a água salgada e caindo numa sucessão sem fim de tosses.

— Puta que pariu! Graças a Deus! — exclamou Lucas.

Só agora ele sentia as unhas de Rosana encravadas em seu braço. De duas meias-luas abertas pelas unhas, um fiozinho de sangue brotava, sem juntar o suficiente para escorrer pela pele.

— Que aconteceu? — perguntou Lucas ao um rapaz que estava ao lado.

— Aquele cara estava rebocando um banana-*boat* com seis pessoas em cima, quando um cara numa lancha passou por cima de todo mundo — explicou rapidamente o rapaz, apontando para o piloto do *jet-ski*, um homem na faixa dos trinta e cinco anos, que chorava acocorado ao lado do rapaz que voltava à vida.

— Nossa! — exclamou Rosana.

— Mas todo mundo se salvou?

O rapaz desviou os olhos do guarda-vidas e da vítima e encarou Lucas para responder.

— Então, rapaz, o lance é esse. Dois caras conseguiram voltar nadando na boa e o salva-vidas tirou mais dois da água.

— Graças a Deus!

— Mas o cara do *jet-ski* tá dizendo que entrou com seis pessoas no mar, só voltaram quatro, tem dois negos na água ainda. Tá vendo lá, depois da arrebentação?

Lucas olhou na direção que a mão do rapaz apontava. Era a mesma direção para a qual a maioria dos curiosos dirigia sua atenção no momento.

— Tem mais dois salva-vidas por lá. Dá pra ver... são aqueles de camisetas vermelhas. Os surfistas ao redor estão ajudando, mas acho que já era. Tá demorando muito pra voltar. Se tinha mais dois neguinhos em perigo, já afundaram.

— Mas eles não estavam com coletes flutuantes?

— Que mané flutuante! Esses coletes desses mercenários são a maior roubada. É coisa pra inglês ver. O coitado que tava tomando beijo do bombeiro tava com um, ó — disse, apontando para o rapaz deitado na areia, aguardando a remoção para o hospital em ambulância.

Lucas olhou ao redor. Se o irmão estivesse por ali na praia, estaria junto dos curiosos agora. Roberto não agüentava ficar no vácuo. Estava sempre no meio do agito. Lucas rodou pela areia sem encontrar o irmão.

— Você acha que ele estava no meio dessa confusão? — perguntou Rosana.

— Acho que não, Rô. E tem outra, o Beto é safo. Mesmo que ele tivesse naquele banana-*boat*, ele teria saltado fora antes da lancha alcançá-lo.

— Tá me dando uma aflição — murmurou a moça, esfregando os braços.

— Só acho que ele tá demorando para aparecer. Se ele está nessa praia, já viu a muvuca e já nos deveria ter encontrado pra dizer que está bem.

O som de uma sirene de ambulância chamou a atenção dos dois. Lucas sentiu um calafrio percorrendo seu corpo. Quando tinha visto Roberto a última vez? Há quanto tempo? Mais de duas horas. O acidente tinha acontecido quarenta minutos atrás. Era provável que tivesse com coisas na cabeça, mas um misto de apreensão e remorso começava a girar em seu coração. Sabia que o irmão não estava no meio daquela agitação. Sabia que ele não era um dos dois desaparecidos na água. Ele ia aparecer com um sorriso no rosto e um pouquinho alto com um *drink* de *piña-colada* na mão ou outra daquelas caipirinhas caprichadas. Ele chapava o coco com dois copos de qualquer uma delas.

Rosana, talvez para descontrair um pouco, pediu que fossem até o bar do Amaro. Disse que estava com fome e que queria uma nova porção de camarões. Lucas argumentou que dentro do restaurante do Amaro ia ficar difícil de Roberto vê-los. O irmão também poderia ficar preocupado com o acidente e começar a andar feito barata tonta atrás deles dois, o que só ia aumentar aquela ansiedade.

— Calma, Lucas. Você mesmo disse que seu irmão, apesar de eu discordar, é esperto. Ele teria visto o barco. Teria pulado na água antes de todo mundo.

— Mas ele não nada bem. Onde não dá pé, ele morre de cagaço!

— Esses caras que cobram voltas nas bananas sempre dão coletes salva-vidas para os passageiros.

— É, eu sei. O caiçara ali me disse que esses coletes são uma bela bosta. Se fossem bons, aquele cara não teria tido uma parada cardíaca.

Rosana calou-se. Teria de aturar a fome e o mau humor de Lucas até acharem o chato do Roberto. Deveria estar de pe-pe-pe com alguma gatinha que tomava banho de sol.

— Ele deve estar de namorico na praia, Lucas. Ele não estava naquele banana-*boat* e ponto final. Se você encanar, vai acabar com o nosso sábado.

— Vamos comer num desses quiosques aqui perto, assim a gente fica perto da confusão e vê todo mundo.

— Cê vai ver. Daqui a uma hora vai escurecer e você vai achar seu irmão de banho tomado na pousada. Vai ficar com a maior cara de bobão, seu paizão.

Já fazia duas horas que tinha escurecido. Lucas tinha tirado o sal do corpo com uma ducha rápida e recheada de maus sentimentos. Roberto não estava na pousada nem tinha deixado recado. O irmão mais velho estava com o coração apertado. Podia ser uma preocupação à toa. Roberto poderia muito bem aparecer só no outro dia de manhã. Era maior de idade. Vinte anos nas costas e nada na cabeça. Deveria estar arrumando uma gata por aí, já que a Rosana não desgrudava dele. Não ia ficar segurando vela. Mas ele teria dado um toque. Sabia como era. Tão unidos desde a morte dos pais. Quando fechava os olhos, só conseguia ver aquele mar imenso e jamais encontrar o rosto do irmão. Um bolo formava-se em seu estômago.

Secava os cabelos diante da porta dupla aberta. Rosana parecia cochilar debaixo do lençol. O som da arrebentação não soava mais como música nos ouvidos, e sim como um rosnado bravo e assustador. Seu irmão estava nas águas. Esta certeza ia crescendo cada vez mais. Olhou para a mulher dormindo e não suportou a aflição. Calçou os chinelos de couro e deixou o quarto, desceu rapidamente as escadas de madeira e correu em direção ao posto de guarda-vidas. Chegou com a respiração entrecortada, uma vez que cruzara os trezentos metros que separavam a pousada do local num fôlego só. Lucas subiu o lance de escadas que dava no patamar mais alto do torreão de concreto. Dois bombeiros, um moreno musculoso e um ruivo de pele branca feito leite, com uma extensa tatuagem de dragão chinês no bíceps esquerdo, estavam ali de plantão, justamente por causa do fato ocorrido no final da tarde. Os dois pararam de conversar quando o jovem se aproximou.

— Boa noite! Meu nome é Lucas. Meu irmão está desaparecido desde a tarde. Sumiu justo na hora do acidente com a lancha e o banana-*boat* — explicou.

— Ele estava no banana? — perguntou o soldado moreno.

Lucas deu de ombros e passou a mão no braço.

— Não sei. Eu só ouvi o falatório. Quando vi, as pessoas já estavam sendo acudidas na areia por vocês. — Lucas lembrava-se de que o moreno era o bombeiro que aplicara a massagem cardíaca no desacordado.

— Olha, senhor, não é querendo fazer pouco caso do assunto, mas já vieram umas trinta pessoas aqui depois que escureceu, dando falta de parente e de amigo. Quantos anos tem o teu irmão? — perguntou o ruivo.

— Vinte.

— Desencana. Seu irmão deve estar é num lualzinho à beira da praia ou lá na Next Summer. Hoje é noite de lua e rola muito violão na areia...

— Não sei. Tá me dando um mal-estar como nunca tive, um embrulho na barriga... Essas coisas a gente sente.

— Desencana. Escuta o que eu tô te falando. Todo verão é essa mesma merda de banana-*boats* sendo atropelados e gente vindo aqui procurar parente sumido. Se Deus quiser, às duas da manhã ele vai bater na porta da sua casa, bêbado feito um gambá, e, se Deus quiser, vai vomitar no seu banheiro.

— Deus te ouça... mas eu tô sentindo um lance estranho. Ele não vai voltar hoje...

— Olha, se serve para te acalmar, tem duas lanchas da Costeira fazendo buscas. Pelo que o piloto do banana falou, tinha seis passageiros na hora do acidente. Quatro vieram para a praia com certeza, dois estão sumidos. Às "veiz", nem tem gente na água coisa nenhuma. Esses bananeiros enchem a cara de cerveja e nem contam direito quantos passageiros estão levando. Tem nego que volta para a areia e não se apresenta para dar balão no ingresso do banana. Têm "n" possibilidades — tentou tranqüilizar o moreno.

— E se por acaso ele estiver no mar? Essas lanchas acham?

— Olha, a Costeira é precisa. Eles são peritos em resgate de marujos à deriva e náufragos. Conhecem como ninguém as correntes da costa. Se o teu irmão estiver na água, vai ser encontrado. Mas é a terceira vez que vou falar: desencana. Seu irmão deve estar por aí, dando mole pra mulherada que esse final de semana, apesar de tranqüilo, tá recheado de gatinhas e elas tão dando um mole danado.

Lucas ensaiou um sorriso sem muita força. A preocupação limava seu humor.

— As lanchas da Costeira vão ficar na água a noite toda. Só voltam pra costa pra abastecer ou se o tempo virar.

Lucas continuou mirando o horizonte negro. A luz da lua deixava a visão alcançar muitos metros, mas era impossível ver as lanchas da Marinha.

O guarda-vidas moreno, vendo que o rapaz ainda não se acalmara, resolve ser ainda mais prestativo:

— Escuta, se você deixar aqui pra gente o endereço e o telefone de onde está, nós podemos te dar um toque caso surja alguma novidade. Por sua vez, amanhã você volta aqui e nos tranqüiliza dizendo o grau do porre que o seu irmão chegou em casa hoje.

— Estou na pousada do Franco, perto do restaurante do Amaro. Meu nome é Lucas — explicou.

— Não tem erro. Todo mundo aqui conhece o Franco. Qualquer coisa a gente pinta lá pra te incomodar, tomar uns "gorós".

— Qualquer novidade, pode me chamar. Se quiser, eu subo agora numa lancha e ajudo.

— Vai pro teu quarto. Sua mina tá te esperando, não é não?

Lucas sorriu antes de perguntar:

— Como é que você sabia?

— Tá vendo? A gente sempre acerta. Da praia, nós manjamos tudo. Vai pra casa, Lucas — insistiu o moreno.

— Como é o nome do seu irmão? — quis saber o ruivo, apanhando uma caneta e uma prancheta que estivera a seus pés o tempo todo.

— O nome dele é Roberto. Beto. É assim que eu chamo meu irmão.

Os guarda-vidas aquiesceram.

Lucas ainda relutou um instante, mas se permanecesse ali passaria por um chato carrapato. Acenou para os bombeiros e desceu o lance de escadas deixando o torreão. O som da arrebentação encheu seu ouvido com um estrondo poderoso e assustador, fazendo-o estremecer pego de surpresa. Era como se o mar debochasse de sua investida ao posto. Era como se as ondas espumantes rissem à sua passagem, achando ridícula aquela tentativa de encontrar o irmão perdido. O mar rugiu de novo. Um rojão de três tiros explodiu no céu. Lucas arrepiou-se da cabeça aos pés. A luz da lua permitiu que visse a fumaça dos explosivos desfazendo-se e sendo carregada pela brisa marinha. Olhou para um bar animado. Um homem gritava alegre. Gol! Gol! Lucas olhou para o mar negro e viu centenas de bolas vermelhas. Brasas flutuando sobre a água. Brasas vindo em sua direção. Apertou os olhos e olhou de novo. Só o mar. As vagas altas e ligeiras. Um barulho forte. De manhã, eles iriam aprender a surfar. Tinham combinado tudo. Tinham falado com o Franco. O dono da pousada alugava pranchas por um precinho camarada.

Lucas refez o caminho até a pousada sentindo-se derrotado. Há quinze dias planejavam aquele final de semana. Há quinze dias tinham dado um jeito de tudo dar certo. Lucas tinha pedido que Roberto se comportasse, que não bebesse, que não arrumasse encrenca com a Rosana e que guardasse dinheiro. O irmão tinha feito tudo. Roberto tinha pedido a ele apenas que fossem os dois juntos, sem mais ninguém. E esse ninguém tinha nome: Rosana. Agora sentia-se culpado com o sumiço do irmão. Sabia que ele não estava em merda de lual nenhum. Era mais fácil que estivesse puto da vida e tivesse tomando todas num daqueles botecos. Se com uma ou duas caipirinhas ele já ficava balão, com meia dúzia de cervejas já estava no chão... Poderia estar mordido porque Lucas fora mole e deixara Rosana vencê-lo e vir junto numa viagem que deveria ser de *brothers*. Se ela não estivesse com eles, talvez Roberto não tivesse se enfiado naquele maldito banana-*boat* ou talvez tivesse chamado Lucas pra ir junto. Juntos não seriam pegos pela lancha. Ou estariam juntos agora, esperando a Guarda Costeira. Estariam juntos. Como estiveram quando deixaram a casa do padrinho de Roberto. O padrinho de Roberto que lhes acolhera após a morte trágica e acidental dos pais. Lucas ainda se lembrava daquele dia ruim. Tinha um bolo no peito igual ao que sentia agora.

O rapaz respirou fundo, ansioso. Recostou-se numa árvore e sentou-se sobre sua raiz. Estava esfriando e estava sem camiseta. Passou as mãos pelos braços procurando esquentar-se. Quando os pais morreram, também estava frio. Tinha chovido e o carro tinha saído da estrada. O carro não era seguro. Roberto ficara mudo por mais de sessenta dias. Não dissera uma palavra. Foram levados para a casa do Hugo, o padrinho. Hugo era bacana, fora amigo de infância de seu pai. Mas a madrinha do Roberto, a Nina, essa era intragável. Tudo era motivo para brigas. Ela brigava com eles, os irmãos, brigava com o marido, brigava com o cachorro e até com ela mesma, sozinha. Se o Hugo entrava no cheque-especial a culpa era deles. Se o Hugo não dormia bem, a culpa era deles. Se o médico da Nina tinha pedido um *chek-up* e receitado remédio para a pressão, a culpa era deles. Se a cadela do vizinho entrava no cio, a culpa era deles. Uma grande filha duma puta essa Nina. Lucas suportou o tormento por dois anos, quando alcançou maioridade. Foi duro quando saíram. Lucas tinha sido dispensado pelo exército e tratou de conseguir um emprego. A primeira coisa que pintou foi *oficce-boy* numa sapataria da avenida Paulista. Mesmo com um salário apertado, Lucas pegou suas coisas e, junto do irmão, deixaram a casa de Nina. Foram morar num cortiço no Bixiga. Para Lucas, um quarto para dormir era um lar, só precisavam trabalhar para melhorar de vida. Quando Hugo bateu lá a primeira vez, quis por quis que Lucas desistisse da idéia e fosse morar novamente com ele e Nina. Lucas foi sincero e disse que sabia que Hugo amava muito o afilhado, mas que a esposa dificultava tudo, sempre pondo os irmãos como pivôs e razão de todo infortúnio que pairasse sobre o casal. Como não houvesse Cristo que demovesse Lucas da resolução, Hugo ajudou como pôde o começo de vida sobre as próprias pernas dos rapazes. Passou a pagar uma boa compra mensal para que nunca faltasse comida na casa dos rapazes e foi fiador quando Lucas conseguiu sua primeira promoção e decidiu ir para uma casa de quarto e sala muitas vezes melhor que o quarto do cortiço. Roberto sempre ali, junto dele, continuando seus estudos e já pensando em trabalho. Não foi difícil para o irmão mais velho conseguir uma vaga para o caçula na empresa de calçados. Com os dois trabalhando e o reforço na renda, puderam abrir mão da ajuda de Hugo. Pediram ao padrinho que não mais fizesse compras e que a Nina não ligasse mais no trabalho deles passando essa ajuda na cara. Hugo pediu desculpas e parou de fazer as compras, mas todo ano, no Natal, os rapazes recebiam um presente e uma visita do padrinho de Roberto. Bom sujeito, daqueles difíceis de encontrar. Virava e mexia, Roberto vinha correndo dizer que "alguém" tinha feito um depósito por engano em sua conta-corrente... Boas lembranças desses tempos. Gastavam o dinheiro extra juntos no McDonald's ou no fliperama zerando Shinobi, Robocop, Tartarugas Ninjas, Simpsons, Tekken e mais uma renca de jogos nem que custasse até o último centavo. Depois, Lucas conseguiu o emprego na corretora de seguros. Daí, sim, sua vida mudou. Salário de gente grande. Com uma poupança de dois anos, conseguiu dar entrada num apartamento. Apartamento bacana, apesar da sala apertada, os dois quartos eram espaçosos, coisa rara naqueles dias. Sempre juntos. Irmãos. Lucas era fã do Legião Urbana e do Titãs e sempre que podia ia aos *shows* com o Roberto. O irmão caçula só não ficava no apartamento quando ia para a casa de um amigo jogar RPG, atividade que começou a absorver cada vez mais tempo do adolescente. Via sempre o irmão sair e voltar. São e salvo. Só que agora, nesta noite à beira da praia, Lucas pressentia o pior. Sabia que o irmão não voltaria. Seria trazido. Trazido pelo mar.

Lucas adentrou os portões da pousada. Ela era toda cercada por vegetação, com árvores altas e trepadeiras verdejantes subindo os palanques de madeira que faziam o caminho até a recepção. A luz da lua cortava entre as árvores, projetando sombras cheias de movimento no gramado. O rapaz chegou até a recepção e não encontrou Franco. Já estava acostumado com a figura sorridente atrás do balcão, sempre pronto a prestar auxílio ou fornecer informações aos turistas. Antes de chegar na escadaria de madeira, ouviu um barulho repetitivo no salão onde serviam as refeições feitas na pousada. Curioso, Lucas foi até o salão de chão de madeira. Franco, sem camisa e de bermudas *jeans* surradas estava ajoelhado junto a uma peça retangular de madeira cheia de hastes redondas, formando um tipo de estrado no meio. Estava lixando as ripas com vigor e habilidade. Lucas ficou recostado no batente, observando o serviço por um instante. Nem tinha completado um minuto que estava ali, Sílvia, a esposa de Franco, entrou no salão por uma outra porta, essa atrás do marido, trazendo mais uma peça igual à que o homem lixava. Ao ver Lucas parado na porta, a mulher tomou um susto e largou a peça de madeira.

— Desculpe-me. Não queria assustá-la — escusou-se.

— Imagine! É que está escuro. Não vi você aí.

Franco parou com a lixa, levantou-se e bateu o pó de madeira. Vendo as duas peças lado a lado, mais a barriga saliente da mulher, Lucas juntou dois com dois. Estavam reformando um bercinho.

— Nada do teu irmão? — perguntou o dono da pousada, andando em sua direção.

— Nada. Parei pra te perguntar se ele já tinha chegado.

— É melhor você ir ver no quarto dele. Acho que não, porque normalmente eu escuto quando alguém entra, mas já faz bem uma meia hora que estou lixando essa merda.

Sílvia deu um tapa estralado no braço do marido.

— Não fala assim, Franco. Dá trabalho, mas o berço vai ficar uma lindeza.

O jovem deixou o casal conversando sobre a reforma do móvel e subiu devagar a escada de madeira. Passou direto pela porta de seu quarto e entrou no quarto do irmão. A cama estava feita e tudo no lugar, menos seu irmão. Abriu as portas duplas que davam para a sacada de frente para o mar. Mais uma vez o som da arrebentação chegou forte nos seus ouvidos, misturado à música eletrônica que varava as portas da danceteria a poucos metros da pousada. Lucas sentou-se numa poltrona de sisal e baixou a cabeça começando a soluçar e prantear. Sentia-se só.

Tum! Tum! Tum!

Um estrondo na porta. O barulho do mar. As ondas estourando na areia. Lucas pulou da cama. Rosana se remexeu e abriu os olhos assustada.

Tum! Tum! Tum!

Batidas na porta.

— Ai, Lucas — gemeu a namorada, agarrando o braço do amado.

Lucas levantou-se e colocou o bermudão. Foi cambaleando para a porta. Ouvia vozes. Franco e mais uma pessoa ao menos. Antes de abrir, deu tempo de olhar o relógio. Quatro e meia. Girou a maçaneta. Um mau pressentimento, só podia ser má notícia.

Quando a porta foi aberta, Lucas encontrou o rosto sonolento e frio do dono da pousada e o do bombeiro ruivo com quem trocara uma dúzia de palavras ao anoitecer. Leu o nome dele serigrafado numa camiseta vermelha. Soldado Braga.

— Encontraram o Roberto?

Franco nada falou.

— Preciso que o senhor me acompanhe. Acho que encontramos seu irmão.

— Ele está vivo?

Franco baixou a cabeça. O soldado Braga inventou um sorriso amarelo.

— É melhor o senhor vir até o pronto-socorro. Encontramos um rapaz no mar, mas sem identificação alguma.

Não insistiu na pergunta fatídica, mas a esquiva visível do guarda-vidas gelou seu sangue. Não processou mais nada dali pra frente. Sentia-se uma marionete do destino, um fantasma perseguindo um ruivo de camiseta vermelha e o dono da pousada. Por que Franco entrou na viatura do corpo de bombeiros? Lucas não estava em condições de argumentar nem raciocinar. Só aquele barulho maldito infernizava seus pensamentos. O som da arrebentação. Virou para o lado. Não tinha visto ela entrando. Ela agora acariciava seus cabelos.

— Você tem de ser forte.

A voz da mulher parecia vir de outra dimensão, não daquele meio metro ao lado. Parecia uma voz assombrada, longínqua.

Em sua cabeça, nem um minuto se passou desde que cruzara a porta do seu quarto na pousada até que cruzasse as portas duplas da entrada do pronto-socorro. Mas, de fato, tinham praticamente viajado. Deixaram Ubatuba, rumando a Caraguá e indo parar em São Vicente. O bombeiro não tinha mentido. O resgatado das águas estava ali. As pessoas cochichavam e desviam os olhos dos seus. Lucas foi sendo levado por um corredor. Aquelas luzes frias do teto irritavam seus olhos. Estava tonto. Onde estava Roberto? O irmão tinha escapado do banana-*boat*? No máximo, sofria com a desidratação. Um rapaz tomando soro. Não era seu irmão. Não aquele ali. Uma moça com a perna engessada. Acidente de moto. Dois policiais militares segurando um homem na maca. Ele se debatia como louco, tomado por drogas. Lucas viu esse homem algemado. Um policial rodoviário de olhos verdes empurrando uma cadeira de rodas. Na cadeira, um velhinho cadavérico. Parecia morto. O policial rodoviário... era o mesmo que lhe tinha aplicado a multa. Foi levado para outro corredor, mais duas portas. Uma sala com azulejos do chão ao teto. Olhou para trás, estava sozinho. Rosana sumira e o bom Franco também. O guarda-vidas ruivo falava com um funcionário do PS. O funcionário olhou para Lucas.

— Você é o irmão?

Lucas aquiesceu.

— Vem.

Seguiu o senhor. Passou por uma porta. Uma sala escura. Ouviu um clic. As luzes piscaram várias vezes antes de se firmarem. E antes que os *flashes* parassem, Lucas teve a exata idéia de onde estava e foi tomado por uma tontura. Os segundos rápidos até a luz firmar fizeram tudo girar ao seu redor. A mão firme do guarda-vidas sustentou seu corpo. Lucas relembrou o dia em que colocou um *band-aid* sozinho no joelho do irmão, que tinha caído de um balanço no orfanato. Lembrou-se do sorriso banguela de Roberto aos seis anos de idade. Lembrou-se do rosto do irmão contrariado, no dia anterior, por conta de Rosana. Lucas sentiu o estômago comprimir e doer. Salivou. Os olhos passaram pelas inúmeras portas metálicas. Era um necrotério. Sobre uma maca, um corpo sem vida coberto por um lençol branco. O funcionário do PS, talvez um legista, parado ao lado do corpo. Lucas já não tinha forças. Antes que o lençol fosse levantado, viu o rosto morto do irmão. Apertou os olhos com lágrimas começando a brotar. Mais memórias vieram em torvelinho. Os dois correndo na praia com seis, sete anos no máximo. Roberto rindo quando Lucas tomou bomba na terceira série. Roberto com aquele chapeuzinho ridículo de aniversário com o Snarf estampado na testa. Um bolo dos Thunder Cats. Roberto chorando com o braço enfaixado. Sorrindo, erguendo a medalha de melhor goleiro do campeonato. Os dois se esbofeteando e o pai entrando no meio. Roberto. A nova foto para o álbum da memória. Roberto morto na maca de um pronto-socorro em São Vicente.

— Vem — falou o senhor.

Lucas andou até a maca. Respirou fundo. O lençol descobriu o rosto do irmão. Lucas respirou mais fundo ainda. O rosto... não. Engasgou-se com a emoção do momento. Cambaleou de volta à porta e foi mais uma vez amparado pela experiência do soldado Braga.

— Não é meu irmão.

O legista coçou a cabeça e recobriu o cadáver.

Lucas respirou fundo e saiu andando rápido pelos corredores. Não se sentia bem. Logo chegou ao salão de entrada do PS, reencontrando-se com Rosana, com o dono da pousada, e repirando um tanto de ar um pouco mais fresco.

A namorada correu para os braços do namorado e apertou-o com força.

— Não era meu irmão... — murmurou Lucas.

Rosana afastou o rosto e olhou para os olhos dele.

— Não era?

— Não.

— Isso é bom. Por que você está com essa cara?

— Encontraram um rapaz que não é meu irmão. Ainda não encontraram meu irmão. Ele está sozinho no mar.

— Ele não está no mar, Lucas. Volta pra pousada e dorme, rapaz. Amanhã cedo ele deve chegar e então você dá uma coça nele — aconselhou Franco.

O guarda-vidas juntou-se ao grupo e convidou-os a voltar para a pousada. Alarme falso.

Já dentro da viatura, Lucas pareceu sair do transe.

— As buscas continuam?

— Sim. A Costeira varou a madrugada e vai até o raiar do sol. Depois entra outro turno. As lanchas não vão parar até encontrar o sexto passageiro do banana-*boat*... que não é seu irmão.

— Se Deus quiser! — torceu Rosana.

— Eu quero ir com a lancha. Você me coloca nela?

Braga olhou para Lucas pelo retrovisor.

— Isso não é comum. E tem outra, nem temos certeza de que seja seu irmão que esteja no mar. Nem temos certeza de que haja um sexto passageiro. Até agora o dono do *jet-ski* não conseguiu confirmar. Devia estar bêbado, o vagabundo.

Lucas ficou calado.

Braga percebeu a tristeza do rapaz, ainda olhando para ele pelo retrovisor.

— Vamos ver. Se seu irmão não aparecer até o meio-dia, voltando de uma gandaia, eu falo com o capitão da Guarda Costeira. Ele é meu chegado.

✠ ✠ ✠ ✠ ✠ ✠

— Alô, Leninha? Aqui é a Rosana. Ainda estou na praia, menina. Você não sabe o que aconteceu. O irmão do Lucas desapareceu — começou a mulher em voz baixa e tom pesaroso. — Foi no sábado de tarde. Nada no sábado e nada ontem.

Seguiu-se um silêncio ao telefone. Rosana passava protetor solar nas coxas e olhava eventualmente para fora. Da cama, podia ver Lucas na varanda, sentado numa cadeira de sisal e fumando o quarto cigarro da manhã. Nunca tinha visto o namorado colocar mais que um cigarro na boca no mesmo dia.

— Então, menina, o Lucas está arrasado! Tá uma pilha! Tá até fumando.

Mais silêncio.

— Foi uma história doida, quando eu subir eu te conto. Eu queria que você avisasse o Haroldo. Fala que eu volto amanhã sem falta. O Lucas é que vai ser difícil — nova pausa. — Eu não sei de nada, vira essa boca pra lá. Estamos esperando as buscas da Guarda Costeira.

Lucas, do lado de fora, abstraído, sequer notara que Rosana estava ao telefone. Seus olhos varriam teimosos o horizonte de água à sua frente e seus nervos teimavam em não se acostumar com o barulho da arrebentação. Talvez fosse melhor trocar de pousada, ir para uma mais longe do mar, enquanto durasse a procura.

Lucas buscou um assento na ponta. O marinheiro lhe deu um binóculo preto e pesado de lentes grossas. Era terça-feira. Seu irmão estava desaparecido há mais de setenta e duas horas. O soldado Braga tinha explicado que buscariam por uma semana caso houvesse alguma chance de encontrar o desaparecido com vida. A partir do sétimo dia, no mar, contando apenas com um colete salva-vidas, a chance de encontrar qualquer náufrago com vida era praticamente zero.

O rapaz percebeu implícito nesse comunicado que as chances de seu irmão durariam até o meio-dia do próximo sábado e que passado desse ponto o Estado cessaria sua responsabilidade.

A lancha arrancou com velocidade. Lucas, surpreso, agarrou-se firme a um gradil que ia em volta do barco. Cruzaram quase em total silêncio as águas por cerca de vinte minutos. Lucas colocava o binóculo sobre os olhos e buscava na água algum indício de vida, algum corpo inerte, alguma pista de Roberto.

Navegaram por três horas ininterruptas. Lucas reparava quando chegavam pelo rádio mensagens de outras patrulhas náuticas que singravam a região. Percebeu também que a Costeira fazia contato constante com dois helicópteros e um avião. Um aparato imenso em busca de uma única vida... ou um único corpo. Para piorar, toda troca de informações só aumentava a agonia, pois eram estéreis e vazias de esperança.

Quando o bico da lancha já se encontrava apontado para o continente, deslocando-se em grande velocidade, Lucas sentiu um bolo no estômago. O sobe e desce das águas e o tormento psicológico estavam sugando suas forças e deixando-o fraco. Agarrou-se à beira do casco e, sob a atenção do soldado Braga, vomitou suco gástrico no mar. Voltou para seu assento e fechou os olhos. Tudo girava. O sol quente sobre sua cabeça lhe dava enxaqueca. Cada baque que a lancha dava sobre a água fazia parecer que seus miolos vazariam pelos ouvidos. Abriu os olhos. Para todo lado que olhasse só veria água. Era pavorosa a idéia de estar perdido no oceano, à deriva, sozinho. A lancha subiu uma marola e depois desceu. Parecia que ia afundar. O mar, que estivera calmo toda a manhã, estava visivelmente mais arredio agora, apesar do céu azul e do sol escaldante.

Mais um dia terminou, sem que notícias de Roberto chegassem. Com o começo da noite, chegou a garoa, persistente e gelada, acompanhada de rajadas de vento. Lucas encontrava-se sozinho. Rosana, por causa do trabalho, tinha retornado a São Paulo naquela tarde.

Lá pelas dez horas da noite, enquanto o rapaz tentava assistir a um pouco de televisão, a esposa de Franco bateu na porta. Trazia um prato de comida, um jantar simples, mas que bastaria para repor as energias de Lucas. Só agora ele se dava conta de que tinha passado o dia inteiro sem comer e de que não sentia a menor fome.

— Esse é por conta da casa, Lucas.

— Imagina! Eu tinha esquecido de pedir o jantar...

— Imagina digo eu! Coma e descanse. Acho que amanhã você e seu irmão almoçarão juntos aqui na pousada, daí eu cobro dos dois, pode deixar.

Lucas agradeceu a mulher grávida e, assim que ela sumiu no corredor escuro, fechou a porta e voltou para a cama com o prato no colo. Aos poucos foi enfiando garfadas na boca. O estômago maltratado não sabia se gostava ou se empurrava de volta o alimento recebido. Depois que jantou, depôs o prato sobre o criado-mudo e num instante adormeceu.

Na manhã do quarto dia de desaparecimento de Roberto, Lucas despertou desanimado. Dirigiu-se para a varanda de seu apartamento e ficou olhando o mar por mais de meia hora. Tomou um café rápido e resolveu andar na areia. Caminhou sem destino, sentindo o vento frio batendo em seu rosto. O céu estava cinza e o mar mais bravo que o dia anterior, o que lhe causava mais preocupação. Consultava o celular a todo instante e seus pensamentos não descansavam. A todo momento via-se voltando àquele pronto-socorro e dessa vez vendo seu irmão deitado numa mesa azulejada. Imaginava-se ligando para o trabalho e solicitando a cobertura de auxílio-funeral que a empresa disponibilizava aos funcionários. Via os guarda-vidas falando com pesar. Um caixão descendo ao fundo da cova. Uma missa de sétimo dia. Seu irmão tinha sido devorado pelas ondas, carcomido pelo oceano. Sentou na areia e baixou a cabeça.

Quatorze dias se passaram sem que notícias de Roberto chegassem. Na hora do almoço, o soldado Braga apareceu na pousada do Franco para conversar com Lucas. Chegou para avisar que as buscas tinham cessado ao meio-dia, sem que Roberto ou qualquer outro náufrago fosse localizado.

Lucas recebeu a notícia como um soco no estômago. Parecia a confirmação de que estava tudo acabado. O guarda-vidas deu instruções superficiais sobre como Lucas deveria dirigir-se ao Ministério Público e tratar do caso do irmão desaparecido. O rapaz praticamente não ouviu nada, mergulhando novamente num torvelinho de pensamentos ruins. Pior que lhe terem trazido o corpo morto do irmão era isso, cessarem as buscas sem ter nada o que lhe mostrar. A falta de um corpo mantinha acesa não uma chama, mas a brasa de uma esperança a se agarrar. E o calor dessa brasa é que aqueceria as depressões, noites insones e amarguras vindouras, cozidas em banho-maria.

Lucas subiu ao seu quarto e reuniu as poucas coisas que estavam fora do lugar. Roupas amarrotadas, papéis e jornais. Embolou tudo em sua mala e desceu à recepção. Pediu a conta. Olhou surpreso para o papel e chamou Franco para entender a cobrança.

— Franco, eu fiquei quinze dias aqui. Você só está cobrando quatro. Que há?

O homem passou a mão na cabeça.

— Luquinha, Luquinha. Paga esses quatro dias e está tudo certo.

— Mas eu almocei e jantei aqui. Dei despesas — resmungou Lucas, tirando o talão de cheques.

— Quando vocês chegaram aqui, foi para passar um final de semana. Você não ficou aqui porque quis. Todo mundo acompanhou sua história. Eu não dormiria tranqüila sabendo que cobrei de você — completou a esposa do dono da pousada.

— Você vai precisar desse dinheiro, Lucas. Sei que você não vai deixar essa história por isso mesmo.

— É, Franco, não vou mesmo. Na verdade, não vou voltar pra São Paulo hoje.

Franco e a esposa ergueram as sobrancelhas.

— Eu só ia mudar para uma pensão, na qual o quarto é mais barato e amanhã ia contratar uma lancha para continuar a procurar meu irmão no mar.

Franco suspirou fundo.

— Lucas, você não precisa ir para uma pensão em que não conhece ninguém. Aqui você está entre amigos. Quantas vezes já não veio à pousada do Franco? Ahn?

— Fique com a gente, Lucas. Não vamos cobrar as diárias. Te passo para nosso quarto de hóspedes. É menor que aquela suíte, mas tem a melhor cama da pousada.

— Aqui você vai alimentar-se direito. Onde comem dois, comem três. Fique o tempo que precisar... apesar...

Franco olhou para Lucas com aflição.

— Apesar de sabermos, Lucas, que se seu irmão estiver nas águas...

— Está morto. Eu sei, Franco. Eu sinto isso dentro de mim. Mas nunca voltei sem ele de um passeio. Quero encontrá-lo e levá-lo comigo.

Para surpresa dos guarda-vidas e da Costeira, Lucas manteve as buscas por mais quinze dias, pagando do próprio bolso uma lancha pequena que ia todo dia de manhã mar adentro voltando no final da tarde. Lucas não suportava mais ficar dentro daquele barco. Toda vez que o tempo virava, um desespero infernal apanhava seus pensamentos. Mesmo assim, vencia o medo e entrava na lancha dia após dia. No entanto, no final do seu dinheiro e de suas férias, nada tinha encontrado.

Lucas despediu-se com gratidão dos amigos da pousada e voltou com seu Focus para a cidade de São Paulo. Encontrou seu apartamento em perfeita ordem, revelando que Rosana tinha passado por ali. Foi até o quarto do irmão e, sem se dar conta do que fazia, sentou-se na cama de solteiro de Roberto e apanhou sobre o criado-mudo uma fotografia deles dois juntos. Olhou para as coisas de Roberto. Havia alguns livros de RPG sobre a escrivaninha, o computador e revistas de armas e caça. Lucas deitou-se na cama e tentou dormir um pouco. O barulho do mar continuava em seus ouvidos.

No escritório, todos vinham dar pêsames e comentar sobre fatalidades ou contar histórias semelhantes ocorridas com parentes próximos, o que só aumentava o peso no coração de Lucas. Ninguém parecia ser capaz de aplacar a dor daquela perda. No entanto, Lucas alternava momentos de absoluta certeza da irreversibilidade daquela situação com chamas de esperança, de desejos de ver o irmão vivo novamente, em sua frente, dizendo que se perdeu e que acabou dando uma espichada superlonga com alguma menina. Às vezes parecia que seu ramal ia tocar e a recepcionista ia dizer que seu irmão o estava esperando para almoçar.

Lucas não estava produzindo como antes e sua atenção vagava à deriva, com o olhar perdido dentro de seu cubículo de trabalho.

No almoço da quinta-feira daquela semana, Lucas e Rosana andavam tranqüilamente pela calçada, quando o rapaz deteve o olhar sobre um anúncio.

"Gráfica expressa. Efetuamos seu serviço em menos de 24 horas."

À noite, depois de momentos de conversas lacônicas com a namorada, Lucas recebeu um telefonema. A pessoa ficou muda um instante.

— Alô! Alô! — repetiu Lucas.

A linha continuou muda um instante, mas um detalhe fez com que Lucas não desligasse. Ele estava ouvindo o som de ondas quebrando na praia.

— Alô!

Mais um longo silêncio. Rosana perguntava quem era e Lucas gesticulava para que ela se calasse.

Não restavam dúvidas. Era o som do mar ao fundo.

— Roberto?

Assim que Lucas fez a pergunta, o silêncio foi quebrado pela primeira vez.

— *Eu estou com ele.*

Lucas sentiu o corpo gelar e sentou-se no sofá. Aquela voz fria. Era alguém no litoral. Ficou sem fala e sem saber o que pensar. Seu olhar tomado de surpresa convergiu para Rosana.

— Fala, Lucas! Quem é que está no telefone?

— Ro... Beto?

— *Eu estou com seu irmão, mané.*

— Onde? Quem está falando?

O telefone ficou mudo de novo e a ligação caiu. Lucas ficou ouvindo aquele "tu-tu-tu" por quinze segundos de total inércia. De repente olhou para o bina. Código de área 13. Era litoral. Discou para o número mostrado. Só chamava. Ninguém atendeu. Ligou repetidas vezes, enquanto tentava explicar para Rosana.

— Cê tá dizendo que alguém seqüestrou o Roberto? Como? Quem iria seqüestrar um duro?

— Ele disse que está com o meu irmão. Não falou que é seqüestro. Ele...

— Ele pegou seu irmão, Lucas. É isso que ele quis dizer.

Lucas anotou o número de telefone, mesmo já imaginando que se tratasse de um orelhão, e correu chamar o elevador. Rosana seguiu o namorado e logo chegaram a uma delegacia. Lucas relatou todo o ocorrido e o inesperado telefonema de há pouco. Entregou ao escrivão o telefone anotado num papel. Foi pedido ao casal que aguardasse. Ficaram quase uma hora sentados num banco da delegacia civil. Lucas e Rosana sentiam-se desconfortáveis, aquele ambiente não era comum a nenhum dos dois. Sujeitos mal-encarados pareciam saídos dos piores antros. À frente deles foram alojados três garotos algemados. Um deles tinha os olhos baços, como se sua mente flutuasse em outra dimensão.

— Lucas! — chamou um senhor japonês, da porta da sala.

O casal se levantou e seguiu o homem. Sentaram-se à sua frente. Era um senhor que passava da casa dos cinqüenta anos, olhos puxados e cabelos grisalhos, fartos e lisos.

— Sou o delegado Wilson. O Carrera me contou seu caso por alto. Primeiro de tudo, aconselho vocês a procurar o distrito de Ubatuba, onde aconteceram os fatos. A equipe de investigadores de lá já deve conhecer as figurinhas da área e pode acabar agilizando o seu caso, se é que há um caso.

— Não entendi. O cara me ligou. Disse que está com meu irmão. Qual é a dúvida?

— Lucas, é muito comum, apesar da gravidade da situação em que você está, que vigaristas inescrupulosos tirem proveito do seu estado. Você pagaria qualquer dinheiro para ter seu irmão de volta. As pessoas viram sua tenacidade, sua insistência em procurar por seu irmão no mar. E os pilantras em questão souberam que você pagou, e pagou caro, para que uma lancha continuasse no mar. Sabem que você tem dinheiro.

— O duro é que não tenho dinheiro, delegado. Eu torrei o dinheiro de umas férias antecipadas que eu tirei às pressas pra continuar procurando o Beto. O cara da lancha deu até um descontão...

— É, mas esses caras não sabem disso e, se sabem, deduzem que você ao menos terá meios para tentar reaver seu irmão.

Lucas baixou a cabeça transtornado.

— Se você não se importar, gostaria que você contasse tudo o que aconteceu, tintim por tintim. Depois que eu ouvir a sua história, te digo como proceder em Ubatuba.

Lucas suspirou fundo. Rosana apertou sua mão dando apoio. Mais uma vez, Lucas relatou o drama vivido no último mês.

O policial Carrera entrou na sala ao final do depoimento. Trazia o papel de Lucas.

— Este telefone, doutor, é de um orelhão. Anotei o endereço aí no papel mesmo.

O delegado agradeceu e olhou para o papel e depois para Lucas.

— Ouvindo tudo isso, se me permite uma opinião pessoal, cunhado nos muitos anos de experiência atrás desta mesa, há grandes chances de seu irmão ter morrido na praia naquele dia. O desaparecimento repentino, sem causa aparente, nos levar a crer num primeiro momento que ele tenha sucumbido. De verdade, acho que o senhor está sendo vítima de um engambelador. Vá até Ubatuba e faça a queixa. Dê ao delegado esse endereço e diga o que ocorreu. Eu vou ligar para o colega e vou deixá-lo a par da situação. Caso essa pessoa ligue novamente, trate-a com cordialidade e peça para falar com seu irmão. Não faça pagamentos, não dê informações pessoais, não se estenda. Avise a polícia de Ubatuba. Eles vão pegar esse malandro.

Capítulo 29

Finalmente chegaram à margem do rio. A ilha de Marajó ficava depois de uma faixa extensa de água. Praticamente há dois meses carregavam aquele caixão na mão, perdidos nos caminhos, dias famintos, dias preguiçosos. Mas, como que por encantamento poderoso, não desistiam. Escondiam-se da chuva, venciam as feras. Tinham passado Natal e Ano-Bom sem ceia farta, sem festança. Na verdade, nenhum dos dois sentia falta disso. Reuniões ficavam na memória distante, dos tempos pregressos à Noite Maldita, pois, nos tempos mais recentes, um era praticamente um ermitão, vivendo num sítio afastado, e o outro era um banido, vivendo nas matas e peregrinando por conta própria.

Parados na margem do rio, viam que seria claramente impossível atravessar aquele imenso rio sem um barco. Essa jornada era assombrada, cercada de detalhes mágicos. Não havia sombra de dúvidas. Do contrário, aquele bote não estaria ali, amarrado a um toco de árvore, providencialmente aguardando a chegada do trio.

— Sinistro — tartamudeou Lúcio, batendo os olhos na pequena embarcação.

Benito respirava em silêncio. Olhou para o bote, depois para a correnteza e para a sombra negra a quilômetros de distância. A noite não deixava ver com clareza. O céu acima da ilha encheu-se de relâmpagos.

— Está chovendo lá do outro lado — disse o companheiro de Lúcio.

Os dois ficaram contemplando a sucessão de relâmpagos que destacavam os contornos longínquos da ilha. Escuridão e clarões repentinos.

— Deus do céu, Lúcio! Tem certeza de que quer ir para lá? Será que esse bote cruza esse rio?

— Só tem um jeito de descobrir, Benito.

Lúcio apanhou a alça do caixão e puxou pelo barranco à margem do rio.

— Segura aí, com cuidado. Se o caixão cair na foz do Tocantins, a gente nunca mais acha.

— Se a gente for arrastado pela correnteza, NINGUÉM nunca mais nos acha.

— Vai amarelar agora? Na marca do pênalti? Anda, homem! Nossos braços já estão treinados, remar até lá vai ser moleza.

— Não sei. Cê já remou antes? Eu já remei. Estamos longe pra caralho!

— Mas a gente rema.

— Rema o cacete! É longe pra caramba! A gente nem vê a ilha direito daqui.

— É só ir na direção dos relâmpagos. Arf! — gemeu Lúcio, enfiando a dianteira do caixão no bote de madeira. — Me ajuda, desgraçado! Se esse caixão cair na água, eu corto o seu saco fora.

Benito levantou as mãos para o céu e desceu o barranco para ajudar Lúcio.

— Você é muito teimoso, cara. Espera amanhecer.

— Amanhecer? Amanhecer? O que eu vou fazer lá se for de manhã? O Cantarzo tem de acordar é de noite.

— Mas amanhã anoitece também, diacho! É igual todo dia. A Terra não vai parar de girar só porque você está esperando um pouquinho.

— Nem pouquinho nem um segundo. Eu vou agora. Se quiser, vem, se não quiser, fica.

— Mas não dá pra ir na direção dos relâmpagos, *catzo*! Deve tá caindo o maior toró lá. Esse barco vira antes de chegar.

— Nós não vamos pro mar aberto, sua anta caipira! Nós vamos cruzar um rio.

— Uma foz! Uma foz! E é o Tocantins! Nunca estudou! É rio pra caralho!

— Senta aí, cala a boca e rema! Cruzando esse rio, seremos imortais e essa discussão toda será passado.

— Mas você está esquecendo um detalhe importantíssimo.

— O quê?

— Que para sermos imortais, temos de chegar lá vivos!

— Rema! Rema que eu já tô indo — disse Lúcio, encaixando o caixão no fundo do bote, agarrando um remo e enfiando-o na água.

O bote balançava para os lados, e porções d'água iam para o fundo.

Benito pôs os pés na embarcação e quase caiu no rio, quando sentiu o primeiro tranco.

— Ei! Pára de remar. Eu ainda não me ajeitei.

Lúcio viu o bote avançar na água. Ia em linha reta, cortando a correnteza, e não indo junto com o movimento do rio, o que era muito estranho.

— Troço esquisito! — reclamou.

Benito virou-se para Lúcio. Até que iam em boa velocidade. Olhou para Lúcio e tomou um susto.

— Você não está remando?

— Não. Não estou. É isso que tô achando esquisito.

Benito ficou calado, olhando para a água. O bote avançava, produzindo um barulho gostoso.

— A gente não está descendo com a correnteza. Tem alguma coisa empurrando o bote. Empurrando para a ilha — completou Lúcio.

Capítulo 30

Ana consultou o relógio. Passava das três da tarde. O almoço tinha sido leve, por conta das náuseas repetidas. O tempo passava rápido e estava chegando ao final do terceiro mês de gravidez. Ela, como a maioria das outras muitas mulheres que tinham sido agraciadas com a gravidez logo após a Noite dos Milagres, começava a ver o ventre aumentar de volume e transformar suavemente sua silhueta. Tinha tido "o" dia especial uma semana atrás, quando pela primeira vez sentiu o bebê movendo-se em seu útero. Tinha sido algo rápido e sutil, mas sabia que tinha sido ele. O fruto dela e de Lucas que, tudo correndo dentro da normalidade, viria dali a cinco meses, chegando no tempo do frio, em plena estação de inverno.

A médica do HGSV estava ansiosa. Lucas prometera vir a São Vítor para passar uma semana com ela. Ela era uma mulher inteligente e independente, mas sentia muita falta do marido ao lado dela naqueles momentos especiais, ora de descobertas agradáveis, ora de desconfortos. Sentia-se até, por que não admitir, frágil sem o marido por perto. Essa sensação aumentava cada dia mais. Há mais de um mês não via Lucas, que tinha passado o Natal e o *Réveillon* em Villa-Lobos, dando apoio para a montagem de outras bases avançadas, espalhando soldados por pontos estratégicos da Velha São Paulo.

A doutora deixou o galpão do refeitório comunitário debaixo de um sol forte e ardido. Tirou do bolso do jaleco branco um par de óculos escuros para combater a luminosidade. São Vítor fervilhava. As senhoras e senhores de meia-idade andavam rápido, todos atarefados. Os campos de futebol, onde sempre podia encontrar garotos e rapazes jogando bola, mesmo àquela hora do dia, estavam tomados por uma multidão, gente que tinha abandonado naqueles últimos dias seus afazeres habituais. Não eram mais horteiros nem soldados, nem marceneiros nem pedreiros. Eram todos foliões. Raramente via-se aquela animação na época do carnaval, mas aquele era um carnaval cheio de vida e esperança, era um carnaval especial, o primeiro depois da Noite dos Milagres. Em uma reunião, tinham decidido fazer dele realmente especial, com direito a blocos e trio-elétrico. Fariam um desfile de escola de samba. Nada comparado à saudosa Marquês de Sapucaí ou ao sambódromo do Anhembi, mas seria o grande carnaval de São Vítor, entraria para a memória da cidade.

Ana cumprimentou uma dúzia de pessoas pelo caminho. Apesar do grande volume de moradores, era fácil identificar cada um deles, podia até não se lembrar na hora o nome ou apelido de um ou outro, mas reconhecia as fisionomias. A maioria trazia sorrisos largos, contagiados pelo clima da festa que se avizinhava, mas, em sua análise pessoal, cria que a maioria deles acreditava que uma nova era de fato se instalara sobre a face da Terra. Graças a rádio de São Vítor todos os cidadãos daquela e de outras fortificações no Brasil sabiam do trabalho que os soldados e os bentos estavam fazendo na Velha São Paulo. Sabiam que postos avançados estavam sendo instalados nos quatro cantos do estado e o plano era que se espalhassem pelo país inteiro. As ruas e estradas voltariam a ser o lugar dos homens e as feras da noite pareciam mortas de vez. O sorriso de Ana vacilou um instante ao lembrar-se de Lucas comentar que não estava tão convicto disso, de que os tempos ruins tinham de fato acabado. O marido não jogava areia na fogueira de alegria e positivismo que consumia o coração dos cidadãos, longe disso, mas Lucas tentava semear o espírito de cautela nas lideranças comunitárias. Por conta disso, ainda se mantinha o rodízio de homens nas torres do areião ao redor de São Vítor e fora sugerido via rádio que todas as comunidades fizessem o mesmo. As patrulhas de verificação diurna continuavam fazendo seu trabalho manhã após manhã, em busca de indícios que apontassem a presença recente de vampiros na região. Mas a verdade era que há cerca de dois meses que não se ouvia falar em grandes ataques aos centros protegidos. Ouvia-se, sim, uma vez ou outra, a história de pessoas que, contaminadas pela euforia geral, esqueciam-se dos cuidados e arriscavam-se pelas estradas em travessias por vezes desnecessárias e acabavam dando o azar de cair nas garras de vampiros, tendo o fim horrendo que era reservado às vítimas dessas criaturas, mas nada daqueles ataques orquestrados, quando centenas de noturnos batiam nos muros das cidadelas.

A médica viu os sentinelas de São Vítor indo e vindo sobre os muros principais. Mantinham os fuzis prontos para combate e os olhos espertos no areião. Amaro mantinha a porção militar da cidade trabalhando feito um relógio suíço.

Ana adentrou o Hospital Geral pronta para seu trabalho da tarde. A maioria dos médicos voluntários de São Vítor fazia o mesmo, cuidavam das futuras mamães. A fama do hospital e a quantidade de recursos disponíveis para cirurgia acabou gerando um problema que começava a ser tratado com seriedade pelas lideranças do Conselho. Muitos casais, com mulheres grávidas, estavam vindo buscar asilo em São Vítor para que as gestantes pudessem gozar de maior conforto no dia do parto. Jamais ocorreu ao hospital fazer qualquer tipo de seleção ou veto às "estrangeiras", mas o medo que crescia entre o diretor do hospital e seu corpo de médicos era de caráter técnico. Teriam recursos para abarcar aquele volume enorme de grávidas que migravam? E o mais preocupante, a maioria delas tinha a data de início de gestação demasiadamente próxima. Havia uma aglutinação de grávidas com sinais de terem concebido na mesma semana, o que fatalmente acarretaria uma sobrecarga de mulheres em trabalho de parto na mesma data. A demanda de leitos poderia ser suprida com facilidade, mas a demanda de gente capacitada para atender aos partos é que preocupava. E depois, haveria os trabalhos de pós-parto, quando as mulheres convalesceriam por dois ou três dias nas dependências do hospital. Seu colega, doutor Ferreira, que fora justamente um obstetra de mão-cheia antes da Noite Maldita, sugerira e agora coordenava um projeto ambicioso que, dando certo, ajudaria em muito quando chegasse a grande hora. Ferreira treinava voluntárias para servirem de parteiras, de enfermeiras-auxiliares. Dessa forma, queria garantir que toda e qualquer gestante em São Vítor tivesse assistência, nem que minimamente treinada, quando a emergência acontecesse. Quando voltava os pensamentos para os preparativos para os partos que viriam e inclusive para o seu, seu dia enchia-se de graça e as nuvenzinhas cinzentas lançadas por Lucas dissipavam-se por completo. Cedia à alegria e à expectativa e deixava a lógica enterrada debaixo de um carpete grosso, de uma couraça de prata e ouro. Era melhor pensar em seu trabalho do que pensar no que não tinha acontecido e talvez nunca acontecesse.

Os dois lances de escadas que costumeiramente subia até sua sala começavam a ter um peso diferente. Ao chegar no patamar de seu bloco, estava ofegante.

Já está roubando minhas forças, né, coisinha? — brincou em pensamento com o bebê, dando um afago terno na barriga quase invisível.

Seu gesto carinhoso foi lento e deu tempo de uma de suas pacientes, que já esperava no sofá de couro do corredor, observar a cena com um sorriso, pois também ela tinha a mão sobre a barriga.

Ana passou pelas mulheres que aguardavam no confortável sofá marrom instalado no corredor, ao lado da porta de seu consultório. Sorriu para as mamães, enquanto abria a porta, atravessou a sala e separou as persianas, dando passagem à luz do sol. Evitava gastar energia elétrica durante o dia. Sabia o quanto ela fazia falta às famílias que não tinham acesso à rede elétrica de São Vítor. Por conta disso, sentia-se desconfortável quando seus colegas desperdiçavam a eletricidade destinada ao hospital.

A médica voltou até a porta e perguntou quem tinha chegado primeiro. Fernanda, uma morena alta, de cabelos longos e a mais rechonchudinha de todas as presentes, levantou o braço.

— Pode entrar.

Ana sentou-se em sua mesa e a paciente tomou a cadeira à sua frente.

— Trouxe a carteirinha de pré-natal?

— Foi a primeira coisa que me lembrei de pegar hoje de manhã — disse a mulher, tirando um cartão de uma bolsa de couro e estendendo-o para a médica.

Ana conferiu os dados anotados na primeira e na segunda consulta. Como ela própria, Fernanda entrava no terceiro mês de gravidez, ostentando as mesmas bochechas rechonchudas que a grande maioria das gestantes começavam a ganhar como reflexo do aumento voraz do apetite. Fez meia dúzia de perguntas à mulher, que se queixou levemente de enjôos chatos que iam e vinham no decorrer do dia, também desse aumento da fome e da sensibilidade nos seios. Ana explicou que tudo deveria amenizar-se com o passar dos dias e que os enjôos iriam acabar naturalmente muito em breve. Prescreveu uma medicação preparada no próprio HGSV, que ajudaria com esses desconfortos e também vitaminas para a boa formação do bebê. Explicou à gestante que as expectativas eram as melhores para aquelas crianças, a primeira geração pós-Noite Maldita, pós-Noite dos Milagres. Esses pequeninos faziam parte da profecia declamada pelo finado Bispo. O ancião dissera que quando os trintas bentos se juntassem, quatro milagres viriam para libertar os humanos dos grilhões do medo. As duas riram juntas, admitindo que aquela onda de mulheres grávidas era um milagre e tanto e não duvidavam que essas novas criaturas encheriam as fortificações com muitas alegrias e chorinhos de bebês. A médica retomou o assunto, dizendo que há poucos dias tinha havido uma reunião entre os médicos. Como após o desencadeamento dos quatro milagres a situação da saúde pública geral permaneceu inalterada, sem que doença alguma afligisse a população, nada de gripes, de inflamações nem tumores, tudo igual há mais de trinta anos, os médicos eram levados a crer que aquele fenômeno se repetiria com os bebês dessa geração e seria perpetuado na espécie. Outra notícia que Fernanda ouviu da dra. Ana foi a de que novas mulheres grávidas estavam entrando em assistência, com idade gestacional diferente da que elas se encontravam. Tudo isso levava a supor que um dos milagres recebidos naquela noite de luta e vitórias para os humanos foi a restituição plena da capacidade de as mulheres procriarem novamente e que não tinha sido um evento isolado e que nunca mais se repetiria. A raça humana seria perpetuada.

Ana conduziu Fernanda para a balança. A última parte daquela consulta. A mulher tirou as sandálias e subiu na máquina mecânica. A médica deslizou os contrapesos até que o fiel se alinhasse dando a medida do peso exato da gestante.

A médica respirou fundo sentindo a paciente nervosa. Ana arregalou os olhos e podia jurar que tinha ouvido a mulher gemer um "ai-ai-ai" sem ter aberto a boca.

— Você engordou quatro quilos, Fernanda. É muito! — reclamou a doutora.

Fernanda desceu e calçou as sandálias, suspirando chateada, como quem é pega colando no exame e não sabe como vai contar ao pai.

— O ideal é que nós engordemos um quilo por mês...

— Mas com essa fome tá brabo, doutora Ana! Quero comer a todo instante! Eu não sou assim. Meus seios doem, minha cabeça dói, meu estômago parece uma fornalha que só pede mais e mais e mais...

— É, nem todo mundo é igual. A fome vem e você tem de comer mesmo. Deve comer de duas em duas horas pelo menos, mas, em vez de comer um prato de arroz e feijão, vai substituindo por frutas leves. Tem de se esforçar. Se continuar engordando nesse ritmo, até os nove meses você passa dos oitenta quilos fácil, fácil... e depois para recuperar esse corpinho, minha amiga...

— Ai, não fala assim, doutora.

— É sério. Você tem de se policiar.

Fernanda bufou contrariada mais uma vez, enquanto pensava que para Ana era fácil falar, afinal de contas a médica parecia a Olívia Palito de tão fina! Já para ela, era difícil comer só frutas e mesmo quando economizava nos doces e nas massas não perdia peso. Era escrava de sua genética, não dava pra competir com a doutora Ana Olívia Palito!

— Não sou um palito — rebateu a médica. — É que meu corpo me ajuda. Preciso fazer força é pra engordar, não pra emagrecer. Estou adorando esse negócio de gravidez, tá me dando umas gordurinhas que eu nunca vi.

Fernanda arregalou os olhos com o comentário da médica. Era como se ela estivesse respondendo a seus pensamentos.

Ana continuou escrevendo calmamente sobre a carteirinha de pré-natal da paciente.

— Você volta daqui um mês, Fernanda. Nada de engordar três quilos até lá. Sem exageros. É só cuidar dessa fofurinha dentro da sua barriga que tudo fica fácil.

Fernanda respondeu com um sorriso. Levantou-se e deixou a sala da médica.

Ana, pensativa, começou a rabiscar em seu receituário com o lápis que tinha entre os dedos. Não chegou a olhar para os rabiscos. Estava escrevendo a esmo. Escrevendo repetidas vezes Olívia Palito.

Capítulo 31

O espectro rondou Anaquias, deixando que o vampiro sentisse sua presença. O vampiro abriu os olhos e caminhou para o meio do átrio. Seus seguidores estavam despertos e prontos para a ação. Desde a visita de Raquel, Anaquias havia delegado e se empenhado em espalhar rádios nos covis. Haveria apenas uma mensagem a passar, um plano todo tramado e mantido em segredo. Hoje, os humanos receberiam a primeira demonstração do Deus Vampiro, a primeira demonstração do poder do Vampiro-Rei, o regente da nova era. Aquela manobra deixaria cicatrizes profundas na memória dos brasileiros. Aquela manobra deixá-los-ia confusos, completamente atordoados. Chegava a vez dos vampiros. A hora dos vampiros jogarem.

Faça o jogo, meu fiel general — sussurrou Cantarzo ao pé do ouvido de Anaquias. — *Faça-os ver nossa força. Dê uma amostra de nossa nova força, nosso exército.*

— Sim! — bradou Anaquias, deixando os olhos brilharem feito brasas.

De agora para frente, meu fiel general, deixarei teus passos livres a teu próprio juízo. Já conheces a meta, o meio e o ponto de encontro. Minha grande hora chega e em poucas horas encontrarei meu destino. Serei banhado em sangue e feitiço e meus olhos de carne se abrirão. Minha voz de vento desaparecerá de seus ouvidos de sangue e, quando eu voltar, meu general, minha espada oportunista tomará a frente de nossa guerra.

Anaquias arregalou os olhos e permaneceu estático.

Fiel general, parta para flagelar os malditos do dia. Deixe-os sangrando, perdidos e desapareça dos olhos dos humanos. Aguarde a chegada de teu rei para o grande confronto. Seremos donos do mundo de uma vez por todas. Agora me calo, general Anaquias. Quando voltar a ouvir minha voz, será direto de minha garganta.

A voz do vampiro-rei não mais ecoou nos seus ouvidos. Os vampiros marchavam para fora da caverna. A energia que sentia emanar do espectro foi arrefecendo até que nada mais sentiu. Estava só. Só na frente daquele exército, só naquela empreitada. Se houvesse um coração humano em seu peito, talvez ele se acelerasse agora. Desde muito tempo voltava a sentir-se meramente Anaquias, o assistente de Raquel... sem ouvidos de sangue, sem presença de rei vampiro, sem comandos em sua cabeça. Apertou o cabo da espada que vinha embainha e caminhou com seus seguidores.

Tudo correra como planejado. Conseguira infiltrar dezenas de regimentos na mata próxima a São Vítor sem serem descobertos pelas patrulhas. Igual a seus vampiros nas cercanias do maior aglomerado humano, graças à rede formada pelas mensagens de rádio, centenas de outros batalhões aproximavam-se de fortificações prontos para atacar em conjunto assim que a ordem fosse dada.

Anaquias saiu da igreja de paredes cinzentas indo para o meio da rua. Seus homens tomavam todo o asfalto antigo, dividindo-se em grupos de duas centenas, cada vampiro carregando no braço um escudo, peça semelhante a uma grande escama negra. Em poucas horas, estariam à beira do areião de São Vítor. Em poucas horas, estariam de frente para o grande muro. Os sentinelas pereceriam, os atiradores seriam desfiados a unha e os bentos combatidos como nunca dantes. A mensagem entregue seria o medo. Apesar daqueles presunçosos contarem com o rádio e com o maldito TUPÃ, a luz do sol não poderia estar em todos os lugares ao mesmo tempo. O sentimento de vitória que banhava e revestia todos os corações seria arranhado profundamente.

✠ ✠ ✠ ✠ ✠ ✠

Everton digitava no computador à sua frente alguns comandos específicos. A imagem exibida na tela principal da sala de controle do Centro de Lançamentos da Barreira do Inferno era a do continente sul-americano. Com mais alguns toques no teclado, a imagem enviada pelo satélite aproximou-se mais, exibindo a costa brasileira em sua quase total plenitude. Era possível ver todo o planalto central e o sertão. Mais comandos jogados no computador e novamente o satélite passou a exibir uma nova configuração na tela principal.

— O que você está procurando? — perguntou Tânia, sua colega de vigilância.

— Nada. Só me deu um treco. Estou encafifado.

— Encafifado?

— É.

— Credo, Everton!

— Quê?

— Nem minha vó falava "encafifado".

O rapaz riu ruidosamente.

— Esse país é bonito pra cacete — comentou a garota, de olhos grudados na tela.

— Também acho.

— Já checou o sistema TUPÃ?

— Tudo em riba. Olhei duas vezes.

— Credo! Ó você de novo!

— Que foi?

— "Tudo em riba"! Isso tá parecendo o Didi!

— Didi? Didi Mocó?

— O próprio!

— Ô pissíti! — brincou o rapaz, digitando mais uma vez no teclado.

O satélite obedeceu, aproximando a câmera ainda mais.

— Tá vendo aquela voltinha pronunciada ali?

— Tô.

— Ali é o litoral do Rio Grande do Norte. A terra do sol!

— Fala sério! — exclamou a moça, surpresa com a imagem.

— Desde que você entrou de voluntária aqui no CLBI eu tô pra te mostrar isso.

— Olha vocês, escondendo o jogo de mim o tempo todo. Não sabia que dava pra aproximar tanto o satélite três.

— Ah! Esse não é o três, é o um.

— O um?! Só o Franjinha tem acesso ao um!

— Tomara que você saiba guardar segredo — disse o rapaz, digitando novos comandos. — Se você está achando que está vendo perto, veja isso aqui.

A tela principal piscou e uma porção de chuvisco tomou o painel por um momento, depois o satélite passou a transmitir imagens mais próximas ainda.

— Tá vendo essa faixa dourada no oceano?

Tânia aquiesceu, boquiaberta.

— Isso é a luz do sol indo embora.

— Cara! Tô sem palavras... é estupendo!

— Tá vendo essa faixa escura?

— Ahn, ram!

— Esse ponto vermelho ao sul da velha Natal é nossa base, somos nós.

— Cara... fabuloso! Aqui já anoiteceu... — murmurou a garota, estupefata.

— Justamente. Tem luz do sol no meio do oceano, mas aqui já é noite escura.

Everton repetiu um comando no teclado. O satélite aproximou ainda mais a imagem. Agora Tânia via bestificada o ponto vermelho crescer e tomar forma. Ao invés de uma bolinha, via agora todo o complexo da Barreira do Inferno, reconheceu o formato dos muros e até mesmo traços da estrada que dava acesso à base de lançamento.

— Fabuloso!

Os dois ficaram olhando para a tela por um longo momento. Tânia tinha um sorriso largo e continuava maravilhada. Everton, mais acostumado à imagem, apenas deixava os olhos vagarem pelo complexo.

— E esses pontos azuis amarelados mais afastados? Parecem que se movem.

— Que pontos azuis?

Tânia indicou com o dedo. Eram centenas de pontos que aglomeravam-se, formando uma mancha retangular.

— Ali só tem mata, é tudo floresta. Talvez seja alguma disfunção. A calibragem e temperatura do satélite podem estar criando um espectro.

— Parece que os pontos estão se movimentando. Se você reparar bem...

Everton emudeceu com o comentário da amiga. Ela tinha razão. A mancha retangular movia-se. Era quase imperceptível devido à escala exibida na tela, mas, se projetasse isso para uma escala normal, deveria estar se mexendo em boa velocidade.

— Você não acha melhor chamar o Franja pra ver isso aí?

— Se chamarmos, ele vai comer meu toco porque estou no satélite um sem a permissão dele.

— É, mas isso parece sério. Não tem nada no rádio? Ninguém do muro falou nada?

— Acho que é algum tipo de interferência, só isso — tentou tranqüilizar o rapaz.

— Não sei, não. Você mesmo disse que estava olhando para a tela porque estava encafifado.

Everton calou-se. Realmente tinha tido um pressentimento ruim. Só que não enxergava ligação alguma com seu pressentimento e aquela estranha mancha na tela principal do CLBI.

Tânia não se deu por convencida. Era melhor tomar uma comida do Marco Franjinha do que ficar na imprecisão. Aquilo podia ser sério. Levantou-se e disparou pela sala de controle.

— Onde você está indo?

— Tô indo chamar o Franja. Ele precisa ver isso.

— Tô ferrado! — balbuciou Everton, ao ver a mulher sair.

✠ ✠ ✠ ✠ ✠ ✠

Gabriel girou o dial. Visitava aquela freqüência baixa eventualmente desde que captara a voz de um vampiro conversando com um covil. Tinha sido uma coisa rápida... talvez até alguma piada de mau gosto de algum cidadão idiota. Mesmo assim, tinha ordenado vigilância vinte e quatro horas, mas por semanas a fio nada mais foi ouvido. Serviu de alerta para que os soldados e bentos ficassem avisados de que os vampiros de bestas nada tinham, sabiam como utilizar um rádio. Mais uma vez, só encontrou estática.

✠ ✠ ✠ ✠ ✠ ✠

Anaquias pediu o rádio. O aparelho emitia um chiado monótono e até agradável. Sabia que sua voz entraria por aquele microfone em sua mão e seria lançada aos quatro cantos do Brasil. A hora da revelação tinha chegado. Os vampiros estavam silenciosos até aquele momento. Romperiam o hiato entre as batalhas e dariam o ar do horror. Depois do ataque surpresa, depois de cumprirem seu objetivo duplo de surpreender e aterrorizar, desapareceriam da face da Terra, desapareceriam das matas e iriam de encontro ao mestre maior. Iriam ao encontro do vampiro-rei.

Anaquias comprimiu o botão, rompendo o silêncio da freqüência escolhida, e ordenou:

— Formar!

✠ ✠ ✠ ✠ ✠ ✠

Lúcio não acreditava no que via. Como que comandados por uma força mágica, aquelas colossais criaturas formavam uma manada gigantesca, todos andando na mesma velocidade, com vigor e segurança, vencendo a superfície alagada que o obrigava a erguer as cabeças. Vinham tão próximos que volta e meia tocavam os chifres um dos outros, emitindo mugidos grossos e cheios que iam longe no céu da noite. O maior e mais gordo deles carregava de forma segura e inexplicável o grande caixão com seu amo. Era incrível como o búfalo vencia a água sem que o caixão sequer oscilasse. A luz da lanterna enfraquecia rapidamente posto que as pilhas velhas descarregavam sem parar. Lançou a luz para o lado e viu o rosto de Benito, igualmente boquiaberto com a situação. Sabiam para onde aquelas criaturas mágicas os estavam levando. Estavam indo de encontro à bruxa Tereza.

✠ ✠ ✠ ✠ ✠ ✠

Lorena não gostava de carnaval. Achava um abuso tanta gente perdendo tanto tempo com os preparativos daquela festa sem-vergonha. E o pior: São Vítor estava recebendo gente do estado todo... tinha caravana até de Minas Gerais. Quando era para salvar o mundo ninguém arriscava sair das fortificações, agora que tinham aquele tal de TUPÃ, pronto, era só pintar uma festa que tinha gente se juntando pra pegar a estrada, de dia de noite, a hora que fosse. Só na sua casa tinha sido praticamente obrigada a hospedar oito pessoas de Esperança. Tá certo que era gente boa, gente de bem que vinha em busca de diversão, mas era um saco mudar a rotina da própria casa para receber visita. Ainda mais assim, estando grávida. A gestante passou a mão pela barriga enquanto subia os degraus. Tinha decido ficar o mais longe possível daquela festa. Escolhera o muro dois porque não adiantava ir para casa, os organizadores tinham colocado caixas acústicas para tudo que era lado. Chegou ao corredor de manobras do muro e encontrou sete soldados fumando e olhando para dentro de São Vítor. Eles tinham dois binóculos que revezavam na tentativa de assistir ao desfile da escola de samba inventada para o carnaval. "Unidos do Forte". Nome besta! Por que todo povo sem imaginação começava o nome de uma escola de samba com "unidos"? Coisa besta! Gostava do nome da Camisa Verde e Branco, Estação Primeira de Mangueira, Vai-Vai. Esses eram nomes diferentes. "Unidos do Forte". Que besteira! Lorena coçou o cotovelo, que tinha ralado à tarde e agora lhe doía um pouco, enquanto cumprimentava os soldados com um meneio de cabeça. Eles franquearam passagem à mulher para que ela pudesse alcançar o trecho mais alto do muro. A noite estava fresca, nem muito quente, mas nada de frio também. Estava agradável. Lorena recostou-se no muro olhando para o areião. Sempre a mesma paisagem. Não sabia o por que, mas aquela brancura iluminada pelos potentes holofotes espetados nos muros e nos espigões de vigia lhe transmitia calma. Gostava de olhar para aquele mar branco. A grávida ergueu um pouco a camiseta, deixando a barriginha sutilmente oval de fora. Acariciou repetidamente a pele, sentindo o bebezinho no seu ventre se mexer com energia. A cada golpe dado pelo pequeno ser, seu sorriso enlarguecia mais e mais e seus pensamentos decolavam dali, sumindo daquele lugar e daquela barulheira desagradável. Lorena fechou os olhos e por um instante ficou imaginando como seria seu bebê. Teria seus cabelos lisos ou seriam cacheados iguais aos do pai? Teria seus olhos castanhos claros ou seriam negros? E o nariz? Tomara que fosse igual ao seu. Se tinha uma coisa que Lorena adorava no seu rosto era o seu nariz. Se viu rindo sozinha.

Maria Alice ergueu a camiseta na frente do espelho, colocando-se de lado para mirar o reflexo. Nesse instante a porta abriu-se repentinamente e deixou entrar a pequena Eloísa que permanecia sob os cuidados da mulher.

— Que isso, tia? Tá esperando neném também?

Maria Alice, que tinha abaixado a camiseta sem graça, pega de surpresa, sorriu para a menina.

— Nada, Elô. Só estava olhando.

— Olhando o quê, tia? Você continua a mesma magrela de sempre. Ah! Ah! Ah!

Maria Alice apanhou uma almofada de cima da cama e atirou-a contra a menina.

— Você está muito cheia de graça hoje, Elô.

A menina correu e abraçou a tia adotiva.

— Não ralha, não, tia. Você sabe que eu te amo.

— E você sabe que eu não tô grávida. Bem que eu queria. — lamentou-se a mulher, lembrando-se de seu falecido namorado, morto no grande ataque a Santa Rita no ano anterior, pouco antes da Noite dos Milagres. — Mas, pensando bem, para que outro neném se seu já tenho você, um nenezão prontinho, pra eu cuidar?

Eloísa apertou mais os braços e recebeu um beijo no cocuruto.

— Pega essa almofada que eu joguei. Vamos deixar tudo arrumadinho e no lugar, pois não estamos em nossa casa.

— Santa Rita tá longe, né, tia?

— Tá longe e vai continuar longe, querida. Aquele lugar não faz bem pra gente.

— Lembranças ruins...

— Isso mesmo, filha. Lá só tem lembrança ruim.

Franjinha levantou sobressaltado com as batidas na porta de seu aposento. Vestiu rápido uma camiseta e calçou um par de tênis sem ao menos amarrar os cadarços. Encontrou os olhos aflitos de Tânia do outro lado da porta.

— Desculpe, Franjinha, mas o Everton estava me mostrando uma coisa com o satélite um e vimos algo muito estranho.

— Como é que é? Quem mandou vocês mexerem no um?

— Ai, Franjinha, o Everton me falou que você não gosta, mas primeiro vem ver aquilo, depois você come o toco da gente.

Os dois saíram às carreiras pelo corredor. Deixaram o bloco de alojamentos e saíram para o céu aberto, cruzando uma longa área forrada por gramado. A noite estava fria coberta por nuvens e um vento sorrateiro apanhava os dois de lado.

— O que vocês viram?

— Uma mancha vindo na direção do CLBI. Everton disse que deve ser alguma falha no satélite...

— Uma mancha azul? — perguntou o engenheiro, passando a mão na Franja.

— Isso mesmo. Como sabia?

Franjinha abria a boca para responder quando ouviram uma explosão deixando ambos estáticos.

O engenheiro e a voluntária viram três brasas vermelhas riscarem o manto negro do céu que explodiram. Um rojão de três tiros.

— Vampiros! — exclamou Tânia.

Franjinha disparou em corrida na direção do centro de controle. Não havia tempo a perder. Sabia que aquele dia chegaria mais cedo ou mais tarde. Os vampiros não deixariam os muros da Barreira do Inferno intactos. Não deixariam TUPÃ funcionando contra sua raça. Com um supetão abriu a porta da sala de controle. Everton estava parado, assistindo incrédulo a mancha se deslocar em sentido aos muros da Barreira do Inferno. Alguns pontos azuis estavam a menos de cem metros do muro, pareciam aguardar que os demais se juntassem. Na linha dos muros viam pontos vermelhos se movendo rapidamente. Eram os soldados e os bentos que guardavam a Barreira do Inferno. Franjinha ouviu a voz de Aurélio chegando pelo *walkie-talkie* na mesa de Everton. Aurélio era o líder dos soldados e comandante estratégico do CLBI. Desde a Noite dos Milagres apenas uma vez os malditos ousaram aproximar-se dos muros. O líder berrava através do aparelho.

— Estamos sendo atacados! — gritou o auxiliar. — Já iniciei o TUPÃ. Estará pronto em sete minutos!

Franjinha olhou para a tela mais uma vez. A mancha se aproximava vagarosamente. Marchavam. Marchavam para a Barreira do Inferno.

— Eu assumo. — disse Marcos Franjinha. — Você fala no *walkie-talkie*.

Everton avisou Aurélio que TUPÃ estava sendo preparado e que em sete minutos estaria pronto para entrar em ação.

— Pelo tamanho da mancha dá pra saber que são milhares de vampiros. Acho que com uma passada lenta sobre a cabeça desses filhos da mãe a gente acaba com esses desgraçados. Não vão chegar aos muros em menos de sete minutos. É só mantermos a calma que tudo vai dar certo.

Aurélio olhava de cima do muro. Falava pelo *walkie-talkie* com bento Ramiro que estava na torre mais alta, de posse de uma luneta. Fora o bento quem dera o alerta de três tiros.

O comandante de defesa olhou para dentro do terreno do CLBI, como sempre, postados como última defesa, estavam os bentos veteranos Célio e Teodoro ladeados pelo reforço de quatro bentos novatos em armaduras intocadas e reluzentes. Seria o primeiro grande combate daqueles novos despertos. Aurélio voltou os olhos para a floresta. Não estivera lá quando um gigantesco exército de vampiros destruiu os muros da Barreira do Inferno e depois foram rechaçados pelo milagre profetizado. Diziam que um mar de brasas vermelhas tinha circundado o CLBI e essa imagem fora criada por sua mente. Agora tinha ao vivo e em cores algo similar se repetindo. Não eram suficientes para envolver todos os muros do Centro de Lançamentos, mas formavam uma onda de olhos endemoniados que vinham em sua direção. Era um ataque organizado. Sinistro. Aurélio olhou para os lados, no corredor de manobras no topo do muro os soldados já tinham tomado a posição de defesa. Quatro metralhadoras de grosso calibre prontas para entrar em ação. Cerca de cem soldados com fuzis, com projéteis comuns no primeiro cartucho e munição intercalada com projéteis comuns e banhados em prata nos seguintes. Se TUPÃ interferisse a tempo, talvez nenhuma preciosa bala de prata fosse necessária. Se TUPÃ chegasse a tempo talvez nenhuma vida preciosa fosse tomada. Aurélio benzeu-se e empunhou seu fuzil. Os vampiros estavam cada vez mais próximos e formando uma perigosa linha de frente ao muro.

Marco Franjinha recebeu de TUPÃ a mensagem que tanto esperava. As frases "DISPOSITIVO PRONTO. ENTRE COORDENADAS" ficou estampada no painel principal. Quando o engenheiro digitava os dados para que o facho de luz brilhasse sobre o CLBI, seus ouvidos foram invadidos pelo som do rádio.

— *Franjinha! Franjinha! Precisamos de vocês!* — berrou a voz metalizada e recheada de estática. — *Estamos sendo atacados! Os vampiros estão próximos ao nosso muro!*

Franjinha olhou para Everton. Que merda!

Enquanto o trio na sala de controle era apanhado e surpreendido por aquele pedido de socorro justamente quando eles próprios precisavam ser salvos, uma outra voz chegou pelo rádio.

— *CLBI, aqui fala Gabriel, acampamento Villa Lobos! Estamos sendo cercados por um exército de vampiros. Solicitamos prontidão do sistema TUPÃ! Vocês estão copiando? CLBI, aqui fala Gabriel...*

Os três se olharam mais uma vez e antes que a surpresa se dissolvesse outra voz surgiu no rádio:

— *Barreira do Inferno! Aqui é São Pedro. Os vampiros cercaram nossa fortificação e vão atacar! Temos pouca munição e apenas dois bentos conosco. Todos os outros foram para São Vítor participar do Carnaval! Precisamos de ajuda!*

— *Barreira do Inferno! Nova Natal está cercada por vampiros. Precisamos de auxílio imediato! Franjinha, Tânia! Alguém responda imediatamente. Aqui é Nova Natal. Repito. Estamos sendo cercados! Estamos sendo cercados! Responda! Franjinha, pelo amor de Jesus Cristo, manda essa luz pra cá!*

— *CLBI! CLBI! Estamos sendo atacados por vampiros! CLBI! Respondam! Precisamos de socorro em Esperança!*

As mensagens com pedido de socorro começaram a espocar uma atrás da outra, atropelando e misturando vozes vindas dos quatro cantos do Brasil. Os dedos de Franjinha vacilaram por um momento. Chegara a pensar em desviar a salvação que TUPÃ traria para uma outra fortificação, mas isso deixaria o CLBI vulnerável e não poderia ajudar mais ninguém. Tinha que pensar como um guarda-vidas, tinha que ser racional. Entrou com as coordenadas da Barreira do Inferno. Mal terminara de digitar o comando e viu a grande mancha azul parar junto ao muro do Centro de Lançamentos.

Anaquias, muito longe do CLBI, de frente para os muros de São Vítor, pressionou mais uma vez o botão do comunicador. A estática foi cortada por um breve momento. Todos os comandantes em todos grupamentos conheciam o horário. Todos os comandantes em todos grupamentos esperavam pela ordem. Anaquias abriu um sorriso largo. Sua mão forte quase esmagava o aparelho entre seus dedos.

— Ataquem! — berrou ao mesmo tempo que seus dentes pontiagudos cresciam e extravasavam entre seus lábios.

Aquela noite e durante aquela briga voltaria a ser o bom e velho Anaquias. Um caçador. Um assassino. Iria atrás dos humanos. Iria atrás de sangue. Não teria mais que se preocupar com comando e com mensagens. Todos sabiam exatamente o que teriam de fazer. Um ataque rápido e maquiavélico. Matar, sangrar os porcos vivos e depois debandar. Debandar para o novo endereço, para o altar e para a espera do vampiro-rei. Iriam confundir os malditos. Iriam deixá-los loucos.

Lorena olhou para os soldados. Só agora percebeu que na ponta oposta do muro um dos homens estava sentado num platô mais alto e coberto por um telhadinho de madeira. Ele usava o telescópio de seu rifle para assistir o desfile da escola de samba. Que coisa! Ao invés de estarem olhando para o areião, vigiando a mata escura, estavam procurando diversão.

A mulher olhou em direção ao desfile. O muro dois estava em posição privilegiada. Dali os soldados podiam ver toda a extensão do "sambódromo" de São Vítor. Com os binóculos talvez até enxergassem muito bem boa parte da coisa. Manteve os olhos na avenida.

Um risco verde subiu ao céu e explodiu em milhares de pontinhos que voaram em direção às arquibancadas que ladeavam o caminho. Um risco vermelho subiu. Explodiu com estrondo. Uma esfera vermelha iluminou São Vítor. O grito eufórico dos espectadores chegou até os muros. Lorena olhou sorridente para os soldados. Eles também comentavam a beleza da queima de fogos em voz alta e com alegria. Uma saraivada de rojões explodiu. Centenas de disparos. De repente, bem atrás dela ouviu um rojão de três tiros. Tapou os ouvidos por conta da proximidade das explosões. Olhou para trás junto com os soldados. Aquele rojão de três tiros não fazia parte do show pirotécnico assistido na avenida. Aquele rojão de três tiros tinha saído da janela da torre a sua direita, podiam ainda ver no céu a fumaça dos rojões se desfazendo. Lorena baixou os olhos buscando a floresta. Uma vez na vida tinha estado naquele muro e visto o que via agora. Olhos vermelhos, brasas malditas. Sentiu um engasgo, uma pontada na barriga e gritou a plenos pulmões. Tinha que salvar seu bebê. Tinha que sumir dali. Passou correndo pelos soldados e alcançou as escadas. Tinha que se esconder. A primeira coisa que lhe ocorreu foi correr para o galpão refeitório.

Ana cortou o sorriso subitamente. Sentiu um engasgo estranho e um repuxão no ventre. Os rojões do show pirotécnico explodiam acima de sua cabeça imprimindo cores vivas alternadamente em suas retinas. Todos ao seu redor riam e gritavam festejando os fogos e a passagem da recém-fundada escola de samba Unidos do Forte. O som da bateria cadenciada entrava fundo em seus ouvidos enquanto seus olhos agora passavam pela ala das baianas que giravam maravilhosamente na avenida com direito a arquibancadas lotadas dos dois lados e uma gritaria infernal. Ana levantou-se e ficou arrepiada da cabeça aos pés. Não conteve a agonia, algo subiu por sua garganta e a médica explodiu num grito aflito que foi encoberto pela agitação geral e a explosão insistente dos rojões. Igual a ela mais de cinqüenta mulheres inquietavam-se ao mesmo tempo. Sem poder conter mais aquela sensação estranha, Ana começou a descer as arquibancadas, colocando a mão sobre a barriga instintivamente. Estaria perdendo o bebê? Respirou fundo ainda mais agoniada, ainda mais aflita. Não podia estar perdendo o bebê. Não podia! Um par de lágrimas maculou seu rosto. Uma imagem formou-se em seus olhos. Vampiros com olhos cintilantes. Vampiros nos muros de São Vítor! Ana, ao chegar à avenida e ser atropelada por uma das baianas, soltou outro grito. Desvencilhou-se do abraço de um dos organizadores do evento e correu por baixo da arquibancada. São Vítor estava bem iluminada por conta da festa. Via o Hospital Geral a sua frente. Gritou desesperada mais uma vez. Ali não era seguro. Apertou os olhos e viu novamente os vampiros empoleirados em árvores, outros saltando para o areião. Era como ter um pesadelo acordada. Como aquilo podia estar acontecendo?! Estaria tendo uma crise de síndrome do pânico? Ao mesmo tempo que sofria aquela inquietação descabida, seu lado racional tentava encontrar uma resposta lógica.

Olhou de volta para a avenida. Viu cinco ou seis mulheres também no asfalto, elas eram acudidas pelos organizadores e por algumas das baianas que tinham desistido da coreografia. Ana agora estava aos prantos, totalmente descontrolada. Vampiros! Não conseguiu avisar ninguém! Tinha que falar para Amaro ou para Chen! Mas e o seu bebê? Outra contração, tão dolorida que a mulher dobrou-se, quase caindo desequilibrada. A imagem do refeitório veio a sua mente. Voltou a correr. Só pensava no bebê. Tinha de protegê-lo. Correndo. Os olhos turvos com as lágrimas. Para onde ir? Onde estava Lucas? Ele prometera vir a São Vítor para o carnaval, mas não viera. Estava no acampamento de Villa-Lobos. Estava longe. Seu homem estava longe. Teria que se defender sozinha. Podia correr para casa. Lá tinha uma arma. Uma pistola com balas banhadas em prata. Já tinha direcionado os passos para sua residência quando a imagem voltou. O refeitório seria seguro para seu bebê. Os vampiros não conseguiriam entrar lá. Não sabia bem o porquê, mas seus passos já tinha tomado a direção do galpão refeitório. Tinha que ir para lá. Sabia que lá estaria a salvo.

Bira agarrou o *walkie-talkie* e gritava pedindo ajuda. Seu parceiro de vigília, Alessandro, estava com o fuzil enfiado na fenda aberta e suando frio. Tinham tantos vampiros lá fora e sabia que eles viriam direto, secos, para cima das torres de vigia.

— Tatu, aqui é o Bira, cara. A floresta tá empesteada de vampiros. Entra em contato com o truta lá da Barreira do Inferno e peça ajuda imediatamente. Se a luz do TUPÃ não queimar os miseráveis, estamos lascados, porque é bicho pra cacete!

— *Entendido, Bira, falo com Barreira do Inferno e te respondo com o tempo aproximado para TUPÃ queimar os vermes. Fica de olhos nesses desgraçados.*

— Entendido, Tatu. Avisa todo mundo na vila pra esconder o rabo debaixo da cama. Tem vampiro pra caramba. Pode ser que um ou outro vaze o muro. Só dei o alarme de três. Me responde antes de ter que acender o de seis.

— *Entendido* — respondeu Tatu, encerrando a comunicação.

Bira colocou o *walkie-talkie* no suporte do cinto e destravou seu rifle. Olhou para Alessandro. O rapaz tremia feito vara verde. Nunca tinha enfrentado os vampiros antes.

— Calma, guri. Se eu fosse você, eu relaxava. Antes desses desgraçados tentarem qualquer coisa, TUPÃ vai riscar o céu com aquela luz maravilhosa. Trouxe seus óculos de sol?

Alessandro meneou negativamente a cabeça.

— Relaxa, rapaz. Relaxa. Pode até soltar o fuzil e sentar. Tô falando sério — disse o homem mais experiente, enquanto enrolava sua corrente de São Jorge no cano de descarga do rifle e o enfiava pela janelinha da vigia.

— Se é pra relaxar, por que você colocou um santinho no seu rifle?

Bira lançou um olhar de lado para Alessandro. Empunhou a arma com maior firmeza e fez mira nas brasas vermelhas distantes cerca de trezentos metros.

— Não ouvimos os rojões por causa dos fogos, Chen — explicou o líder de soldados Matias.

O oriental olhou para o amigo de traços indígenas e aquiesceu.

— Avise pela freqüência de *walkie-talkie* o máximo de soldados possível. Eu vou correr até a avenida para dar o anúncio. Queria ter um jeito de fazer isso sem causar pânico, mas vai ser impossível.

— E o CLBI?

— O Tatu está tentando falar com Franjinha, mas até agora não teve resposta. Ele disse que o rádio está em ordem, é algum problema no CLBI.

— Meu Deus... — murmurou Matias realmente abalado. — Isso é hora para dar pepino?

— Eu vou correr, tomara que tenhamos tempo para nos preparar.

— Bosta! — gritou Bira, vendo a primeira leva de brasas vermelhas deixar as árvores e começar a corrida pelo areião.

O homem tirou o *walkie-talkie* da cintura e pressionou o comunicador.

— Tatu, onde está o TUPÃ, velho? Os bandidos estão vindo! Repito: os bandidos estão vindo!

— *Manda bala nos bandidos, Ernestão. Senta o dedo. A Barreira do Inferno não responde, irmão. Vou continuar tentando falar com os caras até a morte. Desce o cacete nos vampiros. Quando você menos esperar, a luz do sol vai estar brilhando sobre sua cabeça!*

Bira largou o *walkie-talkie* no chão.

— Merda! Merda! — gritou Alessandro.

O velho tirou o rifle da portinhola aberta e apanhou um rojão de seis tiros no saco de estopa. Engatinhou até o fogareiro aceso e derrubou o bule de café para o lado. Colocou o estopim próximo às brasas e viu as chispas escaparem quando foi aceso. Correu de volta à portinhola e colocou o rojão para fora. O artefato explodiu e o som dos seis rojões estourando no céu deram o alarme para a vila. Os vampiros estavam atacando.

No acampamento Villa-Lobos os guerreiros preparavam-se para o confronto imediato. Graças às patrulhas e vigias colocadas em pontos estratégicos ao redor do acampamento, o exército de vampiros foi avistado cerca de três quilômetros antes de chegar às imediações. Um grupamento de feras da noite foi avistado quando marchavam sobre a ponte dos Remédios sobre o rio Tietê e um segundo e volumoso destacamento foi visto saindo pela boca da estação Vila Madalena. Os vigias deram o informe por rádio e acompanharam a movimentação. Em questão de meia hora, ficou clara a intenção dos malditos: estavam indo para o grande acampamento do parque.

Lucas prendeu sua capa vermelha com os dragonetes da couraça de prata. Sabia que TUPÃ acabaria com todos eles antes que chegassem aos portões do Villa-Lobos, mas seria presunção demais sequer preparar-se para a batalha.

Vicente cuspiu nas luvas de couro e levou a mão direita ao cabo da espada. Estava ansioso. Fazia meses que não tinha uma boa briga. Iria despedaçar os vermes noturnos quando estivessem próximos. Colocou a touca de malha de prata e subiu em seu cavalo. Alguma coisa lhe dizia que a briga daquela noite seria das boas.

Bento Augusto e bento Edgar, que há semanas tinham retornado do sul do Brasil, vistoriavam a preparação dos bentos novatos, vindos de Nova Prudente e da região de Belo Horizonte. Juntos, reforçavam Villa-Lobos em mais vinte e quatro espadas. Todos já tinham tido experiência em combate, contudo nada semelhante ao que se aproximava. Contavam com a providencial interferência de TUPÃ, mas cautela nunca era demais quando aqueles seres rondavam por perto.

Outro reforço importante que oportunamente estava à mão era o arsenal recuperado pelo grupo do motoqueiro Adriano. Ele e seus soldados de Nova Luz tinham trazido para Villa-Lobos, justamente no decorrer da última semana, toneladas de equipamento militar recuperado. Desde lança-foguetes a moderníssimas metralhadoras que, por conta das tecnologias de radiotransmissão incrustadas em seus sistemas, tinham sido literalmente abandonadas. Somente depois da Noite dos Milagres essas armas voltaram a ter alguma valia.

Amintas e Marcela trocaram um olhar demorado. O bento veterano chegou perto da novata, ambos montados em seus cavalos.

— Cuidado, garota. Esses bichos não são brincadeira. Você vai perder a vontade de seu corpo e vai virar uma máquina de picar vampiro... mas, pelo amor de Deus, não morra.

— Já me bati com esses vampiros antes, Amintas, e fiquei inteira para contar a história. Deixa comigo.

— Eu sei que tu é uma cabrona valente, mas não queira ser a heroína dessa vez. Fique perto de mim que tudo vai acabar bem.

Marcela abriu um sorriso largo e aquiesceu. Tirou sua espada prateada da bainha e ergueu para o céu.

— Você fica perto de mim, Amintas. Eu cuido de você, pode deixar.

Bento Rogério verificava sua espada. Estava pronto para o combate. Talvez conseguisse entrar para o grande livro dos recordes dos bentos essa noite. Se TUPÃ deixasse sobrar algum vampiro, ele não deixaria nenhum passar. Um pouco de exercício para rememorar seus tempos de campeão não seria nada mau.

O soldado Carlos e Alicate preparavam a munição das duas metralhadoras deita-cornos instaladas na alta torre de concreto que ficava no meio do parque. Caso algum maldito escapasse do fogo do céu, as metralhadoras colocariam os filhos da mãe para correr.

Ana tinha chegado primeiro ao refeitório. Escondeu-se, insana, como se não tivesse controle de sua vontade e de seus pensamentos. Entrou debaixo de uma das grandes mesas do ambiente, decidida a aguardar ali até poder controlar-se e correr para sua casa. A barriga contraiu mais uma vez. Uma dor lancinante cruzou todo o seu abdômen, enquanto sentia a pele sobre o útero ficar dura como pedra. Queria um Buscopan, mas não tinha. As lágrimas ainda caíam de seu rosto.

Surpresa, a médica viu mais duas gestantes irromperem galpão adentro gritando e chorando alto. Como ela, estavam apavoradas. Ana fez um sinal e elas vieram se esconder ao seu lado. Não passou um minuto e mais quatro gestantes entraram e se juntaram a elas. Todas queixavam-se de dores fortes no abdômen. Mais uma grávida entrou no galpão refeitório. Ana reconheceu Fernanda, sua paciente atendida outro dia. A que lhe chamara de Ana Olívia Palito. As mulheres se abraçavam e choravam juntas em visível e inusitado descontrole.

Janete esgueirou-se entre as macas que acomodavam os adormecidos no subsolo do Hospital Geral de São Vítor, até encontrar seu parceiro. Orlando estava com os olhos cerrados. Janete tocou o peito do amigo com suas unhas escuras.

— Orlando! Orlando!

O rapaz vampiro abriu os olhos e viu Janete sorridente com o *walkie-talkie* na mão.

— Quê?

— Eles vieram. Temos a cobertura para sair daqui!

Orlando levantou-se de pronto.

— O que você ouviu?

— Ouvi que têm milhares de irmãos do lado de fora vindo para cima do muro deles e que um tal de TUPÃ não vai poder ajudar. TUPÃ é aquela tripa de sol que eles mandam pra cima de nós.

— O que a estrategista-mor sugere? Passar sebo nas canelas?

— Apesar de eu estar escondida nesse pulgueiro há tanto tempo, não é do meu feitio fugir de humanos. Vamos aproveitar para arrebentar. Podemos ajudar a invasão de São Vítor e de quebra levar um monte desses adormecidos embora.

Orlando arqueou as sobrancelhas.

— Lembra da conversa que ouvimos pelo rádio?

— Qual delas, Janete? Ouvimos tantas!

— Aqui em cima do Hospital...

— Têm as metralhadoras! — entendeu o vampiro.

Janete e Orlando, nus, caminharam encurvados entre as macas. A vampira fez seus olhos acenderem para que pudesse enxergar na escuridão. Encontrou a escadaria e acenou para Orlando, mostrando ao amigo a entrada e um sorriso maligno.

Franjinha, Everton e Tânia estavam desesperados. Tinham ouvido pelo rádio o nome de ao menos trinta fortificações. Primeiro eram as vozes excitadas, carregadas de urgência pedindo que TUPÃ fosse ativado e conduzido para seus muros, agora a melodia tinha subido um tom, ficando mais aguda e penetrante. Franjinha olhava para a tela e via a mancha azul avançar e cobrir parte do muro do CLBI. Na tela principal também era mostrada a contagem regressiva para a chegada do raio de sol de TUPÃ. Seus amigos soldados teriam de resistir só mais dois minutos. O satélite buscava uma órbita segura e depois abria os painéis defletores e mandaria os raios solares condensados em direção ao Rio Grande do Norte, queimando todos aqueles vampiros desgraçados. Enquanto a contagem regressiva descia, aquele filme exibido no painel central era completado por uma trilha sonora angustiante.

— *Franjinha! Pelo amor de Jesus Cristo! Mande TUPÃ para cá! Estamos sendo atacados! Os vampiros já cruzaram os muros de Esperança!* — pedia a voz urgente do soldado, entremeada por disparos de armas de fogo.

— *CLBI! CLBI! Aqui é Tatu de São Vítor! Estamos sendo atacados. Caralho! CLBI! Responda!*

Franjinha passou a mão no cabelo.

— Tânia, anote o nome de todas as cidades sob ataque! Vamos queimar sobre a Barreira do Inferno e depois vamos atender tantos quantos forem possíveis. Crie uma ordem de prioridade, se não conseguir discernir prioridade nos chamados, crie uma ordem por chegada de pedido de socorro. Não vamos deixar ninguém na mão.

Bento Teodoro, o ruivo de cabelo rastafári, inspirou fundo o ar da noite e sentiu o desagradável cheiro dos vampiros. Percebeu as novatas e o novato movendo os lábios e o nariz, sentindo aquele odor chegando. Teodoro lembrou-se dos velhos tempos. Desde que Lucas tinha chegado, de alguma forma inexplicável, os bentos conseguiam dominar parcialmente seus instintos. Antes bastava esse cheiro para quererem saltar o muro e enfiar a espada na fuça dos desgraçados. Agora conseguiam canalizar aquela energia mística para um melhor raciocínio. Conseguiam manter os músculos estancados, aguardando o ataque, aguardando a melhor hora para a ação. Mas, depois que a briga começava, tudo era como antes, golpes sangrentos e luta infernal, sem medo, sem pensamentos, sem controle... a vibração mental só ordenava uma coisa: cortar vampiros!

Ramiro apertava o cabo de sua espada enquanto seus olhos castanhos escuros percorriam os muros. Bento Ramiro e bento Célio estavam à frente de Teodoro, olhando para o muro. Os tiros de Aurélio e seus soldados espocavam furiosos. O rojão de seis tiros há muito já tinha tonitroado. Olhou para trás e fixou por um instante os olhos nos novatos. Três mulheres e um rapaz. Que fossem o bastante!

As três bentas chamavam-se Chantal, Pietra e Walquíria, já o novato atendia por Martin. Estavam visivelmente nervosos. Walquíria tinha a espada desembainhada, imitando, por segurança, os bentos experientes. A mulher via as armaduras arranhadas e amassadas dos veteranos, depois via suas armaduras reluzentes e intactas e sentia calafrios. Era a primeira vez que ela e os demais novatos iriam entrar em combate. Torcia para que, como assistira outras tantas vezes da sala de controle de Marco Franjinha, o TUPÃ viesse logo e acabasse com aquilo sem que tivessem de lutar. No entanto, seus ouvidos não poderiam ser enganados por seus desejos. Os soldados em cima do muro disparavam à vontade contra guerreiros da noite cada vez mais próximos daquela muralha. Haveria luta. Haveria batismo. A mulher colocou a imagem de São Jorge na palma de sua luva de couro e, tremendo de nervoso, trouxe-a até os lábios. Iria lutar, pois assim fora feito seu destino, Deus não lhe abandonaria nessa hora.

De cima da torre de concreto do Villa-Lobos escapavam explosões cadenciadas e desesperadas. Os portões do parque estavam tomados por vampiros. Eles vinham de todos os lados e se o maldito TUPÃ não desse o ar da graça em questão de segundos a desgraça estaria armada. O Villa-Lobos não contava com muros altos. Eram apenas aquelas grades verdes em toda a sua volta. Alicate e Carlos ficavam abaixados e tapavam os ouvidos, enquanto as poderosas explosões da deita-corno se repetiam. Quando a longa fita de munição chegava ao fim, fazendo o cão da arma estalar seco, os dois soldados entravam em ação colocando na boca da metralhadora uma nova fita totalmente carregada com projéteis comuns intercalados por projéteis revestidos de prata. O resultado era bom. Para onde os soldados que disparavam estivessem olhando a arma ia varrendo as criaturas e colocando grande número delas no chão. O problema era que o exército era numeroso e nem com mais dez deita-cornos seria possível conter a invasão.

— Cuidado com os bentos! — gritou Alicate, colocando a cabeça no beiral da torre e vendo que os guerreiros prateados iriam entrar em ação. — Eles são meio doidos e podem entrar na linha de fogo!

As metralhadoras continuaram despejando bala para baixo.

Carlos levantou-se de onde estava e olhou para trás. Dali de cima da torre podia ver o rio Pinheiros e os restos do que fora o *shopping* Villa-Lobos. Mais vampiros vinham por ali! Pegariam o acampamento pelas costas. Acionou o *walkie-talkie* e falou com Gabriel.

— Gabriel, pelo amor de Deus, homem! Cadê o TUPÃ?

Um segundo de silêncio no *walkie-talkie*. Os disparos das metralhadoras eram infernais, entrando fundo nos ouvidos. Carlos desceu uma dúzia de degraus e colocou o aparelho no ouvido para entender o soldado.

—... não está respondendo. Já gritei, já esperneei, mas a Barreira do Inferno não deu resposta!... Acho que hoje... acho que hoje estamos sozinhos nessa, meu irmão.

Tânia, direto da sala de controle do CLBI, acionou o rádio. Ela estava trêmula e demasiadamente nervosa. Encontrou na lista a freqüência geral através da qual todas as salas de rádio das fortificações receberiam a mensagem ao mesmo tempo. Depois da geral, tentaria contato com um a um.

— CLBI para operadores de rádio do Brasil, CLBI para operadores de rádio do Brasil. Estamos sob ataque cerrado nesse momento. Os vampiros já passaram pelo muro. Não sabemos por mais quanto tempo poderemos operar, mas, assim que for possível, mandaremos ajuda a cada um de vocês. Continuem entrando em contato e passando a situação.

Tânia, com lágrimas nos olhos, viu a contagem finalmente chegar a zero. TUPÃ despejaria sol sobre o Barreira do Inferno.

— CLBI para operadores de rádio do Brasil. A situação é crítica. Estamos recebendo pedidos de socorro simultâneos de, pelo menos, vinte e três localidades diferentes. Vamos atender a todos. Mantenham-se firmes, rapazes. A situação é crítica.

Do lado de fora da sala de controle, no grande espaço aberto da Barreira do Inferno, os bentos viam os primeiros vampiros saltarem para dentro do terreno vencendo o muro e os soldados.

Teodoro lançou uma olhada para trás. Sentiu arrepiarem-se os pêlos. Aqueles novatos eram iguaiszinhos ao Lucas. Viu os olhos dos quatro brilhar e ganhar um tom amarelado. Era impressionante. Teodoro voltou os olhos para a frente quando o primeiro vampiro tocou o chão. Inspirou fundo. Suas pernas pareciam pesar um tonelada. Ficou estático feito rocha. Junto com a onda de vampiros, viu meia dúzia de soldados saltarem desesperados, procurando fugir dos dentes afiados das criaturas. Ergueu a espada. Ergueu os olhos para o céu. No manto escuro, viu um brilho rápido. Depois um grande halo de luz surgiu na mata imediatamente após o muro. A noite virou dia, forçando os olhos claros do ruivo a buscar proteção sob suas luvas.

Bento Célio abriu um sorriso largo. Tudo acabaria bem mais uma vez. Estavam salvos!

Ramiro levantou a mão, cobrindo os olhos em concha. O halo de luz vinha em direção ao muro. Em questão de segundos estaria banhando toda a várzea do Centro de Lançamento da Barreira do Inferno e livrando dos vampiros todos os soldados e trabalhadores que ali estavam.

Saulo marchava junto com seus irmãos vampiros rumo ao muro do CLBI. O comandante de seu grupo tinha recebido a informação de Anaquias de que provavelmente aquele maldito dedo de sol viria sobre suas cabeças antes que em qualquer outra frente de ataque. Isso preocupava a todos os vampiros, mas marchariam assim mesmo. Marchariam em nome do vampiro-rei e fariam cumprir sua vontade. O vampiro-rei queria aquele lugar destruído. Queria que aquele chicote de luz fosse extinto e havia ensinado a Anaquias a maneira de entrar no coração daquele flagelo. O coração do sol repentino era ali, na Barreira do Inferno, depois daquela muralha de dezoito metros de altura. Saulo olhou para os lados. Os irmãos estavam enfileirados, parecendo um exército treinado anos a fio. Queriam sangue para compensar o esforço, e o comandante Gregório tinha prometido o prêmio a todos. Depois daqueles muros serem destruídos e de todos os soldados e humanos serem mortos, marchariam para Nova Natal e se deleitariam com os rios de sangue lá guardados. Uma frente de batalha estava agora mesmo castigando a cidade, preparando o terreno para a chegada dos guerreiros que sobrevivessem à Barreira do Inferno. Saulo abriu um sorriso largo e deixou seus dentes crescer. O muro estava perto, menos de cem metros. Segurou firme a tira de couro que atava o escudo em forma de grande escama. Centenas de seus companheiros escalavam a muralha. Tiros passaram a zunir em todas as direções. Um batalhão de vampiros armados com armas de fogo retornou à carga. Gritos! Ah! Como eram deliciosos os gritos humanos! Viu seus companheiros infestarem a muralha. Gritos entre os vampiros próximos. Cheiro de sangue fresco. Saulo olhou para o céu. Um brilho acima de suas cabeças, no instante seguinte um facho curvo chegando à floresta logo atrás deles. Seus olhos arderam e começaram a queimar. A luz vinha em sua direção. Desesperados, seus irmãos começaram a correr. Saulo correu na direção do muro e desatou a tira de couro que cruzava seu peito, liberando o grande escudo de ferro tingido de negro.

— Juntar! Juntar! — comandou o vampiro.

Sabiam que precisavam de vinte vampiros para tentar safar-se.

— Juntar! — gritou mais uma vez Saulo, sentindo o calor da luz do sol vindo em sua direção e sentindo a pele e os olhos arderem como nunca.

Franjinha, Everton e Tânia só não vibraram e comemoram com urras o facho de luz sobre o CLBI, porque sabiam que muitos outros povoados precisavam de ajuda naquele instante. Mesmo assim o trio trocou um sorriso rápido.

O engenheiro acompanhou pela tela o deslocamento lento do facho de luz solar. Manteria TUPÃ iluminando a Barreira do Inferno por noventa segundos. Não podia provocar sobreaquecimento do sistema, do contrário o satélite ficaria travado por quase meia hora. Sabia que aquela rajada de luz seria o bastante para queimar os malditos, pouquíssimos deles sairiam vivos daquele ataque. Um ou outro sempre tinha a sorte de se enfiar num buraco e se safar dos raios de sol, mas, assim que a noite voltasse, tratariam de bater em retirada sem constituir ameaça.

Dentro dos muros da Barreira do Inferno os soldados e os bentos novatos irromperam em gritos extasiados.

Ramiro levou o *walkie-talkie* até a boca.

— Ramiro para Aurélio. Ramiro para Aurélio.

— *Aqui é Fernando* — respondeu a voz pelo rádio. — *Aurélio foi baleado, preciso levá-lo para a enfermaria urgente.*

— Os vampiros fugiram? Foram queimados? Informe, soldado.

— *Estou até tossindo com tantas cinzas aqui em cima do muro, eles tinham praticamente encoberto tudo, está difícil de andar, tem brasas incandescentes para todos os lados. Os que estavam lá embaixo encerraram o ataque, mas eu não sei se foram embora.*

— Como assim?

— *É melhor tu subir aqui, Ramiro. Eu não sei o que está rolando.*

Ramiro baixou o *walkie-talkie* e olhou para bento Célio. Os dois começaram a correr deixando os vivas para trás. Entraram na escadaria que corria por dentro do muro e logo alcançaram o vão de manobras no topo da construção. Como ao pé do muro, lá em cima havia muita fumaça. A luz de TUPÃ ainda pairava em cima de suas cabeças e um calor desconfortável começava a tomar conta dos bentos dentro das armaduras. Ramiro desviou-se de dejetos de vampiros mortos e saltou uma fileira de brasas incandescentes. Alcançou o soldado que segurava Aurélio no chão. O líder dos soldados já estava inconsciente.

— Ele ainda está vivo. Mas, se não levarmos o cara agora para a enfermaria, ele não vai resistir.

Ramiro passou a mão pela cabeça. Viu meia dúzia de soldados mortos. Outros ocupados em recarregar as armas e ficar prontos para um novo ataque. O bento finalmente olhou para fora, para o areião recém-construído ao redor da Barreira do Inferno. Já podia ver o final do halo e a escuridão engolindo a floresta. O chão de areia branca refletia uma luz cegante. Via brasas e cinzas de vampiros para todos os lados, mas algo impressionante roubou sua atenção. Via conchas sobre todo o areião. Eram formações negras e estranhas, lembrando iglus de esquimós, mas, ao invés de construções de gelo, Ramiro via algo escuro, como escamas grandes, como círculos duros. De dentro de alguns deles escapavam labaredas e fumaça, em outros percebia movimento naquelas imensas escamas e outros permaneciam imóveis. Seus olhos se detiveram sobre um daqueles, donde escapava fumaça. Depois as escamas se separaram, desmanchando o iglu de escudos, e subiu ao céu uma grande língua de fogo. Ramiro arregalou os olhos e empalideceu. Trouxe o *walkie-talkie* à boca e berrou:

— Preparem-se! Eles vão atacar novamente! Vão voltar com carga total!

Lá embaixo, dentro do CLBI, os soldados, que se mantinham atentos ao rádio, ouviram a mensagem de Ramiro. O facho de luz acabava de vencer o muro e ia devolvendo lentamente à Barreira do Inferno a escuridão. Os soldados passaram a gritar mais alto do que aqueles que festejam a vitória incompleta.

As bentas Walkíria e Pietra estavam juntas e trocaram um olhar aflito. Pensavam que estavam livres daqueles malditos vampiros, mas, vendo aquele novo corre-corre, voltaram a colocar as mãos nos cabos das espadas.

— Eles vão atacar! Eles vão atacar novamente! — gritavam os soldados com rádio.

Saulo gritou de dor. Sua mão exalava uma fumaça negra e o ardor era insuportável. Se aquela tortura não acabasse logo, iria entrar em combustão em poucos segundos. Com os olhos inchados e totalmente vermelhos em razão da claridade, assistiu mais dois de seus parceiros também começarem a soltar fumaça da pele. Um deles tinha uma coluna de fumaça negra escapando da orelha esquerda. Estavam pegando fogo!

Saulo, temeroso, gritou ainda mais.

— Calma! Calma! — gritou Flora, uma das vampiras protegidas pela cabana de escudos. — O sol desapareceu! Vamos à forra!

Saulo deixou o escudo cair e foi de joelhos à areia branca. Colocou a mão fumegante entre as pernas e olhou para o céu negro cheio de estrelas. Olhou ao seu redor, dezenas daquelas cabanas de escudos começam a abrir feito ovos do mal. Tinha dado certo! Caralho! Tinha funcionado! Saulo olhou para o pé do muro a cinco metros de distância. Um soldado caído gemia de dor com a perna fraturada em três lugares. Saulo correu até o soldado e grunhiu ao aproximar-se, desceu a boca escancarada na jugular do humano e deixou o sangue saltar para o céu da boca. Sugou com gana e com prazer. A vítima debateu-se um instante e logo deslizou para a inconsciência. Saulo largou a vítima e ergueu o rosto sangrento para a muralha. Queria mais sangue! Olhou para a mão ferida e escurecida pelo aquecimento solar e a viu se regenerando diante de seus olhos. Sua pele branca e suas veias escuras carregavam agora um pouco do milagre da vida, que pulsara no sangue daquele infeliz. Saulo olhou novamente para o muro e começou a escalá-lo, enfiando suas unhas pontiagudas nas reentrâncias que encontrava. Subiu com habilidade, acostumado à escalada das árvores, chegou ao topo com rapidez. Inspirou fundo. Queria sangue humano. Muitos dos seus também vinham. Em cima do muro, saltou com agilidade para dentro do corredor de manobras. Tocou com suavidade o chão da parte interna da muralha. Soldados e bentos gritavam, desnorteados com o espetáculo que assistiam. Milhares de vampiros tinham sobrevivido à investida do sol certeiro. Não contavam com isso, estava escrito em seus olhos! Saulo aproveitou-se da desorientação. Quase rastejando, moveu-se com velocidade espetacular em direção ao soldado mais próximo. Levantou-se repentinamente, simplesmente "surgindo" à frente da vítima. O soldado arregalou os olhos e gritou, trazendo o rifle na direção do vampiro. Saulo arrancou a arma com facilidade do humano e arremessou o rifle muro abaixo. Seus caninos mergulharam no pescoço do rapaz, sorveu um gole de sangue e fechou a mandíbula com toda força arrancando um pedaço da jugular, carne e músculos. Afastou-se do homem e deixou-o debatendo-se letalmente ferido. Outro soldado corria em sua direção com a arma erguida. Esquivou-se da saraivada de balas. Azar para três homens que estavam atrás, que acabaram feridos pelo fogo amigo. Quando o soldado refazia a mira, dois vampiros venceram o muro e se atiraram contra ele. Saulo aproximou-se e tomou-lhe a arma, fazendo outro rifle voar para o areião. Afastou-se um passo e girou com as unhas negras passando sobre a barriga e o pescoço do humano. Deu as costas à vítima e desviou-se de um novo soldado. Olhou para trás. Suas unhas tinham aberto cortes profundos no homem que caíra de joelho e segurava os ferimentos do pescoço na tentativa vã de manter a vida dentro das artérias. Saulo riu com vontade. Olhou o muro. Centenas de vampiros passavam pelo corredor de manobras, levando com eles a vida de quem encontravam pela frente. Voltou lentamente pelo caminho que tinha feito, até parar aos pés do primeiro soldado. O pescoço com a grande ferida aberta ainda jorrava sangue. Abaixou-se e sorveu mais do líquido quente. Sentia-se energético. Pronto para acabar com a raça de mais uma centena de soldados. Levantou-se sujo de sangue. Seus olhos arregalaram-se quando um homem trajando um peito de prata e uma capa vermelha esvoaçante partiu para cima dele. Saulo saltou do muro em direção à várzea interna da Barreira do Inferno. Nada de lutar com bentos. Os malditos eram sortudos com aquelas espadas de prata pura.

O vampiro caiu sem peso. Balas cortavam o ar e vinham em sua direção. O muro a suas costas salpicava com o impacto dos projéteis, lançando poeira para cima e dejetos de cimento e pedras sobre os que estavam mais próximos. Saulo virou estrela desviando-se das balas e escondeu-se atrás de uma pilha de brasas incandescentes. O sangue do soldado correndo em suas vísceras lhe dava velocidade e mais gana. Contudo, não poderia esquecer o objetivo principal daquele ataque maciço. Tinham de controlar o instinto de busca por sangue e comportarem-se como uma unidade militar. Tinham de destruir a base e tornar impossível o uso daquele sol repentino novamente.

Everton cutucou Franjinha. O engenheiro que digitava as coordenadas de São Vítor não deu atenção. Everton cutucou de novo.

— Um momento! Um momento, porra! — gritou, concluindo o processo.

Quando o jovem engenheiro terminou de digitar as coordenadas, olhou para Everton. O rapaz apontava para a tela principal onde o satélite dois exibia as imagens da Barreira do Inferno. Muitos pontos vermelhos estavam alinhados com o muro de Aurélio, revelando que o ataque de TUPÃ tinha queimado centenas de vampiros, mas, inexplicavelmente, milhares de pontos azuis mantinham-se em movimento e ao menos um quarto deles estava passando pelo muro nesse exato momento.

— Muda as coordenadas, Franja. Muda! Eles vão entrar aqui e acabar com tudo.

Franjinha já tinha pensado nisso. Era obrigado a pensar nisso. Tinha de ter uma saída.

— Agora é impossível. Já entrei com as coordenadas, não dá para parar no meio do processo... eles também estão precisando de ajuda em São Vítor, em São Pedro, em Nova Natal.

— Mas você mesmo disse que nós somos a cabeça, sem a gente em pé ninguém será socorrido!

— Olhe pra tela, Everton! Não dá para detê-los agora! Eles vão invadir a Barreira do Inferno!

Janete alcançou o final da escadaria social do Hospital Geral de São Vítor. Agora só tinha diante de si um lance de escadas metálicas que ligava ao telhado do prédio. Tinha ouvido no rádio que lá ficavam duas deita-cornos. Ouvia os disparos impressionantes vindos de algum lugar não longe. Talvez fosse o som delas. O som das famosas metralhadoras de picar vampiros. Certamente seus irmãos já lutavam dentro da cidade e vinham em direção ao hospital. Janete limpou o sangue ao redor da boca e, suavemente, tocou a porta de madeira.

A madeira tremia junto com as explosões ritmadas vindas lá de cima. A vampira fez um sinal para Orlando acompanhá-la. O caminho estava seguro.

Orlando encarou o rosto pálido e rasgado de veias negras da amiga e seguiu escada acima. Viu Janete girar a maçaneta sem encontrar empecilho algum. Assim que a porta foi aberta, o barulho das explosões cresceu dez vezes. Eram potentes aquelas armas. Orlando sorriu. Como é que Janete tinha tido uma idéia daquelas?!

A vampira nua cruzou o umbral da porta. Seria uma surpresa e tanto para aqueles soldados. Janete encontrou outro lance de escadas. A noite de céu limpo estava salpicada de estrelas. A vampira inspirou fundo sentindo o cheiro dos irmãos. Junto com o cheiro deles também vinha o perfume magnífico de sangue humano. Eles tinham pegado os miseráveis de São Vítor de jeito, provavelmente bem no meio da festa que tinham tanto planejado e trabalhado em cima. A vampira abaixou-se assim que chegou ao telhado. O topo do prédio era todo recoberto por pedra britada, bem amplo e plano. Contou trinta soldados junto à metralhadora. Os outros traziam rifles ou fuzis e estavam ocupados demais para notar sua, até aqui, sutil presença. Janete olhou para trás e fez um sinal para que Orlando aguardasse na escada. A vampira viu a outra metralhadora na outra ponta do telhado, paralela à primeira. As duas voltadas para o que os habitantes de São Vítor chamavam de muro dois.

Janete começou a caminhada em direção à metralhadora mais próxima. Quando o soldado acionava o gatilho, as explosões eram longas e potentes, uma atrás da outra, até que ele soltasse o gatilho e refizesse mira buscando um novo inimigo. Quando disparava, a fita de cartuchos passava pelo mecanismo e, a cada seqüência de explosões, dúzias de cápsulas vazias eram cuspidas para cima, criando uma pilha ao lado do soldado. Enquanto isso, os fuzis dos outros soldados não davam descanso, disparando sem parar. Andou cerca de vinte metros sem sequer ser notada.

Andrei puxou o gatilho novamente. Seu fuzil disparou triplamente. Derrubou um vampiro. Sorriu. Respirou fundo. Escolheu novo alvo. Puxou o gatilho. Clec! Clec! Clec!. A munição chegou ao fim. Esbaforido, deixou o corpo cair sobre as britas. Não ia arriscar o coco trocando o municiador. Esse ataque estava quente. Os malditos estavam atirando de volta, o que era raro. Com agilidade, soltou o cartucho vazio e puxou do colete o municiador cheio, enfiou no engate e destravou o fuzil. Preparava-se para levantar e voltar a atirar, quando viu a mulher. Ela estava nua. Ficou paralisado olhando nos olhos da criatura. Como era bela! Deveria ser uma recém-desperta que abrira os olhos bem agora, no meio daquela confusão. Ela o olhava diretamente nos olhos. Andrei moveu a boca, mas não conseguiu falar. Que mulher linda! Tão branca, olhos claros. Não conseguia desviar o olhar. Ela começou a correr em sua direção. Andrei assustou-se e colocou-se de pé, percebia agora a palidez da garota e as veias roxas cruzando seu corpo nu. Era como tomar um balde de água fria na cabeça, como desvanecer um feitiço. Ela abriu a boca. Dentes longos.

— Uma vampira! — foi o último grito do soldado.

Janete passou as unhas na jugular do soldado, antes que ele caísse de joelhos, agarrou o segundo e arremessou-o prédio abaixo. O terceiro apontava o rifle em sua direção. Janete esquivou-se do disparo à queima-roupa e suas unhas afiadas descreveram um arco fatal abrindo um rasgo no pescoço do rapaz. Ela saltou e alcançou o soldado da metralhadora. A arma era grande e pesada e ele não teve tempo de usá-la. O rapaz esquivou-se agilmente das unhas de Janete. A vampira grunhiu nervosa. Ele puxou uma faca e deu uma estocada no abdome da vampira. Janete gritou. Alcançou com a mão o pescoço do soldado e espremeu sua traquéia. Agarrou a metralhadora de suas mãos, antes que a arma caísse pelo beiral do telhado. Ergueu a metralhadora e virou-se para os soldados que disparavam contra ela. Acionou o gatilho uma vez. Domou o empuxo da ponto cinqüenta e varreu o telhado, disparando contra o grupo junto à outra metralhadora. Muita poeira e fumaça subiram. Quando a cortina se desfez, Janete confirmou o que o silêncio lhe dizia. Estavam todos no chão.

Orlando, atraído pelo hiato de explosões, adentrou o telhado. Viu Janete, triunfante, com uma das metralhadoras nas mãos, enquanto cerca de vinte homens estavam no chão, a maioria morta. Orlando correu em direção a um deles que, ferido e deitado, tirava uma pistola do coturno. Mergulhou seus dentes no pescoço quente do homem e drenou-lhe o sangue. Sentiu os músculos do humano amolecerem. Apanhou a pistola de suas mãos fracas e levantou-se. Caminhou pelo telhado com a arma em punho e disparando contra a cabeça de cada um dos que ainda se mexiam. Depois olhou para trás e encontrou Janete colocando a metralhadora no beiral do telhado. Orlando foi para a segunda deita-corno e imitou a amiga, empunhando a grande metralhadora.

— Quem matar mais bentos ganha o prêmio! — gritou a mulher.

Janete fez mira nos homens e mulheres que corriam pelas ruas do vilarejo, procurando abrigo e fugindo dos vampiros. Era a hora de virar o jogo.

Amaro estendeu o braço e atirou com a pistola. Balas revestidas de prata. Sempre preferia a pistola quando o combate era dentro de São Vítor. Achou que nunca mais viria aquilo, mas estava terrivelmente enganado. Os malditos tinham transposto o muro em grande número e, para piorar a situação, todo o sistema bélico da cidade estava comprometido por culpa do carnaval. Em contrapartida, tinha mais soldados do que de costume dentro dos muros. Muitos tinham vindo em caravanas de fortificações distantes para as festividades. Também era a primeira vez que defendiam São Vítor de um grande ataque, podendo contar com o apoio do rádio. Amaro respirava com dificuldade. Estava cansado de tanto correr. Recostou-se na parede externa de um casebre e ergueu a pistola. Os cidadãos corriam desnorteados, entrando nas casas e travando as portas e janelas como podiam. Pelo rádio, soube que o CLBI não estava respondendo e que Tatu não tinha previsão para entrar com auxílio do sol de TUPÃ. Correu mais duas ruas. Um vampiro saltou do telhado de uma das casas em cima do líder de soldados. Amaro rolou no chão de terra batida. O vampiro agarrou seu pescoço e apertou. Amaro gemeu e sentiu dor. Apertou o gatilho da pistola. Caiu no chão. O vampiro ferido no peito com o projétil prateado, rastejava e recostou-se numa casa. Chen surgiu vindo pela viela ao lado. Viu o amigo caído e olhou para o vampiro. Atirou contra a criatura, cravando um balaço na sua cabeça. Estendeu a mão para Amaro e continuaram a marcha. Tinham de defender o Hospital Geral, os vampiros sempre iam para lá.

Bento Pedro fez a espada correr o ar. A cabeça do maldito voou para o lado e antes que batesse no chão sua lâmina decepava o braço de outro atrevido que vinha em sua direção. Ao seu lado, rápido como um gato, lutava bento Bosco, um novato que, como Lucas, fazia os olhos fulgurarem amarelo-vivo. O jovem e estreante bento não se fizera de rogado e trespassava com sua espada dois vampiros de uma só vez. Um terceiro agarrou Bosco pelas costas. O bento desferiu uma violenta cotovelada no animal pálido e fê-lo desmontar. Era uma mulher. Bosco, tomado pela sanha e pelo desejo de aniquilar as criaturas da noite, sequer processou. Sua espada desceu pesada repartindo a cabeça da mulher, feito uma melancia. Enfiou o coturno no colo da criatura e empurrou para que sua espada deslizasse para fora dos ossos torácicos da vampira.

Bento Pedro girou e cortou outro vampiro. Estavam sendo cercados rapidamente. Não agüentariam muito tempo sem reforços.

Chen e Amaro chegaram na hora. Os bentos estavam em apuros. O líder de traços chineses ergueu seu rifle e sentou o dedo tirando de ação dez vampiros que iam cercando Pedro e Bosco.

Amaro descarregou a pistola com tiros certeiros. Ouvia os disparos potentes das deita-cornos instaladas no telhado do HGSV e torcia para que muitos dos vampiros estivessem liquidados. Perderia alguns minutos ali.

Pedro percebeu a folga criada por Chen e Amaro. Derrubou mais dois vampiros com a espada e viu o corredor livre entre as últimas casas. Seu instinto também o empurrava em direção ao Hospital Geral. Os vampiros não poderiam pôr as mãos nos adormecidos. Caso tomassem controle de São Vítor, teriam refeição garantida para centenas de anos. Correu pelo corredor. Ao deixar a proteção das casas, teria de atravessar um terreno de cerca de duzentos metros. Viu vampiros correndo na direção do grande prédio. Bufou puxando ar para os pulmões. Não deixaria que chegassem. O som da deita-corno era poderoso. Seus olhos vacilaram quando percebeu que as balas não atingiam os malditos. As balas estavam derrubando homens, mulheres e crianças que corriam em busca de abrigo!

Bento Bosco seguiu atrás de bento Pedro. Correu mais rápido, alcançou um maldito. A espada primeiro atingiu o inimigo na batata da perna. O vampiro rodopiou e caiu de costas. A fera ergueu os braços para se proteger do golpe e, antes que pudesse gritar, sentiu a pele de seu peito queimar com o corte da espada de prata.

Bosco arrancou a espada do inimigo e virou-se recebendo o impacto do corpo de um outro vampiro. Bosco cambaleou e, antes que recobrasse o equilíbrio, o vampiro agarrou sua capa vermelha e puxou-a com violência, levando-o ao chão. O bento ergueu os pés e impediu que o vampiro agarrasse seu pescoço com as unhas afiadas, empurrando o peito da criatura com a sola dos coturnos.

Pedro socorreu o parceiro. O vampiro ficou acéfalo, antes que percebesse a aproximação do inimigo pelas costas. Deu a mão para que Bosco se levantasse. Tinham de sair dali. Antes que desse o primeiro passo, olhou para o lado e surpreendeu-se com pedaços do chão gramado sendo arrancados e explodindo. Não tiveram tempo de correr ou entender. Pedro tombou quando as balas perfuraram sua armadura prateada. Bosco recebeu um tiro na coxa e caiu gritando assustado.

Chen e Amaro, que saíam do corredor para o descampado imediato ao hospital, estacaram ao perceber os tiros da deita-corno vindo na direção dos guerreiros. Gritaram quando viram os dois sendo atingidos. Deitaram-se e procuraram proteção. A saraivada de balas passou perto de seus corpos e estraçalhou parte da parede da casa que estava em suas costas. Levantaram-se e correram até os bentos, arrastando os dois para a proteção do grupo de casas. A coisa estava feia e não parecia perto de melhorar.

Hector não parava quieto. Estava indignado em ter de ficar trancado naquele cômodo até tudo se tranqüilizar. Sua amiga Gisele compartilhava da mesma opinião. Eram bentos e deveriam estar com os semelhantes do lado de fora, defendendo São Vítor. Só porque ele tinha dez anos e sua amiga onze, pronto, eram tratados feito crianças. E eram crianças de fato, a isso não contestava. Mas ficar trancado? Isso já era demais! Por que tinham feito armaduras para eles? Por que tinham colocado espadas reduzidas em suas bainhas? Vestiram-nos feito guerreiros e tratavam-nos feito enfeites, bibelôs que serviam apenas para fazer graça aos visitantes! Hector ia para lá e para cá sob o olhar vigilante das oito senhoras que cuidavam das crianças bentas. Iguais a ele e Gisele, tinham mais duas. Dois garotos, um de cinco anos e um de sete, que, igualmente a Hector e Gisele, tinham despertado bentos. Esses dois tinham sido mandados para outras fortificações, pois em seus prontuários, afortunadamente, haviam pistas sobre o paradeiro de parentes. Hector e Gisele, cada vez mais amigos, voltaram a ficar sozinhos e a receber toda a atenção das senhoras.

— Deixa a gente ajudá-los, tia! — insistia Hector.

— De jeito nenhum. Lá fora é muito perigoso. Você é um bentinho e vai querer atracar-se com os vampiros.

— Ora! Mas é justamente para isso que despertei bento!

— Você é muito novo. Não pode ir.

Hector olhou para o cadeado que selava a porta de madeira. Talvez um golpe bem dado desmontasse a tranca.

Enquanto isso, na base Villa-Lobos, Gabriel, pesaroso, apanhou o comunicador e avisou a todos os que tinham *walkie-talkies*.

— A Barreira do Inferno está sob ataque junto com mais vinte e três cidades. Não há previsão para auxílio de TUPÃ. Repetindo, não há previsão para auxílio de TUPÃ. Defendam o acampamento e suas vidas como puderem. Que Deus ajude a todos nós.

Ouvindo a mensagem pelo rádio, bento Vicente ficou estático por um segundo. Villa-Lobos estava completamente cercado. Os vampiros tinham tomado todas as cercas e derrubado metade delas, como se esperassem aglutinar mais e mais feras da noite para saltarem todos ao mesmo tempo contra os soldados e bentos ali dentro. Mesmo com todas as armas que tinham à mão, se não pusessem algum plano em prática, estariam perdidos. Vicente olhou ao redor. Não havia como salvar a todos, mas havia uma chance de resistir com maior eficácia do que ficarem todos dispersos sobre aquela pista de concreto.

Vicente levou o *walkie-talkie* à boca.

— Soldados! Agrupar! Agrupar!

Ana e as demais grávidas, um grupo que passava fácil de sessenta gestantes, abaixaram-se ouvindo balas vindo na direção do refeitório. Ana estava tonta. As mulheres, mesmo parecendo com as bocas seladas e mudas, não paravam de falar em sua cabeça. Ouvia seus gritos, suas lamúrias e temores. E, sem saber, o mesmo se passava na mente de todas as outras. Estavam no meio de um inferno.

Ana abandonou o esconderijo debaixo da mesa e rastejou até uma das amplas janelas do refeitório. Sua barriga voltou a doer imediatamente, sentindo o útero endurecer e contrair. A médica olhou pelo vidro. Via centenas de vampiros correndo pelas ruas de barro daquela parte de São Vítor. Não sabia se consideraria aquilo sorte ou azar, mas o fato é que eles corriam em direção ao HGSV.

Um vampiro interrompeu sua corrida. Ergueu a narina. Cheiro de sangue. Olhou na direção do galpão e leu no letreiro frontal. Refeitório. Nada mais convidativo. Chamou a atenção do grupo que o precedera, fazendo-os retornar.

Ana prendeu a respiração. Seu sangue gelou quando viu cerca de trinta daquelas criaturas horrendas parando de correr e olhando em sua direção. Estavam vindo na direção do galpão.

A médica olhou para o grupo de amigas gestantes. Sob uma das mesas, viu Fernanda. Ela segurava o braço. Ana aproximou-se aflita, passo a passo. Parou em frente à paciente. Abaixou-se junto à mulher e puxou a mão que cobria o braço. Fernanda gemeu. Ela tinha um corte que sangrava.

— Estamos perdidas... — murmurou.

Uma onda de medo cruzou-as ao mesmo tempo. Voltaram a chorar em conjunto, como se estivessem todas atreladas à mesma central de sentimentos. Em cadeia, também sentiram nova contração. Essa, tão intensa que fez a maioria curvar-se e urrar de dor. Que estaria acontecendo com aquelas mulheres?

Nesse mesmo instante, Hector e Gisele sentiram uma energia forte cruzando seus corpos. Os dois, sem desejar, acenderam seus olhos e um fulgor amarelado tomou o quarto. As senhoras babás afastaram-se das crianças tomadas de susto.

Hector olhou novamente para o cadeado e dessa vez não hesitou. Sua arma varreu o ar e arrebentou a tranca. A dupla de bentinhos deixou o cômodo diante das senhoras atônitas. Deixaram a casa e correram na direção do galpão refeitório. Era para lá que tinham de ir. Era lá que seriam úteis.

Os vampiros que cercavam o refeitório interromperam o avanço.

— Esperem — disse o líder. — Esse lugar deve estar infestado de soldados.

— Não sei. O que eu sei é que está infestado de sangue. Sentem o cheiro?

As criaturas trocaram um olhar rápido.

— Vou buscar reforços. Precisamos de irmãos armados para dar cobertura ao nosso ataque.

Bento Dimas, bento Justo e mais três mulheres bentas perseguiam vampiros. Os malditos corriam rumo ao Hospital Geral. Mensagens vindas pelo *walkie-talkie* dava conta de que um ataque maciço ao HGSV estava em progresso. Tinham de reforçar o grupo de resistência até que a luz de TUPÃ pairasse sobre o céu de São Vítor. Atravessavam nesse instante um conjunto de casas nas proximidades do galpão-refeitório quando se depararam com um grande grupo de vampiros. Os vampiros que perseguiam se misturaram ao grupo novo. Dimas nem tomou tento da quantidade de inimigos. Sua espada foi ao alto e desceu no meio do crânio do primeiro que vinha na onda. A ruela estreita entre as casas dificultava a ação dos inimigos e favorecia os bentos.

As novatas encouraçadas também atiraram-se contra os vampiros. A maioria deles agia como animais acossados, retrocedendo, xingando ou soltando rugidos de feras. Eram bichos insanos de olhos vermelhos e cheiro repugnante.

O líder do grupo dos vampiros não perdeu tempo com o combate. Furtou-se pela brecha entre uma casa e outra, sendo seguido por mais um tanto do seu bando. Tinham um objetivo em mente.

Tatu ouviu uma batida seca na porta. Continuava falando com a Barreira do Inferno. Estava a ponto de ter um colapso nervoso, tão alto eram os gritos e a quantidade de tiros que vinham lá de fora. Não podia largar o rádio para atender a porta. Outra batida. Tatu ouviu um chiado vindo pela caixa acústica, depois a doce e desejada voz de Tânia chegou:

— *A contagem regressiva para o disparo de TUPÃ já está em andamento, São Vítor.*

— Graças a Deus! — gritou o soldado.

— *Cento e setenta segundos e descendo! Faremos uma passagem única de TUPÃ, o defletor não pode entrar em superaquecimento, temos mais uma paulada de fortificações sendo atacadas nesse momento! Avise aos soldados de São Vítor, uma passada, nada mais!*

— Entendido, Barreira!

— *Boa Sorte, São Vítor. Câmbio e desligo!*

Tatu pressionou o botão do *walkie-talkie* na freqüência dos líderes de soldados. Outro impacto na porta. Tatu arrepiou-se. Aquilo não eram mais batidas, alguém tentava arrombar a sala do rádio. Vampiros!

— Atenção, comandantes! Tatu falando. Barreira do Inferno avisou que o sol chega em dois minutos e meio. Será uma passada só. Matem os infelizes e segurem as pontas.

Tatu parou para tomar fôlego. Outra batida contra a porta de madeira. Dessa vez todo o batente tremeu, fazendo poeira descolar e cair. Tatu pressionou o *walkie-talkie* outra vez.

— A propósito, se alguém pudesse vir acabar com os vampiros que estão tentando entrar na sala de rádio, eu ficaria muito grato.

O soldado desligou o *walkie-talkie*. Sabia que o bicho estava pegando e que a ajuda iria demorar. Apanhou a Glock em cima da mesa e apontou para a porta que tremeu mais uma vez.

O casal de pequenos bentos alcançou o refeitório. Era como se vozes inúmeras entrassem em suas cabeças e os conduzisse até ali. Era uma onda elétrica que tomava seus sentidos e botava metas urgentes. O trajeto tinha sido fácil, como se olhos que não os deles vigiassem o caminho e dissessem por onde seguir sem resvalar nos malditos noturnos.

Com espadas em punho, Hector e Gisele adentraram o refeitório.

As mulheres gritavam desnorteadas.

— Fechem a porta! Fechem a porta! Os vampiros estão querendo entrar!

Ao mesmo tempo em que a gestante alertou, barulhos foram ouvidos sobre as telhas fazendo com que todos olhassem para cima.

— Nós viemos ajudar vocês! — exclamou Gisele.

As grávidas se entreolharam. Era sério aquilo?

— Cadê os bentos adultos?

Hector travava a porta enquanto respondia:

— Estão ocupados. Só sobramos nós dois.

— Ai, meu Deus... — gemeu uma das mulheres com a mão no ventre.

— Não quero perder meu bebê, doutora. Não quero — suplicou outra para Ana, que improvisava um curativo no braço de Fernanda.

— Calma, gente. Calma. A gente vai ter de agüentar as pontas. Nós temos nossa força... nós temos os bentos... — Ana fez uma pausa e olhou para as duas crianças. — São pequeninos, mas hão de nos fazer companhia.

As grávidas continuavam debaixo das mesas, procurando acuarem-se ao máximo, ficando longe das janelas e das portas do galpão.

O líder dos vampiros que queria invadir o galpão encontrou alguns semelhantes com metralhadoras e fuzis. Conduziu-os até o galpão, prometendo sangue fresco. Não precisou dizer mais nada para chamar a atenção dos vampiros armados.

Refizeram o trajeto até o refeitório com os novos comparsas e, sem rodeios, começaram a disparar contra a frente do galpão. Se houvessem soldados lá dentro, seriam pegos de surpresa e mortos naquele instante. A rajada de disparos contra as janelas e madeiras que compunham a frente do galpão durou mais de um minuto, sem que ninguém detivesse os inimigos.

O vampiro líder, satisfeito, levantou a mão, ordenando que interrompessem os disparos.

A cortina de fumaça desvaneceu, revelando o resultado inusitado do ataque. A frente do galpão estava simplesmente intacta.

— Quê!

— Que droga é essa?

— As janelas são blindadas! — gritou uma vampira, que empunhava um revólver trinta e oito.

A vampira remuniciou sua arma e aproximou-se da ampla vidraça à sua frente. A peça era subdividida em seis vidros grandes, de meio metro de altura cada um. Apontou o revólver para a vidraça e descarregou a arma. As balas ricochetearam inexplicavelmente.

— Aaah! Como isso me irrita! — gritou o líder. — E as portas de madeira e todo o resto? Impossível ser tudo à prova de balas.

De fato, não havia sequer um risco nas madeiras que emparedavam o galpão.

Indignado, o vampiro virou-se para o terreno às suas costas e encontrou uma pilha de caibros no chão.

— Ah! — sorriu indo apanhar uma das peças.

Com a madeira pesada, partiu contra a porta dupla do galpão e, de tão irritado, esqueceu-se completamente de sua preocupação primeira, que era a possível presença de soldados armados no recinto.

O vampiro golpeou com insistência a porta dupla, fazendo-a tremer, mas sem conseguir arrombá-la. Olhou para o bando que acompanhava estático sua tentativa, aumentando ainda mais sua irritação.

— Vamos, babacas! Estão esperando o quê?!

O pequeno bento Hector olhou para as grávidas, depois para Gisele. As gestantes tremiam feito vara verde.

— Eles vão entrar — gritou Fernanda, vendo a porta dupla balançar com o novo impacto.

Todas gritaram. Cada qual com sua dor. Os bebês pareciam sofrer com o medo demasiado da mãe.

Gisele aproximou-se de Hector.

— Temos de fazer alguma coisa. Eles não podem entrar aqui.

— Eu tenho uma idéia, só não sei se você vai gostar.

— O quê?

— Podemos pular lá pra fora e distraí-los.

— Distraí-los com o quê?

— Com isso — disse o menino, puxando a espada feita sob medida pelo ferreiro Magal.

— Loucura, Hector, nunca entramos em combate.

— Somos pequenos, mas somos bentos também. Todo mundo fala que quando chega a hora de lutar a gente luta, mesmo sem saber, mesmo sem lembrar de nada depois. A gente é bento, Gisele. A gente consegue.

A garota passou a mão pela boca. Estava com medo, mas o que o amigo dizia era verdade. Desde que botaram aquela armadura no seu peito e aquela imagem de São Jorge, diziam que ela era uma benta. E ouvia da boca dos outros que os bentos novatos sempre morriam de medo no primeiro confronto, mas, quando chegava a hora, lutavam.

— E como vamos sair? — perguntou.

Hector apontou para as janelas.

— Elas são blindadas, Hector. Não está vendo? Os tiros dos malditos não estão passando.

— Isso pra mim não é blindado coisa nenhuma e, se formos por ali, vamos conseguir.

— Como pode estar certo?

— Como você veio parar aqui, Gisele?

A menina não respondeu.

— Foi alguma coisa na nossa cabeça. E essa coisa tá dizendo pra gente ir por ali que vai dar certo.

— Ai, minha mãezinha! — gemeu a menina.

— Não precisa ir. Eu vou sozinho. Você tá com mais medo do que elas. Fica aqui.

A menina caminhou nervosa até perto do amigo.

— Eu não tô com medo, Hector — disse com lágrimas nos olhos, e, tirando a espada diminuta da bainha, completou: — Eu tô apavorada!

— Então fica aqui, caçamba!

— Não. Eu vou contigo. Somos amigos. E esse troço na minha cabeça não me deixa em paz.

Hector meneou a cabeça. A porta balançou de novo. Uma lasca de madeira escapou do batente. O encanto que protegia o refeitório se estava desfazendo. Os rostos esbranquiçados de vários vampiros surgiram nas janelas. Eles queriam entrar a qualquer custo. O cheiro do medo das mulheres estava atiçando as criaturas. Hector sentiu um tremor tomar conta de seu corpo. Olhar para os vampiros tinha feito um frio subir-lhe da cabeça aos pés. Sentiu algo em seus olhos. O escuro desvaneceu-se e então ficou tudo claro como dia. Vampiros duma figa!

Ana viu o garoto arrastar uma mesa para perto da janela. Depois viu-o subir e correr em direção à vidraça.

— Não! — gritou a médica, finalmente saindo daquele transe.

Hector saltou em direção da janela e estraçalhou a vidraça. A criança caiu no chão de terra batida e rolou, ficando de pé com agilidade. Ergueu a espada e apontou-a ameaçadoramente para os vampiros.

As criaturas, pegas de surpresa, viraram-se para o pequeno guerreiro vestido com a couraça prateada. Dos bentos, faltava-lhe o saiote. Muitos dos vampiros começaram a rir.

Gisele saltou em seguida, indo juntar-se ao corajoso amigo. A bentinha também ergueu sua espada e ficou com as costas coladas nas costas de Hector, assistindo aos vampiros interromperem o ataque para caçoarem deles.

— Cadê o resto de vocês, crianças? Ficou lá dentro? — zombou o vampiro próximo a Gisele.

— Não sabia que existia uma creche criadora de bentos em São Vítor — espezinhou outro.

Gisele respirava com rapidez e fungava, era estranho, era como se alguma força exterior tomasse conta de seu corpo, não se sentia mais uma garotinha indefesa.

— Vejam a situação dos bentos, meus companheiros. Estão agora recrutando anões de circo! — bradou outro, fazendo o grupo aumentar ainda mais as gargalhadas.

Como se tivessem combinado, Hector e Gisele descolaram-se no mesmo momento e decidiram terminar com aquela palhaçada. Os bentos infantes engalfinharam-se com os vampiros mais próximos. Apesar do tamanho reduzido e da lâmina proporcional, seus golpes eram agilíssimos, rápidos e certeiros.

O sorriso estampado no rosto dos vampiros desvaneceu e passaram a assistir aos dois pestinhas fazerem em pedaços os companheiros que entravam em seu caminho.

Hector passava a espada com rapidez, procurando abrir o maior número de cortes possível em cada adversário. Via-os caindo e os ferimentos começavam a fumegar por causa da prata. Cortava seus joelhos e, quando caíam, passava a lâmina em suas gargantas. Subia nos corpos inertes para alcançar o inimigo seguinte, diminuindo a diferença de altura.

Gisele não se importava com o sangue negro e fétido que escapava a cada passada de sua espada. Queria era vê-los caídos e mortos. Quando as garras afiadas das criaturas vinham na direção de seu pescoço, a benta mirim esquivava-se com rapidez e passava a lâmina no braço da criatura.

Os vampiros começaram a recuar, afastando-se passo a passo da porta do galpão refeitório. Gritavam possessos por estarem sendo escorraçados por duas crianças.

Um dos vampiros correu em fuga. Chegou nas casas e vielas e deparou-se com um numeroso bando de vampiros. Gritou, chamando a atenção do bando.

— Precisamos de ajuda! Os bentos nos estão liquidando! Caímos numa arapuca!

O bando atendeu ao chamado e, feito cães famintos, partiram atrás do vampiro. Quando chegaram na frente do galpão, viram cerca de trinta vampiros caídos ao redor de duas crianças com carapaças prateadas feito bentos adultos.

O vampiro da frente olhou para o que gritara por socorro.

— Você estava falando desses bentos?

O vampiro, encurvado e envergonhado, olhou para o bando.

— Eles são uns capetas... cuidado.

— Atacar! — bradou o líder do novo bando.

Hector e Gisele não esperaram pelos vampiros. Correram de encontro à onda.

— Caramba! Que audácia! — espantou-se o líder do novo grupo, que observava a investida de seu bando.

Os bentos infantes sabiam no íntimo que agora seria mais difícil, pois não haveria o efeito surpresa e o novo bando tinha ao menos o dobro de vampiros, mas não podiam conter-se. Não tinham força sobre a própria vontade. Uma voz mística clamava por batalha e eles, mesmo crianças, atendiam.

As espadinhas continuaram trabalhando afoitas. Mais cinco, seis, sete vampiros foram picados. Hector sentiu seu braço direito agarrado. Depois um outro vampiro o ergueu pela cintura. Um terceiro agarrou seu braço esquerdo e o desarmou. Hector gritou enraivecido.

Gisele teve o mesmo azar. Em questão de segundos estava desarmada e imobilizada. Foram carregados em sentido ao galpão refeitório.

Cada vez mais e mais vampiros acorriam ao bando engalfinhado com as crianças e em menos de um minuto mais de sessenta noturnos estavam ao redor dos prisioneiros.

Os vampiros amarraram os pulsos e os calcanhares dos pequenos e os jogaram contra a parede. Hector e Gisele ficaram com as cabeças encostadas. Tinham de se contorcer bastante para poderem olhar-se de canto de olhos.

— Gisele?

— Quê?

— Você é a benta mais corajosa que eu conheço — disse o pequeno.

— Obrigado, Hector.

— Me desculpe por te pôr nessa?

Gisele ficou calada por um instante. Ela via os vampiros se enfileirarem. Estavam com fuzis nas mãos.

— Te desculpo, Hector.

— Obrigado.

— Você ainda está sentindo a eletricidade na cabeça?

— Não, Gisele.

Os vampiros apontaram as armas para os pequenos. Preparavam-se para atirar quando começaram a ouvir uma sucessão de gritos vampíricos.

Para desespero geral do bando, viram uma faixa de sol caminhando em sua direção. Alguns largaram as armas e correram o máximo que puderam. Outros ficaram estáticos, capturados pelo medo e pela surpresa e esses foram torrados na frente das crianças, que viram seus corpos primeiro fumegar e depois consumir-se em labaredas amarelas e vermelhas.

Uma parte dos vampiros entrou pela vidraça quebrada alcançando o interior do galpão.

Janete gritou para Orlando, chamando a atenção do parceiro. Acabava de recarregar sua metralhadora e sorriu quando viu um amontoado de soldados e guerreiros bentos arriscarem-se para alcançar o hospital.

— Atire nos bentos! Atire nos bentos! Estão no descampado!

Orlando pressionou o gatilho e mirou num dos guerreiros prateados. A pontaria era difícil, uma vez que a metralhadora ponto cinqüenta era pesada e dava trancos sucessivos.

Lá embaixo, bento Justo percebeu os tiros vindo em sua direção. Saltou de lado e rolou. As balas passaram a um palmo de seus pés. Tinha de continuar correndo.

Bento Dimas não teve a mesma sorte. Tropeçou e rolou. Ouviu as explosões vindo em sua direção. Rolou para o lado, desviando-se dos projéteis. O pé estava doendo. Tinha tirado alguma coisa do lugar! Gritou por socorro. Bento Jorge, um dos novatos, veio em seu auxílio.

Orlando gritou para Janete.

— Vamos pegar aqueles dois!

Janete apontou a metralhadora na direção do bento caído e começou a disparar.

Orlando bufou irritado quando percebeu que suas balas tinham chegado ao fim. Soltou a ponto cinqüenta e correu para um fuzil, arrancando-o dos dedos de um soldado morto.

Janete levava as balas para cima de Jorge e Dimas. Gritou nervosa quando o grande bento negro conseguiu desviar-se dos tiros. Ia voltando com a carga quando viu um clarão. Aquilo era luz do sol!

Orlando olhou para a amiga e estendeu o braço. Seus olhos ardiam e a pele queimava.

— Vamos fugir! — gritou Janete.

Os dois vampiros começaram a correr pela pedra britada em direção às escadarias. Dentro do hospital estariam a salvo.

Enquanto corria, Janete olhou para trás. Viu Orlando caindo e seu corpo fumegar. Orlando não conseguiu mais se levantar. Ela sentia um calor inenarrável. Era como se fogo escapasse das britas aos seus pés que se carcomiam a cada passo. A escadaria estava perto. No entanto, a vampira virou-se para trás desistindo da corrida. A imagem de Orlando morrendo sozinho devastou seu coração. Janete voltou e abaixou-se ao lado do amigo e agarrou suas mãos e tentou arrastá-lo em direção à saída do telhado. O amigo era pesado e não se moveu um centímetro. Viu quando os olhos de Orlando viraram duas janelas de fogo. Ela não teve forças para uma nova tentativa e caiu abraçada ao vampiro. Os dois viravam uma imensa bola flamejante.

As mulheres grávidas, assustadas com a invasão dos vampiros ao galpão refeitório, correram em outra direção. Em questão de segundos, viram um clarão tomar conta lá de fora. Sabiam que era TUPÃ.

Ana correu para a porta dupla frontal e pediu ajuda para tirarem a tranca. Em três, tiraram a madeira que atravessava as portas e abriram-na com facilidade. Saíram para o chão de terra batida. A luz era intensa e as de olhos mais claros precisaram protegê-los com as mãos. Olharam ao redor. Até onde a vista alcançava, viram aqueles amontoados de cinzas e brasas ardentes. Os vampiros estavam recebendo o que mereciam. Ana olhou para o lado e viu os dois valentes que tinham ganhado tempo e provavelmente salvado a vida de todas elas ali. Desamarraram as crianças, soltando expressões de grande alegria. Ana chegou a sentir uma vertigem por conta do calor súbito, coisa que viu repetir-se em duas das amigas.

Fernanda olhou para dentro do galpão refeitório. Viu uma dúzia de vampiros gemendo e escondendo-se debaixo das mesas e cadeiras, temendo o sol que brilhava em São Vítor. Sem saber de onde tirou aquela coragem e iniciativa, apanhou um dos fuzis do chão e voltou para dentro do galpão. Ao invés de apontar para os malditos, apontou para o teto de telhas de amianto. Os disparos começaram a transformar as telhas em cacos, que caíram sobre as mesas e deixaram a luz do sol entrar fartamente. Dois soldados chegaram naquele momento. Vendo a atitude da mulher, correram para dentro do galpão e começaram a arrastar as mesas, como se desentocassem ratos. Um a um, os vampiros foram queimando sob a luz solar. Dois deles conseguiram agarrar-se à parede do refeitório e, feito baratas assustadas, subiram até quase o teto onde a grávida não tinha conseguido destruir as telhas. Os soldados apontaram seus rifles e dispararam sem piedade. Os vampiros, trespassados por balas de prata, caíram estrebuchando no chão do refeitório.

Em busca de preservar-se, como se tivessem exaustivamente memorizado aquela ação conjunta, centenas de vampiros entocaram-se nas casas e construções de São Vítor, assim que o raio de sol trazido por TUPÃ invadiu a fortificação. As criaturas arremessavam-se contra janelas e portas, arrombando-as, enlouquecidas e em busca de abrigo. Sabiam que o raio de sol não duraria mais que alguns minutos. Tinham de se manter em local fechado e escuro por instantes para depois voltar ao ataque.

Uma das criaturas rompeu a janela da casa onde Maria Alice e Eloísa escondiam-se com mais mulheres. O estardalhaço da madeira e do vidro, somado a um rugido ferino da criatura fez a mulherada pular de trás da cama. Atropelaram-se passando para a sala e abrindo a porta. Maria Alice trouxe a pequena Eloísa nos braços. Como elas, dezenas de pessoas estavam na viela, trocando de lugar com os vampiros, momentaneamente era mais seguro fora do que dentro. Maria Alice olhou pela janela estraçalhada e viu o vampiro esgueirando-se para baixo da cama. Maria Alice soltou Eloísa.

— Espera aqui, não sai do lado das tias — pediu.

A mulher correu para dentro da casa, e na sala encontrou o que procurava. O grande espelho onde tinha verificado sua silhueta horas atrás. Maria Alice sacudiu o móvel e tirou a peça vítrea. Levou-o para fora e de frente para a janela inclinou o espelho mirando a luz para dentro do quarto. Conseguiu o que queria. O vampiro começou a gritar e acuou-se ainda mais, recostando-se ao máximo no canto da parede, embaixo da cama. O quarto encheu-se de fumaça e gemidos da criatura.

— Ele está se escondendo! — gritou Maria Alice. — Morre mequetrefe, filho duma rapariga!

Um garoto que acompanhava a ação da mulher correu para dentro de sua casa e voltou com outro espelho. Entrou pela sala da casa onde o vampiro se escondia e foi até o quarto.

— Cuidado, filho — preocupou-se a mãe.

O garoto sincronizou a luz com a que Maria Alice jogava para dentro do quarto e refletiu um facho de sol para baixo da cama. O vampiro saltou debaixo do móvel, jogando a cama e o colchão para cima. O garoto recuou assustado, mas Maria Alice manteve-se firme e precisa, endereçando mais luz no corpo da criatura. O vampiro fumegou ainda mais e gritou estridente. No instante seguinte, seu corpo pegou fogo e esmoreceu. O garoto saltou para a sala, fugindo das labaredas e voltou para a rua.

— Isso! — gritou a mulher.

— Ali, naquela casa tem outro! — gritou alguém.

Maria Alice e o garoto correram para o lugar indicado. Em menos de um minuto a operação começou a se espalhar e tomar as vielas de São Vítor. Enquanto houvesse a luz de TUPÃ, iriam reduzir o número de vampiros dentro dos muros.

Pelo rádio, Chen e Amaro, que estavam nas imediações do HGSV, chamaram Matias, que estava do outro lado da cidade, próximo à forja de Magal. Rapidamente reorganizaram os soldados e orientaram que deveriam todos buscar mais munição e armas para continuar o confronto, pois sabiam que a luz de TUPÃ não ficaria muito tempo pairando sobre São Vítor.

Franjinha digitou as novas coordenadas. Traria os raios de TUPÃ de volta à Barreira do Inferno. Tinha de manter o centro funcionando e a única chance para que todos sobrevivessem àquela noite sangrenta seria justamente manter o CLBI a salvo. Viu quando o satélite interrompeu a rajada de sol sobre São Vítor e iniciou o processo para voltar o defletor para o Rio Grande do Norte mais uma vez. Em questão de minutos, soldados e bentos voltariam a ter auxílio dos céus.

Mais uma vez, Saulo viu um brilho rasgando o céu negro. Aquele brilho antecedia o sol repentino trazido pela maldita máquina dos humanos. Gritou chamando a atenção dos demais. O facho de luz bateu na floresta e rapidamente veio em direção ao muro da Barreira do Inferno e, em poucos segundos, estaria atravessando a várzea descoberta na tentativa vã de acabar com todos os seres noturnos. Saulo, mais uma vez, puxou a faixa de couro que prendia o escudo côncavo às costas e gritou alertando os irmãos.

Os vampiros de igual desprenderam a proteção e, quando o sol de TUPÃ varreu o descampado, novamente se dividiram em grupos e formaram as cabanas de escudos, vedando a entrada da luz.

Bento Ramiro viu-se livre, como que por encanto, da turba de malditos que prendiam seus braços. Quando viu o risco de luz vindo na direção do muro, entendeu. Os malditos estavam fugindo e se protegendo. Seus olhos correram ao redor. Apanhou sua espada prateada do chão e viu Teodoro caído. Correu até o amigo e passou a lâmina da espada pelas cordas que prendiam seus braços e pernas. O amigo estava desacordado. Os vermes tinham um plano diabólico em mente. Aquilo não estava certo. Normalmente, o embate entre bentos e vampiros terminava em morte, nunca em prisioneiros. Os vampiros queriam vê-los cativos. Queriam arrastá-los para fora da Barreira do Inferno e certamente teriam um plano sombrio reservado aos guerreiros de peito de prata. Ramiro olhou para o terreno. Muitos dos vampiros tinham voltado a formar aquele estranho iglu para protegerem-se do sol. Viu as guerreiras se aproximando em corrida. Ergueu a espada e gritou.

— Pra cima deles!

Ramiro correu com a espada em riste na direção de um daqueles abrigos de vampiros. Desceu a lâmina com força e vontade contra um daqueles escudos. A peça metálica abaixou e a luz do sol de TUPÃ invadiu a proteção. Os vampiros no interior desesperaram-se, não conseguindo mais reorganizar a casca. Ramiro deu um segundo golpe com precisão e violência. O escudo atingido dessa vez voou para cima e as criaturas no interior da blindagem começaram a fumegar e no segundo seguinte línguas de fogo espalharam-se no interior do abrigo.

Walquíria foi a primeira guerreira a imitar o veterano. Atirou-se contra a blindagem mais próxima. Aqueles demônios não teriam a mesma sorte tal qual a da primeira investida. Sua espada girou pesada sobre sua cabeça. A mulher não pensava. Era apenas empurrada por aquela força misteriosa que lhe dava coragem e gana de luta. A lâmina de prata abriu caminho entre os escudos e dois deles foram removidos das mãos das criaturas. Fogo e fumaça tomaram os inimigos.

Martin, mais impetuoso ainda, correu rumo ao *iglu* de escudos e arremessou-se, usando o peso do próprio corpo contra as chapas de ferro fazendo a luz invadir o abrigo e espalhar vampiros pelos quatro cantos. As criaturas que ainda detinham escudos tentavam fazer sombra, mas, como os demais, começaram a correr enlouquecidas e a fumegar, transformando-se em bolas de fogo e na seqüência caindo sem vida, repousando na forma de brasas incandescentes. Não tiveram chance de sobreviver. Mesmo com um pouco de sombra sobre eles, a luminosidade afetava-os sobremaneira. Logo suas peles se desfaziam em bolhas imensas e rolos de fumaça não tardavam a escapar da boca, olhos e nariz, terminando por transformarem-se em estátuas ressequidas e sem vida.

Bento Célio comandou outra frente de ataque com Chantal contra as cabanas de escudos e os soldados, percebendo a manobra, abriram fogo, conseguindo também remover grande número de escudos das mãos dos guerreiros vampíricos. Graças à luz do sol e à estratégia tomada, boa parte dos vampiros dentro dos muros da Barreira do Inferno foi queimada. Os invasores mais inteligentes tinham buscado o interior dos prédios da administração e alojamento dos soldados, encontrando dentro das construções esconderijos mais resistentes.

Os vampiros que tinham tomado o rumo da sala de controle encontraram forte resistência nos corredores que davam acesso ao local. Soldados munidos de metralhadoras e escopetas tentavam impedir o avanço das dezenas de criaturas. Contudo os monstros da noite tinham um objetivo. Destruir o sol repentino. Não retrocederam nem com o fogo pesado. Também não tinham escolha. Ou acabavam com aqueles soldados no caminho ou batiam em retirada e desapareciam no meio dos raios de sol projetados por TUPÃ.

Os três operadores da sala de controle olhavam de forma tensa para os monitores à sua frente. Graças às câmeras de vídeo instaladas por Marco Franjinha, podiam assistir ao que se passava na entrada do prédio.

Franjinha, percebendo que o prédio da sala de controle tinha sido invadido por um bando de noturnos e vendo-os assassinar cada soldado que se interpunha à sua passagem, colocou seu plano de fuga em andamento. Digitou uma seqüência no *software* de controle de TUPÃ e saiu por um corredor estreito do outro lado da sala, seguido por Tânia e Everton. Assim que fechou a porta de trás, a porta da entrada principal foi aberta e o som de tiros e gritos tomou a sala de controle.

Marco Franjinha saltava cabos e tubos e seus auxiliares tinham dificuldade para se esgueirar em trechos muito apertados do corredor. Desceram uma longa escada vertical com degraus finos de ferro enferrujado. Tânia tomava fôlego, quando viu Franjinha forçar uma porta metálica. Tinha saído tão subitamente que até agora ninguém tinha dado um pio, apenas seguiam Marco por ser ele o mais antigo morador da Barreira do Inferno e presumidamente conheceria como ninguém aqueles labirintos.

Ludymila foi a vampira que alcançou primeiro a sala de controle. Ouviu um bater de porta ao fundo do amplo salão. Viu a grande tela exibindo as imagens transmitidas pelo satélite. Vendo o grande telão, não teve dúvidas de que tinha encontrado o coração daquilo que mais procuravam por trás daquela muralha. Mais três companheiros da noite entraram e deram de cara com a grande tela.

— Vocês dois, por aquela porta. Tem gente fugindo. Traga quem estiver naquele corredor, pode ser útil para acabarmos com esse inferno de sol repentino. E você, volte ao corredor. Veja se Antônio conseguiu entrar. Precisarei dele.

Em Villa-Lobos, Vicente transpirava frio, lutando para manter sua sanidade e orquestrar a resistência. Todos os soldados e bentos tinham obedecido seu chamado e se agrupado no fundo do teatro de arena do parque. Com as arquibancadas formadas por degraus largos, o palco do teatro de arena ficava em desnível coisa de três metros, formando um fosso, uma trincheira enorme de concreto. Pela quantidade de pessoas que precisavam proteger-se, ficou extremamente apertado, mas, ao menos dentro da formação quadrada, todos os soldados fortemente armados ficavam nas bordas, protegendo aqueles que estavam no centro.

— Disparem à vontade! Não economizem munição! Mirem no meio da cabeça dos vagabundos! — berrava Vicente. — Assim que seus cartuchos esvaziarem, dêem lugar ao soldado que estiver atrás de vocês!

Os soldados gesticulavam que tinham compreendido a instrução.

— Nós estamos em trinta e seis bentos! Eles têm... têm... vampiros pra caralho! Não vou garantir vitória, mas que vamos dar uma enxaqueca do cacete nesses noturnos, vamos dar. Quanto mais vampiros vocês derrubarem, melhor pra gente. Quando saltarmos daqui para fora, cuidado com suas armas, não vão derrubar os amigos!

Os disparos tinham começado. Os vampiros vinham como avalanche em direção à trincheira de concreto.

— Agora é com você, Lucas — disse Vicente, olhando para o amigo.

Lucas olhou para os bentos ao redor. Suas armaduras encostavam umas nas outras e podia-se ouvir a respiração descompassada dos veteranos. Eram eles que sofriam mais com a proximidade dos vampiros.

— Calma! — bradou Lucas.

Sua voz agia com encanto sobre os ouvidos dos bentos.

— Calma! — gritou mais alto.

Alguns dos novatos tremiam, não de medo, mas em luta por autocontrole.

— Vamos atacar em conjunto! Vamos vencer esses malditos!

Os olhos de Lucas brilharam amarelos. Repentinamente os olhos de todos bentos novos também se acenderam, enchendo o fundo da trincheira com aquela luminosidade assombrada. Alguns soldados cutucavam-se para apontar os olhos sinistros dos bentos.

As metralhadoras da torre e do patamar de concreto acima da trincheira improvisada não davam descanso. Mesmo assim, os vampiros corriam e venciam os disparos avançando rapidamente como água descendo a ladeira. Cada vez que um deles caía, logo era atropelado por uma porção dos que vinham atrás. Queriam selar e sufocar os soldados no fundo daquela trincheira.

— Agora! — gritou Lucas. — Ataquem!

Em cada canto da arquibancada quadrada um corredor foi aberto pelo tempo justo dos bentos passarem. O espetáculo de capas e espadas esvoaçantes começou.

Não havia tempo nem necessidade de pensamento. Lucas apenas estocava sucessivas vezes. No primeiro instante, parecia que seriam sufocados imediatamente, mas em questão de segundos os trinta e poucos bentos começaram a abrir o campo ao redor da trincheira.

Rogério, o baixinho arretado, fazia jus à sua fama. Sua espada bailava em cadência com seu corpo. Cada vez mais vampiros iam caindo a seus pés. No entanto, a quantidade imensa de oponentes não tardou a fazer diferença. Seus movimentos gracioso foram reduzindo sua plenitude até transformar-se em violenta luta pela vida.

Os veteranos, como Amintas, Francis e o grandalhão Vicente, forjados por centenas de combates, varriam a frente mirando pescoços de feras noturnas. Derrubavam um a um seus oponentes deixando claro que não se renderiam ao gigantesco bando. Em conjunto, conseguiram abrir uma clareira em meio aos corpos de vampiros abatidos e àqueles furiosos, com olhos vermelhos cintilantes e gana de morte. Vicente cortava de cima para baixo, muitas vezes repartindo a cabeça dos agressores. Tinha sucumbido à loucura dos bentos e não mais tinha controle sobre seu desejo. A única coisa que queria era matar. Matar todos aqueles vampiros. Matar um a um.

Os bentos mais novos conseguiram derrubar centenas de oponentes no princípio da contenda, mas agora grande parte deles via-se perdendo as espadas e sendo agarrados pelas feras pálidas e destemidas da noite. Seus corpos eram envolvidos pelas garras afiadas e cortes longos e profundos eram abertos em seus rostos. A resistência não duraria muito.

De volta aos porões do CLBI, Everton elevou o olhar para a escada vertical por onde tinham descido. A única luz que tinham era das lanternas entregues por Franjinha. Everton tentou calcular a altura daquela escada: mais de quinze metros de altura, seguramente.

Franjinha afastou-se da porta e apanhou um pé-de-cabra que, aos olhos de Tânia, fora estrategicamente escondido ali. O engenheiro forçou mais uma vez a porta e esta abriu, produzindo um estrondo. Franjinha virou-se pálido e apontou sua lanterna para cima, para o buraco no topo da escada.

— Onde estamos indo, Franja? — perguntou Everton.

— Ssshhhh! — fez o engenheiro, ainda apontando a luz para cima e exigindo silêncio.

Everton e Tânia também apontaram suas lanternas para o alto. Fez-se um silêncio sepulcral. Depois de uns instantes, o barulho de ferro caindo.

— Os filhos-da-puta estão vindo atrás de nós. Temos de correr.

Franjinha passou pela porta que acabara de abrir. Tânia e Everton não demoraram um segundo para se colocar atrás do engenheiro. Ao atravessar a porta, procuraram Franjinha com os fachos de lanterna. Tânia olhou para trás duas vezes. Não sabia se Franjinha tinha trazido uma arma, ela tinha medo de perguntar, ainda mais agora que seu coração estava disparado. Tinha ouvido nitidamente aquele barulho vindo lá de cima. Voltou a lanterna para a frente. Franjinha descia outra escada vertical. Aquela escarpada era mais alta ainda. Apontou o facho de luz para cima e não enxergou o teto nesse novo cômodo. Apontou para baixo e a luz refletiu a figura do engenheiro amigo, a moça engoliu em seco, também não via o fundo. Era um silo de lançamento de foguetes. Provavelmente dali decolara o Ariane-108 que colocara o TUPÃ em órbita terrestre muitos meses atrás. Everton a aguardava no topo da escada, indicou a descida com um sorriso amarelo no rosto.

— Primeiro as damas.

Tânia ficou de costas para o poço e tateou com os pés o primeiro degrau. Colou a lanterna no chão e desceu três degraus. Apanhou a lanterna de novo e prendeu-a na bainha da calça.

— Nós vamos conseguir — murmurou Everton em seu ouvido.

Tânia olhou para baixo. A luz apontava para a escada e só conseguia ver a cabeça de Marco Franjinha já a uns quinze metros de distância e nada de ver o chão. Olhou para cima. A lanterna de Everton apontava para o nada e o rapaz parecia esperar que ela ganhasse distância para começar a descer. Tânia acelerou o passo. Chegou a pensar que estar escuro seria, sobretudo, uma bênção, porque, se estivesse vendo a altura onde estava pendurada, com certeza já estaria toda mole e a ponto de despencar lá de cima. Desceu mais uma série de degraus. Olhou para cima. Nada do Everton. O amigo estava demorando demais. Pensou em gritar, mas manteve-se calada. Teve medo de fazer barulho. Interrompeu a descida. Olhou mais uma vez para cima e depois para baixo, para onde sua lanterna apontava, pendurada e balançando mansamente. Não via mais a cabeça de Marco Franjinha, só o movimento da luz de sua lanterna. Essa escada não teria fim?! Ficou com medo. A respiração acelerou ainda mais. Trêmula, tateou a cintura e puxou o cordão da lanterna, segurou o cabo da ferramenta e apontou-a para cima iluminando o caminho. Gelou.

Quando o facho de luz atingiu o topo da escadaria, viu um rosto pálido recuar rapidamente e um traço vermelho-brasil fugir para a escuridão. Soltou um grito e a lanterna. A peça só não caiu porque estava presa na cintura da calça. Tânia errou o bastão de ferro da escada e o pé vacilou, escorregou dois degraus e gritou de novo, agarrando-se com força. Bateu o queixo no degrau e sentiu o cotovelo raspar. A luz da lanterna de Franjinha bruxuleava e parecia voar no fundo negro. Ele tinha chegado ao final da escada. Tânia tentava controlar-se. Tremia tanto que não se arriscava a descer nem mais um degrau. Puxou a lanterna da cintura mais uma vez, tremendo. Precisava atarraxar o fundo do equipamento porque a luz piscava, acusando mal contato com as baterias. Ergueu-a rapidamente. Nenhum vampiro descendo. Tânia começou a chorar. Tinha ouvido tantas histórias desde que despertara dois anos atrás, mas jamais tivera sozinha em situação semelhante, sempre protegera-se atrás das muralhas e nas horas de aperto era recebida em casa de amigos e esperavam a luz do sol raiar. Apertou o fundo da lanterna e a luz firmou. Respirou fundo e olhou para baixo. Outro grito. Um vampiro estava logo abaixo do seu pé! O susto foi tamanho que soltou-se da escada começando a cair. Sentiu uma dor absurda no couro cabeludo. Viu-se suspensa pelos cabelos e percebeu que começou a ser içada pela criatura. Começou a gritar por socorro para Marco Franjinha.

Franjinha olhou para cima. A luz de sua lanterna não alcançava a garota. Se voltasse agora talvez tudo fosse posto a perder. Tinha de seguir em frente, do contrário toda a Barreira do Inferno seria posta a perder. Mas vacilou, virando-se e tentando mais uma vez alcançar a garota com a luz da lanterna para ao menos saber sua situação. Ela era sua amiga. Deus! Virou-se, desejando ficar surdo para aqueles berros aflitos.

Tânia ainda gritava de desespero e dor quando chegou ao patamar onde começava a escada. Viu Everton gemendo, com a boca laçada pela mão pálida de outra daquelas criaturas. Assim que a fera soltou seu cabelo, foi arremessada de encontro àquela que prendia o amigo. O vampiro que capturara a mulher olhou para o outro e voltou para a escada.

— Tem outro lá embaixo. Aguarde aqui.

Tânia foi agarrada da mesma forma que Everton e viu-se com a boca tapada, impossibilitada de gritar. Quanto mais se debatia, mais aquela mão apertava seu crânio.

O vampiro lançou-se escada abaixo, tocando apenas em dois degraus para evitar uma queda desastrosa. Girou o corpo e bateu no fundo do silo. Um eco portentoso subiu. Seus olhos vermelhos viam a vítima correndo desenfreada em direção a uma porta de ferro. Disparou no encalço do homem.

Marco Franjinha lançou a luz da lanterna para trás. Lá vinha ele! Tinha de ser mais rápido. A porta de segurança podia ser trancada por dentro e o vampiro não conseguiria passar. Respirava ofegante e cada passo era uma vitória. Jogou a lanterna mais uma vez para trás. Sentiu um impacto no tornozelo e o tombo foi espetacular, bem estilo vídeo-cassetada. O engenheiro rolou e parou de costas. A lanterna tinha caído virada em sua direção, por isso viu o vampiro vindo seco em sua direção. Ficou quieto, imóvel. Como era feio! A fera saltou sobre ele como um leão faria. Franjinha, instintivamente, levantou os pés. O vampiro bateu na sola de seu par de tênis e passou por cima dele. Franjinha virou e ficou de pé, apanhando a lanterna. Teve tempo de ver a fera girando no chão vítima do desequilíbrio e da surpresa. Franjinha conseguiu sorrir. Tinha descontado o tombo. Varreu o chão com a luz da lanterna e não encontrou nada para se defender. Encontrou um bloco de cimento. Não serviria de defesa, mas talvez fosse suficiente para alcançar outro objetivo.

O vampiro recolocou-se de pé e, diante do humano refeito, bateu com as mãos na roupa livrando-se do excesso de pó.

— Essa até que foi boa, cara — falou a fera.

— A gente faz o que pode.

— O que você vai fazer com isso aí? Construir um abrigo?

— Não. Vou construir um galo na sua testa.

O vampiro coçou a cabeça.

— Olha, vamos fazer o seguinte, você solta esse bloco que eu te levo inteiro.

Franjinha soltou a lanterna no chão e deixou-a em posição que pudesse iluminar a criatura. Encarou o vampiro e balançou o meio bloco com as duas mãos.

— Que foi, dentuço? Tá com medo de mim e desse pedaço de cimento?

A fera grunhiu transtornada.

— Chega de brincadeira!

Assim que o vampiro bradou a ameaça, Franjinha arremessou o pedaço de bloco, que passou voando ao lado da cabeça do vampiro, errando o alvo por mais de um palmo.

— Ah! Ah! Ah! Além de sem graça tu é ruim de mira.

— Você acha?

O vampiro voou para cima de Franjinha. O engenheiro engalfinhou-se com a fera. Não resistiria muito. Rezava para que seu plano desse certo e que mantivesse o pescoço a salvo. Os músculos do noturno pareciam feitos de pedra, duros e inflexíveis. Balançou o corpo para deitar a fera ao seu lado. As boas e velhas aulas de judô deveriam servir para ganhar mais alguns segundos. Uma sirene alta e ensurdecedora começou a ecoar dentro do silo. O vampiro ergueu os olhos assustado.

— Que é isso?

— É o sinal do recreio! — gritou Franjinha, desferindo um soco no rosto do agressor.

O engenheiro conseguiu livrar-se das garras do vampiro e, para surpresa do oponente, começou a correr para o meio do silo e não para a porta. O vampiro saiu em seu encalço, não poderia deixá-lo fugir, não agora que tinha tomado um sopapo na fuça. Humano nenhum faria isso e viveria para contar a história.

O som da sirene continuou e um barulho grave tomou conta do fosso fazendo as paredes metálicas reverberarem feito trovão. O vampiro pôs a mão no ombro da vítima e cravou suas unhas negras na pele do humano. Franjinha parou de correr e dobrou-se de dor, ficando de joelhos na frente do agressor.

— Agora eu vou te mostrar o que é um soco na cara — disse o vampiro, erguendo o braço.

Quando a criatura fechou a mão para o golpe, foi atingido por um fino facho de luz. A fera soltou um grito e correu para o canto, batendo tão forte na parede metálica do silo que parecia querer atravessá-la feito fantasma.

Franjinha deitou-se no chão e levou a mão ao ferimento no ombro. Ele tinha esmagado sua pele e as juntas doíam. Já se via colocando seu nome na lista de pessoas a serem levadas para o hospital de Nova Natal no próximo transfer. Olhou para a parede e viu o vampiro contorcendo-se e tapando os olhos com os braços. Os gritos aumentavam de intensidade à medida que a boca do silo abria-se mais e mais.

Tânia e Everton sentiram um cheiro azedo entrando pelas narinas, no instante seguinte as mãos que tapavam suas bocas soltaram-se. Viram o vampiro olhar horrorizado para os braços que fumegavam. A meia-luz propiciada pela entrada dos raios de sol deixou que vissem assustados os olhos da criatura injetarem-se de um vermelho-hemorrágico. A fera tapou os olhos que ardiam e virou-se para a porta em nível com o patamar. Everton, prevendo, saltou e agarrou o vampiro pelo tornozelo. O monstro era forte e enfiava as garras nas chapas de ferro que formavam o chão e arrastava-se em direção à porta. Everton foi sendo levado até que Tânia superou o pavor daquele momento e também saltou e agarrou o outro pé da fera. Everton percebeu o monstro cada vez mais fraco e fumegante, toda sua pele parecia tomada por algum tipo de ácido. O rapaz agarrou o vampiro e puxou-o até o começo da escada, deixando-o na borda da escarpa. Sentou-se sobre a chapa de ferro e com os pés empurrou o vampiro para o abismo. Tânia assistiu a tudo com lágrimas nos olhos. De forma alguma se compadecia do maldito, mas estava simplesmente aterrorizada. Viu a criatura pegar fogo no meio da queda e espatifar-se no chão, esparramando brasas incandescentes para todos os lados. Acompanhando esse *show* sinistro, seus olhos encontraram os de Marco Franjinha, lá embaixo. Ao mesmo tempo que viu o amigo e chefe, o silêncio foi quebrado pelo *walkie-talkie* preso à sua cintura.

— *Vocês precisam descer! Ainda não terminamos!* — ordenou a voz do rapaz.

Tânia lançou um olhar inseguro para Everton.

— Você consegue? — perguntou o amigo.

— Não sei — foi o que respondeu.

Everton levantou-se e abraçou a amiga que tremia feito vara verde e que começara um pranto de desabafo. Tinha sido aventura demais para uma mulher só.

— Eu te ajudo. A gente dá um jeito de descer juntos.

— E se tiver mais deles vindo?

Everton olhou no mostrador do relógio.

— Pelos meus cálculos, teremos mais dois minutos de sol do TUPÃ na nossa cabeça. O Franja reforçou o tempo de exposição dessa vez para os soldados liquidarem com os malditos. É tempo suficiente para descermos. Lá embaixo tem uma porta de aço com tranca. Temos de descer agora para estarmos a salvo.

A mulher procurou controlar-se. A dor intensa no couro cabeludo atrapalhava até os pensamentos, mas Everton tinha razão. Seria mesmo melhor pôr os músculos para funcionar imediatamente. Dessa vez Everton desceu primeiro para ampará-la na eventualidade de uma queda. A descida tomou um minuto e meio. O silo era profundo e largo. Correram de encontro a Franjinha, que esperava na porta. Assim que os três passaram para o novo corredor, o engenheiro puxou a porta pesada e girou a tranca. Teriam tempo para escapar. Correram por aquele trecho cerca de cinco minutos. Franjinha mostrou uma nova escada vertical e subiram um de cada vez. Essa era bem menor, coisa de seis metros. Novo corredor. Nova corrida. Franjinha parou antes da porta e vasculhou com a lanterna o local.

— Onde está?

Everton e Tânia nunca tinham estado ali. Sequer desconfiavam da existência daqueles túneis. Viam Franjinha revirar algumas estopas escondidas atrás de numerosos tubos que corriam juntos à parede.

— Achei.

Viram admirados Franjinha desenrolar um *lap-top* do meio de uma das estopas. O engenheiro abriu o computador portátil e ligou o aparelho.

— Ótimo. A bateria está carregada e está tudo funcionando.

Agora Franjinha passou a lanterna pela parede. Abriu uma caixa de verificação na parede e desenrolou um fio azul que sumia dentro da tubulação.

— A gente nunca sabe quando vai precisar dessas coisas.

O engenheiro espetou o cabo azul no computador e iniciou uma série de programas. Acessou as câmeras de vigilância. Diante do rosto sério dos três operadores, viram a sala de controle tomada pelas criaturas.

— Ah! Meu Deus! O Elvis! — gemeu Tânia, apontando para o monitor.

Uma das câmeras mostrava o soldado morto, sendo drenado por um dos vampiros. Os malditos tinham assassinado a maioria dos soldados.

— Onde estão os bentos?

— Não sei, Everton. Não estou vendo nenhum deles.

— Vejam que estranho — interrompeu novamente a mulher, quando a janela exibiu a imagem de uma das câmeras externas, mostrando a vasta várzea do Barreira do Inferno.

Os dois homens entenderam imediatamente. O sol de TUPÃ ainda brilhava sobre o CLBI.

— Eles tomaram controle do TUPÃ?!

— É o que parece... — murmurou Franjinha, começando a digitar alguns comandos.

— Você consegue retomar o controle? — perguntou Tânia.

— Daqui, não. Estou tentando, mas está tudo travado.

— E o que vai acontecer?

— Se eles mantiverem o raio de sol ativo, o TUPÃ entra em modo de segurança assim que superaquecer os defletores e o sistema. Ele pode até se danificar, mas vai autodesligar assim que superaquecer — explicou Everton, que já estava a par.

— Algum vampiro mais esperto deve ter mexido em alguma coisa e se perdeu nos comandos. Não é interessante para a raça deles esse sol brilhando por tanto tempo.

— E depois?

— Se os vampiros, por alguma razão esdrúxula, tentarem religar o sistema, TUPÃ vai pedir as senhas de acesso. Eles não vão conseguir controlar o satélite.

— Mas vão destruir todo o controle. Vamos levar meses para tentar fazê-lo funcionar novamente — alarmou-se Tânia.

— É. Mas isso já é outro problema. Vamos dar o fora daqui. Se sobrevivermos a essa noite, teremos meio caminho andado.

O engenheiro fechou o *lap-top* e desconectou o cabo. Andou até o final do corredor e subiu mais um lance de escadas verticais. Ao final, abriu uma escotilha e respirou o ar fresco da noite. Estavam cerca de um quilômetro do muro do CLBI. Nenhum maldito noturno à vista. Girou a lanterna para todos os lados. A floresta começava a uns quatrocentos metros abaixo. Saiu pela escotilha e ajudou Tânia e Everton.

— Vamos! Eu tenho um esconderijo.

Os três começaram a correr, descendo o morro de declive suave. Entraram na mata e deixaram os fachos de lanterna bailando na escuridão. Franjinha conhecia o caminho. Seria uma grande e cansativa jornada pela vida, deles e de muitos humanos que dependiam de TUPÃ.

Capítulo 32

Um vento forte e rascante levava ligeiro os grãos de areia branca que formavam o areião. Amontoava-se aquela areia fina nos muitos montes de cinzas ao redor dos muros. Alguns deles ainda fumegavam naquele triste e silencioso alvorecer. As torres de vigia de São Vítor estavam desertas, vazias de sentinelas. Sobre os muros, apenas quatro soldados que mantinham corajosamente os fuzis apontados para o nada. Os olhos do quarteto estavam vermelhos, frescos de lágrimas trazidas pelo desespero e pela tristeza. Os homens estavam encurvados e combalidos. Pela expressão em suas faces, não se podia dizer se teriam ou não notado o vermelho-sangue surgindo no horizonte quando a madrugada deitava larga, dando passagem para a alvorada avançar. Talvez seus olhos não tivessem mais sensibilidade para o vermelho que rodeava suas botinas. Talvez seus olhos estivessem presos nos cadáveres estirados à sua volta. Olhando para o areião, viam soldados tombados, olhando para a face interna de São Vítor, viam mortos em toda a várzea e até nas vielas. O vento constante e cheirando a chuva, fazia a floresta a mil metros de distância provocar um murmúrio audível aos sentinelas. Era um réquiem, uma valsa negra, um choro sereno e sofrido. Era a voz de muitas mortes. Os soldados cansados não tardavam de olhos fechados. Sempre que as pálpebras cediam e selavam suas mentes na escuridão, o pavor voltava a seus peitos. O primeiro deles voltava a ouvir os tiros e os gritos, o segundo relembrava os pedidos de munição feitos pelos amigos mortos e o desespero que chegava pelos *walkie-talkies*, o terceiro ouvia crianças, crianças gritando e pedindo socorro, crianças que ele não conhecia, e o último, toda vez que fechava os olhos, experimentava um pânico extremo que sempre o fazia abrir os olhos e a boca explodir num grito curto. O primeiro raio de sol atingiu o muro dois. A luz ainda fria chegou à retina de um soldado e incomodou seus olhos. O homem loiro e de barba por fazer levantou-se. Ainda trazia no corpo a fantasia verde e rosa de seu bloco carnavalesco. Sentiu alívio. Teriam ao menos doze horas de descanso para se refazer do susto, contar os mortos e ver o que havia sobrado de São Vítor.

Um dos soldados ergueu o *walkie-talkie* e deu a boa nova.

Amaro, dentro de um casebre cheio de gente em todos os cômodos nem precisou retransmitir a mensagem. O silêncio era brutal e todos na sala ouviram a informação prestada pelo soldado no muro. O líder de soldados levantou-se e, mancando, foi remover a escora da janela. Puxou a folha de madeira e um espectro suave de luminosidade clareou fracamente o cômodo.

— Glória, aleluia! — exclamou uma senhora, ao ver a luz do dia.

Amaro olhou para o rosto cansado da mulher. Todos estavam daquele jeito, com olhos fundos e entristecidos. O peito pesava. Claro que pesava! Todos naquele cômodo, nos outros, nas outras casas e no Brasil todo achavam que uma noite como aquela jamais voltaria a acontecer depois da Noite dos Milagres.

Amaro, com a ajuda de mais dois, afastou a pesada estante de madeira que tapava a porta e destravou-a. Abriu e deixou mais luz entrar. Um vento frio acompanhava a alvorada e trazia o cheiro de demônios queimados. O líder da soldadesca pisou no corredor de terra batida. Junto com o cheiro das brasas, discerniu o cheiro de chuva. O céu estava limpo, mas não duvidava que chovesse ainda de manhã, o vento era ligeiro e não tardaria a trazer nuvens.

Amaro baixou os olhos para a viela estreita e extensa. Os amontoados de cinzas ainda exalavam uma leve fumaça branca e fétida, mas já não traziam brasas ardentes. Esses montes de restos de demônios estavam por todos os lados, encontrados em todas as vielas e nas grandes áreas abertas de São Vítor. Amaro caminhou até a várzea entre as casas e o HGSV. Olhando para o céu via fios de fumaça riscando o azul-celeste. Aos poucos, as ruas da cidade foram sendo tomadas pelos sobreviventes. Amaro caminhava com o rosto apagado e sem cumprimentar as pessoas vivas. Seus olhos cumprimentavam os mortos. Era tanta gente morta e exangue que seria impossível enterrar a todos num dia só. Amaro levou as mãos ao rosto e caiu de joelhos tomado pelo pranto convulso.

Ana olhou para o vidro de soro fisiológico junto à sua maca. Queria levantar-se e ajudar os outros colegas de hospital, mas fora proibida de sair da observação pelo doutor Ferreira. Ela e todas as grávidas de São Vítor foram postas em macas nas enfermarias um, dois e três e ao menos vinte delas ficaram no corredor. Tomavam soro e droga relaxante, que agiam sobre seus úteros aliviando a dor deixada pelas intensas contrações às quais foram submetidas durante o ataque dos vampiros. Graças aos céus, nenhuma delas havia perdido o bebê.

Horas mais tarde uma das enfermeiras veio até o leito de Ana, avisando que o amigo Ferreira queria ter com ela. A enfermeira ajudou a médica a descer da cama e acomodou-a numa cadeira de rodas. Pela segunda vez em sua vida, transitou por aqueles corredores na condição de paciente. Em poucos instantes sua cadeira de rodas foi postada na frente do doutor Ferreira. O amigo calvo de Ana olhou-a demoradamente e depois sentou-se à sua mesa. A médica percebeu de imediato o curativo no queixo e o braço engessado do obstetra.

— Também passou um mau bocado, Ferreira?

— E quem não passou, Ana? Ontem foi a pior noite que eu vi nessa vida desgramada. Nunca vi um ataque tão organizado. Um ataque tão pavoroso.

As palavras do amigo fizeram Ana lembrar-se de Lucas. O companheiro guerreiro tinha farejado de longe a possibilidade de problemas daquela ordem e magnitude quando todos festejavam uma vitória inexistente. Afligiu-se pensando no marido. Ninguém até agora tinha conseguido contato com a base avançada do Villa-Lobos.

— O doutor chefão vinha pra cá, mas como o bom velho já está ficando senil e não larga aquele charuto nem a pau, dei uma enrolada.

— O chefão? — perguntou Ana, com um sorriso nos lábios, dissolvendo o semblante preocupado.

— Ele mesmo. Ele nunca sai daquela sala marrom e daquele conhaque... — Ferreira tomou um pouco de ar antes de continuar. — ...Ele quer saber o que você sabe sobre o que aconteceu ontem à noite.

— Sobre o ataque dos vampiros? O que eu sei de especial sobre isso?

— Calma. Você já passou estresse demais nas últimas horas, mas você é nossa colega, é bem inteligente, por isso acho você a escolha mais certa, mais indicada para esse... interrogatório.

Ana arqueou as sobrancelhas. Estava surpresa.

— Vocês, de um modo geral, estão bem, mas pelo que ouvi da maioria das mulheres, é que vocês entraram numa espécie de ataque coletivo...

— Histeria.

— É. Isso. Uma histeria coletiva.

— Não me lembro de quase nada. Só sei que estava na arquibancada assistindo ao desfile da... como é mesmo o nome?

— Unidos do Forte.

— Isso. Estava vendo o desfile, na maior alegria, mas quando começou o *show* pirotécnico eu pirei-técnica também.

O médico riu do comentário da amiga.

— Eu senti uma dor no abdômen, uma contração, seguramente. A dor foi grande e me tirou do ar. Eu fiquei assustada, estava carente, Lucas tinha prometido estar aqui. Ainda estou muito nervosa, ninguém consegue falar com o acampamento Villa-Lobos, ninguém sabe como eles estão... acho que o resultado de todo o acúmulo dessa aflição, mais o rojão de alerta... eu saí do controle...

— Peraí. Ninguém na avenida ouviu o rojão de alerta. Você mesma disse que começou a passar mal no meio do *show* de fogos, não dava para ninguém ouvir o rojão.

Ana ficou calada um instante. Botou a mão na boca.

— Ai, Ferreira. Espera. Acho que não foi bem o rojão que eu ouvi. Foi alguma coisa. Uma aflição indescritível, mais aquela dor... Eu... eu fechei os olhos e vi os vampiros do lado de fora do muro...

— Isso é que está me tirando do sério. Duas grávidas descreveram a mesma sensação quando começaram a passar mal. Dizem que *viram* os vampiros... mesmo estando sentadas no sambódromo.

Ana mordiscou o lábio.

— E tem outra — continuou o médico. — Você pode me explicar por que raios dos diabos você correu para o refeitório?

A médica grávida deu de ombros.

— Primeiro eu pensei na minha casa. O Lucas me deixou uma arma de fogo, com balas de prata...

— Pô, acho que eu vou começar a sair com uma benta também.

Foi a vez de Ana rir da graça do amigo.

— Eu ia para casa, mas daí me veio a idéia fixa do refeitório, como se tivesse, literalmente, uma vozinha comandando, mandando eu ir para lá. E fui.

— Você se encontrou com alguma das grávidas? Vocês conversaram antes de chegar ao galpão refeitório?

— Não. Não falei com ninguém. Eu só corri pra lá. Acho que você não prestou atenção no começo da minha explicação. Quando eu disse que pirei, eu pirei mesmo. Achei que estava perdendo o bebê, sabia que os vampiros iam invadir São Vítor... fiquei tão sem chão que nem consegui chamar o Amaro, que estava perto de mim uns minutos antes do desfile começar.

— Quando você chegou no refeitório, quantas grávidas já estavam lá?

Ana encolheu os ombros. Não conseguiu lembrar-se... não tinha certeza, mas achava que tinha sido a primeira a entrar no refeitório.

— Acho que só eu estava lá... não me lembro como tudo aconteceu. Acho que só voltei a mim quando os bentinhos chegaram. Eles, não sei como, começaram a acalmar a gente. Dá pra acreditar?!

— Os curumins de bentos?

— Aquele menino tem um brilho nos olhos e a Gisele transmite uma meiguice... eles são iluminados.

— Iluminados como todos os bentos.

— Não sei, Ferreira. Eles pareciam um bálsamo no meio daquela zona. Os vampiros estavam esmurrando as portas, estavam atirando contra o galpão. Nós estávamos a um passo de explodir de desespero... mas, quando eles apareceram, foi incrível.

— O que eles fizeram?

— Eles saltaram por uma janela e enfrentaram sozinhos os vampiros do lado de fora. Acho que, se eles não tivessem arriscado os pescoços, os malditos teriam invadido o refeitório e nós teríamos perdido nossos bebês.

— Você está falando de duas crianças?

Ana sorriu e aquiesceu. Aquilo era inacreditável mesmo. Duas crianças de dez, onze anos no máximo.

Chen também saiu da casa onde se fechara para terminar a noite. Chamou pelo *walkie-talkie* o nome de oito soldados, recebendo resposta de apenas um. Andando pelas vielas, encontrou os rostos de mais dois. Estavam imóveis, em choque, contudo vivos. Mais uma viela, mais meia dúzia de rostos conhecidos. Esses últimos também imóveis, mas tomados pela rigidez cadavérica reservada aos que cruzavam para o lado de lá. O líder de soldados parecia andar a esmo, com os olhos tristes, perdido, sem ânimo nem direção. Caminhando assim, Chen chegou ao alojamento dos soldados. Tinha ouvido alguém falar alguma coisa sobre a sala de rádios. Lembrava-se dos gritos insistentes de Tatu no *walkie-talkie* anunciando que tinha entrado em contato com a Barreira do Inferno. Chen adentrou o galpão militar e caminhou em direção à sala de rádio. A porta estava estraçalhada como duas dúzias de outras que viu pelo caminho. Havia sangue no chão do galpão e sinais de soldados que foram arrastados dali pra fora. Chen pulou os destroços da porta da sala de rádio e seus olhos amendoados demoraram sobre todo o equipamento queimado e destruído. Contornou a mesa de madeira e tropeçou nas botas do baixinho Tatu. Seus olhos arregalaram-se e o oriental correu para fora da sala, patinando no sangue pastoso e coagulado que infestava o caminho. Chen vomitou num canto. Estava tão acostumado a lidar com cadáveres após as batalhas, mas os restos de Tatu deixavam claro a selvageria com a qual foram mutilados todos os que terminaram nas garras daqueles demônios da noite. O líder de soldados recolocou-se de pé e voltou à sala de rádio. Precisava ver se algum daqueles aparelhos ainda funcionava. Andou com cuidado na sala apertada e não precisou fazer nenhum teste para saber de pronto que nenhum dos rádios transmissores estava em condições de uso. Lembrou-se dos transmissores portáteis. A maior parte deles tinha sido levada para o acampamento Villa-Lobos na Velha São Paulo, mas havia alguns guardados no quartel da soldadesca. Tinha de encontrá-los. Nessa hora São Vítor não poderia ficar sem voz e sem ouvidos.

Capítulo 33

Lucas subiu até o topo da torre. O cenário abaixo era de desolação. Não havia sobrado uma única barraca em pé e grande parte dos soldados tinha perecido, e alguns dos melhores amigos daquele posto avançado na Velha São Paulo permaneciam desaparecidos. A tática imposta por Vicente tinha surtido efeito, ao menos não haviam sido aniquilados completamente. Nenhum rádio potente restara, apenas alguns pares de *walkie-talkies* de médio alcance. Esperaram presunçosamente que TUPÃ livrasse suas caras e banisse dali as feras noturnas. Gabriel nunca conseguiu falar com o CLBI e a notícia terrível veio quando a voz da assistente de Franjinha anunciou o inesperado. Várias fortificações estariam sob ataque naquele mesmo momento, todas precisando da assistência do raio portentoso projetado pelo satélite. O grande problema é que a própria Barreira do Inferno teve de lutar e combater os malditos vampiros.

Graças à perspicácia de Vicente, tinham sobrevivido. Lucas sentiu o peso daquele pensamento. Os soldados não tinham podido defender Villa-Lobos e o símbolo de vitória e avanço dos humanos sobre a nova terra tinha ido abaixo. Tinham-se enfiado, isto sim, num buraco e lutaram bala a bala para se manterem inteiros. Dezenas morreram nas escadarias das arquibancadas de concreto do teatro de arena. O sangue estava lá para contar a história. Não fossem as deita-cornos, talvez nenhum deles tivesse restado. Os bentos deram o máximo, lutando como máquinas elétricas e picando vampiro a vampiro até que no meio da madrugada os malditos debandassem e desaparecessem. Lucas tinha perseguido um grande grupo, conseguindo eventualmente alcançar um ou outro vampiro, mas eles fugiam desordenadamente, ao menos aos olhos dos humanos. E simplesmente sumiram na noite. Lucas buscou pelos irmãos desaparecidos a noite toda, retornando aos escombros do acampamento somente ao raiar do dia. Os únicos que encontrou eram apenas cascas mortas, sem sangue, do que tinham sido soldados. Já os bentos localizados, tinham sido decapitados. Quanto aos vampiros, a única pista era a direção que tinham tomado na cidade fantasma da Velha São Paulo e o trajeto que tinham feito em marcha para chegar ali e surpreendê-los. Mas o grosso dos malditos não fugira nessa direção. Tinha perseguido um bando de vampiros até a Vila Madalena. Dali em diante, não viu mais nenhuma das criaturas. Voltaria a vasculhar a cidade. Deveriam estar escondidos em algum ponto. Os malditos não tiveram tempo útil de se afastar demais. Tinham de encontrar o covil onde os malditos se escondiam. Um covil afastado dos postos de observação.

Os vampiros estavam crescendo em organização e isso poderia levar os humanos à derrocada. Lucas chegou ao meio do concreto onde vinte e quatro horas atrás perfilavam-se dúzias de barracas de lonas verdes. Agora só havia fumaça e brasas do que restara do incêndio. Quanto a seus homens, pareciam um bando de fantasmas, caminhando sem rumo, feito cão caído do caminhão de mudança. Muitos tinham as roupas chamuscadas, outros traziam bandagens envolvendo ferimentos. Ninguém tinha escapado ileso naquela madrugada. Os que não ostentavam ferimentos no corpo físico, certamente traziam feridas na alma. Restabeleceria a base avançada de Villa-Lobos. Manter seus homens em São Paulo era vital. Não retrocederiam. O plano era reconquistar o Brasil para depois ajudar o mundo. O ataque dos vampiros a Villa-Lobos não representava um tropeço, mas um murro na cara, no entanto não deixaria que os homens voltassem um centímetro para trás. Era hora de remanejar o plano. Depois que Villa-Lobos estivesse de pé novamente, voltaria a São Vítor. Usaria o rádio para chamar bentos de todos os cantos. A retomada aconteceria, mas antes teria de encontrar e destruir o maldito que se auto-intitulava o "vampiro-rei".

Capítulo 34

Bento Teodoro ajudava a enfermeira Lurdes a transformar outra mesa em leito. Muitos soldados ainda estavam no chão, exibindo uma coleção de ferimentos, dos mais leves aos mais graves. A situação estava grave e a enfermeira se virava como podia. Faltavam analgésicos e gaze para os curativos. Os veículos do Centro de Lançamento da Barreira do Inferno tinham sido destruídos, bem como os reservatórios de combustíveis. Bento Célio, benta Walkíria e mais dois soldados tinham formado um grupo e cavalgaram para Nova Natal, no fito de trazer mais enfermeiros e ao menos um médico para o CLBI. Um dos casos mais graves era o de Aurélio. O líder de soldados tinha entrado em coma depois de ser ferido à bala e estava à beira da vida, pronto para mergulhar no fosso escuro da morte. Ninguém ardia em febre, e infecção não era a grande vilã pós-traumática nos corredores. A luta era contra a dor das fraturas e a hemorragia que consumia as forças dos bravos contendores. Por mais que Lurdes se esforçasse, faltava-lhe conhecimento para trazer de volta muitos dos que descompensavam diante seus olhos. Que drogas aplicar? Qual artéria suturar? Como ter certeza de que aqueles pobres coitados estariam a salvo da morte? Lurdes não era médica e Teodoro lia o desespero no rosto da mulher. Colocou sobre a mesa um colchonete e deitou sobre ele um soldado que gemia e chorava à beira da inconsciência, com múltiplas fraturas na perna e braço direitos. Teodoro fez uma careta ao ver uma ponta aguda escapando da coxa do rapaz. A fratura exposta fazia sangue jorrar ao menor movimento, acompanhado das lamúrias do ferido. Lurdes aproximou-se, cravou uma agulha na mão do rapaz e pendurou uma garrafa que fora de água ardente acima do leito, em um gancho, deixando o soro fisiológico entrar na corrente sangüínea do rapaz.

— Segura os braços dele pra mim, Teodoro.

O bento arqueou as sobrancelhas, mas obedeceu a enfermeira de pronto.

Lurdes injetou um analgésico através do catéter e, com presteza, aproveitou os braços presos do soldado e foi lidar com o traumatismo na perna. A enfermeira apanhou uma tesoura e cortou a calça do rapaz de cima a baixo. O membro estava inchado e roxo, e causou certo asco ao ser observado pelo bento. Lurdes, com luvas de borracha, empurrou o caco de osso para dentro da ferida e aplicou uma espécie de ungüento adesivo sobre o rasgo. Retirou o cinto de couro da calça do rapaz e com ele improvisou um torniquete, a fim de diminuir a hemorragia. Assim que apertou com toda força, finalmente afivelou o aparato providenciado; o soldado soltou um gemido grave e sua cabeça pendeu pesada para o lado.

— Ele morreu? — perguntou Teodoro.

Lurdes pressionou com os dedos o pescoço do rapaz e sinalizou negativamente para o bento ruivo.

— Não. Ele entrou em choque. É bom que seus amigos tragam um médico rápido. Pelo menos oito soldados podem morrer ainda hoje, se não receberem o atendimento correto — a mulher passou a luva pelo rosto, sujando sua testa com o sangue do jovem paciente.

— Calma, Lurdinha. Calma. Você não é Deus. Eu tô vendo com esses olhos que a terra há de não comer, que tu tá dando o maior grau, irmãzinha. Segura a onda que a chapa ainda tá quente.

— Tá quente, Teodoro? Só quente?

— Tá fervendo.

Capítulo 35

Lúcio e Benito estavam exaustos e alquebrados, a marcha da manada de búfalos tinha durado toda a madruga bem como a tempestade que batia sobre suas cabeças. O lacaio de Cantarzo só conseguiu ter idéia da paisagem quando relâmpagos distantes enchiam o negrume de luz. Via o caixão com seu amo balançando no lombo do bicho em *flashes* intermitentes. Cada vez que o céu se acendia, viam-se cercados por água e árvores altas.

— Para onde estão nos levando, Lúcio?

— Não sei, Benito. Faz horas que não consigo enxergar um palmo diante do nariz. Desde que começou essa chuva infernal, não dá nem pra adivinhar onde estamos.

— Não sabia que essa ilha era tão grande.

Benito passou a mão pelos cabelos, tentando pateticamente tirar o excesso de água da cabeça.

Lúcio, depois de relâmpagos seguidos e de trovões portentosos, divisou um barranco lamacento. A manada começou a galgar perigosamente sobre a lama, que em muitas partes cedia em grandes porções, e sair do alagado. Lúcio não se acostumava com aquele inusitado transporte. Via os búfalos formando um grupo maciço e, com o efeito estroboscópico provocado pelos relampejos, parecia ver uma esteira de pêlos negros avançando à sua frente. Eram bichos encantados. Soberbos e assustadores.

Assim que deixaram a vala alagada por onde os bovinos tinham marchado horas a fio, a tempestade que parecera até ali interminável dissolveu-se como que por magia, transformando-se numa garoa fina e extremamente leve. Lúcio ficou de queixo caído, observando a paisagem de Marajó. Fachos de sol venciam as grossas e negras nuvens que pintavam de dourado as porções de pasto e trechos de florestas. A luz, que em alguns pontos abundava, deixava os homens ver o movimento doce da garoa como se gigantescos véus de tecido fino estivessem querendo cobrir toda a ilha. Os bichos andaram por cerca de mais três minutos e então pararam no meio do nada.

Lúcio sentiu um aperto no peito. Aquilo era medo. Os relâmpagos e trovões eram vistos e escutados agora muito distantes, além donde os raios de sol conseguiam vencer o olho formado pelas nuvens negras que giravam sem cessar acima de suas cabeças. A garoa e a tempestade comportavam-se como se soubessem que eles estavam ali. Mesmo assim, com o céu mais calmo, vez por outra um raio cruzava o firmamento.

Sem o som da constante chuva, os ouvidos dos homens se encheram com o barulho dos incontáveis búfalos que pisavam no mesmo lugar, sem avançar, mas sem conseguirem se manter completamente parados, como que contidos por cerca invisível, mantendo-se unidos, formando um bloco barulhento e agitado.

— Você é que trouxe a gente aqui, Lucião. O que a gente faz agora?

— A gente espera. Se esses bichos vieram pra cá, é cá que as coisas vistas antes hão de acontecer.

O som dos pés dos animais pisando a grama molhada foi diminuindo gradativamente tal qual o volume de mugidos.

Lúcio engoliu em seco. Aquilo era estranho demais.

As nuvens pesadas acima de suas cabeças vez ou outra iluminavam-se e parecia que o toró ia recomeçar. Mas por muitos minutos nada se alterou. Só ouviam o barulho dos bichos ao redor e sentiam um frio pavoroso quando rajadas de vento varriam o amplo pasto.

De repente, o búfalo maior de todos chacoalhou o corpo, fazendo com que o caixão de Cantarzo caísse na grama baixa e encharcada sem que se abrisse.

Os animais em que se encontravam montados também se remexeram, nervosos, diferente dos demais que estavam agora serenos e praticamente imóveis. Os bichos balançavam o couro e não precisou muito mais que isso para que a dupla entendesse. Benito desceu primeiro e Lúcio praticamente caiu do lombo do búfalo, escorregando como se estivesse em cima de um tobogã. O lacaio escorregou na grama molhada e se estatelou, batendo as costas violentamente. Levantou-se gemendo e, de joelhos, foi para o caixão de Cantarzo. Verificou as cordas e o lacre. Estavam perfeitos.

O escravo do vampiro percebeu que, apesar de escuro, a paisagem, gradualmente, ia ganhando mais contornos. Ergueu os olhos para o céu e notou que não mais existia o olho girante formado por nuvens. As nuvens, de negras tinham passado a acinzentadas e percebia que estavam um tanto menos agitadas e grossas. O sol conseguia lançar mais luz no horizonte e ficou possível aos viajantes pela primeira vez terem a noção exata do tamanho da manada. Impressionante. Tinha mais búfalos do que supunham. Os chifres dos animais eram largos, recurvados e pontiagudos. Mais uma vez trocaram comentários cheios de admiração quanto ao silêncio dos animais. Pareciam estátuas vivas. Lúcio procurou Benito com os olhos. O homem estava de pé, passando as mãos nos braços, tentando esquentar-se. Seu queixo batia rápido e os lábios estavam escuros. Mais dois minutos se passaram. A manhã, ainda escura, ia ganhando luz paulatinamente. Cada vez mais longe, conseguiam discernir traços. O grande pasto mostrou-se mais vasto ainda. O gramado verde, que ondulava com o castigo do vento, ia até perder de vista.

Foi depois de um forte relâmpago seguido de estrondoso trovão que Lúcio deu com aquilo. De longe vinha um bovino igual àqueles que estavam ao seu redor. Lúcio levantou-se e cutucou o braço de Benito apontando na direção do animal. Tinha alguém montado no búfalo. Outro relâmpago reforçou a claridade. Lúcio sentiu os pêlos dos braços arrepiarem-se. Quatro estranhas criaturas vinham ao lado do animal.

Não sabia o que eram, mas não eram búfalos nem cães. Eram algum tipo de bicho que ele nunca dantes tinha visto. Estavam longe demais para perceber mais detalhes. Só no búfalo viu outra coisa de diferente. Era bem maior que todos os outros, maior que o búfalo carregador de caixão e tinha os olhos vermelhos... vermelhos feito brasas de vampiros.

— Eu quero ir embora daqui — disse Benito.

— Deixa de cagaço, homem. Depois da gente andar tanto, subir esse Brasil todo, tu vai querer ir embora agora?

Lúcio agarrou as cordas do caixão de Cantarzo e puxou o esquife, abrindo caminho pela manada de bovinos. Andou mais de dois minutos até deixar todos às suas costas. Benito também veio. Os dois tinham o coração acelerado. A garoa apertou e o vento soprou como nunca, como se saísse da boca das feras que vinham ao lado do búfalo grande. Lúcio tremia, mas não era mais de frio. O estômago se contorcia em espasmos rápidos e bruscos. Sabia que estava chegando ao fim de sua jornada. Sabia que estava chegando a hora do tudo ou nada. Sabia que aquela silhueta negra que vinha no lombo do búfalo era a bruxa. A bruxa Tereza.

— O que é aquilo, Lúcio?

— É a bruxa, estúpido. É a bruxa que despertará nosso rei.

— Ai, Deus!

— O que foi, Benito?

— Então é tudo verdade?

Lúcio olhou com expressão fechada para o acompanhante.

— Verdade?! Então achou o quê?! Que eu estava carregando esse caixão feito otário? Que eu fodi minhas mãos à toa? Que eu quase morri seis vezes por nada?

Benito assustou-se com o ódio carregado na voz do parceiro e encolheu-se, tomando três passos de distância. Lúcio avançou em sua direção e agarrou-o pelos colarinhos.

— Essa mulher que vem no búfalo, seu palhaço, é a mulher que Cantarzo falou! Ela é a mulher que mora aqui, na tartaruga que é engolida pelo rio! Ela vai despertar o vampiro e vai devolver-lhe o viver! E quando ele acordar, seu estúpido, a primeira coisa que vai fazer é tornar-me imortal, tornar-me um vampiro! Serei o braço direito de nosso rei! Serei vivo para sempre!

Benito deu um safanão em Lúcio, livrando-se do lacaio.

— Pára! Pára! Seu maluco!

Lúcio controlou-se, parecendo voltar de um transe. Olhou de novo para o grande búfalo. Notou que as quatro criaturas que vinham junto com o bicho estavam amarradas a ele, presas em uma cela.

— Eu não quero mais virar vampiro, Lúcio. Quero ser eu mesmo.

Lúcio voltou a olhar para o parceiro de viagem.

— Não quer viver para sempre? Não quer ser eterno?

— Não quero ser vampiro. Estou com medo dessa coisa toda. Esses bichos ao redor do búfalo... eles dão medo.

— Devem ser cães de guarda de alguma espécie.

— Cães é o que não são. Devem ser demônios trazidos do inferno por essa bruxa dos diabos.

— Por que acha que são demônios?

— Porque eles me enchem de medo.

Outro relâmpago forte clareou todo o descampado.

Lúcio olhou para trás e assustou-se. Os búfalos que os tinham conduzido até ali tinham desaparecido. Agora, eles estavam sós. Os relâmpagos e a proximidade do grande búfalo permitiam que visse melhor a passageira. Era uma mulher de cabelos longos e pele morena escura. Com outro clarão, pôde ver que ela tinha as madeixas brancas como as de uma velha. Teve vontade de sucumbir ao medo e disparar em carreira dali. Era uma bruxa. Uma bruxa que tinha aparecido para seu mestre. Que poderes mágicos teria essa mulher? Que capacidades ela teria? Seria um monstro? Uma parceira do capeta? Tinha medo da mulher e do barulho que ouvia. Podia ouvir as passadas pesadas do grande bovino de olhos vermelhos de fogo. Seus ouvidos colheram o clangor de correntes balançando. Os quatro bichos atados ao bovino vinham acorrentados, não simplesmente amarrados. Outro calafrio tomou o corpo do lacaio e de seu acompanhante. A luminosidade crescente conseguida pelo varar da manhã sobre as nuvens permitia ver que não eram cães de fato, como presumido. Eram gente! Quatro pessoas que andavam de quatro como animais quadrúpedes... quadrúpedes aleijados, tortos. Eram selvagens. Faixas grossas e negras cobriam seus olhos, mas estranhamente eles não se perdiam nos passos, caminhando como bichos ao lado do búfalo. Lúcio ergueu os olhos para a mulher. A pele era enrugada e escura e seus olhos... no meio de um relâmpago... seus olhos eram como os olhos de uma cega, eram brancos, fundos e intimidadores.

Lúcio tirou a arma do coldre e apontou-a para as criaturas que vinham acorrentadas. Eram esbranquiçadas como os vampiros e também forrados por veias negras e asquerosas como a dos noturnos. Mas algo encucava o lacaio. É bem verdade que os raios de sol não batiam diretamente em nenhum deles. As nuvens grossas protegeriam os vampiros, mas havia muita claridade. Pensando bem, talvez isso explicasse os panos negros cobrindo os olhos de cada um deles.

A bruxa puxou a rédea de seu animal. O bicho parou e também aquietaram as quatro criaturas ao seu redor. A mulher olhou para o caixão estendido no gramado encharcado. Ela fez um sinal para um dos bichos acorrentados e lançou-lhe um fino cabo de aço. A criatura agarrou a ponta terminada num gancho e caminhou até o meio de Lúcio e Benito. Sem dirigir-lhes o olhar, o monstro humanóide cravou o gancho na madeira do caixão.

Benito manteve a arma apontada para a criatura. Não sabia se o matava ou não.

— Bruxa! Esse caixão é meu! — gritou para a mulher.

A velha balançou a corrente que prendia seu bicho de olhos vendados e esse parou de grunhir na direção de Benito e retornou para o lado do búfalo.

A bruxa puxou a rédea e o grande animal negro deu meia-volta e começou a arrastar o caixão para longe dos dois visitantes.

Lúcio e Benito trocaram um olhar rápido. Não tinham outro remédio senão segui-los. Lúcio não tinha ido até ali para terminar sem nada. Ele era os braços e as pernas de seu mestre e não seria decepado agora. Apesar da péssima impressão com relação à bruxa Tereza, Lúcio começou a caminhar. As passadas eram pesadas e o vento continuava açoitando seu corpo. Estava exausto da jornada, que finalmente parecia chegar ao fim. Mesmo assim, tão cansado, era fácil andar sem ter de puxar as cordas do caixão de Cantarzo. Via as ancas do búfalo gingando à sua frente. A luz continuava fraca, com luminosidade suficiente para discernir as coisas mais próximas e ter uma noção dos contornos que se estendiam metros pra frente. A ilha de Marajó era um lugar escuro e sombrio.

O búfalo levou uma hora e meia para cruzar o pasto encharcado. Lúcio e Benito ficaram para trás, afastando-se do séqüito da bruxa uns duzentos metros, conseguindo ver seus vultos à frente. Conforme os relâmpagos acompanhavam o cortejo, iluminavam a paisagem, deixando que Lúcio e Benito vissem melhor o caminho. Tinham cruzado as porteiras do que fora uma fazenda. Uma imensidão deserta, sem um animal, um ser sequer. Finalmente os homens divisaram os contornos de algo que lembrava um forte. Lúcio arregalou os olhos, surpreso com a imponência da construção tão estranha. Não esperava encontrar na ilha de Marajó uma fortificação. Mesmo que soubesse da existência de uma, acreditava que certamente a bruxa evitaria a exposição. Cutucou Benito para que o parceiro apertasse o passo. Leu nos olhos do amigo toda sua exaustão e incapacidade. Lúcio começou praticamente a correr, sozinho. Tinha medo de que seu mestre fosse levado para o meio de uma vila habitada. Tinha de retomar o caixão e escondê-lo das horas de sol. Mesmo que os raios quentes do astro-rei não varassem as cúmulus nimbus sobrecarregadas e cerradas que voltaram a tapar quase que completamente o céu da ilha, era de se temer pela sorte do vampiro. Humanos não entendiam muito bem os mulos, não gostavam daquelas coisas de carregar caixão. Lúcio tentava diminuir a distância até o grande búfalo e as criaturas, mas parecia-lhe impossível alcançá-los antes dos portões do forte. Tirou a arma mais uma vez do coldre e disparou para o alto. Tereza e seu estranho bando não se deram ao trabalho de olhar para trás. A bruxa prosseguiu a marcha em direção ao muro.

Lúcio recebeu outro açoite de vento gelado e chuva, seu corpo inteiro tremia. E se a bruxa chegasse aos portões e não franqueasse passagem a ele e ao colega, separando-o de Cantarzo? Toda aquela conversa a respeito dela poderia ser a mais pura balela. O homem apontou a arma na direção do búfalo. Ele era imenso e não erraria mesmo daquela distância. Respirou fundo e puxou o gatilho. Quase simultaneamente à explosão, o bovino mugiu alto, acusando o ferimento. Porém, diante dos olhos perplexos de Lúcio e Benito, o cortejo de Cantarzo continuou a avançar sem olhar para trás.

Tereza, ouvindo o disparo da arma e o grito de seu dócil animal, passou-lhe a mão no lombo.

— Calma, Negro. Calma — disse sua voz rouca.

A bruxa apanhou o molho que trazia no cinturão e escolheu uma das chaves longas. Enfiou-a no cadeado de ferro e girou, libertando um dos monstros que vinham acorrentados.

— Vai, Demônico. Vai e não mata — ordenou a bruxa, com voz baixa, depois tornando para Negro: — Segue, segue.

Lúcio fazia mira novamente no búfalo. Estava espantado, pois tinha acertado a fera e ela não tinha disparado em correria nem caído ferida. Puxou o gatilho novamente, ouvindo outro mugido prolongado em resposta.

— Segue, Negro. Segue! — ordenou a bruxa, com voz mais irritada.

— Eles estão chegando no portão! — gritou Benito, finalmente alcançando o parceiro.

Lúcio bufou impaciente com a reação do búfalo. Apontou a arma mais uma vez, talvez se mirasse na bruxa... Um relâmpago forte brilhou no céu enchendo o pasto de luz. Lúcio arrepiou-se pela enésima vez dos pés à cabeça. Com a claridade, percebeu apenas três daquelas repugnantes criaturas cercando o búfalo. Com a iluminação estroboscópica oferecida por outra seqüência de relâmpagos, percebeu uma silhueta correndo em sua direção... estava a uns cento e cinqüenta metros... e era um deles, um dos bichos que guardavam a bruxa. Viu a coleira em volta do pescoço do humanóide e ouviu o barulho dos elos da corrente batendo. Começou a tremer e mirar no animal. Puxou o gatilho. Errou. O bicho vinha firme em sua direção. Puxou o gatilho mais uma vez e com o iluminar de um relâmpago viu a bala levantando água do chão, passando ao lado da criatura. Quantos tiros ainda tinha? Tinha gastado quatro balas. Era melhor acertar dessa vez. Atirou de novo. O bicho continuou vindo. Estava a menos de cinqüenta metros. Lúcio sentiu o coração bater tão rápido que achou que ia ter um treco ou que o coração iria sair-lhe pela boca. Puxou o gatilho outra vez. Um "plec" desesperador! Nada de munição! Nada de tempo nem estratégia! Só olhou para Benito que começava a correr, refazendo o caminho, quando voltou os olhos para a frente, a fera de olhos vendados estacou e levou uma mão à corrente que voava e que, sofrendo o efeito da inércia, transformara-se em arma perigosa. Com habilidade, a criatura manejou a corrente feito chicote e Lúcio sentiu o impacto pesado do ferro em sua pele. A ponta de elos rodou quatro vezes sobre seu pescoço sufocando-o de imediato. A fera retomou a corrida e agarrou Benito pela gola, e este veio ao chão. Encarou o homem por alguns segundos, depois abriu a boca emitindo um rugido feroz.

— Não! — gritou o homem, sentindo o hálito pútrido que escapava da boca do humano monstro.

O humanóide exibiu dentes pontiagudos e rosnou mais duas vezes.

Com desespero e repugnância, Benito viu a boca do bicho aproximar-se de seu pescoço. Era um vampiro! Tentou levantar-se, mas a mão firme do animal o manteve imobilizado. Quando a boca da fera tocou seu pescoço, esperou pela fisgada fatal, quando o maldito vampiro sugaria todo seu sangue para fora de seu corpo. Não foi isso que sentiu. Ouviu o bicho cheirá-lo seguidamente e depois lamber sua pele. Não teve tempo nem de processar o inusitado fato, a fera desmontou de cima de seu peito e, de quatro, voltou a correr como um cão grande. Benito cravou os cotovelos no chão para poder assistir melhor. A criatura galopava em sentido ao muro e logo que passou por Lúcio, que se contorcia no chão com as mãos no pescoço, fez a corrente esticar-se e passou a arrastar o homem pelo pasto encharcado. Benito passou a mão pelo pescoço e colocou-se de pé. Via desesperado a cena do amigo balançando os pés. Passou a mão pelos poucos cabelos e olhou para trás, para o pasto por onde tinham vindo. Tudo escuro. Apesar do dia, só trevas. Engoliu em seco e voltou a olhar para o muro. Um relâmpago mais forte seguido de um portentoso trovão. Viu as portas de madeira da fortificação abrindo-se, franqueando passagem ao bizarro cortejo. Benito tirou forças do fim do pote para quase correr. Sua perna doía, suas costas doíam e sua cabeça parecia que ia explodir. Sorriu com o canto da boca ao pensar que certamente não estava pior do que seu impetuoso amigo de jornada.

Quando finalmente Benito alcançou os portões da fortificação, sentiu alívio por ainda estarem abertos. Olhou demoradamente para os muros e o alívio que germinou no seu peito murchou rápido como broto que não vê água. Os muros eram altos, com mais de quinze metros e completamente cobertos por desenhos em relevo. Desenhos estranhos. Criaturas delgadas e aladas que enrodilhavam suas caudas nos pescoços de figuras que representavam humanos. Outras figuras traziam chifres como os dos búfalos, mas não eram búfalos, eram gente que andava em duas patas... demônios. Aquela fortificação, com toda certeza, não era uma fortificação qualquer. Ali era terra de uma bruxa sinistra, de uma índia com olhos brancos e fundos que transformava gente em bicho. Passou com receio. Sentia-se observado, desconfortável. Agora, além da dor, aquilo... aquela sensação desagradável. Olhou para trás. Ninguém, nada. Nem gente nem vampiros. Olhou para a frente. Nada. Não via a bruxa e seu imenso búfalo, nem Lúcio nem as criaturas. Segurou o revólver com mais firmeza, como se lhe desse mais conforto. No meio de um relâmpago, percebeu uma trilha feita no chão de barro que formava a várzea interior da fortificação. Poucas casas e uma grande construção. Não era um galpão nem hospital. Esperou outro relâmpago e apurou a visão. Limpou a água que descia em seus olhos. Aquilo parecia um castelo! Um castelo ou um templo... aquilo era loucura demais. Ouviu um baque surdo às suas costas. Virou-se rapidamente. Novos relâmpagos. Empunhou o revólver e apontou-o em várias direções, assustado. Não via ninguém, mas os olhares ainda pesavam em sua nuca. Estava tão aturdido, que o segundo susto só veio depois, quando notou que os portões estavam cerrados. Podiam ser portões automáticos, mas não via nenhum mecanismo atado em suas parte de madeira. Eram longos troncos entrelaçados por cordas grossas e varões. Deveria pesar toneladas. Voltou a olhar para o chão. Queria sair do vento frio e da garoa. Tinha de encontrar Lúcio e saber se ele ainda estava vivo.

Encontrou novamente a trilha com a ajuda dos relâmpagos. Via as passadas do búfalo e também um sulco largo, provavelmente aberto pelo corpo caído de seu amigo. A lama estava cada vez mais escorregadia e profunda, conforme se aproximava daquele templo de três torres. Num dos passos, seu sapato prendeu-se no barro e ficou com um pé descalço, levou dois minutos em puxões atrapalhados e um tombo patético para recuperar o calçado. Levantou-se com o traseiro cheio de lama e retomou a marcha. Minutos depois, alcançou uma mureta que, ao reparar melhor, notou rodear o templo. Tinha coisa de um metro de altura. A guarnição era feita de pedras negras justapostas. Passou por cima e o que julgava impossível aconteceu. Ao adentrar aquela cercadura e aproximar-se ainda mais do templo, sentiu um frio indescritível, como se estivesse entrando num *freezer*. Olhou para trás e caiu sentado no barro mais uma vez. Via subindo do muro de pedras negras um fogo azul translúcido ardendo e ganhando as alturas como uma cortina quiçá atada ao próprio firmamento. Era impressionante e tremendamente assustador.

Dentro do círculo de pedras ao redor do templo estava claro como o dia sem nuvens e podia ver cada detalhe em volta da construção. Era um lugar encantado por aquela diaba. Benito colocou-se de pé uma vez mais. As dores tinham abandonado seu corpo e o frio desapareceu bem como o vento e a garoa gelada. Só seu coração permanecia acelerado e sua respiração descompassada. Era muita coisa para uma mesma madrugada. Antes de cruzar aquela mureta, achava que não mais seria abalado por coisas surpreendentes. Agora, no entanto, estava certo de que as assombrações não parariam por ali. Benito voltou para o templo, que de fora do círculo de pedras lhe parecera tão lúgubre. À luz brilhante do dia ele era formoso. Erguia-se por vinte metros e tinha três grandes torres. Não havia cruzes nem outros símbolos nas pontas, deixando claro que não era e talvez nunca tivesse sido uma igreja. Tinha detalhes delicados e grandes gárgulas de feições fechadas, com canos longos escapando de suas bocarras. Não se assemelhava com templos de outras raças e outras épocas, era uma construção completamente inusitada. Na verdade, o homem chamava-o de templo por conta das torres em suas extremidades, mas a composição arquitetônica central, redonda e imponente, por mais incrível que pudesse ser, assemelhava-se a uma grande oca. Uma construção indígena rudimentar. Suas paredes, tanto da parte central e das torres, eram marrons cor de barro e, com efeito, pareciam cobertas ou feitas desse material. Benito subiu pela escadaria frontal. Os degraus eram feitos de mármore negro rajado em verde, uma mistura belíssima. Talvez fosse esse o único luxo da entrada daquele imenso complexo. Mas mesmo assim, aparentemente coberto de simplicidade, o lugar era impressionante.

Quando chegou de frente a suas portas, altas e feitas de madeira escura, guardou a arma. Olhou novamente para trás. Mais uma vez sentiu um calafrio ao ver aquela cerca mágica. O fogo azul ainda estava lá, acompanhando a mureta de pedras negras e subindo ao céu até onde a vista alcançava. Ora tinha certeza de ser um tipo de fogo, ora a cortina ondulava como água do oceano confundindo seu discernimento. Pensando bem, aquele lugar não tinha nada de simplório ou rudimentar. Parecia que cada grão, cada centímetro era coberto de encanto e maldição.

Nesse instante, Benito pensou em Lúcio novamente. Será que o parceiro ainda estaria vivo? Teria tempo de ajudá-lo?

Benito passou pelas portas principais. Estava dentro do templo frio e escuro. Não havia luz artificial de nenhuma espécie. Tinha, sim, um pouco de luz solar que, através de algum segredo de engenharia, penetrava pelo teto. Não havia nada ali. Um gigantesco salão circular e seis portas adornadas em seus batentes. Deixou levar-se pela curiosidade. Havia apenas um rastro no chão, o rastro de um corpo arrastado. Passou o batente e subiu alguns degraus. Chegou em nova sala. Ali entrava mais luz. Encontrou frestas, quase junto ao teto, que possibilitavam a claridade. O chão de terra seca levantava pó conforme caminhava. Sentiu o braço ficar arrepiado ao deparar-se com uma obra na parede. Não identificou exatamente o que era no primeiro instante, mas algo de macabro e maligno emanava daquilo. Os crânios. Os crânios transmitiam aquela sensação. Aos poucos foi se dando conta de que tudo o que via incrustado eram partes de esqueletos. Havia um padrão. Afastou-se mais para enxergar melhor. Crânios minúsculos. Contou-os. Trinta. Trinta crânios pequenos, de crianças. Aproximou-se. Eram pequenos até mesmo para crianças. Eram crânios de bebês!

Benito continuou em frente. Deixou aquela sala, indo para outro corredor. De quando em quando encontrava curtos lances de escada. Dessa vez, ele descia. Eram curvos, e tinha a nítida impressão de contornar o grande pavilhão do templo. Percebeu que ia afundando e que a luminosidade ia diminuindo. Passou por mais um batente. Aquela sala era a mais escura de todas e tinha o ambiente fracamente iluminado por chamas de tochas fixas na parede. Era a primeira vez que via luz que não fosse a do sol. Aquele lugar parecia ser um átrio subterrâneo, tendo o pé direito altíssimo e uma espécie de altar no fundo. Andando um pouco mais, e ganhando uma noção melhor do espaço, o visitante encontrava-se num patamar há dez metros do piso inferior. Benito encostou-se a uma proteção de balaústres de cerâmica marrons avermelhados mimetizada com a cor das paredes, do teto e do piso. Novamente aquela sensação de estar dentro de uma imensa oca o assaltou. Parecia que a qualquer instante toparia com um cacique enfurecido pela profana invasão. Seu coração bateu mais rápido quando, colocando a cabeça por cima dos balaústres e olhou para baixo, viu o caixão ainda cerrado do famigerado Cantarzo e, a seu lado, o corpo desfalecido de Lúcio. Ouvia uma voz. Não era uma conversa. Soava como uma leitura, talvez uma prece. Benito encheu-se de coragem e prosseguiu andando rente à balaustrada até encontrar uma escada curva de degraus amplos e igualmente de cor de barro. Desceu. O lugar tinha cheiro de caverna. A luz do sol não deveria chegar nunca naquele fundo. Olhou pelas paredes, buscando por uma janela. Nada. A única passagem de ar que vira até então fora a porta por onde entrara.

À medida que descia a escada curva que rodeava o imenso salão, o caixão foi entrando no seu campo de visão. Recostou-se ao corrimão e encobertou-se. Olhou na direção da voz. Era Tereza. Ela parecia rezar, com as mãos para o alto e os olhos cerrados. Benito ficou imóvel. A bruxa começou um cântico. Benito abaixou-se mais ainda. O corpo voltou a tremer. Aquela música era linda, mexia com seus nervos. Benito respirou fundo. O cântico entrava em seus ouvidos e ganhava força em sua mente. O coração batia rápido e seus pêlos eriçaram-se mais uma vez. Fechou os olhos, enfeitiçado pelo som da voz sensual da mulher. Benito acocorou-se com os músculos das pernas, relaxando cada vez mais. Abriu os olhos e viu Lúcio encolhendo-se no chão com as mãos nos ouvidos. Sorriu ao perceber que o amigo estava vivo. Mais uma vez seus olhos se fecharam. A bruxa entoava agora com a voz mais alta, mais lenta, mais triste. Benito sentiu o corpo todo amolecer. Em sua mente, via a cortina de fogo e mar azul translúcido ao redor do templo. Viu quando ela começou a girar. Isso estaria acontecendo mesmo ou seria só uma visão em sua cabeça? Tentou abrir os olhos, mas a voz suave da mullher entrou mais fundo, vedando-os com delicadeza. Era belíssima a canção. Uma melodia triste e interminável, que fazia o coração doer e o corpo todo esfriar.

Viu o mundo, a cortina de fogo e mar azul tomar e rodear todo o globo terrestre. A música insistiu em seus ouvidos, mantendo-o entorpecido, mantendo-o conectado à melodia. Benito viu índios na televisão. Viu o Exército com suas armas de fogo marchando contra uma tribo. Viu um helicóptero verde-oliva descendo. Funcionários do Ibama dentro de casas de barro. Os índios brandindo facões. Índias correndo nuas, levando seus curumins para a mata. Viu o rosto de Willian Bonner falando no Jornal Nacional. Uma notícia terrível. Vergonha para o mundo. As autoridades brasileiras tinham dizimado uma tribo inteira. As negociações no Senado tinham sido interrompidas. Funcionários do Ibama e invasores de reservas, degolados. A ordem era matar os índios. Um pajé velho cantava a mesma canção que Benito ouvia agora da boca de Tereza. Uma indiazinha impúbere acompanhava a cantiga. Seus olhos estavam virados para trás, como que encantada pelo cântico. Depois, ela fechou os olhos e voltou a abri-los. Eram olhos verdes e profundos. Em frações de segundos Benito viu um julgamento. Uma farsa. A menina impúbere era agora uma mulher madura e inconformada com tamanha injustiça. Seus irmãos foram presos culpados pela morte dos brancos e os brancos acusados pela matança puderam ir embora. O sangue de sua tribo não valia o sangue de poucos brancos. Seus olhos verdes brilharam intensos, brilharam azuis cor da cortina de fogo e mar. A índia voltou para a aldeia. Havia carros do exército vindo. A ordem é que fossem todos levados embora. Aquela terra nunca mais seria deles e todos seriam expulsos e levados para onde não queriam. Seriam enterrados vivos. Seriam humilhados e seus antepassados e seus descendentes jamais teriam descanso. Seriam um povo sem terra. Um povo sem lar. A índia chorava, enquanto desenrolava um grande couro de búfalo. Símbolos garantiam cada trecho da cerimônia. A índia percorreu o couro e foi até a vila dos homens brancos com mais dez guerreiros. Os homens brancos jamais esqueceriam aquela noite. Nenhum deles restaria para semear a terra que um dia fora só de sua gente. Nenhum homem branco levantaria o dedo para os de seu povo. A índia invocaria um rei de sangue. O rei viria. O rei burlador. Benito ouviu mais gritos de gente inocente e o choro de trinta bebês. O homem começou a chorar junto com as crianças e com seu sangue. O fogo do mal fervia a maldição, e o ódio era o regente do cântico. O cântico proibido. A canção que evocava o demônio mais antigo. O espalhador de desgraças, de trevas. Benito viu a mulher banhar as pedras negras do imenso círculo com a vida dos trinta bebês. Benito sentiu a frieza da bruxa apertar seu coração. Viu a imensa coluna de fogo e mar subir rajando para o céu e um crescente barulho infestar a ilha até tornar-se um estrondo portentoso que engoliu o mundo.

Viu a bruxa encolher-se de medo nessa hora, para depois levantar-se com um sorriso vitorioso, exibindo seus dentes brancos, e explodir num grito de satisfação. Ela tinha selado o futuro dos homens. Ela tinha libertado a força da Terra e apartado o mundo das coisas do Homem. E por milhares e milhares de luas seria assim até que o último homem caísse por terra. Viu a mulher colocando a mão em seu ventre e gargalhar ao ouvir seu útero secar. Viu-a rir quando os anjos do Homem foram expurgados das coisas vivas e mandados para os limites do universo. Eles ficariam lá, à mercê da magia, impedidos de se aprochegar e dar guarida aos filhos do Homem. Era um cântico poderoso, sustentado e fortalecido pela magia mais antiga, inventada pela força do começo e alimentada pelas crenças da própria Terra. Era o grito de justiça do povo que era dono da Terra, o povo que fora o primeiro suspiro, o primeiro choro, o primeiro parto. Benito não entendeu mais nada, e as imagens começaram a falhar em sua cabeça. Viu agora o rosto de pessoas conhecidas. Pessoas com quem convivera trinta anos atrás. Pessoas que habitaram o seu dia-a-dia na vida que tivera em Curitiba. Seus amigos de boteco, seus colegas de dominó, futebol, o padre da igreja. Viu seu rosto com vinte e oito anos na frente do espelho, uma garota nua em sua cama esperando-o para o sexo. Lembrava-se bem daquela transa. A última transa que tivera com a vida normal, pois naquela noite, bem naquela noite, tudo mudara no mundo inteiro. Tinha caído de moto naquela noite e ligado para a seguradora. Lembrava-se de ter ficado deitado no acostamento olhando para o céu, enquanto aguardava o caminhão guincho para levar sua moto para casa. Mas não se lembrava daquilo. Não se lembrava do azul fogo e mar inundando o firmamento como água de represa estourada. Por quê? — perguntou-se mentalmente. Vingança! Vingança! Era essa a palavra que a bruxa repetia em sua língua no refrão. Vingança. A mais pura e humana vingança. Vingança primeiramente do povo. Benito gritou o mais alto que pôde e reclamou o controle sobre os músculos. Tinha de fugir daquele transe. Sentia-se ainda encaracolado nos degraus da escada. Via agora a bruxa no meio do círculo de pedra, sendo visitada por duas entidades de cor verde-esmeralda. Eram como dois fantasmas que rodeavam a mulher. Alcoviteiras! Alcoviteiras! — gritava a bruxa no meio do círculo de pedras, quando ainda não existia ali aquele grandioso templo. A bruxa gritava com energia querendo afugentá-las. Era assim que tinha de ser feito. Era assim que estava escrito no couro do búfalo. A guerreira bruxa tinha de espantar as únicas inimigas do encantamento. As alcoviteiras. As fofoqueiras. Quando foram espantadas, elas voaram para o sul e escolheram um bom coração para descansar e contar os segredos e as tramóias possíveis contra o feitiço, contra a força grande. As alcoviteiras iriam com aquele sangue até o fim dos dias. Não existia mal para o qual não houvesse remédio.

Benito puxou ar para o peito, pois parecia que não inspirava há minutos corridos. Colocou toda a força nos braços mais uma vez, para conseguir mover-se. Conseguiu! Gritou a plenos pulmões, e finalmente abriu os olhos de novo a tempo de ver seus braços descerem com toda a gana uma borduna de madeira maciça que afundou o crânio de um homem amarrado a uma pedra, que igualmente a ele gritava de desespero. Benito foi tingido pelo sangue que pulou pelos olhos e nariz da vítima e, horrorizado, soltou a arma indígena e tornou a gritar, pulando de cima da pedra que formava uma mesa retangular. O tombo foi tão estúpido e inesperado, que Benito arrebentou o cotovelo contra o chão. Gritou de dor ouvindo um "crac" vindo da junta. A dor foi tamanha que não conteve a urina quente que molhou suas calças. Abriu os olhos, tomado pelas gargalhadas da bruxa. A mulher estava ao lado da mesa de mármore, rindo-se toda da desventura do pobre coitado. Benito limpou o sangue do homem morto com o braço. Ojeriza. Tinha assassinado alguém!

— Pensou que seria gostosa a estadia cá em ilha de Marajó, não pensou, curitibano?

Tremendo de dor e medo, Benito levantou-se. Levou a mão à cintura e não encontrou a arma. Ouviu as correntes batendo ferozes. Os quatro bichos vampiros da bruxa do norte agitavam-se e avançavam, sendo contidos pelos elos de ferro. Benito aproximou-se da mesa de pedra. Queria confirmar com os olhos o que sua mente lhe tinha mostrado. Tinha esperanças de que aquela parte da cacetada na cabeça de um homem tivesse sido extensão das ilusões que tomaram sua mente com a injeção do cântico indígena.

— Vem pra perto, curitibano. Não tem medo, não. De você não quero sangue. Só desses adormecidos duma figa — bradou a bruxa, parando com o riso.

Benito olhou para a mulher. Não parecia a mesma que estivera nas costas do búfalo. Era muitos anos mais jovem e não tinha aqueles olhos brancos, cegos e horrorosos. Tinha a pele lisa, o corpo muito bem-feito e os olhos verdes-esmeralda mais lindos que já tinha visto em toda a sua vida.

— Você! — espantou-se o homem, relembrando a índia criança e depois a índia adulta que libertara o feitiço.

Benito engoliu o espanto e deu mais um passo na direção da mesa. Seus olhos desviaram-se por um instante. Não acreditava que ele tinha feito aquilo com a borduna em um golpe único. A cabeça do homem estava amassada, completamente deformada e os pés do amarrado tremelicavam, enquanto o cérebro não cessava completamente suas funções vitais.

Lúcio apareceu no campo visual do colega de jornada, olhando também para o corpo agonizante.

— Fantástico... — murmurou o homem.

Benito viu uma faixa roxa ao redor do pescoço do amigo.

— Fantástico?! Como pode achar isso bonito, Lúcio?! Você me conhece... eu... eu não mataria esse homem!

O sangue que jorrava pela boca, ouvidos, olhos e nariz da vítima descia empapando os cabelos e depois caía numa canaleta e escorria por um orifício, indo ressurgir num cano de pedra, cor de barro. Desse cano, o sangue escorria e pingava dentro de uma banheira de pedra onde jazia um corpo morto. Benito arregalou os olhos. O coração disparou novamente. Era a primeira vez que via Cantarzo. Sabia que aquele corpo era o do vampiro-rei. O vampiro tinha a face bem-feita e serena, os lábios roxos cerrados tal qual seus olhos. O fio de sangue bateu em sua testa e encheu as pálpebras do vampiro, depois escorrendo na direção de seus ouvidos. O homem não precisou olhar de novo para entender. Aquela caixa de pedra polida e bem-feita era impermeável e funcionaria como um estanque para um banho de sangue. O líquido escarlate encheria suas dimensões e encobriria o vampiro. Só que o sangue de um homem só não seria o bastante.

— Pensa rápido teu amigo curitibano, Lúcio. Ele pensa muito rápido — gracejou a bruxa. — Ele já sabe o que tenho de fazer.

Benito olhou com asco para o corpo. Agora parecia morto. Nenhum músculo apresentava mais espasmos. Estava imóvel. Para sempre. O homem baixou a cabeça e passou a mão em seu cotovelo dolorido. Estendeu o braço e gemeu de dor quando ouviu um novo estralo.

A mulher bruxa disse algo em sua língua indígena e então os quatro bichos vampiros de olhos vendados foram para um canto escuro do salão balançando as correntes. Voltaram arrastando o corpo de uma mulher que se debatia enlouquecida. A mulher, extremamente magra e judiada, com o corpo nu e marcas roxas em todos os membros, tinha mãos e pés atados e também uma mordaça na boca. Foi deposta ao lado da mesa.

A bruxa aproximou-se do corpo morto e fez um sinal para Lúcio. O lacaio de Cantarzo ergueu uma espada curva acima da cabeça e, também num golpe só, decapitou o morto. Tereza agarrou a cabeça deformada e arremessou-a aos seus bichos-vampiros, que passaram a disputá-la com rosnados e urros selvagens. A bruxa saltou para cima da mesa de pedra e pisou no abdômen do morto, forçando a saída de mais sangue pelo pescoço aberto. Depois de repetir a pisada uma dúzia de vezes, pulou ao chão e seus bichos colocaram a mulher em cima da mesa. A bruxa olhou para Benito.

— Pegue a borduna, branco. Pegue a borduna e arrebenta essa aqui também.

Benito meneou a cabeça negativamente.

— Não. Não mato gente.

— Ah! Ah! Ah! Essa é boa! Você traz aqui pra casa de Tereza o vampiro que será o dono da terra e diz que não mata pessoas! Que merda de homem é você? Tua alma já é dona de um Rio de Sangue que esse guerreiro-rei há de derramar. A culpa será sua.

Benito arregalou os olhos horrorizado.

A bruxa andou até a borduna e apanhou-a. Caminhou até o visitante e estendeu a arma indígena.

— Pega e faz tua parte.

Benito andou pra trás e virou-se na direção da escada de barro. Começou a correr em fuga. Não queria tomar parte naquela matança.

A bruxa virou-se para Lúcio e ofertou-lhe a arma, que foi tomada com gana. O homem subiu ágil na mesa de pedra e ergueu o bastão. O golpe foi rápido e certeiro e em menos de um minuto o novo sangue juntou-se ao do outro infeliz, escorrendo pela canaleta e descendo para a banheira de pedra onde jazia Cantarzo.

A bruxa gritou com os bichos-vampiros e eles repetiram a tarefa, arrastando do canto escuro, com grande presteza, para o pé da mesa de pedra, mais uma mulher que se debatia loucamente tentando em vão livrar-se das amarras.

Capítulo 36

As semanas se passaram rapidamente depois do ataque maciço da noite de carnaval. Lucas havia retornado a São Vítor com bento Vicente e mais seis soldados. Abrira mão da companhia de outros bentos para que Villa-Lobos ficasse reforçada num eventual e novo ataque. A impressão de rapidez contida nos dias se devia à grande quantidade de trabalhos e tarefas distribuídos a todos nas fortificações atingidas. O estrago tinha sido grande e uma das maiores preocupações estratégicas era recompor a malha de radiocomunicação, reparando os aparelhos defeituosos e procurando nos velhos centros outros intactos que pudessem ser colocados no lugar dos destruídos.

O que os líderes do Conselho mais estranhavam é que após o ataque nenhum vampiro mais foi visto. Nem pequenos bandos nem grandes unidades. Tinham desaparecido como que por encantamento.

Lucas passou cinco dias com sua mulher e, após acalmá-la, conseguiram curtir juntos um pouquinho a barriga que começava a apontar. O homem esforçou-se, mas não conseguiu sentir os empurrões que a mulher tanto festejava.

Num dos momentos de intimidade, quando estavam deitados e abraçados na cama, um velho assunto que rondava o casal e ficara pendente veio à baila.

— Eu encontrei meu passado — disse Lucas.

— É. Eu sei. Seus amigos andam comentando.

— Foi da forma mais dura.

— Sua história, Lucas, é toda dura. Como poderíamos abordar seu passado sem perdê-lo?

Lucas meneou a cabeça duas vezes.

— Não me teriam perdido.

Ana virou-se de frente para Lucas e encostou a cabeça no peito do marido.

— Era um risco que não podíamos correr. Não com você.

— Me esconderam o jogo...

— Você era o trigésimo guerreiro. Havia muita esperança em você. Não poderíamos chegar e revelar todo o seu passado de uma vez. Você poderia pirar. Poderia sair correndo atrás de seu irmão de novo. Algumas pessoas fazem isso. Despertam e recobram as lembranças do passado e querem porque querem viver aquela realidade que há muito já foi embora.

Lucas suspirou.

— Você era nosso herói, Lucas. Nosso prometido. Ninguém teve coragem de mexer com seus pensamentos. Bulir com sua cachola, como diria o velho Bispo.

— Até hoje não sei por que fui escolhido...

— Eu tenho uma teoria.

—...

— Convivendo com vocês, ouvindo as histórias de cada bento... vocês todos são obstinados. Cada qual tem sua origem. Uns mais humildes, outros mais abastados. Uns burros, outros inteligentíssimos. Mas todos têm uma coisa em comum. São todos obstinados. Perseguiam em suas vidas alguma coisa com uma tenacidade tão ímpar que acabaram separados pelas energias do universo.

— Parece que essas energias separaram alguém do lado de lá também?

— Lado de lá? Do que você está falando? Vampiros?

Lucas aquiesceu.

— Esses vampiros, eles não sumiram à toa. Eles tinham tudo orquestrado. Eles estão obedecendo a alguém obstinado também. Alguém que tem uma missão. Alguém que nos quer destruir.

— Eles sempre foram seres do mato, bichos que agiam quase de forma irracional, bestial.

— Não são mais.

— Do que você está falando, Lucas?

— Do vampiro-rei. Desde que ouvi isso na Barreira do Inferno, pressenti tempos turbulentos. Ele não deixará nossa vitória chegar com facilidade.

— Mas nossa vitória chegará, não? — perguntou a mulher, afagando a barriga.

— Chegará, meu doce. Chegará — respondeu o homem, selando a promessa com um beijo.

Dentro dos muros de São Vítor duas gestantes riam e conversavam, enquanto tricotavam enxovais para os respectivos bebês. Graziela tinha os cabelos dourados e pele queimada de sol, enquanto sua amiga Lenise, de traços orientais, tinha os cabelos negros, grossos e lisos, chegando quase na cintura. Lenise tivera mais sorte na ultra-sonografia e já sabia que seu bebê seria um menino, ao passo que a amiga estava emburrada e tricotava um conjuntinho amarelo unissex, porque a posição do bebê não tinha ajudado na identificação do sexo. Como eram amigas de longa data, a conversa e as brincadeiras rolavam soltas e sem melindres.

— Ai, Lenise, você não devia estar tricotando tudo azul pro seu Dieguinho. Vai que nasce menina.

— Sai pra lá com essa boca, Grazi. Você tá é morrendo de inveja porque eu já vi a cobrinha do meu neném e você ainda não sabe o que tem aí na barriga.

— Inveja. Deus me livre! Eu sou é precavida. Tanto trabalho pra chegar na hora e não ser o que o doutor Ferreira te falou.

— Ah! Ah! Ah! Eu faço ele tricotar um enxoval inteirinho se ele tiver errado.

— Ah! Ah! Ah!

— E vira essa boca pra lá. Ele não errou coisa nenhuma — disse a oriental, passando a mão na barriga que despontava.

Um casal de crianças entrou na sala com as caras sonolentas. Eram crianças despertas, com pais de paradeiro desconhecido, que viviam sob a guarda de Lenise. A menina tinha seis e o menino cinco anos.

— Tia Lenise, o que tem pro café da manhã? — perguntou a menina toda dengosa.

— Tem o de sempre, meu cajuzinho. Bolachas de maisena, maçãzinha, manga picadinha, broa de milho e leite de cabra.

— Leite de cabra, mé! Mé! Mé! — brincou o pequeno.

— É justamente para você, Caio. Pra você ficar um homenzarrão bem fortão.

— Ele tem alergia a leite de vaca?

— Nada. Ninguém mais tem alergia, ô tobola. É Pedro que insiste. Diz que é mais forte.

— E os nossos? — questionou Graziela.

— Nossos bebês? O que tem?

— Será que eles serão sadios como a gente? Serão livres das doenças?

Lenise mordiscou o lábio e arqueou as sobrancelhas. As crianças correram para a cozinha e começaram o café.

— Eu perguntei disso pro Ferreira. Sabe o que ele disse?

Lenise balançou a cabeça negativamente.

— Disse que até agora está indo tudo bem. Que nenhuma das gestantes teve resultado de má-formação nos exames de ultrasonografia. Disse que já examinaram pelo menos umas duzentas e cinqüenta mulheres só aqui no HGSV...

— Duzentas e cinqüenta?!

— É, menina. Tá vindo mulher grávida de tudo quanto é buraco pra ter neném aqui.

— Continua. Que mais ele disse?

— Ele disse que num universo de duzentas e cinqüenta mulheres sempre pinta um caso ou outro probleminha. Mas não encontraram nada, nem síndrome de Dawn, nem lábio leporino, nem nada de nada.

Lenise arregalou os olhos.

— Ele disse que é quase certeza de que nossos bebês nascerão perfeitinhos e livres de doenças tal como nós.

— Quase certeza?

— Noventa por cento de certeza.

— Ai, Grazi. Esses dez por cento é que me assustam.

As mulheres continuaram o papo animado tricotando até que as crianças terminaram o café da manhã e vieram para a sala. A menina apanhou um punhado de cartas num dos compartimentos da estante e sentou-se sobre o tapete, sendo logo copiada pelo irmão de criação.

A garota embaralhou rapidamente as cartas e começaram a brincar enquanto as mulheres continuavam tricotando.

Graziela só parou com o trabalho para olhar as crianças quando elas começaram um novo jogo. As cartas tinham desenhos infantis estilizados, bem coloridos e vívidos. Formavam um tipo de jogo da memória. Graziela viu a menina embaralhar, tomar uma postura mais séria diante do irmão e começar a brincadeira.

— Agora vamos testar nossos poderes paranormais, pequeno Caio.

— Vamos, Aninha! Vamos!

A menina emborcou o baralho de forma que ninguém podia ver qual carta seria erguida. Pegou a primeira e só ela viu. Um pingüim sorridente.

— Que carta eu tenho aqui, mestre Caio?

— Um... deixa eu me concentrar... um caranguejo vermelho?

— Não!

Aninha revelou o pingüim ao irmão, que fechou a cara. Emborcou ao lado da pilha e puxou outra. Um regador derramando água.

— Que carta eu tenho aqui?

— Um... concentra, Caio. Concentra — ordenou para si próprio o guri. — Um tamanduá!

— Nada disso! Um regador derramando água!

— Ah, Aninha! Você só pega as difíceis!

Graziela e Lenise caíram na risada. O jogo era divertido. Lenise puxou a cadeira, ficando mais perto do pequeno Caio, enquanto a amiga pendeu a cabeça para trás de Aninha, para ver qual carta a guria puxaria dessa vez.

Aninha puxou a próxima carta. Um rinoceronte com gravata borboleta. Graziela viu.

Lenise sentiu um cutucão na barriga. Seu bebê mexia.

— Calma menino. Tá parecendo um rinocerontinho!

— Um balde.

— Passou longe! Passou longe!

Graziela riu.

Aninha puxou a próxima carta. Uma chuteira de futebol.

— Que carta tenho aqui?

Lenise sentiu nova pontada.

— Um macaco carvoeiro!

— Nada disso!

— Meu centroavante está com a corda toda hoje! — brincou Lenise com os chutinhos do bebê.

Graziela olhou para a amiga e perdeu o sorriso.

— É uma chuteira! Eu adoro essa carta, Aninha! Deixa eu guardar ela comigo até o fim do jogo? — pediu o menino.

Aninha deixou e puxou outra carta do monte. Agora tinha um calhambeque na mão direita.

— O que eu tenho aqui?

— Um calhambeque! — berrou Lenise.

— Ah! Tia, você não pode ajudar o Caio! — reclamou.

Lenise riu.

A menina puxou outra carta, enquanto o irmão festejava. Um par de patins.

— Par de patins!

Graziela e Aninha ficaram quietas, olhando espantadas para Lenise.

— O quê? Acertei de novo? Não acredito!

— Você acertou todas que eu vi até agora, Lenise! — exclamou Graziela.

— Todas? Eu só falei duas.

— Não. Não, senhora.

As crianças ficaram olhando para as adultas.

— A primeira carta que eu vi, foi um rinoceronte e você falou com seu bebê alguma coisa de rinocerontinho.

Lenise arrepiou-se. Era verdade.

— Daí a Aninha puxou uma chuteira e você falou de centro-avante. Não foi coincidência.

— Uau! A tia Lenise é paranormal! — explodiu Aninha.

— Depois você acertou o calhambeque e o par de patins — concluiu Graziela, levando a mão à cabeça. — Nossa, essa me deu até tontura.

— Tira outra pra gente ver — pediu Lenise.

— É mesmo, né tia? É melhor comprovar — emendou Caio.

Aninha puxou uma carta e olhou sozinha, com todo cuidado, para que Lenise nem tivesse pista do que tinha em suas mãos. Uma joaninha.

— Que carta eu tenho aqui?

Lenise fechou os olhos como que buscando inspiração.

Caio prendeu a respiração.

— Não sei... não sei...

Graziela espichou a cabeça para o lado e Aninha a deixou ver a carta.

— Uma joaninha! — disparou Lenise.

— Putz! — explodiu Aninha.

— Caraca! — gritou Graziela. — Como é que você fez isso?

— Eu sei lá! É como se alguém colocasse essa cartinha na minha cabeça.

— A última! A última! — gritou Aninha, puxando outra carta.

Graziela viu junto com a menina. Um dragão verde, de pescoço comprido, cuspindo fogo no bumbum de um cavaleiro fujão.

Dessa vez todos ficaram mudos olhando para Lenise.

A oriental apertou os olhos e balançou a cabeça negativamente.

— O que você está vendo, tia? — perguntou a menina empolgada.

Lágrimas brotaram nos olhos de Lenise.

— O que foi, amiga? — perguntou Graziela preocupada.

— Não! — gritou alto a mulher, fazendo as crianças estremecerem e assustando a amiga.

Lenise levou a mão à barriga e desmaiou, enquanto Caio e Aninha começavam a chorar de desespero. Graziela levantou-se e saiu correndo pela porta. Precisava pedir socorro.

Capítulo 37

A banheira de pedra transbordava de sangue. Em sua superfície uma crosta, feito nata de leite, muito espessa, se havia formado. Ao lado da mesa de sacrifícios, duas dúzias de corpos jaziam mortos, inchados e escurecidos, abandonados pelos dias. Junto aos bichos-vampiros, que estavam quietos e saciados de sua fome, uma pilha de crânios quebrados e carcomidos. Lúcio encontrava-se sentado numa cadeira de madeira e palhas e sua cabeça caía para a frente de tempos em tempos, revelando seu cansaço e seus cochilos. Num desses vacilos, foi privado de um momento mágico. De olhos fechados, o lacaio não viu o par de mãos emergir do sangue coagulado e romper a crosta, fazendo-a cair pelas bordas da banheira. Restou um espelho vermelho, que num segundo movimento tingiu de sangue as bordas da banheira. Lúcio baixou a cabeça novamente e quando o corpo pendeu pra frente, desequilibrado, voltou a cabeça para trás com rapidez, despertando do nono cochilo. Abriu os olhos e pulou da cadeira, fazendo o móvel cair para trás. Ele também, tonto de sono e susto, deu passadas perdidas para o fundo do salão e depois endireitou-se e olhou fixamente para aquilo que estava parado à sua frente. Um homem coberto de sangue com os olhos abertos e estático. Um trilho escarlate ligava aquele fantasma vermelho-vivo à banheira sangüínea.

— Cantarzo... — balbuciou o lacaio, incrédulo.

O vampiro ergueu as mãos e passou-as pelo cabelo, fazendo o excesso do líquido escorrer para seus ombros e misturar-se ao outro tanto de sangue que cobria seu peito e suas costas. Abriu a boca num sorriso, que revelou seus dentes pontiagudos.

Lúcio olhou para trás e também sobre os ombros do vampiro. Tereza não estava ali. Só os quatro bichos-vampiros, enrodilhados naqueles restos de crânios fedorentos.

— É aqui a casa de Tereza?

— Sim, meu mestre. É aqui o templo da bruxa.

— Templo? Nada disso eu vi.

— É verdade. Mandou-me atrás da serpente que comia a tartaruga... ao norte, nada mais me disse.

Cantarzo aproximou-se de Lúcio, dando dois passos à frente, meneou a cabeça positivamente e olhou mais uma vez para seu próprio corpo.

Lúcio sentiu medo da proximidade da criatura. Sentia um torpor com a proximidade do vampiro-rei.

Cantarzo passou as mãos pelos braços, livrando-se dos excessos de sangue grudados à pele. Gotas grossas e pedaços gelatinosos foram ao chão fazendo barulho.

— Pelo visto, cumpriu bem teu papel, lacaio. Trouxe-me pra cá, lento, mas constante. Um pouco a cada dia. Nem mais nem menos do que se poderia esperar de um homem limitado como você. Respirei suas agonias algumas vezes, meu bom Lúcio — revelou o vampiro-rei, aproximando-se mais ainda de seu escravo e fazendo uma pausa em sua fala.

Lúcio contraiu os músculos, tenso, ao ver que o vampiro fizera seus olhos brilharem vermelhos como fogo. Eles faziam aquilo quando queriam atacar.

— Eu... tive fome e frio muitas vezes, mestre Cantarzo. Eu tive medo e quase morri. Tentaram me assaltar, mas eu revidei. Nunca abandonei o senhor no caminho. Nunca lhe deixei sozinho na estrada.

— Eu bem sei, Lúcio. Nada disso precisa repetir. Estou aqui, no casco da tartaruga, graças à sua persistência. Devia ter nascido um bento. Tu. Um bento.

— Deixa disso, Cantarzo. Que bento que nada. Eu quero é minha paga. Quero ser vampiro.

Cantarzo apanhou as mãos do lacaio e olhou suas palmas. Estavam feridas e marcadas. Apertou-as com suas unhas afiadas fazendo-as sangrar e o homem sentir dor.

— Pobre Lúcio. Tanto esforço por uma obsessão tão medonha...

Lúcio apertou os lábios, enquanto sentia as unhas do vampiro afundando em suas mãos. Não iria gritar nem implorar. Tinha feito um trabalho valioso e sabia que o vampiro-rei não lhe faltaria com a paga.

Cantarzo puxou a mão direita de Lúcio e sugou o sangue que vertia da ferida. Engoliu o sangue olhando nos olhos do homem.

— Recebe tua vida eterna e maldita, lacaio. Sê bem-vindo ao mundo do vampiro-rei.

Cantarzo apertou a nuca de Lúcio, fazendo o homem gemer e abrir a boca e então regurgitou o sangue ingerido goela abaixo do mulo, largando-o de supetão.

Lúcio levou a mão à garganta e pendeu para trás, caminhando até o meio dos bichos-vampiros. As criaturas despertaram do sono e começaram a rugir enfurecidas, indo para cima do homem, mas, antes de alcançá-lo, pararam com a corrida e ergueram as fuças inspirando o ar e tornando-se na direção de Cantarzo. Dois deles deram dois passos para frente. Os rugidos viraram grunhidos mais baixos e em poucos segundos os quatro prostraram-se no chão, imóveis, quietos e receosos da nova presença.

Lúcio caiu de joelhos e arfava ruidosamente, tentando pôr ar para dentro do peito. O sangue que engolira tinha de algum modo obstruído sua traquéia, causando-lhe uma falta de ar indescritível e uma sensação ruim. O sangue do vampiro agia como veneno correndo para dentro de seu corpo. Era como se os tecidos que entravam em contato com a porção líquida rejeitassem ou reagissem instantaneamente à intrusão.

Cantarzo tirou o lacaio do chão e tomou-o nos braços, carregando-o no colo até a beira da banheira de sangue.

— Os portões das trevas não são belos, novo vampiro, nem amenos. Os ares de meu reino trazem areia e esporos e a paisagem é de árvores secas e neblina serrada. Não há sabor na comida nem delícia nas bebidas, novo vampiro. Os portões das trevas são tão largos quanto os do paraíso, mas são altos e traiçoeiros. Sê bem-vindo, Lúcio, sê bem-vindo! — disse, mergulhando o homem agonizante na banheira.

Lúcio afundou no sangue e agitou todo o líquido escarlate. Cantarzo afastou-se um passo, passando a observar o sangue agitado pelo corpo ainda vivo. A cena durou cerca de três minutos. Depois disso o espelho de sangue voltou a ficar sereno e praticamente imóvel. Algumas bolhas de ar tardias deram as caras na superfície e explodiram, quando a capa de sangue ficou fina demais. Nenhum ar restara nos pulmões de Lúcio e o corpo mortal libertou-se da vida. O que aos olhos de muitos era o fim, para o obstinado lacaio era o princípio.

Cantarzo desviou o olhar da banheira sangüínea e encontrou os olhos verdes-esmeralda da bruxa. Cantarzo olhou-a de cima a baixo. Nunca tinha estado na frente de uma bruxa antes, mas, de tudo que ouvira sua vida toda, ela não combinava nem um pouco. Não era velha nem cheia de peles enrugadas. Era uma mulher bonita e cheia de curvas sensuais. Tinha os cabelos negros e a pele morena-escura. Era uma índia!

Tereza olhava Cantarzo com toda atenção. Ao contrário de Benito, não conseguiu penetrar os pensamentos daquela formidável criatura. Algo de estranho e mágico havia naquele vampiro. Vendo-o desperto, achou-o demasiado atraente. Tereza não gostou daquela simpatia. Beleza era o que não via em homem nenhum, em vampiro nenhum desde que libertara o feitiço da Terra. Mas aquele, diante seus olhos esmeraldas, tinha uma aparência jovial e músculos bem desenhados. Um excelente espécime. Os olhos da bruxa detiveram-se nos olhos do vampiro. Eram olhos encantados o daquele bicho. Só de olhá-los uma única vez, sabia que jamais conseguiria dobrá-lo e fazer dele um servo vampiro, um bicho-vampiro, como definira Lúcio os seus escravos, enquanto estava vivo.

A bruxa aproximou-se do vampiro e mantiveram o silêncio por mais um minuto. Finalmente, olhando para a banheira de sangue, a mulher abriu conversação pela primeira vez.

— Matou seu escravo?

Cantarzo só meneou a cabeça negativamente.

— Bom. Bom. É um bom homem teu escravo. Você confiou a tarefa para a pessoa certa.

— Foi pura sorte, mulher bruxa. Das maiores. Depois que engoli o sangue do velho Bispo, nada pude fazer por mim. Só sua cara apareceu no meu pensamento... e seu rosto não era assim...

— Assim?!

— Tão formoso.

Tereza sentiu uma quentura no peito antes de responder.

— Não foi sorte, vampiro. Foi destino. Lúcio tinha de chegar aqui para que você despejasse morte aos humanos.

Cantarzo arqueou a sobrancelha.

— Eu vi muitas vezes e sabia que teria de esperar muitas luas até sua chegada, mas sabia que um dia chegaria. E sabia que eu teria de fazer a cerimônia do vampiro-rei para o vampiro certo. O vampiro certo era você, o que tinha no bojo o sangue do escolhido pelas alcoviteiras. O vampiro que tem o poder de ver e ouvir os fatos da vitória.

A bruxa tocou o peito do vampiro com o dedo e depois colocou-o na boca, estalando a língua. Cantarzo andou, afastando-se da mulher. Aproximou-se dos bichos-vampiros e observou-os por um instante.

— Que fez a eles?

— É complicado explicar, Cantarzo. É complicado.

— Terá de me explicar coisas mais complicadas que essa...

A bruxa andou até a banheira e fitou-a longamente, enquanto Cantarzo voltava até ela.

— Você os transformou?

— Eu os dobrei e ensinei.

— Ensinou?

— É. É isso que faço com os vampiros que surgem aqui na ilha de Marajó.

— Marajó? Tão longe?

A bruxa sorriu.

— Longe do quê? Qual é seu referencial?

— O trigésimo guerreiro.

— Bento Lucas — disse a voz doce da bruxa.

— Bento Lucas — repetiu Cantarzo, com a voz fraca dessa vez.

Cantarzo baixou a cabeça.

— Ele é quem rege a resistência humana. Ele é quem deve ser derrubado. Estou cansada dessa gente, vampiro-rei.

— Tudo a seu tempo, bruxa! Lucas não é parte de seu plano. É parte do meu plano! Sei que ele é o comandante regente dos homens. Sei que ele criou um acampamento na Velha São Paulo. E também sei que eles sofreram o açoite que planejei. Eu guardo o futuro do trigésimo guerreiro e ele morrerá na ponta da minha espada, na de mais ninguém!

Tereza estranhou a rispidez do vampiro.

— Como pode saber tanto se estava adormecido?

Cantarzo riu.

— Tu que és a bruxa! Diga tu!

— Seu pensamento voa?

Cantarzo riu da pergunta da bruxa. Logo na primeira conversa, percebia que a mulher, apesar de poderosa, tinha inseguranças.

— Seu pensamento voava — afirmou a mulher, meneando positivamente a cabeça. — E agora que está desperto? Ele ainda voa?

Cantarzo perdeu o sorriso no rosto. Ficou quieto um instante, talvez tentasse alcançar alguma visão, algum contato com seu general Anaquias, o único que podia vê-lo e ouvi-lo com clareza.

— Não posso responder agora, bruxa. Não estou certo de que meu pensamento ainda voe... mas este não será nenhum obstáculo entre o agora e a minha meta.

A bruxa sorriu e aproximou-se de novo do vampiro, quase abraçando-o.

— Então vai começar agora! Vai começar a destruição! A aniquilação total dos de fora! A matança!

Cantarzo olhou nos olhos verdes profundos da bruxa. Ela tinha muita sanha por morte. Ansiedade.

— Tudo tem um tempo, bruxa. E a hora da matança quem determinará serei eu e mais ninguém. Se sou rei, reino, não sou reinado.

A bruxa olhou Cantarzo como se quisesse atravessá-lo com uma espada de prata. A simpatia inicial dissolvia-se.

— Desde o começo dos tempos foi assim. Os filhos renegam as mães e, quando brota nos braços da cria a liberdade do poder, negam suas criadoras, afastam suas velhas imprestáveis e seus desejos.

— Mãe?! Ah! Essa é boa! Minha mãe foi cedo deste mundo, bruxa. Não sou teu sangue nem te devo obediência. Farei mortos ao meu gosto. Farei coisas ao meu tempo. Nem favores te devo. Foi você quem entrou na minha cabeça, e na minha hora derradeira me mostrou coisas.

— Eu não mostrei nada, vampiro. Quem mostra ao teu sangue o que é do amanhã são as alcoviteiras. Aquelas putas que querem acabar com um ou com o outro. Que embaralham meu encanto e empatam meu feitiço. Elas não te escolheram vampiro. Você é que demorou demais para enxergar o que seu poder das trevas poderia fazer por ti mesmo. Você demorou a enxergar que bastava roubar do velho Bispo o sangue e a vida que teria correndo dentro de ti os sussurros das alcoviteiras. Você roubou a liderança do combate e agora a desvantagem voltará aos humanos.

— Então não faça beiço nem me olhe com olhos de fogo quando digo que farei as coisas ao meu tempo, Tereza. Estou aqui pelo acaso, nem essa acolhida devo a você.

A bruxa começou a rir.

— Chegará a hora em que seus olhos se abrirão plenamente, vampiro-rei. Oxalá que minha língua ainda esteja aqui para te dar explicações.

— Um bom rei não precisa de explicações para reinar. Um rei notável mantém o conhecimento perto de seus olhos. Certamente sua língua estará por perto por muito e muito tempo, Tereza, isso eu garanto. Só não a ponha para trabalhar quando não for convidada.

— Fala com muita pompa, vampiro-rei. Fala como se fosse dono do fim.

Cantarzo encarou Tereza novamente.

— Não sou rei por acaso, senhora. Fui escolhido, pelo céu ou pelo inferno. Não me interessa quem me deu esse poder. Mas o poder foi dado e eu sei que tenho uma missão. A missão de defender o povo das trevas. A missão de varrer para os currais o gado dos vampiros. Os humanos perderam o topo na cadeia alimentar no dia em que surgimos.

—...

— Ordenei o êxodo do meu povo para juntos descermos como martelo sobre a cabeça da Humanidade. Extrapolarei fronteiras. Primeiro colocarei os brasileiros sob meu jugo e em nossas celas. Nossa comida. Depois meu exército eterno marchará para os outros países e em pouco tempo o mundo todo estará sob meu domínio e meu comando.

Tereza abriu um sorriso largo. Palavras não mais saíram de sua boca. O vampiro-rei notou que a mulher parecia rir-se por dentro. Era uma zombeteira! Cedo ou tarde leria entre as linhas e descobriria quais eram os mistérios que a bruxa ainda guardava.

Cantarzo virou-se para os bichos-vampiros que continuavam prostrados no chão, como que adorando a um deus, em silêncio e imóveis. Seu sorriso voltou ao rosto. Ele fareja no ar. Aquilo tinha o agradável cheiro do medo. Voltou a olhar para a bruxa, mas Tereza não estava mais lá. Era sorrateira aquela mulher. Deixou seus olhos passearem pelo salão. O teto era alto. Cheirava familiar. Tinha cheiro de caverna. O ambiente era gelado e, dando uma volta ao redor da banheira e da mesa de pedra, não viu sinal de Tereza.

Capítulo 38

Cantarzo despertou de seu primeiro sono. Tereza oferecera um cômodo amplo e uma cama larga. Oportunamente o grande quarto era desprovido de janelas para o hóspede não ser pego de surpresa pelo sol maldito. Olhou para o cômodo com seus olhos de vampiro. Viu com clareza cada canto. Não havia detalhes e as paredes ali também pareciam feitas de barro, como se todo o templo tivesse sido feito por um artesão que esculpira com água um imenso bloco de terra. Ao pé de sua cama o único móvel. Uma arca de madeira. Sem abri-la, por alguma razão alheia ao seu entender, sabia o que tinha dentro. Roupas. Roupas negras e simples. Nem as roupas nem o quarto pareciam-se com os de um rei. Sorriu levemente. Nunca dera a mínima para a aparência como fazia aquela estúpida da Raquel e seu bando de vampiros. Até que o palhaço Anaquias havia crescido bastante, depois de dar uma lambidinha no sangue do velho. Cantarzo era afeito a atitudes e não ao jogo de vaidades. Se aquele era o quarto que o destino havia colocado em seu caminho, aquele quarto seria o perfeito. Também não planejava uma estadia longa na ilha de Marajó. Só queria um ferreiro para fazer sua espada. Não lutaria com armas de fogo nem com bando numeroso. Havia tido uma visão durante o sono. As alcoviteiras não perdiam tempo. Tinham soprado tudo o que ele precisava para começar seu reinado. Onde achar o ferreiro e o que pedir a ele. Tinham soprado também um segredo bem guardado pela bruxa. Queria ver com os próprios olhos.

Cantarzo andou até a arca e abriu-a sem dificuldade. Apanhou as roupas e o par de botas negras e vestiu-se. Deixou o quarto movendo-se com seu garbo de vampiro. Aos olhos de uma mulher, o vampiro sempre fora atraente. Mesmo como fera da noite, muitas tomaram seu rosto como o rosto de um herói e não com o de um vilão, momentos antes de perecerem exangues. Estava num corredor estreito em que a cada dez metros uma tocha flamejante ajudava os olhos humanos a verem o caminho. Cantarzo viu a porta clara como se ainda estivesse no seu sonho. Abriu-a. Um corredor ainda mais estreito, dessa vez sem tochas, ligou o caminho a uma escadaria. Cantarzo desceu os degraus por cerca de dez minutos, sem que houvesse uma curva ou mudança na inclinação. Quando chegou ao fim, deu numa galeria fria de pedras e estalactites.

O templo da bruxa ligava-se ao fundo de uma caverna. O vampiro-rei sorriu. Uma caverna. Um esconderijo perfeito. Talvez reconsiderasse sua vontade de partir dali. Talvez tornasse aquele templo seu castelo, sua morada. Talvez. Mas isso seria depois dos acontecimentos. Depois que confrontasse os bentos e varresse aquela raça da face do mundo. Teria muito trabalho pela frente. Caminhou pelas galerias com seus olhos brilhantes. Para ele não havia escuridão. Seus ouvidos sensíveis captaram a voz de Tereza. Ela estava ali, na caverna, em algum de seus inúmeros salões. Cantarzo sentiu que descia mais. Precisou cravar suas garras numa parede escarpada por onde desceu mais seis metros. À sua esquerda, começava um córrego, que rapidamente se alargou e virou um riacho. Andou mais cem metros. Seus olhos arregalaram-se. Até mesmo um vampiro podia ser tocado pela beleza. A água juntava-se num lago maravilhoso, que refletia um verde-esmeralda, lembrando os olhos de Tereza. A voz da bruxa ficou mais forte. Cantarzo passou por um corredor largo, que parecia ter sido escavado por mãos humanas. Um cheiro acre, bem característico, inundou suas narinas. Rios de Sangue. Estava aproximando-se de um depósito de adormecidos. Entrou numa nova galeria. Esse cômodo também pareceu talhado, melhorado por obra de gente. Tereza estava lá.

Cantarzo aproximou-se sem nada dizer. A bruxa acariciava os cabelos da mulher, que, muito bem acorrentada, nada conseguia fazer a não ser espernear e chorar. Cantarzo abriu a boca tomado por surpresa, exibindo seus dentes pontiagudos involuntariamente. Repentinamente, os seis acorrentados olharam ao mesmo tempo para o vampiro. Juntos começaram a se debater. Tereza levantou-se e olhou para trás, fitando Cantarzo nos olhos e sorrindo ao perceber a reação em seus animaizinhos. O vampiro olhou um a um. Abriu a boca e sorriu ainda mais, quando viu os olhos dos seis brilharem amarelos-vivos, cheios de luz.

— Os novos bentos! — exclamou o vampiro, num misto de surpresa e contemplação.

A bruxa afastou-se dos humanos, ficando preocupada com a convulsão desperta por culpa da aproximação do vampiro.

Cantarzo olhou para um canto da sala. Existia lá um novo corredor. Era dele que vinha o cheiro do Rio de Sangue. Os adormecidos estavam separados em outra galeria. Pelo cheiro concentrado, não deveriam ser poucos.

— Eles ficam loucos quando vocês estão por perto.

— Eu sei o que os bentos fazem, Tereza, nisso sua língua nada há de me ensinar.

— Eles mudaram desde que você dormiu.

— Olhos amarelos feito o sol... isso eu vi através de meu general. Vi também o fogo repentino e os olhos do trigésimo guerreiro. — Cantarzo aproximou-se ainda mais dos bentos ensandecidos. — Por que os prende aqui? Por que não os matou duma vez?

Tereza andou para longe de Cantarzo, aproximando-se de uma das tochas que estavam na parede. Olhou dissimuladamente para o vampiro.

— O que pergunta, Cantarzo, vampiro-rei? Disse ainda agora que minha língua seria imprestável para essa questão.

— Ah! Bruxa! Deixa de ser turrona! Pára de troça! — reclamou o vampiro, acocorando-se perto de um dos homens acorrentados.

— Estou curioso com isso aqui. Por que uma mulher feito você haveria de ter trabalho, vir visitar e alimentar esses bichos se poderia tê-los matado? — indagou, olhando para cumbucas sujas no chão com restos fétidos de comida azeda.

— Ah! Quem disse que eles comem? Tenho de enfiar goela abaixo.

— Vê! Pior que cuidar de fedelhos. O que está tramando para essas pobres almas, Tereza?

— Não creio que ainda não saiba o que se passa, vampiro-rei! Você que parece tão privilegiado, tão ciente do que te rodeia...

— Deixa de troça, bruxa! Vai logo ao ponto!

— Quando as alcoviteiras jogavam ao lado dos humanos, elas narraram aos ouvidos do velho Bispo a profecia que daria aos humanos os quatro milagres da vitória. Pois quis o destino que, assim que os humanos botassem as mãos nesse cálice, você surgisse para embaralhar e estragar todo o jogo.

Cantarzo levantou-se e encarou os olhos verdes da bruxa.

— Embaralhar?

A bruxa esquivou do olhar do vampiro e andou para perto dos acorrentados.

— De qual lado você joga, bruxa?

Tereza voltou a acariciar a cabeça da benta. A mulher ainda se debatia e seus olhos continuavam emanando uma fraca luminosidade amarela. Ela parou e voltou a encarar o vampiro, que mantinha a boca suavemente aberta com os caninos extravasando seus lábios inferiores.

— Estou do lado da morte, Cantarzo. Do lado da morte. E é por isso que vou revelar a você o que as alcoviteiras ainda não te mostraram, pois o resultado dessa atitude trará matança.

— Diz.

— Agora é a vez dos vampiros juntarem trinta bentos.

Os olhos do vampiro abriram-se mais. Cantarzo sentiu o sangue fresco em seu corpo esquentar.

— Não creio... você...

— Já temos seis, Cantarzo. Comece a trazer o resto.

— Juntar trinta bentos?

A bruxa balançou a cabeça positivamente.

— Não pode ser... não pode ser... — repetiu o vampiro-rei, tomado de emoção e dando três passos para trás.

A bruxa apenas meneou a cabeça positivamente em resposta.

— E esses seis? De onde vieram?

— Dessa caverna. A boca dela dá numa fortificação onde os humanos guardaram os adormecidos da ilha toda. Eles ainda trouxeram adormecidos de Belém e de muitos outros lugares, achando que em Marajó teriam segurança. Quando toquei todos eles da fortificação, herdei essa caverna e o Rio de Sangue. Esses bentos acordaram nos últimos meses, depois da vitoriosa campanha do bento Lucas. Ele é obstinado. Guerreiro cabra da moléstia. Não descansou até o último instante, até a obtenção dos milagres. É um incansável.

Cantarzo calou-se, lembrando-se de Lucas. O que a bruxa dizia era verdade e não tinha palavras para contestar.

— E se eu juntar trinta bentos, bruxa, que haverá de suceder?

— Ah! Ah! Ah! Ah! — riu a bruxa escandalosamente, andando para longe de Cantarzo.

O vampiro alcançou-a mais rápido que os olhos de Tereza puderam ver.

— Não me diga, bruxa... não me diga que se juntar trinta bentos...

— Juntar trinta bentos e, principalmente, seguir o ritual correto, daí, sim, vampiro...

— Vamos, bruxa! Diz logo!

— O sol brilha para todos, Cantarzo! O sol brilha para todos!

— É por isso que no meu sono vi o ferreiro e devo ordenar que construa coisas estranhas aos meus olhos!

— Sim, vampiro-rei. Elas dão peças de um quebra-cabeças, não é mesmo? Te mostraram um ferreiro... impressionante.

— Peças que agora se encaixam.

Cantarzo estava extasiado. Não podia acreditar naquela boa notícia. Continuou falando:

— É por isso que as energias cósmicas me mostraram as fortificações próximas a Macapá, Belém e São Luís.

— Trabalham rápidas essas ordinárias. Trabalham muito rápidas. Já querem ver o sangue derramado.

— Elas só me mostraram as fortificações...

— Sim, vampiro-rei. Mostraram as fortificações para que você arraste os bentos faltantes de lá, junte-os aqui no templo da ilha de Marajó e que eu desencadeie os milagres.

— Não... não vi milagres, bruxa.

— Não viu, mas eles hão de se desencadear. Acha que eu não tenho esse poder? Acha que eu não posso? Garanto ao menos dois.

Cantarzo mediu a bruxa dos pés à cabeça. Duvidava. Duvidava, sim. Olhou fundo nos olhos verdes-esmeralda daquela índia singular.

— O que me incomoda, mulher, é essa sua sanha de sangue.

— Não se incomode com o que você não entende, vampiro. O tempo escorre pela ampulheta. O tal bento Lucas não é homem de ficar parado, aparvalhado. Ele é um homem de atitude e estou certa de que ele está se mexendo agora mesmo para retomar o controle de sua vantagem. Eles têm sementes estranhas crescendo nas entranhas das mulheres. Isso não era para acontecer. Não era! — gritou a bruxa, dando um bofetão na cara de um dos bentos.

Cantarzo manteve os olhos sobre a bruxa. Do que ela falava? Das mulheres grávidas?

— Com essas crianças, haverá sangue novo pela terra. Sangue de gente. Não era para nascer mais ninguém! — a bruxa passou a andar de lá pra cá, descontrolada. — Esse Lucas é um espeto, vampiro-rei, uma cobra venenosa. Esse homem inflama os outros e tira dos humanos coisas que eles nunca sonharam poder fazer. Eles voltarão com o sol repentino. Eles encontrarão seu exército. É questão de tempo.

— Mesmo que encontrem, o sol repentino já foi levado em consideração. Eles precisarão estar presentes em corpo para combater meu exército.

— Se depender de Lucas, eles estarão lá antes do que você imagina.

— Não terão tempo. Nem sabem onde procurar. Eu irei para cima dos bentos e desmontarei todas as suas chances de retomada. Os vampiros reinarão sobre a Terra. Seja noite, seja dia.

— Mate-os, Cantarzo! Mate-os!

— Juntarei trinta bentos e os arrastarei para seu templo, bruxa. Faço o feitiço que quiser, mas me traga os milagres!

— O sol nasce para todos, Cantarzo! O sol nasce para todos!

Cantarzo deixou Tereza com os bentos. Subiu vagarosamente a escadaria gigante, voltando para o corredor estreito. Dirigiu-se ao salão dos sacrifícios. Quando terminou de descer a escada curva, olhou para a banheira de sangue. O chão estava sujo e pegadas negras de sangue estagnado espalhavam-se pelo piso. O desperto estivera confuso por um tempo, observou Cantarzo. O vampiro reparou que as pegadas indicavam que o desperto tinha andado pra lá e pra cá feito barata tonta. Seu instinto de caçador falou alto, fazendo seus olhos acompanharem a trilha borrada e fácil de sangue. No canto mais escuro do salão, viu o par de olhos vermelhos acesos. Não conteve o sorriso leve e característico de quando observava as coisas que lhe compraziam. Era Lúcio que estava naquele canto escuro. E já sabia usar os olhos de vampiro! O lacaio dera em uma cria boa. Cantarzo andou na direção do novo vampiro. Parou quando farejou um sangue diferente. Olhou para os lados de Lúcio. Dois dos quatro bichos-vampiros da bruxa estavam mortos. Tinham rasgos extensos nos pescoços e tinham a barriga aberta. Lúcio estava acuado na parede e tentava afastar-se conforme Cantarzo se aproximava com os olhos arregalados e tomados de surpresa.

— Por que fez isso a eles? — perguntou o vampiro-rei.

Lúcio colocou-se de pé, tremendo.

— Não se mata vampiros, Lúcio. Nem mesmo esses deformados.

— Eu tinha fome, vampiro-rei. Eles me atacaram primeiro. Eu só me defendi.

— Matando-os?

— Muita fome, vampiro-rei.

Cantarzo meneou negativamente a cabeça.

— Senhor?

Cantarzo olhou para o servo.

— Obrigado, senhor!

Lúcio arrastou-se, ouvindo o ganido assustado dos dois vampiros-bichos que sobraram vivos. Parou aos pés de Cantarzo e beijou suas botas.

— Levanta-te, Lúcio. Deixa disso.

— Obrigado, senhor.

— Cuida do templo, fica de olho grudado na bruxa.

— O que há, meu rei?

— Sairei em caçada e não tardo a voltar. Preciso juntar os trinta bentos.

Lúcio arqueou as sobrancelhas tentando entender.

— As alcoviteiras me contaram que preciso visitar um ferreiro e construir armas para a vitória. E a bruxa me disse que precisamos de trinta bentos.

— Trinta bentos, senhor? Igual a profecia do velho Bispo?

— Exatamente.

— A profecia dos milagres.

— Isso.

—...

— Mas dessa vez, lacaio, os milagres servirão ao nosso povo. Os milagres livrarão os vampiros da ameaça dos humanos.

— Quando partirá senhor?

— Agora.

Continua no Volume 2

Fale com o escritor:
andrevianco@bol.com.br

Conheça outros livros do Autor:

OS SETE

Sete corpos cadavéricos são encontrados dentro de uma caixa de prata a bordo de uma caravela naufragada no litoral brasileiro há mais de 500 anos. Apesar das advertências grafadas no objeto de prata, a equipe do Departamento de História da Universidade Soares de Porto Alegre decide violar a caixa para estudar os cadáveres. Quando os pesquisadores abrem a caixa acabam despertando Inverno, um dos mais temíveis vampiros que já existiu. O best-seller *Os Sete*, encanta o leitor com sua originalidade e ritmo do começo ao fim. Um passeio empolgante e inesquecível pelo mundo dos vampiros do Rio D´Ouro.

SÉTIMO

O vampiro Sétimo surge na continuação do magnífico *Os Sete*, revelando toda a frieza e o poder do mais temido vampiro de todos os tempos. Sétimo assume a forma de um adolescente de dezesseis anos, e ergue uma verdadeira legião de vampiros para dominar o Brasil e o mundo de forma sangrenta e apavorante. Elege, então, um vampiro para servir-lhe como guia, general e pupilo. Com sua sede por sangue e conquistas, proclama-se a criatura mais poderosa da terra, atraindo, além dos vampiros, inimigos deste e do outro mundo, que despenderão de esforço sobre-humano para combatê-lo, empregando, além de armas carregadas com balas de prata, dentes pontiagudos e poderes paranormais. Um thriller de encher os olhos e acender a imaginação do leitor.

O SENHOR DA CHUVA

Um anjo tentando salvar a alma de um mortal, acaba quebrando uma das mais importantes regras que rege o mundo dos anjos e dos demônios. Tal fato permite que as criaturas das trevas conclamem a "Batalha Negra", o que poderá desencadear a destruição de todos os anjos de luz da Terra. Agora, os dois exércitos estão furiosos, transformando as tranqüilas pastagens de Belo Verde em um funesto campo de batalha, onde as espadas se parecem chamas e os olhos se parecem brasa. Essa misteriosa aventura sobrenatural orquestrada pelo mestre da fantasia e do terror nacional, André Vianco, está repleta de batalhas do mundo dos anjos, dos vampiros e dos demônios tendo como cenário uma pequena cidade do interior do Brasil.

BENTO

Uma noite começada como outra qualquer entra para a história da humanidade quando metade dos seres humanos adormece de forma inexplicável. O pesadelo parece não ter fim quando os humanos, livres do sono, descobrem que dividem a noite com os demônios da escuridão. Nessa atmosfera de horror e de tensão, surgem criaturas que poderão lutar contra o mal e o terror: os Bentos. Seres abençoados que têm a missão de combater os vampiros a qualquer custo. Para tanto, precisarão se unir ao último Bento, que desperta de um sono de trinta anos... E ainda não imagina o que o espera fora daquela cama de hospital, onde tudo parece muito confuso. Vianco desafia o leitor a conhecer esta saga vigorosa, cheia de mistérios e a apaixonar-se por suas passagens arrebatadoras e seus personagens poderosos.

SEMENTES NO GELO

Em *Sementes no Gelo* o autor volta a explorar o sobrenatural. Um detetive depara-se com o caso mais estranho de sua vida. Uma cliente surge queixando-se de estranhas aparições em seu apartamento. Quando começa a investigar o fenômeno bizarro, o detetive chama a atenção de espíritos furiosos, impedidos de reencarnar, que lançam sua fúria sobre todos os que lhe chamam a atenção e que interpõem seus caminhos. Muitos sustos e situações sombrias conduzirão o leitor até o final mágico desse misterioso romance.

A CASA

Os protagonistas desse agradável e emocionante romance transitam pelo mundo do sofrimento, do remorso e da solidão. O que está em jogo é a vida de quatro pessoas. Caminham cadenciados para um desfecho sombrio, sem esperança e sem paixão. Contudo, deparam-se com um estranho que lhes traz um misterioso cartão de visitas. Aqueles que seguirem o coração e buscarem "A Casa" encontrarão uma porta aberta para o perdão e para uma segunda chance com aqueles que já partiram desse mundo. Esse é o primeiro livro de Vianco que segue a linha espiritualista, despertando a reflexão em torno do sentido máximo da vida.

INFORMAÇÕES SOBRE NOSSAS PUBLICAÇÕES E ÚLTIMOS LANÇAMENTOS

Visite nosso site:
www.novoseculo.com.br

NOVO SÉCULO EDITORA
Av. Aurora Soares Barbosa, 405
Vila Campesina - Osasco/SP
CEP 06023-010
Tel.: (11) 3699-7107
Fax: (11) 3699-7323

e-mail: atendimento@novoseculo.com.br

Ficha Técnica

Formato	16x23
Mancha	11,4 x 20cm
Tipologia:	ClassGarmond BT
Corpo	11
Entrelinha	14
Total de páginas:	408